DE DUIVENPLAAG

Louise Erdrich

De duivenplaag

Vertaling Martine Vosmaer en Karina van Santen

Nieuw Amsterdam *Uitgevers*

Eerste druk september 2009
Tweede druk december 2009

De vertaalsters ontvingen voor deze vertaling een werkbeurs van het Fonds voor de Letteren

Oorspronkelijke titel *The Plague of Doves*. Uitgeverij Harper Perennial,
imprint van HarperCollins Publishers, Londen

Omslagontwerp Nanja Toebak
Foto omslag © iStockphoto.com/Kevin Russ
Foto auteur © Paul Emmel
NUR 302
ISBN 978 90 468 0606 7
www.nieuwamsterdam.nl/louiseerdrich

FSC
Mixed Sources
Productgroep uit goed beheerde bossen
en andere gecontroleerde bronnen.
www.fsc.org Cert no. CU-COC-803902
© 1996 Forest Stewardship Council

SOLO

Het geweer ketste bij het laatste schot en de baby stond met verschrikte ogen te brullen, de handjes om de rand van het ledikantje geklemd. De man ging in een leunstoel zitten en begon zijn geweer uit elkaar te halen om te zien waarom het niet wilde afgaan. Het gehuil van de baby irriteerde hem. Hij legde het geweer neer en keek rond of ergens een hamer lag, maar zag toen de grammofoon. Hij liep ernaartoe. Er lag al een plaat op, dus zwengelde hij het mechanisme aan en liet de naald zakken. Hij ging weer op de stoel zitten en werkte verder terwijl de muziek de kamer instroomde. De baby werd stil. Bij een bovenaardse vioolsolo halverwege de plaat pauzeerde de man, de stukken van het geweer in zijn handen. Toen de muziek afgelopen was, stond hij op, zwengelde de grammofoon aan en zette de plaat weer op. Dat gebeurde drie keer. De baby viel in slaap. De man repareerde het geweer zodat de kogel soepel in de kamer gleed. Hij testte het een paar keer, kwam overeind en boog zich over het ledikantje. De viool bereikte een vreemd lieflijk crescendo. Hij hief het geweer. De geur van vers bloed hing overal om hem heen in de afgesloten kamer.

Evelina

De duivenplaag

In het jaar 1896 riep mijn oudoom, een van de eerste katholieke priesters met indiaans bloed, zijn parochianen op zich te verzamelen bij de St.-Josephkerk met een scapulier over de schouders en een missaal in de hand. Vanaf die plaats zouden ze in een lange, statige processie door de velden lopen en bij elke stap hardop de duiven wegbidden. Zijn kudde had de ploeg ter hand genomen en bewerkte te midden van Duitse en Noorse kolonisten de grond. In tegenstelling tot de Fransen, die zich mengden met mijn voorvaderen, toonden deze mensen weinig belangstelling voor de inlandse vrouwen en sloten ze geen gemengde huwelijken. De Noren negeerden zelfs ieder ander dan zichzelf en vormden een hechte kliek. Maar de duiven aten net zo goed hun oogst op.

Als de vogels neerdaalden, ontstaken zowel indianen als blanken grote vuren en probeerden ze in netten te drijven. De duiven hadden de zaailingen van de tarwe en de rogge opgegeten en waren aan de maïs begonnen. Ze aten de scheuten van nieuwe bloesem en de knoppen van appels en de taaie bladeren van eikenbomen en zelfs het kaf van vorig jaar. De duiven waren vlezig en smaakten gerookt verrukkelijk, maar je kon er honderden of duizenden de nek omdraaien zonder dat hun aantal zichtbaar slonk. De huizen van palen en leem van de mestiezen en de hutten van boombast van de traditionele dekenindianen bezweken onder het gewicht van de vogels. Ze werden gebraden, geroosterd, in pasteien gebakken, gestoofd, in vaten gezouten of doodgeknuppeld en achtergelaten om te rotten. Maar de dode waren alleen maar voer voor de levende en elke ochtend werden de mensen bij het ontwaken begroet door het schuren en klappen van vleugels, het murmelend geritsel, het verschrikkelijke, koerende gebabbel, en de aanblik, voor degenen die nog gave ramen hadden, van de nieuwsgierige, vriendelijke kopjes van die beesten.

Mijn oudoom had inderhaast kruiselingse roosters van stokken gemaakt om het glas van wat met een groots woord de pastorie werd genoemd te beschermen. In een hoek van deze blokhut, niet meer dan één kamer, sliep zijn jongere broer, die hij van een leven van buitensporige vrijheid had gered, op een verhoging van sparrentakken en een matras gevuld met gras. Dat was het zachtste bed waarop hij ooit had gelegen en de jongen wilde er niet uit, maar mijn oudoom wierp hem een misdienaargewaad toe en gaf hem opdracht de kandelabers die hij in de processie zou dragen te poetsen.

Deze jongen zou later de vader van mijn moeder worden, mijn Mooshum. Seraph Milk was zijn naam, en aangezien hij meer dan honderd jaar oud is geworden, was ik aanwezig en ongeveer elf jaar in de tijd dat hij keer op keer het verhaal vertelde van de gedenkwaardigste dag van zijn leven, die begon met de poging om de duivenplaag te bedwingen. Hij zat op een harde stoel, tussen onze eerste televisie en de kleine nis met boekenplanken van ons huis dat we huurden van het *Bureau of Indian Affairs* in het reservaat. Mooshum vertelde vaak hoe hij de duivenpoten hoorde krassen als ze heen en weer scharrelden over de schermen van stokken die zijn broer had gemaakt. Hij zag erg op tegen de tocht naar het privaat, waar veel van de vogels waren blijven steken in de vuiligheid onder het gat en een wanhopig gekrijs aanhieven dat hun soortgenoten ertoe bracht zich tegen het hokje te gooien bij wijze van reddingspoging. Toch durfde hij niet elders zijn behoefte te doen. Door een warreling van vleugels, schuifelend om niet op hun poten of rug te gaan staan, baande hij zich daarom een weg naar het privaat en deed met dichte ogen zijn behoefte. Na afloop bond hij de deur dicht zodat er niet nog meer duiven gevangen zouden komen te zitten.

Het privaatdrama, altijd het eerste van de gedenkwaardige dag, was gevuld met het soort details dat mijn broer en ik spannend vonden. Het privaat, dat we goed kenden al hadden we nu riolering, de gruwelijke dood van de vogels door uitwerpselen, en andere hoogtepunten uit het begin van het verhaal spraken tot onze verbeelding. Mooshum was ons favoriete vermaak binnenshuis, naast de televisie. Maar onze vader had de knoppen van de televisie gehaald en verstopt. Hoewel we er onafgebroken naar zochten, vonden we ze nooit en we geloofden op het laatst dat hij ze altijd bij zich droeg. Dus luisterden we in plaats daarvan naar Mooshum. Terwijl hij praatte, zaten wij op keukenstoelen ons haar te vlechten. Onze moeder had hem een rood koffieblik gegeven om zijn pruimtabak in te spuwen. Hij droeg zachte, versleten groene werkmanskleren, een paar afgetrapte bruine hoge schoenen, en een pet van keperstof, zelfs in huis. Zijn ogen schitterden vanuit diepe spleten in zijn gezicht. De bovenkant van zijn linkeroor ontbrak, waardoor hij er scheef uitzag. Hij was kromgegroeid en uitgedroogd, met her en der langs zijn oren en in zijn nek plukjes wit haar. Als hij sprak, vingen we zo nu en dan een glimp op van zijn donkere, verwaarloosde tanden. Toch kon hij dit verhaal zo overtuigend vertellen, dat het helemaal niet moeilijk was je hem als twaalfjarige voor te stellen.

Zijn grote broer trok zijn misgewaad aan, het beste dat hij had, een afdankertje van een parochie in Minneapolis. Omdat echte wierook onmogelijk te krijgen was, stopte hij het wierookvat vol met tot balletjes gerolde, gedroogde salie. Er waren een ijzeren handpomp en een wasbak in de hut, en Mooshums broer, of halfbroer, pastoor Severine Milk, maakte een kam nat en kamde eerst zijn eigen haar glad naar achteren en daarna dat van zijn broertje. De kerk was een blokhut aan de andere kant van het erf, en het afgelopen uur waren daar wagens aan komen rijden. Nu zaten de mensen in de kerk en stond het erf vol met de geparkeerde wagens, elk met een paar honden op de bok gebonden om de vogels en hun uitwerpselen weg te houden bij de balen hooi waar de mensen op moesten zitten. Het voortdurende gewemel van de vogels maakte sommige paarden schichtig. Ze hadden vaak oogkleppen voor en werden verder gekalmeerd met bosjes kamille die aan hun tuig waren gebonden. Toen onze Mooshum het erf over liep, zag hij dat het dak van de kerk bedekt was met vogels die voortdurend, als in een spel, opvlogen en een vogel verstootten van het heilige kruis dat het gebouwtje als kerk onderscheidde, dan zijn plaats innamen om vervolgens zelf weer van het kruis te worden gestoten. Oudoom was een broodmagere, verlegen man van meer dan één meter tachtig en zijn kribbige stem klonk boven de wanorde van geluiden uit toen hij probeerde zijn parochianen op te stellen. De twee broers stonden in het midden, en met de trouwe gelovigen aan weerszijden in een lange rij liepen ze langzaam de heuvel af naar de eerste van de velden die ze hoopten schoon te vegen.

De zon was flets die dag, ging schuil achter dikke wolken, en de lucht was drukkend roerloos, zodat er penetrante wolken salierook bleven hangen rond de metalen mand die aan zijn ketting naar alle kanten heen en weer werd gezwaaid. De mensen liepen snel. Maar in het eerste veld zaten de vogels zo dicht boven op elkaar op de grond dat er plotseling beroering ontstond tussen de vrouwen, die niet verder konden lopen zonder vogels onder hun rokken te vegen. In hun paniek raakten de vogels verstrikt in de stof. De rij stond plotseling stil toen de vrouwen voor de ogen van onze Mooshum uitbarstten in een woeste dans, waarbij ieder op haar eigen wijze wervelde, stampte, sloeg en wapperde met haar rokken. Hun dans was zo heftig dat de vogels overal om hen heen opvlogen en daarmee andere vogels opschrikten, zodat in een paar tellen het hele veld en de bossen eromheen veranderd waren in een stormvlaag van vogels die neer raasden en beukten op de mensen, die echter standhielden, met opengeslagen missalen boven hun hoofd. De vrouwen lieten alle kuisheid varen, knoopten hun rokken rond hun dijen, hielden hun rozenkrans of scapulier voor zich uit en liepen verder. Ze begonnen hardop weesgegroetjes te scanderen tegen de wind van klapperende vleugels in. Mooshum, die het nog maar zelden vergund was geweest de onderste ledematen van een vrouw te zien, profiteerde van de verwoede pogingen van zijn broer om het wierookvat brandende te houden en ging langzamer lopen. Verrukt keek hij hoe de naakte, ronde, bruine benen van de vrouwen voortstampten en hij liet zijn kandelaber, waar geen kaarsen in zaten maar die zijn broer hem had gegeven om zijn gezicht te beschermen, zakken. Onmiddellijk werd hij tegen zijn voorhoofd geraakt door een vogel die met zo veel kracht uit de lucht kwam zwiepen dat het leek of hij rechtstreeks door Gods hand geworpen was, om hem neer te beuken en te verblinden voordat hij zijn zonde van begeerte verder voerde.

Op dit punt in het verhaal raakte Mooshum zo opgewonden dat hij vaak het neerbeuken naspeelde en zich tot onze grote pret op de grond wierp. Hij beeldde uit hoe hij bezweek, opende vervolgens zijn ogen, hief zijn hoofd, staarde de ruimte in en zag zelfs dan nog duidelijk een visioen van de Heilige Geest, die niet aan hem verscheen in de vorm van een witte vogel tussen de bruine duiven, maar in het aardse lichaam van een meisje.

Onze familie had in zekere zin een historische reputatie wat betreft onsterflijke romantische ontmoetingen. Zelfs mijn vader, een bezadigde biologieleraar, werd door de Tweede Wereldoorlog heen gesleept door één hoopvolle blik van mijn moeder. En haar zuster, tante Geraldine, werd getroffen door de glimlach van een jongeman in een passagierstrein, stak haar hand op uit de greppel waar ze bessen stond te plukken, en kon niet zien dat zijn hand terugwuifde. Maar iets maakte dat ze doorging met bessen plukken tot het donker werd en daar overnachtte en nog een hele dag rustig op haar vouwstoeltje wachtte tot hij terug kwam lopen vanaf het station honderd kilometer verderop. Mijn oom Whitey had verkering met de prinses van de Haskell Indian University, die de nacht dat ze aan tuberculose stierf haar vlechten afknipte en aan hem gaf. Ter nagedachtenis aan haar bleef hij vrijgezel tot hij in de vijftig was en met een onbeduidende stripteasedanseres trouwde. Mijn moeders nicht Agatha, of 'Happy', verliet het klooster voor een priester en verdween spoorloos. Mijn broer Joseph ging in een opwelling van onbesuisde bronstigheid bij een commune. Mijn vaders achterneef John ontvoerde zijn eigen vrouw en gebruikte het losgeld om zijn maîtresse in Fargo te onderhouden. Uit wanhoop om een vrouw wist Octave Harp, een oom van mijn vader, het voor elkaar te krijgen zich in een halve meter water te verdrinken. Enzovoort. Net als bij mijn vader stonden deze verhalen over bizarre ontmoetingen in schril contrast met de bescheidenheid van de daaropvolgende huwelijken en beroepen van mijn verwanten. We zijn een stam van kantoorklerken, bankbedienden, boekenlezers en ambtenaren. De wildste van ons (Whitey) is kok in een cafetaria en de heldhaftigste (mijn vader) geeft les. Toch houdt deze onderstroom van dramatiek de generaties bij elkaar, denk ik, en mijn broer en ik luisterden niet alleen naar Mooshum om de spanning, maar ook om te leren hoe we ons moesten gedragen wanneer ons moment van herkenning of misschien onze romantische beproeving zou komen.

Het miljoen namen

Eerlijk gezegd dacht ik dat het mijne waarschijnlijk vroeg was gekomen, want terwijl ik naar Mooshum zat te luisteren schreven mijn vingers dwangmatig de naam van mijn geliefde over mijn hele arm of in mijn hand of op mijn knie. Ik was ervan overtuigd dat hij me zou kussen als ik zijn naam een miljoen keer op mijn lichaam schreef. Ik wist dat hij van mij hield, en hij kon er veilig van uitgaan dat ik van hem hield, maar het waren de jaren zestig en we zaten op een rooms-katholieke school en jongens en meisjes van wie bekend was dat ze verliefd waren, praatten nauwelijks met elkaar en raakten elkaar nooit aan. We speelden softbal en kickbal samen, en handelden en spraken via andere kinderen die het leuk vonden berichten door te spelen. Ik had een reeks van die tweedehands liefdesverklaringen overgeschreven in mijn dagboekje met luipaardprint en gouden slot. De sleutel zat verstopt in de holle knop van mijn bedstijl. Ook had ik de naam van mijn geliefde met bloed uit een opengekrabde muggenbult op de binnenwand van mijn kast geschreven. Zijn naam bevatte voor mij de gewijde klank van de woorden uit het Oude Testament die door een onzichtbare hand met vuur waren geschreven. *Mene mene tekel ufarsin*. Ik kon zijn naam niet hardop zeggen. Ik kon hem alleen onophoudelijk met mijn vingers op mijn huid schrijven totdat mijn moeder bang was dat ik luizen had en mijn haar insmeerde met mayonaise, mijn hoofd bedekte met een douchemuts en zei dat ik in bad moest gaan zitten en dat moest laten vollopen met water zo heet als ik maar kon verdragen.

De badkamer, het bad en het hele sanitair waren nieuw. Omdat mijn vader en moeder voor de school en het stamkantoor werkten, hadden we stromend water. Ik deed de badkamerdeur op slot, voelde met mijn teen aan het warme water en besloot mijn naamschrijverij met een paar duizend aan te vullen omdat ik toch niets anders te doen had. Tijdens het schrijven vond ik plekjes op mezelf die veranderden en warm werden in reactie op de herhaling van die letters, en zonder een flauw benul te hebben van wat ik aan het doen was, bezorgde ik mezelf een reeks alfabetische orgasmen, zo schokkend intens en subtiel, dat de mayonaise beslist van mijn hoofd gesmolten moet zijn. Daarna schreef ik niet meer op mezelf. Ik geloofde dat ik het miljoen had bereikt en durfde hetzelfde niet nog eens aan.

Rond die tijd vierden we Aswoensdag, en ik werd eraan herinnerd dat ik slechts van stof gemaakt was en tot stof zou wederkeren zodra het leven klaar met me was. Dit lichaam dat overal met de heilige naam Corwin Peace was beschreven (ik kan het nu wel zeggen) was niet meer dan een tijdelijk oppervlak, vergankelijk als ijs, en zou weldra als bladeren verkruimelen. Zoals altijd begonnen we de vastentijd met een waarschuwing van onze vergankelijkheid en in het besef dat onze honger naar snoep of zoute krakelingen of wat we ook maar hadden opgegeven niet meer dan schijnbegeerte was. Alleen de honger van de geest was echt. Gelukkig begreep ik niet dat het schrijven van de naam van mijn vriendje op mezelf een onreine handeling was geweest, en dus dacht ik dat ik voor niets ernstigers hoefde te boeten dan voor mijn aandeel in mijn broers ontdekking dat een tang uit de gereedschapskist net zo goed werkte als knoppen op de televisie. Zodra mijn ouders weg waren, keken we naar de *Three Stooges* – het lievelingsprogramma van ons en Mooshum dat mijn ouders beneden peil vonden. En zo werd het Palmzondag voordat mijn vader toevallig thuiskwam van een boodschap, zijn hand op het warme oppervlak van de televisie legde en ons aankeek met de vosachtige argwaan waar zijn leerlingen vast beducht voor waren. Hij kreeg de waarheid snel uit ons. De tang werd ook verstopt, en Mooshums verhaal werd hervat.

Verschijning

Het meisje dat mijn grootmoeder zou worden, was achteropgeraakt bij de andere vrouwen in het veld, omdat ze te verlegen was om haar rokken op te schorten. Ze heette Junesse. Het was zaak heel langzaam te lopen, ontdekte ze, zodat de vogels de tijd hadden om beleefd opzij te gaan in plaats van geschrokken op te vliegen. Junesse droeg een lange, witte communiejurk van laagjes ragfijne mousseline. Ze had erop gestaan deze jurk te dragen, en de tante die voor haar zorgde had het, moe van haar koppigheid, toegestaan, maar beloofde wel dat ze slaag kreeg als ze met een scheur of een vlek terugkwam. Naast preutsheid had dit dreigement Junesse ervan weerhouden mee te doen in die wilde dans met een rok vol vogels. Maar nu ze probeerde de gevelde kandelaberdrager weer tot leven te wekken, dwong ze misschien hun lot in de wereld af door te knielen in een poel vogelslijk en bezegelde ze het door haar sjerp te gebruiken om de stroom bloed te deppen uit Mooshums voorhoofd en uit zijn oor, dat volgens hem half was weggepikt door de duiven terwijl hij bewusteloos was. Maar toen werd hij wakker.

En daar was ze! Mooshum laste een pauze in. Zijn handen gingen open en de honderden rimpels in zijn gezicht plooiden zich tot een masker van weergaloos geluk. Er bestond een foto van haar van een paar jaar later en ze was beeldschoon. Er was een wit lint in haar zwarte haar gevlochten. Haar witte jurk had een lijfje waarop witte bloemen en blaadjes waren geborduurd. Ze had de bleke, matte huid en schuinstaande zwarte ogen van de mestiezen- of michif-vrouwen ter ere van wie de bisschop van dat diocees een waarschuwing had geschreven voor zijn priesters met het advies hard te bidden in aanwezigheid van halfbloedvrouwen en niet te vergeten dat ze misschien wel ongemeen fraai van uiterlijk waren, maar dat hun hart woest en bevattelijk was. De duivel kwam en ging naar believen in hen. Natuurlijk was Junesse Malaterre onschuldig, maar ze had ook een scherp verstand. Haar achternaam, die afkomstig is van een of andere Franse pelsjager, beschrijft de diepe voren van goddeloze rots, de dorre valleien, gestreepte aardlagen en doolhofachtige configuraties van roze, grijs, geel en paars gesteente die de steenwoestijn van North Dakota kenmerken. Dat was de plek waar Mooshum en Junesse uiteindelijk terechtkwamen.

'Wij hebben in mekaars diepte gekeken,' zo omschreef mijn Mooshum het in zijn zachte ouderwetse reservaataccent. Dan viel er een moment stilte tussen ons drieën terwijl de scène zich voltrok. Mooshum zag wat hij beschreef. Ik kan me niet voorstellen wat mijn broer zag – na de commune leek hij lange tijd immuun voor romantiek. Hij zou biologieleraar worden, net als onze vader, en na een klein autoongeluk een saai, tevreden bestaan opbouwen met de schade-expert van zijn verzekering. Ik zag twee wezens – de jongen geschokt en verwonderd, het meisje in het wit dat boven hem knielde met de sjerp van haar jurk elegant in haar hand geklemd om vervolgens de stof tegen de wond op zijn hoofd te drukken en de bloedstroom te stelpen. En vooral stelde ik me hun donkere, wederzijdse blik voor. De Heilige Geest zweefde tussen hen in. Haar sjerp werd rood. Zijn bloed tartte de zwaartekracht en stroomde omhoog langs haar arm. Toen ging haar mond open. Kusten ze elkaar? Ik kon het Mooshum niet vragen. Misschien glimlachte ze. Ze had niet de tijd gehad om zijn naam ook maar één keer op haar lichaam te schrijven, en bovendien kende ze zijn naam niet. Ze keken elkaar in de ziel, daarom deden namen er niet toe. Ze gingen er samen vandoor, zei Mooshum, voordat de een eraan had gedacht te vragen hoe de ander heette. En toen besloten ze allebei een poos lang geen naam te hebben – het enige wat ertoe deed was dat ze ontsnapt waren, hun knopen hadden losgemaakt, het tuig dat de familie al had aangesnoerd hadden losgesneden.

Junesse ontvluchtte het onontkoombare pak slaag van haar tante en de eindeloze sleur van de zorg voor zes jongere neefjes en nichtjes, die de volgende winter allemaal aan een verstikkende hoest zouden sterven. Mooshum ontvluchtte de gewijde toekomst die zijn halfbroer voor hem had uitgestippeld. De twee kinderen in witte kleren gingen op in de muur van vogels. Hun gewaden waren algauw even donker als de grond, en zo versmolten ze met de aarde terwijl ze zich een weg zochten langs de zoom van velden, door open land, naar waar het akkerland ophield en de grond openspleet en de mooie afgeronde heuvels en kloven van de steenwoestijn begonnen. Hoewel het een paar jaar duurde voordat ze hun gevoelens fysiek uitleefden (Mooshum zinspeelde daarop, maar zei het nooit ronduit), waren ze verliefd. En ze waren overlevers. Als vanzelfsprekend wisten ze hoe ze uit niets vuur konden maken, en de eerste paar dagen leefden ze op geroosterd duivenvlees. Het was nog te vroeg in het jaar om veel meer te verzamelen bij wijze van voedsel, maar ze stalen vogeleieren en wroetten onkruid op. Ze strikten konijnen en bedelden zo veel mogelijk bij afgelegen hoeven.

De gloeiende blik

Op de maandag dat we onze palmpaastakken vlochten op school kreeg ik een beugel. Anders dan tegenwoordig, nu de helft van de kinderen een of andere orthodontiebehandeling ondergaat, waren beugels zeldzaam. Eigenlijk was het heel bijzonder dat mijn ouders, in die bescheiden omstandigheden, besloten mijn tanden te laten corrigeren. Onze tandarts van buiten het reservaat, in het stadje Pluto, was ouderwets en geloofde dat hij mijn voortanden met goud moest bekleden om het glazuur te beschermen tegen de ijzerdraadjes. Dus verscheen ik de volgende dag op school met twee lange, fonkelende voortanden en een mond vol ijzerwaren. Het was niet bij me opgekomen dat ik gepest zou worden, maar toen fluisterde iemand: 'Paashaas!' In de middagpauze cirkelden de jongens porrend om me heen en probeerden me aan het lachen te maken. Plotseling, alsof alle anderen door een harde wind van het kale grind van het schoolplein waren geblazen, was daar Corwin Peace. Hij gaf me een duw en lachte me in mijn gezicht uit. Toen troonden de andere jongens hem mee. Ik liep weg en ging op de enige beschutte plek op het schoolplein staan, een nis in de muur aan de zuidkant met uitzicht op autowrakken achter een benzinestation. Ik stond in een bel van stilte en wreef nadenkend over mijn sleutelbeen waar zijn handen me hadden geduwd. Wat was er gebeurd? Onze liefde was in gevaar, misschien afgelopen. Vanwege gouden tanden. Ook toen al leek zo'n radicale verandering van gevoelens niet te verdragen. Maar vanwege mijn familiegeschiedenis nam ik de uitdaging aan. Bij de romantische verhalen waren ook voorbeelden van een omslag. Ik had het onrecht aan mijn zijde en bovendien zou ik, als mijn beugel uit mocht, mooi zijn. Daar was ik van overtuigd. Dus zodra we het klaslokaal binnengingen in onze gebruikelijke parallelle rijen, ik in de meisjesrij, hij in de jongensrij, wurmde ik me recht naast Corwin, stompte hard tegen zijn arm en zei: 'Liefde of oorlog.' Toen marcheerde ik weg. Mijn knieën knikten, mijn hart bonkte. Het was een woeste, ongekende daad. Het verhaal deed al snel de ronde, en mijn stoutmoedige, soapachtige opmerking bracht me roem, zelfs onder de meisjes uit de tweede klas, van wie er een, Beryl Hoop, aanbood om Corwin voor me in elkaar te slaan. Ik had de macht in handen, en het was de Heilige Week. De beelden waren afgedekt met paarse doeken, behalve de buitengewoon plastische kruiswegstaties van onze kerk.

Als je die tegenwoordig in kerken ziet, zijn ze van smaakvol houtsnijwerk of anderszins geabstraheerd. Maar de staties in onze kerk waren van gips en met bloederig genot beschilderd. Ogen rolden weg zodat het wit te zien was. Monden waren vertrokken. Ledematen sloegen om zich heen. Het was er allemaal. De zijpaden van de kerk waren breed, en er was voldoende ruimte voor schoolkinderen om op de betonstenen vloer te knielen en de harde waarheden van foltering te overpeinzen. De gevoeligste meisjes en één jongen, die niet was voorbestemd voor het priesterschap maar voor een spectaculaire collaps in het buurttheater, huilden openlijk en overdadig.

De rest van ons probeerde, vervuld van schuldgevoel of stiekem genietend van het geronnen bloed, onopvallend naar achteren leunend op onze billen te zitten om onze knieschijven te ontlasten. Op een gegeven moment mochten we in de banken, waar we tijdens de drie heiligste middaguren op Goede Vrijdag, terwijl Jezus langzaam stierf onder zijn paarse cape, geacht werden te zwijgen. In die tijd had ik besloten Corwins naam van mijn lichaam te wissen door hem een miljoen keer achterstevoren te schrijven, ecaepniwroc. Ik begon aan mijn taak in mijn handpalm en ging toen verder op mijn knie. Ik had er pas honderd gedaan toen ik tot mijn vreugde merkte dat Corwin wanhopig probeerde mijn blik te vangen, iets wat nog nooit eerder was gebeurd. Zoals ik al vertelde, werd onze liefdesgeschiedenis afgehandeld door tussenpersonen. Die vuist tegen zijn arm was de eerste keer dat ik hem ooit had aangeraakt, en die inmiddels beroemde zin de eerste woorden die ik ooit tegen hem had gezegd. Maar door mijn vinnige stomp leken diepe gevoelens te zijn ontvlamd. Dat hij zo heetgebakerd, zo wanhopig was om me rechtstreeks te benaderen! Ik werd overspoeld door een golf van verlegenheid en angst. Mijn adem kwam met rukjes. Ik wilde Corwin een teken geven, maar dat kon nu niet. Ik zat verstard tot we weg mochten.

Paaszondag. Ik draag een jurk van blauw nylon nopjeschiffon. De naden prikken en de kraag jeukt, maar het algehele effect is magnifiek, vind ik. Voor mij geen papieren zakdoekje met een haarspeldje als een strik boven op mijn hoofd. Ik bezit een hoed met kunstlelietjes-van-dalen en een elastische band die mij de keel afsnijdt. Maar op het laatste moment smeek ik of ik in plaats daarvan mijn moeders kanten mantilla mag dragen, net zo een als Jackie Kennedy heeft, en die alleen wordt gedragen door de meest modieuze oudere meisjes. Ik zie er schitterend uit, maar ben desondanks volkomen onvoorbereid op wat er gebeurt wanneer ik terugloop na de Heilige Communie. Ik kniel aan het eind van de bank. We hebben instructies gekregen om altijd heel stil te zijn om de aanwezigheid van Jezus de kans te geven in ons door te dringen. Ik doe mijn best. Maar dan zie ik Corwin in de rij voor de communie aan mijn kant van de kerk, zodat hij als hij terugloopt naar zijn bank verder naar achteren op een paar centimeter afstand langs me zal komen. Ik kan mijn hoofd zedig gebogen houden of ik kan kijken. De keuze maakt me duizelig. En ik kijk. Hij komt langs de eerste bank. Ik houd mijn blik strak op hem gericht. En hij ziet dat ik naar hem kijk – donker, nat achterovergekamd haar, smalle bruine ogen – en hij wendt zijn blik niet af. Met de hostie van de wederopstanding in zijn mond werpt mijn eerste liefde me een gloeiende blik van gekwelde hartstocht toe die het miljoen onzichtbare namen plotseling in brand zet.

Moustache Maude

Een hele zomer lang leefden mijn grootouders van een zak meegesmokkelde pintobonen. Ze doodden ratelslangen die naar de rivierbedding afdaalden om te jagen, roosterden ze en kruidden het vlees met zout uit een kleine mineraalafzetting. Ze vonden bessenstruiken en slaagden erin een paar wangzakratten en konijnen te strikken. Maar de smaak van de vrijheid werd nu overstemd door hun verlangen naar een warme maaltijd. De steenwoestijn was misschien afgelegen, maar allerminst leeg, en in Mooshums tijd werd hij zowel bevolkt door ontaarde nietsnutten en bandieten als door eerlijke boeren. Op een dag hoorden ze een onmenselijk gekrijs in de bosjes diep in een greppel waar ze strikken hadden gezet. Toen ze voorzichtig op onderzoek uitgingen, ontdekten ze dat ze een varken hadden gestrikt aan een achterpoot. Terwijl ze overlegden hoe ze het dier zouden doden, verscheen op een heuveltje het silhouet van een gigantische figuur te paard, getooid met een brede gleufhoed. Ze hadden kunnen vluchten, maar toen de ruiter dichterbij kwam, waren ze te verbijsterd om zich te verroeren, of wilden het niet, want het licht verried nu de gelaatstrekken van een reusachtige vrouw in mannenkleren. Ze had kleine, sluwe ogen, een plompe neus en wangen, en lippen als een smalle krul van vlees. Er hing één lange vlecht langs een gigantische, moederlijke borst. Ze droeg een broek van keperstof, laarzen, beenkappen, leren rijhandschoenen en een riem van koeienhuid met zilveren concho's. Om haar brede hoed zat een band van slangenhuid. Haar bruine volbloedpaard stond meteen stil, beleefd en gehoorzaam. De vrouw spuugde een stroom tabakssap naar een roerloze hagedis, lachte toen het dier opschrok en wegschoot en gaf vervolgens de twee de opdracht stil te blijven staan terwijl zij haar zwijn aan een touw bond. Daarna knoopte ze het touw met snelle, vaardige bewegingen aan haar zadelknop en maakte zijn achterpoot los.

'Klim erop,' beval ze hun met een gebaar naar het paard, en toen de kinderen zaten, greep ze de teugels en begon te lopen. Het varken aan het touw draafde achter hen aan. Toen ze bij de ranch kwamen, kilometers verderop, waren de twee in slaap gevallen op de rug van het zachtaardige paard. De vrouw liet hen door een knecht slapend van het paard tillen en in bed leggen in een slaapkamer van haar huis, dat groot en bouwvallig was en gedeeltelijk van plaggen, gedeeltelijk van hout was gebouwd. Er stonden twee kleine bedden in de kamer, plus een onderschuifbed waar zij zelf soms op sliep, snurkend als een motor, wanneer ze boos was op haar man, de beruchte Ott Black. Hier zouden mijn Mooshum en zijn aanstaande bruid zes jaar wonen, tot de ranch werd belaagd en Mooshum bijna gelyncht.

In Erling Nicolai Rolfsruds compendium van gedenkwaardige vrouwen en mannen uit North Dakota wordt Moustache Maude Black, want dat was de naam van de weldoenster van mijn grootouders, beschreven als een niet onvrouwelijk mens, hoewel ze zich mannelijk kleedde, rookte, dronk, een uitstekende schutter en een strenge kampbaas was. Die dingen waren allemaal waar, zei mijn Mooshum, net als de vermelding van haar vriendelijkheid én haar gewoonte om af en toe vee te roven. Dat laatste was een soort sport voor haar, zei Mooshum, het was nooit haar bedoeling er iemand kwaad mee te doen. Soms jatte ze varkens. Het varken in de woestijn was niet van haar geweest. Moustache Maude had soms een snor, en soms niet als ze hem epileerde. Ze hield haar kippenhok schoon en haar keuken netjes. Ze raakte erg gehecht aan Mooshum en Junesse, leerde hun lassowerpen, paardrijden, schieten en een smakelijke stoofpot van kip en noedels maken. Omdat ze hun liefde in de gaten had, verbande ze Mooshum naar de mannenbarak, waar hij snel alle manieren leerde waarop hij in de toekomst kinderen kon maken bij Junesse. Hij oefende in zijn hoofd en kon nauwelijks wachten. Maar Maude verbood hun te trouwen voordat ze allebei zeventien waren. Toen die dag kwam, gaf ze een bruiloftsdiner waarover nog jaren werd nagepraat, en waar verschillende verrukkelijk geroosterde dieren werden opgediend die van hetzelfde formaat en soort leken als veel beesten die de dinergasten kwijt waren. Het wekte enige beroering, maar toen de bruiloft voorbij was, waren er alleen botten over en Maude had de drank rijkelijk laten vloeien, dus de meeste van de omringende boeren haalden hun schouders erover op. Waar ze echter niet hun schouders over ophaalden en zelfs verontwaardigd over waren, en wat een onderstroom van argwaan voedde, was het feit dat Maude een groot en uitgebreid feest had aangericht voor een stel indianen. Of halfbloeden. Een van de twee. Dit was het westen van North Dakota rond de vorige eeuwwisseling. Jaren later nog, toen een volledige familie was uitgemoord in de buurt van Pluto, werden vier indianen, onder wie een jongen die Heilig Spoor werd genoemd, beschuldigd en gevangengenomen door een lynchmeute.

In Mooshums verhaal was er nog een smerige moord, van een vrouw op een boerderij iets verder naar het westen; de buren negeerden de plotselinge afwezigheid van de man van die vrouw en dachten aan de dichtstbijzijnde indiaan. Dat was ik, zei Mooshum. Op een nacht vulde het erf van aangestampte aarde tussen de barak en Maudes keuken en slaapvertrekken zich met mannen gewapend met fakkels van vlammende pek. Hun gebrul joeg Maude uit haar bed en dat vond ze niet prettig. Uit voorzorg, omdat ze had gehoord dat ze hem zouden komen halen, had Maude Mooshum met een deken naar de kelder onder haar keuken gestuurd om daar te slapen. Dus wist hij wat er gebeurde alleen via de herinneringen van zijn vrouw zaliger, want hij hoorde niets en droomde zich een weg door het gevaar.

'Stuur hem naar buiten,' loeiden ze, 'anders komen we hem halen.'

Maude stond in haar nachtpon in de deuropening, met haar holster omgegespt en in elke hand een schietklaar pistool. Ze vond het nooit prettig uit haar slaap gewekt te worden.

'Ik schiet de eerste twee wie het in z'n kop haalt van zijn paard te klimmen overhoop,' zei ze, en met een gebaar naar de slaperige man naast zich, 'en Ott Black legt de volgende om!'

De mannen waren stomdronken en konden hun paard nauwelijks in bedwang houden. Een viel eraf en Ott schoot hem in zijn been. Hij begon harder te krijsen dan het gestrikte varken.

'Wie is de volgende, jongens?' loeide Maude.

'Stuur die verdomde indiaan naar buiten!' Maar de kreet klonk minder overtuigd en werd begeleid door het hese gegil van de neergeschoten man.

'Welke indiaan?'

'Die jongen!'

'Dat is geen indiaan,' zei Maude. 'Dat is een Jood uit het land van Galilea! Van de Verloren Stam van Israël!'

Ott Black stikte bijna in de geestigheid van zijn vrouw.

'Ze heeft een kast vol boeken, stelletje stomme idioten!' Hij nam hen allemaal om beurten op de korrel. De mannen lachten nerveus en riepen weer om de jongen.

'Ik hield jullie maar voor de gek,' zei Maude. 'Eigenlijk is hij Ott Blacks rasechte zoon.'

Daarvan zakten de mannen terug in hun zadel. Ott knipperde met zijn ogen, toen snapte hij het ineens en brulde: 'Je heb nooit geen vrouw gekend tot je Maude Black heb gekend!'

De mannen verdwenen weer in het donker en lieten hun gevallen pseudolyncher schoppend en God om genade smekend achter op de grond. Misschien had Otts kogel een zenuw of een bot geraakt, want de man leek ongewoon veel pijn te hebben voor iemand die alleen maar door een kogel was geraakt. Hij begon te ijlen en te schuimbekken, dus voerde Maude hem dronken, bond hem op zijn zadel vast, en ging op weg naar de dokter omdat ze niet wilde dat hij in haar huis behandeld werd. Onderweg stierf hij aan bloedverlies. Voordat het licht werd, kwam Maude terug, gaf mijn grootouders haar twee beste paarden en zei dat ze hard terug moesten rijden naar waar ze vandaan waren gekomen. Zo kwam het dat ze op tijd weer in het reservaat waren om de hun toegewezen lapjes grond in ontvangst te nemen, waar ze boerden met door de overheid verstrekt zaad en ploegen, hun vijf kinderen opvoedden, van wie Clemence, mijn moeder, er een was, en waar mijn ouders ons elke zomer heen lieten gaan om paard te rijden zodra de teken zich weer gedeisd hielden.

Verhaal

Het verhaal zou waar kunnen zijn, want, zoals ik al zei, er heeft echt een Moustache Maude Black bestaan met een man die Ott heette. Alleen beweerde Maude in het verhaal soms dat Mooshum haar eigen zoon was en pochte ze soms zelfs dat ze een affaire had gehad met Opperhoofd Gall. En soms knalde Ott de man in zijn buik. De details wisselden, maar de feiten lagen er. De St.-Josephkerk is genoemd naar de timmerman die zijn vrouw geloofde, een zoon opvoedde die niet van hem was en wordt vereerd als beschermheilige van ons stoutmoedige en hartstochtelijke volk, de mestiezen. Die duiven waren beslist de legendarische trekduiven, zo groot in aantal dat niemand dacht dat ze ooit van de aarde gevaagd konden worden.

Mooshum werd die lente erg traag en het kostte hem moeite de moestuin te bewerken. Omdat hij liever in zijn stoel bleef zitten, lieten mijn ouders hun boycot verslappen. Onze vader stak nu vaker de magische plastic rondjes op hun metalen pinnen en draaide tot het beeld helder werd. Soms keken we allemaal samen naar de *Three Stooges*. De zwartharige leek sprekend op de vrouw die zijn leven had gered, zei Mooshum, naar de tv knikkend en wijzend. Ik weet nog dat ik naar zijn knokige bruine vinger keek en me die voorstelde als de hand van een sterke jonge man die de ploeg greep of van een jongen die de kandelaber vasthield, die mijn grootouders overigens helemaal hadden meegesleept naar de steenwoestijn, waar hij handig was geweest om slangen en wangzakratten mee te doden. Ze hadden hun enige bezit aan Maude gegeven, als teken van dankbaarheid. Ze had hem naar hen teruggegooid de nacht dat ze ontsnapten.

Die hoge, verzilverde, zesarmige kandelaber, waarvan de toplaag op sommige plaatsen tot het tin was afgesleten, had nu een ereplaats midden op onze eettafel. Er stonden kaarsen van bijenwas in, die onlangs hadden gebrand tijdens het paasdiner. De dag na Tweede Paasdag kuste ik Corwin Peace in de kleine nis op het schoolplein. Onze kus was hard, hartstochtelijk en vreemd volwassen. Later liep ik alleen naar huis. Ik liep heel langzaam. Halverwege stopte ik en staarde naar een stuk van het trottoir waar ik duizend keer langs was gekomen en dat ik door en door kende. Er zat een diepe, lange, gekartelde, donkere barst in. Het was de dag dat de enorme oude katoenbomen katoen afschudden. De lucht was vol vallend dons en het bermgras en de goten waren mollig van een sneeuwbui van licht. Ik had verwacht dat ik vreugde zou voelen, maar in plaats daarvan voelde ik een verward soort verdriet of misschien angst, want het leek of mijn leven een hongerig verhaal was en ik de bron, en dat ik met deze kus was begonnen mezelf aan de woorden over te leveren.

Een beetje

Aan de keukenmuur naast de zwarte tinnen klok met wijzers van giftig radium die gloeiden in het donker hingen drie portretten. John F. Kennedy, paus Johannes XXIII en Louis Riel. De eerste twee waren kleurenfoto's die mijn vader en moeder via de school en de kerk hadden gekregen. De laatste was een krantenfoto, vergeeld en broos. Mijn moeder had hem uitgeknipt en zorgvuldig in een goedkoop lijstje gedaan. Op de foto zag Riel er knorrig en slonzig uit, een beetje wazig. Toch was hij de idealistische held van ons volk, en de bijnaleider van iets wat onze Michif-natie had kunnen zijn. Mooshum en onze moeder vereerden hem, ook al hadden de ouders van Mooshum ooit heel comfortabel in de buurt van Batoche, Saskatchewan, gewoond en zou hun enorme boerderij naar hun zonen zijn gegaan als Riel er niet was geweest. Die boerderij was voordat Mooshum het spreken machtig was ten prooi gevallen aan fakkels, omdat de familie Milk het gedachtegoed van Riel had omarmd, de goede zaak met geld had gesteund, zijn vrouw en kind in huis had genomen, zijn vertrouwelingen had gevoed, aan zijn zijde had gevochten en de woede had opgewekt van de priesters die de volgelingen van Riel met excommunicatie bedreigden en hen uiteindelijk aan hun moordenaars verraadden.

Na de opstand in Batoche was de familie naar het zuiden gevlucht en in het donker de grens overgestoken, zonder precies te weten waar ze waren. Zodra ze een prettige omgeving hadden gevonden, probeerden ze het boerenleven weer op te pakken, maar hun hart lag er niet meer in. Ze verloren een baby, leidden een droefgeestig bestaan en waren gebroken toen ze hoorden dat Riel was veroordeeld en opgehangen. Riel ging zijn dood tegemoet op mocassins, een met zilver beslagen crucifix in de hand. Zijn laatste woorden tegen de aanwezige geestelijke waren *Courage, mon père.* Vooral Joseph Milk, onze overgrootvader, was dol op de wispelturige profeet van het nieuwe gemengdbloedige katholicisme en hij vervloekte de priesters, ook al was zijn zoon Severine net gewijd.

Mooshum had een jongere broer, een vioolspeler die Shamengwa heette en even keurig en waardig was als Mooshum vrolijk ontregeld en profaan. Afgezien van zijn dubbelgeklapte arm was Shamengwa een en al strakke elegantie. Als laatsten van hun generatie genoten deze twee ondanks hun onderlinge verschillen van elkaars gezelschap. Ze waren opgegroeid in dat melancholieke huis en de geschiedenis had hen op verschillende manieren beïnvloed. Shamengwa was de kant van de muziek op gegaan en Mooshum die van de verhalen. Ze waren beiden zo snel mogelijk ontsnapt, maar de geschiedenis was hen natuurlijk gevolgd, en nu vonden ze er als oude mannen troost in die eindeloos te herkauwen. Als Shamengwa op bezoek was, zat hij rechtop op een harde keukenstoel en speelde vaak de oude melodieën, terwijl Mooshum liever gemakkelijk hing of lag terwijl hij op zijn knie de maat sloeg. 's Zomers maakte hij buiten aanspraak op een oude autobank die mama niet weg mocht slepen. Binnen was de bultige, doorbuigende wegzakbank voor hem. Soms zaten de twee broers aan de keukentafel hete thee met veel suiker te drinken, waar Mooshum 'een drupje in deed'. Maar ze waren het gelukkigst wanneer ze de kans kregen een lid van de gehate clerus met de geschiedenis om de oren te slaan. Op de dagen dat de oude gepensioneerde pastoor, broos als een droogboeket en nagenoeg vergeten daarboven op de heuvel, moeizaam naar beneden strompelde om de broers op te zoeken, of als hij arriveerde in een soort enorme, geïmproviseerde kinderwagen, voortgeduwd door een attente franciscaner non, raakten de broers dan ook helemaal opgewonden. Ze zorgden koste wat kost dat ze whisky hadden en zeurden bij mama of tante Geraldine om *boulettes*, of de speciale gerezen, lichte *galette* die ze van Junesse hadden leren maken. Ander voedsel lag hun zwaar op de maag, maar de oude mannen beweerden alle drie dat de vleessoep en het brood de darmen zo heerlijk verlosten als ze met voldoende vet waren doortrokken. De oude pastoor gebruikte een stok van gepolijst kronkelwilgenhout om zich op de hobbelige weg staande te houden, en hij plantte die stevig tussen zijn voeten als hij zich in de wijnkleurige golven van de bank liet zakken. Vanaf die plaats debiteerde hij, knikkend met zijn eierschaaldunne schedel, zijn meningen in fluisterzachte, vriendelijke klanken die de broers misschien veel te meegaand vonden. Soms vielen ze stil uit teleurstelling over zijn gebrek aan weerwoord, maar de bezoekjes eindigden altijd met de ene beleefde toast na de andere. Maar toen overleed de goede priester en hadden de broers geen geestelijke meer om uit te dagen, totdat er een grote, bleke, opgeblazen en pijnlijk flinke pastoor uit Montana werd overgeplaatst. Hij kreeg de bijnaam Pastoor *Hop Along* vanwege zijn cowboyafkomst, zijn echte naam, Cassidy, en de ongelukkige neiging om een pietsje te precieus op zijn puntige voeten te hoppen als hij tijdens de mis met zijn kwast wijwater over de gelovigen sprenkelde.

De zomer na mijn eerste kus haperde de tv en kwam er helemaal geen geluid meer uit. We konden alleen nog maar willekeurige zoemgeluiden opwekken en het beeld liep zo snel door dat we er duizelig van werden. Maar we leefden toch al buiten. Joseph en ik mochten wanneer we maar wilden de bonte paarden van tante Geraldine vangen en berijden. Ze waren allebei snel en dol op draven. De zwart-witte was wel vriendelijk, maar de andere, een grillige bruin-witte pinto, had ooit een klap op haar hoofd gehad en beet gemeen als je in haar dode hoek kwam. We reden zonder zadel met teugels van touw en bonden ze vast in een hoek van de tuin als we even stopten om iets te eten. Op een dag toen we tegenover Mooshum en Shamengwa aan tafel kommen soep slobberden, terwijl onze paarden onder de bomen in de achtertuin stonden, begon het zachtjes te regenen. Onder de beschutting van een dik bladerdak graasden de paarden bedrijvig het hoge gras om hen heen af, dus toen mama de deur opendeed en pastoor Cassidy binnenliet, deden we geen poging te ontsnappen, maar besloten gin rummy te spelen in de deuropening tot de lucht opklaarde.

De twee oude mannen begroetten de pastoor met enorm veel genoegen.

'*Tawnshi! Tawnshi ta sawntee, Père* Cassidy! Wat aardig dat u ons komt opzoeken! Wat ziet u er goed uit, ga alstublieft zitten, kom bij ons zitten, eet een hapje mee, een kom soep, een snee brood.'

'Misschien ook een scheutje uit de kruik. Clemence?'

'Dat lijkt me wel wat,' zei pastoor Cassidy met een lichte huivering, bij het vooruitzicht dan, want het was niet koud. 'Een beetje whisky zou de kilte verdrijven.'

Joseph keek me aan met opgetrokken wenkbrauwen en neergetrokken mondhoeken zoals hij wel vaker deed. Het was absoluut niet koel buiten. De lucht was warm gebleven en na de regen sloeg de damp van het gras, zodat het onmiddellijk zonneklaar was dat we hier met een dorstige pastoor te maken hadden. Mooshum kraaide van plezier een gaf Clemence' hand een duwtje naar boven toen ze zuinig inschonk.

'Dochter, wees eens wat gastvrijer!'

Mama fronste en zuchtte puffend, maar liet de fles op tafel staan.

'Zo, pastoor Cassidy, u bent hier nu een paar maanden. Wat vindt u van onze handel en wandel?'

Maar de priester hield net zijn hoofd achterover om de laatste druppel uit het glas op te vangen.

'O *yai*! Ik herinner me de tijd dat priesters hun whisky met water dronken, maar deze hier neemt zijn vuurwater onverdund. Broer, laten we hetzelfde doen!'

'Een echte jongen uit Montana,' zei pastoor Cassidy in een poging net te doen of hij zijn borrel niet te gulzig achterover had geslagen. 'Wij hechten niet aan vormelijkheid en we versnijden onze whisky niet, maar we geloven wel in naar de heilige mis gaan. Nu komt Clemence regelmatig en ze sleept Edward mee, en de jongeren zijn natuurlijk verplicht om elke vrijdag te biechten en door de week minstens drie keer de mis bij te wonen. Maar u, ik heb u tweeën nog niet in de kerk gezien sinds ik hier ben. Wat betekent dat u in elk geval heel wat biechten achterloopt.'

'*Tawpway*, *Père* Cassidy, u spreekt de waarheid. Maar oude mannen hebben geen kans om veel te zondigen,' zei Mooshum met spijt in zijn stem. Hij keek naar Shamengwa. 'Broer, heb jij dit jaar al de kans gehad om te zondigen?'

Shamengwa trok een lang gezicht en zuchtte verwijtend. '*Frère*, dat zou je weten, want ik zou het je onmiddellijk vertellen om je jaloers te maken. *Hiyn*, nee, ik ben rein geweest.'

'Ik ook, volkomen rein,' zei Mooshum. Zijn kin trilde.

'Weet u dat zeker?' vroeg pastoor Cassidy, met een blik op de fles. Zijn hand omklemde zijn lege waterglas. Hij hief het glas naar de fles. 'Grote zonden zijn niet vereist. Heeft u de naam van de Heer misschien ijdel gebruikt?'

'*Mon Dieu*! Nooit!' De broers keken heel geschokt en ontstemd bij het idee, schonken de priester haastig een dubbele whisky in en vulden hun eigen glazen bij.

Pastoor Cassidy keek nadenkend en misschien een beetje terneergeslagen nu de twee oude broers zonder zonden bleken. Maar toen nam hij een lange slok en klaarde op. 'Er zijn zo veel manieren om te zondigen die niet voor de hand liggen! U zou bijvoorbeeld deel kunnen hebben aan de zonde van iemand anders zonder hem zelf te hebben begaan, via de zonde van het zwijgen. Heeft iemand die u kent gezondigd?'

De broers schudden hun hoofd in onbegrijpende verbazing. De priester zocht naarstig, zwaaiend met een mollige hand om inspiratie op te doen. 'U zou gezondigd kunnen hebben tegen de Heilige Geest door u te verzetten tegen een erkende waarheid – bijvoorbeeld de waarde van de heilige mis – waardoor uw ziel zich hardt tegen het toetreden van de genade!'

Pastoor Cassidy keek uiterst zelfvoldaan, maar de broers leken diepbeledigd dat hij zou denken dat hun ziel zich gehard zou hebben en ze legden hun hand beschermend op hun kloppende hart. De priester gaf het echter niet op en hij ratelde snel een lijst pekelzonden af: 'een opwelling van naijver of trots of… nee? Slecht humeur of zelfs een onbeduidende onwaarheid, nee? Of zelfs, ik durf het haast niet te zeggen…' De zachte hand van de priester beefde licht toen hij hem om het glas sloot; hij glimlachte in tedere verrukking naar de inhoud en liet het gouden vocht rondwalsen tijdens het praten. Hij was nu een beetje dromerig. 'Onreine gedachten,' fluisterde hij. 'Komen veel voor.'

Daarop wierp Mooshum zijn broer een blik van gekwetste verbazing toe en hief zijn ogen vragend naar het plafond. Shamengwa maakte met zijn goede arm een kruisteken en nam toen een slokje uit zijn glas.

'We zouden moeten weten waar hij het over heeft,' zei Mooshum, met een hand op zijn arme verminkte oor, 'maar we moeten toegeven dat we volledig onwetend zijn van deze…'

'Onreine gedachten,' zei Joseph vanuit de deuropening, met een afkeurende blik op de kaarten in zijn hand.

'Gin,' zei ik.

'Ai.'

'Onreine gedachten,' zei Shamengwa. 'Beste pastoor, zou u ons kunnen uitleggen… wat die onreine gedachten waar u het over heeft precies inhouden? Als ze, zoals u zegt, veel voorkomen, moeten we ze hebben gehad, en toch hebben we er op de een of andere manier niets van gemerkt.'

'Misschien zondigen we zonder het te weten,' zei Mooshum en hij keek de priester met oprechte ogen aan over zijn geheven borrelglas. Hij deed een poging tot waardigheid, maar door zijn geknauwde oor zag hij er altijd belachelijk uit. 'En dat zou…'

'Tragisch zijn!' zei Joseph. Hij probeerde een proestlach te onderdrukken door snel de kaarten te schudden.

'Tragisch… omdat we zonder gewaarschuwd te zijn op de slechte plek zouden belanden wanneer we sterven!'

'Zouden we door deze onreine gedachten naar de hel kunnen gaan?'

Beduusd van schrik schoten beide mannen overeind. De priester keek met een loensende frons in zijn lege glas en Mooshum vulde het netjes bij.

'Concupiscentie,' zei pastoor Cassidy met een opgeheven vinger naast het glas dat hij ter hoogte van zijn priesterboord hield. Met zijn andere hand trok hij aan het boordje zelf, alsof het strakker was gaan zitten. 'Uit het Latijn, concupisserie, geloof ik, hetgeen betekent, eh, bij onreine uitscheidingen in het verleden blijven stilstaan of vooruitlopen op zaken als... elke daad van denkbeeldige of ejaculaire copulatie. Om het ronduit te zeggen!'

'Ah, copulatie!' De broers leefden op en klonken met elkaar, en toen met pastoor Cassidy, die per ongeluk uit automatische kameraadschappelijkheid meeklonk, daarna verward omlaagstaarde en mompelde, 'van het Latijnse...'

'Van het Latijnse *copul* als in het koppelen van mensen,' schreeuwde Joseph.

'Ho, ho!' riepen de broers, en ze toostten weer terwijl Joseph zijn kaarten neerlegde en de deur uit schoot.

Ik volgde snel, maar pastoor Cassidy en mama kwamen direct achter ons aan de deur uit en mama zei: 'Blijf staan jullie, en vraag excuus aan de pastoor.' Maar pastoor Cassidy, misschien om te bewijzen dat hij een echte paardenkenner uit Montana was, kwam achter ons staan met zijn grote deegachtige kin die over zijn boord stulpte en zei: 'Niet nodig, niet nodig, die zijn van jullie hè? Leuke, brave, kittige paardjes, vreselijke bouw natuurlijk, absoluut x-benen en ze zijn ernstig aan de roskam toe.' Er blonk een vals lichtje in het oog van de pinto met haar lange nek. Pastoor Cassidy stapte recht voor haar en stak zijn hand uit. Snel als een ratelslang sloeg ze toe en klemde zijn vlezige biceps tussen haar tanden. Pastoor Cassidy schreeuwde en hopte op en neer. Maar de merrie hield hem stevig vast, zoals een moeder een stout kind grijpt. Pastoor Cassidy probeerde met zijn open hand tegen haar neus te meppen. Haar ogen draaiden weg, ze maakte wat hoestende gromgeluiden die als lachsnikken klonken en beet harder voordat ze eindelijk zijn arm losliet. In de ogen van pastoor Cassidy gloeide de schrik.

'O,' zei mama. 'Het spijt me zo, pastoor. Kom alstublieft binnen en laat me wat ijs op dat beetje doen.'

'Beetje!' riep pastoor Cassidy. Hij sloeg zijn hand over zijn bovenarm alsof hij het vlees op zijn plaats wilde houden en schoof achteruit, op weg naar zijn auto die op de straat voor ons huis geparkeerd stond. 'Tot zien, Clemence, het was me een genoegen, een slokje deed geen kwaad. Ajajaj. Hoe konden we weten dat ik die anesthesie nodig had!'

'Van het Latijnse *anuscaput*, wat stomkop betekent,' zei Joseph tegen me.

Pastoor Cassidy stapte in de auto. 'Zeg tegen uw vader en zijn broer dat ze met de verdoemenis koketteren wanneer ze zich tegen de mis verzetten!'

'Ik zal het tegen ze zeggen, pastoor, ja, maakt u zich geen zorgen.'

Mama deed een stap naar voren om pastoor Cassidy beleefd uit te zwaaien en tegen de tijd dat ze zich omdraaide om op volle kracht op ons af te komen, zaten wij al te paard en stoven weg. Dus denk ik dat ze die dag het huis binnenging en haar frustratie over haar vader en haar oom uitstortte, hoewel ze normaal gesproken lief was voor de twee oude mannen, van wie ze net zoveel hield als van ons. Ze waren gelouterd en stil toen we thuiskwamen voor het avondeten. Shamengwa bleef omdat ze hem niet had toegestaan 'zich uit de voeten te maken' zoals zij het noemde. De televisie stond te blèren en het beeld liep langzaam door, schoof over het scherm en bleef halverwege steken zodat de benen van een vrouw boven op haar pratende hoofd stonden. Dan ging haar hoofd naar boven en trilden de benen nog even onder haar, totdat haar hoofd verdween en beneden weer opdook. De twee oude mannen leunden achterover en deden hun ogen dicht, omdat ze die desoriënterende aanblik niet konden verdragen. Ze vielen in slaap. Ze snurkten zachtjes in volledige onschuld.

Maar daar bleef het niet bij. Mooshum en zijn broer gingen naar de heilige mis en bleven vervolgens met opzet weg om een bezoek van pastoor Cassidy uit te lokken. Hij had nieuwe hoop gekregen toen hij de twee oude mannen, die zo dicht bij de eeuwigheid waren, in de bank voor hem zag zitten, en hij wilde hun ziel redden. Het tweede bezoek was even belachelijk als het eerste. Mooshum beloofde dat hij een heldhaftige poging zou doen om te zondigen, zodat hij iets te biechten had. Joseph keek het allemaal aan met de lankmoedige alwetendheid van een tiener.

Mijn broer had het moeilijk als jongen. Dat hij de zoon van een biologieleraar op een reservaatschool was, maakte hem verdacht, terwijl het voor mij juist een voordeel was. Voor een meisje is het altijd goed een zichtbare vader te hebben. Daar kwam nog bij dat Joseph dol was op wetenschap en zichzelf de Latijnse naam van dingen leerde. Als tegenwicht reed hij van hot naar her op een van de pinto's van tante Geraldine, helemaal de bush in, en bedronk hij zich zo vaak hij kon aan zelfgestookte drank. We hadden allebei vrienden, en acht of negen nichten en neven Peace, van de eerste tot de derde graad en voor zover we wisten nog ongeveer zestien anderen, en Corwin. Ik had vriendinnen en ik vond het niet erg om naar school te gaan, maar op de een of andere manier was de intimiteit van mijn familie genoeg voor me buiten het klaslokaal. We waren niet sociaal. Bovendien waren Joseph en onze vader buitenbeentjes vanwege hun interesses: postzegels verzamelen natuurlijk, wat een manier was om te reizen zonder weg te gaan, maar ook sterren en hemelverschijnselen, grassen, bomen, vogels, reptielen en allerlei insecten die ze systematisch verzamelden, op witte stukjes karton prikten en van een etiketje voorzagen.

Joseph was vooral geïnteresseerd in een dikke zwarte salamandersoort die volgens hem inheems was en hij had papa overgehaald hem te helpen hun levenscyclus door het jaar heen te volgen door ze in het veld te observeren. Dus gingen ze zelfs hartje winter met schop en houweel op stap om een overwinterend schepsel uit de keiharde modder van tante Geraldines poel op te graven. Of in de zomer, zoals nu, legden ze namaak speelterreinen voor de beestjes aan en bestudeerden elke beweging, waarbij ze aantekeningen maakten in keurige blokletters. Om de een of andere reden hadden ze afgesproken geen schuinschrift te gebruiken.

Misschien was het feit dat ik Joseph in mijn jeugd bewonderde de reden dat hij aardiger voor me was dan de meeste broers zijn. Bovendien wisten we dat er geen andere kinderen zouden komen. Dat zei mama, en als we ruzie hadden, legde ze ons het zwijgen op met de woorden: 'Stel je eens voor hoe jullie je zouden voelen als er *iets gebeurde*.' Door ons de ander dood voor te stellen konden we meer van elkaars gezelschap genieten. Ik hielp Joseph met het verzamelen van specimens in gestolen weckpotten en onthield puur om hem een plezier te doen een paar Latijnse namen. Het scheelde dat ik ook dol was op de salamanders – of *mudpuppy's* zoals ze over het algemeen genoemd werden. Het waren kluitjes aarde, donker met gele vlekken, hulpeloos als ze uit het water kwamen. Bij zware regenval zwermden ze langzaam en plechtstatig uit de natte scheuren in de grond omhoog. Hun stomme aantallen hadden iets gewichtigs en vreselijks. Mooshum zei dat de nonnen vroeger geloofden dat ze afgezanten waren van de goddeloze doden die omhoog werden gestuurd door de duivel, en dat de hel er vol mee zat. We schuifelden langzaam door het gras en schopten voorzichtig de plompe dingen omver. We raapten ze op, zetten ze op hogere grond, en bedekten ze met natte bladeren. Ze vielen bij bosjes op lage, natte plekken rond de schoolgebouwen – je kon er zo tien of twintig in de vossengaten voor de kelderramen vinden. Joseph maakte me altijd vroeg wakker als de slagregens kwamen, laat in de warme lente, en dan zorgden we dat we als eersten op school waren zodat we de beestjes op konden vissen voordat de jongens ze vonden en doodtrapten.

Die zomer hadden Joseph en mijn vader met houwelen en spades een diepe vijver in de achtertuin gegraven. Het water stond hoog dat jaar en hij liep onmiddellijk vol. Ze plantten lisdodde en wilg aan de oever, en lieten er kikkers en salamanders in los. De vijver was niet voor vis, die vijanden van neotene larven, maar ze voorzagen hem wel overvloedig van boom- en luipaardkikkers uit Geraldines poel, en vervolgens van salamanders, die we in emmers naar huis brachten. Tot grote teleurstelling van Joseph leken de salamanders in de aarde te verdwijnen. Zelfs als hij er een vond, was het moeilijk waar te nemen of ze ook iets deden. Het kostte een hele dag om er een zijn bek te zien opendoen. Joseph werd ongeduldig en gapte een ontleedset van papa. De kartonnen doos bevatte een scalpel, pincet, spelden, glaasjes, een flesje chloroform en een paar wattenbolletjes. Er was een diagram van een geopende kikker waarop alle organen werden benoemd.

Joseph legde de instrumenten zorgvuldig op de vensterbank van de kleine kamer die we deelden. Hij haalde een glazen pot onder het bed vandaan. Die bevatte een specimen van de *Ambystoma tigrinum*, de oosterse tijgersalamander. Hij liet een in chloroform gedoopte wattenbol in de pot vallen en zette hem toen weer onder het bed. Onze vader had het niet zo op ontleden.

Die avond hield ik een kaars vast om meer licht te werpen waar Joseph dat nodig had. Ik keek toe hoe hij de buik van de salamander opensneed en de glibberige troep van de ingewanden onthulde – een kluwen slangetjes gevuld met doorzichtig slijm.

'Hij stond net op het punt zijn spermatofoor te lozen,' zei Joseph vol ontzag, terwijl hij in een wit stukje brij prikte. Er klonk een voetstap voor de deur. Ik blies de kaars uit. Papa deed de deur open.

'Geen kaarsen,' zei hij. 'Brandgevaar. Geef hier.'

Van onder het bed rolde ik de kaars naar zijn voeten en hij zei: 'Evey, kom daarvandaan en ga naar bed!'

De volgende ochtend was ik eerder op dan Joseph en ontdekte dat de salamander was bijgekomen en had geprobeerd weg te kruipen, waarbij hij het stuk ingewanden dat Joseph aan het zachte hout van de latafel had vastgeprikt uit elkaar had gerafeld. Het spoor van zijn ingewanden reikte tot de vensterbank waar hij had weten te sterven met zijn neus tegen de hor gedrukt. Die dag begroef Joseph de ontleedset naast de salamander. Hij zuchtte veel toen we het plompe, grijzige lijfje bedekten, maar hij zei niets en ik ook niet. Pas maanden later groef hij de ontleedset op en het duurde misschien wel een jaar voor hij hem op iets anders toepaste.

Mooshum en Shamengwa waren ervan overtuigd dat Louis Riel zijn geduchte krijgsheer Gabriel Dumont alle beslissingen had moeten laten nemen vóór en tijdens de slag om Batoche, omdat hij dan niet alleen voor alle mestiezen en indianen een machtiger plek in de wereld zou hebben veroverd, maar ook omdat zijn overwinning indianen ten zuiden van de grens zou hebben geïnspireerd om zich te verenigen op een cruciaal moment in de geschiedenis. Alles zou heel anders zijn gelopen. De twee broers speculeerden ook graag over de vorm die het mestiezenkatholicisme zou hebben aangenomen en of ze hun eigen priesters zouden hebben gehad. Mooshum wist zeker dat het beter zou zijn als de afgescheiden priesters mochten trouwen en Shamengwa was van mening dat zelfs mestiezenpriesters kuis moesten blijven. Ze waren het erover eens dat de openbaring van Louis Riel, die hij kreeg toen hij hoorde dat hij en zijn volgelingen geëxcommuniceerd waren, waarschijnlijk juist was. Na lange overpeinzingen had de mysticus Riel verkondigd dat de hel niet eeuwig duurde, en dat het er niet eens erg heet was.

'En dat geloof ik,' beweerde Mooshum, 'niet alleen omdat Riel door engelen werd getroost, maar omdat het logisch is.'

'Verklaar je nader.'

Papa ging naar de mis om Clemence een plezier te doen en verdween zodra pastoor Cassidy zich vertoonde. Hij was een katholiek zonder enige overtuiging.

'Als de hel heet genoeg was om het vlees weg te vreten zou er geen vlees over zijn om te lijden,' zei Mooshum. 'En als de hel bedoeld was om de ziel, die onzichtbaar is, te verbranden dan zou het een denkbeeldig vuur moeten zijn, waar je de vlammen niet van kunt voelen.'

'Dus de hel is hoe dan ook ernstig in opspraak.'

'Hoe dan ook.' Mooshum knikte.

'Ik vind dat volkomen geloofwaardig.' Papa knikte. 'Het klopt echt helemaal. Wetenschappelijk gesproken, natuurlijk, kan niets eeuwig branden zonder een ongelimiteerde brandstoftoevoer. Dus dan ga je je toch afvragen.'

Clemence, die zei dat zij geloofde in hete vuren die eeuwig tot op het bot brandden, schudde haar hoofd uit medelijden met de mannen. Ze beschouwde niet in de hel geloven als een karakterzwakte, een handig denkfoefje om laks gedrag te verontschuldigen. Ze had gemerkt dat de fout het meest voor de hand lag en het nuttigst was voor mensen die geen hoop op de hemel hadden. Maar hoewel ze oprecht wenste haar kinderen zodanig op te voeden dat ze zeker zouden delen in het koninkrijk Gods (haar nalatenschap), werd ze op de een of andere manier gedwarsboomd in haar intenties, en wel door haar eigen sympathieën.

Zo liet ze zich bijvoorbeeld overhalen om Mooshum met te ruime hand in te schenken, en nam ze zelf van tijd tot tijd een borreltje. En iedereen kon zien dat ze geen hoge pet op had van pastoor Cassidy. Haar gebrek aan enthousiasme in zijn aanwezigheid was overduidelijk na zijn eerste bezoek. Ze liet zich soms een paar woorden ontvallen achter zijn rug. Joseph en ik wisten zeker dat we haar *dikke idioot* hadden horen mompelen na een van zijn preken over Gods plan om baby's in de baarmoeders van vrouwen te scheppen. Pastoor Cassidy preekte tegen inmenging in dat plan, maar in dermate duistere bewoordingen dat ik geen flauw idee had waar hij het over had. Toen ik mama vroeg wat pastoor Cassidy bedoelde, keek ze me strak aan en zei: 'Hij bedoelt dat het Gods plan was dat ik weer zwanger zou worden en zou sterven. Maar de dokter die ik sprak was het niet eens met Gods plan en dus ben ik er nog, levend en wel.'

Ze zag de angst op mijn gezicht en besefte, neem ik aan, hoe haar woorden klonken. 'Ik leg het je wel uit als je veertien bent,' zei ze op een toon die geruststellend bedoeld was. Ik was helemaal niet gerustgesteld en moest Joseph vragen of hij pastoor Cassidy begreep.

'Natuurlijk,' zei Joseph, 'hij heeft het over geboortebeperking. Als je seksuele voorlichting wilt, moet je bij tante Geraldine zijn. Zij zal het voor je uittekenen.'

Dus de volgende keer dat ik een paard ging halen, kwam ik met kennis terug. Dankzij Geraldine begreep ik ook wat onreine gedachten waren, en realiseerde ik me dat de wonderlijke gevoelens die deel uitmaakten van Gods plan voor mij, en die ik in bad had ervaren met mijn hoofd vol mayonaise, als zonden werden beschouwd.

'Moet ik die biechten?' Ik was ontzet bij het vooruitzicht.

‘Ik doe het niet,’ zei Geraldine.

De volgende keer dat pastoor Cassidy aan de deur verscheen, begroette ik hem met een zuiver geweten, nam zijn jasje en hoed aan en legde die op de stoel naast de deur. Toen trok ik me terug in een hoek van de kamer. Deze keer liet mama, nadat de priester naar de tafel was geloodst, de fles niet op tafel staan toen ze de glazen had ingeschonken. Ze nam hem mee naar de andere kamer. Nu de fles weg was, ontstond er een mistroostige sfeer tussen de mannen.

‘Ach ja,’ zei Mooshum, ‘in de loopgraven van Batoche dronken ze geen wijn en de priesters waren ook half verhongerd. Pastoor Cassidy, bent u bekend met onze geschiedenis?’

‘Ik ben een jongen uit Montana,’ zei de priester. ‘Ik weet hoe ze de rebellie hebben neergeslagen.’

‘Rebellie!’ Mooshum blies zijn wangen op. Hij dronk nog niet uit zijn glaasje.

‘Met een Gatling-machinegeweer!’ zei Shamengwa. ‘Op een vrachtwagen uit het oosten aangevoerd. Een uitvinding voor lafaards, dat ding.’

Pastoor Cassidy haalde zijn schouders op. Mooshum werd plotseling heel boos. Zijn gezicht werd felrood, zijn gehavende oor gloeide, zijn wenkbrauwen zakten. Hij knarste met zijn tanden, trillend van haat.

‘Het ging om rechten,’ riep hij met een klap op de tafel. ‘Hun rechten erkend krijgen toen ze hun eigendom van het land al hadden aangetoond – de Michifs en de blanken. En oude Poundmaker. Ze wilden dat de regering iets deed. Meer niet. En de regering rotzooide maar wat aan dus zegt de oude Riel: “Wij doen het wel voor jullie!” Ha! Ha! *Howah*! “Wij doen het wel voor jullie!”’ Hij hief zijn glas even en keek met samengeknepen ogen naar pastoor Cassidy.

Er was een gelukzalige blik over Shamengwa gekomen. Hij nam een nipje van de drank op zijn tong en straalde. ‘Goh,’ zei hij, ‘dat smaakt nog es zacht.’

‘Mijn pachtgeld is vorige week binnengekomen,’ zei Mooshum.

'Clemence heeft een speciale fles voor me aangeschaft. Maar wat is ze krenterig! Als we onze rechten hadden, zoals Riel ze uitlegde, pastoor Cassidy, dan zou u vóór ons werken, niet tégen ons. En dan zou Clemence ook vollere glazen schenken.'

'Nou, dat betwijfel ik,' zei Shamengwa. 'Maar er zijn zo veel andere dingen.' Hij was helemaal opgeleefd van geluk. 'Ik heb hierover nagedacht, broer. Als Riel had gewonnen, zouden onze ouders in Canada zijn gebleven, als ongeschonden mensen. Niet gebroken. We zouden fatsoenlijk zijn grootgebracht. Mijn arm zou het doen.'

'Zo veel dingen,' zei Mooshum zwak. 'Zo veel... Maar één woord, daar gaat het om, broer.'

'Wat is dat woord?'

'Respect.'

'Respect is geen eenrichtingsverkeer,' merkte pastoor Cassidy op. 'Heeft u van de week de wensen van de Heer gerespecteerd?'

'Heeft de Heer ons gemaakt?' vroeg Mooshum strijdlustig.

'Jazeker,' zei pastoor Cassidy.

'Zoals we zijn, in ons lichaam,' zei Mooshum.

'Natuurlijk.'

'Tot in de details? Tot aan de mannelijke delen?'

'Waar doelt u op?' vroeg pastoor Cassidy.

'Als de Heer ons lichaam tot en met de mannelijke delen heeft gemaakt, dan heeft Hij ook de wensen van het mannelijk deel gemaakt. Van de week heb ik die wensen gerespecteerd, dat kan ik u wel vertellen.'

Voordat pastoor Cassidy zijn mond open kon doen kwam Shamengwa tussenbeide. 'Respect,' zei Shamengwa, 'is een veel groter onderwerp dan je mannelijke delen, broer. Jij doelde op politiek respect voor ons volk. En in dat opzicht had je gelijk, maar al te groot gelijk, want het staat buiten kijf. Als Riel had doorgezet, zouden we respect hebben gekregen.'

'Op onze natie! Op ons volk!' Mooshum leegde zijn glas.

'Land,' zei Shamengwa peinzend.

'Vrouwen,' zei Mooshum duizelig.

'Zelfs de grote Riel had je daar niet mee kunnen helpen.'

'Maar onze mensen zouden niet zijn opgehangen...'

'O, ja,' zei pastoor Cassidy met een blik op de bodem van zijn glas. 'Het ophangen! Een historica hier ter plaatse...'

'Geen kwaad woord over haar, pastoor. Ik ben verliefd op haar!'

'Ik wilde niet...'

'Laten we het niet over het ophangen hebben,' zei Shamengwa streng. 'Laten we het in plaats daarvan hebben over het verzoek om nog een glas van dit spul aan Clemence. O, nichtje, lievelingsnicht!'

'Niks te lievelingsnichten.' Mama kwam de kamer weer in en schonk de mannen een rondje. Ze schoot weer weg met de fles, zo snel dat ze me niet zag. Ik had me achter de bank laten zakken omdat ik even geen zin had om opgezadeld te worden met het schoffelen van de bonen. Dat ze niet gastvrijer was tegen de priester bevestigde haar lage dunk van hem, maar toen realiseerde ik me dat hij ook gekomen was om haar te zien.

'Kan ik u even spreken?' Pastoor Cassidy probeerde met zijn stem een lus om haar snelle enkels te slaan, haar uit de keuken te sleuren, maar ze was door de achterdeur de tuin in gelopen.

Mooshum was inderdaad verliefd op Neve Harp, een stomvervelende tante van ons, een dame uit Pluto die zich de stadshistorica noemde. Ze kwam vaak 'aanwippen', zoals ze het noemde. We waren nooit veilig voor die dreiging. Ze was wat mensen 'frutselig' noemden, altijd opgemaakt en te chic gekleed. Ze was rijk en verwend, maar ook een beetje gek – ze barstte soms uit in een paniekerig lachje dat te lang duurde en dat ze niet leek te kunnen beheersen. Mama zei dat ze medelijden met haar had, maar wilde me niet vertellen waarom. Neve Harp leek er trots op dat ze twee echtgenoten had versleten – een van hen had ze zelfs de gevangenis in gekregen. Ze was bezig aan een derde, schepte op over stiefkinderen, maar ondertekende inmiddels met haar meisjesnaam om minder verwarring te creëren. Omdat hij Neve Harp niet zo vaak mocht bezoeken als zijn verlangens hem ingaven, schreef Mooshum brieven aan haar. Sommige avonden, als de televisie het deed, keken Joseph en ik toe hoe Mooshum aan tafel brieven zat te schrijven in zijn vloeiende handschrift dat hij van de nonnen had geleerd. Hij bestookte onze vader voor informatie.

'Houdt je zuster van bloemen? Wat zijn haar lievelingsbloemen?'

'Brandnetels.'

'Denk je dat ze een lievelingskleur heeft?'

'Vissenbuikwit.'

'Wat waren leuke eigenschappen van haar toen ze jong was?'

'Ze kon het volkslied scheten.'

'Helemaal?'

'Ja.'

'*Howah*! Had ze altijd al zulk mooi haar?'

'Ze verft het.'

'Hoe komt het dat ze zo veel mannen heeft gehad?'

'Duistere gaven.'

'Wat denkt ze? Hoe is haar geest?'

Papa lachte dan alleen maar vermoeid. 'Geest?' zei hij. 'Gedachten?'

'Ze heeft haar eigen tanden toch nog? Allemaal?'

'Behalve de tanden die ze in haar echtgenoten achterliet.'

'Ik vraag me af of ze geïnteresseerd zou zijn in herinneringen aan mijn paardenrentijd hier in het reservaat. Die zou je historisch kunnen noemen.'

'Je bent er pas twee jaar geleden mee opgehouden.'

'Maar het begon al...'

En zo ging het door tot Mooshum tevreden was over zijn brief. Hij vouwde het papier op, drukte de vouwen met zijn duim plat, stopte hem in een enveloppe en scheurde zorgvuldig een postzegel van een vel herdenkingszegels. Hij bewaarde de brief in zijn borstzak tot mama naar de winkel ging en dan ging hij mee en legde hem rechtstreeks in de handen van de postdame, mevrouw Bannock. Hij wist dat zijn avances naar Neve Harp werden afgekeurd en was ervan overtuigd dat Clemence zijn brief bij het vuilnis zou gooien.

Ik besefte of waardeerde de relatieve welvaart van onze familie in het reservaat waarschijnlijk niet voldoende. Hoewel iedereen in de familie, afgezien van mijn vader, voor een deel Chippewa was, gemengd met een deel Frans, en hoewel Shamengwa's vrouw een traditionele volbloed was geweest en Mooshum later uit de kerk stapte om heidense gewoonten aan te nemen, is het een feit dat we in huizen van het *Bureau of Indian Affairs* woonden. In het stadje was elektriciteit en sanitair, zoals ik al zei, en zelfs nu en dan een televisiesignaal. Tante Geraldine woonde nog in het oude huis, op het land, en haalde haar water uit de put. Haar paarden waren afstammelingen van Mooshums renpaarden. We hadden ook een paar planken met boeken, waarvan sommige er permanent stonden en andere elke week wisselden. Maar omdat we in het stadje woonden, kregen we vaker bezoek van de priester. Er was één laatste bezoek van pastoor Cassidy, een drama dat verstrekkende gevolgen had voor onze familie. Ten eerste weet mijn moeder de ruzie aan drank en maakte ze Mooshum zoveel ze kon het drinken onmogelijk. Ten tweede verzwakte de greep van de kerk op onze familie toen Mooshum zich er op een spannende manier van losmaakte.

Het was een treurige, miezerige zomerdag. Joseph en ik hadden na een regenbui een aantal salamanders gevangen en waren druk bezig de vijver in de achtertuin bij te vullen met een zinken emmer toen pastoor Cassidy in de tuin verscheen en in zijn volle omvang over het gras hupte om ons werk te inspecteren. We keken op van onder zijn enorme buik en waren verbaasd toen we hem vliegensvlug een kruis zagen slaan.

'Wat is er mis?' vroeg Joseph.

'Er zijn mensen die geloven dat deze schepselen de duivel vertegenwoordigen,' zei de priester. 'Ikzelf laat me natuurlijk niet in met bijgeloof.'

Maar misschien zat er wel iets in, zoals we later ontdekten.

Toen Joseph en ik klaar waren met de salamanders en terugkwamen in het huis was het gesprek in volle gang en de fles ook, want mama was er niet. De drie mannen knikten opgewekt naar ons. Ze dronken niet uit borrelglazen, maar uit hard plastic koffiekopjes, mama's geliefde nieuwe stel, oogstgoud.

'We kunnen beter hier blijven om ze in de gaten te houden,' zei Joseph zachtjes tegen me, en ik haalde voor ons wat koud water te drinken. We gingen op de bank zitten. Het was duidelijk dat de ontwikkelingen elkaar snel opvolgden. Pastoor Cassidy had Mooshum een bepaalde vraag gesteld, een vraag die hij nooit twee keer op dezelfde manier beantwoordde. De vraag was deze: wat was er met Mooshums oor gebeurd? Het oor was eigenlijk niet door duiven weggepikt, zou hij ons later vertellen.

Mooshum loenste, krulde zijn lip naar buiten en vroeg pastoor Cassidy of hij ooit van Liver-Eating Johnson had gehoord.

Pastoor Cassidy glimlachte toegeeflijk en deed een flauwe poging tot een grapje: 'Die komt vast uit Montana!'

'*Tawpway*,' zei Mooshum.

'Schilder het beeld in woorden, *mon frère*!' zei Shamengwa.

Mooshum veranderde zichzelf in een log beest en klauwde aan zijn kin om de ruige, bloeddoorweekte baard van de man te laten zien. Toen vertelde hij het angstaanjagende verhaal van Liver-Eating Johnsons haat tegen de indianen en hoe deze boze pelsjager en lafaard in wetteloze tijden zijn prooi besprong en volgens de verhalen de lever uit zijn levende slachtoffer sneed en het orgaan voor hun ogen verslond. Hij achtervolgde ze ook graag, over grote afstanden.

Pastoor Cassidy slikte en lachte zwakjes. 'Zo is het genoeg!' Maar Mooshum dronk uit het koffiekopje en denderde voort.

'Ik was zelf een jonge jongen, nog geen man, alleen op de prairie aan het jagen om een hapje eten te vinden. Het huis uitgezet door mijn familie, hè? Helemaal in de verte zie ik iemand rennen, een harige, wanhopige man. Maar ik, ik ken geen angst, voor niets.'

Shamengwa wierp een blik naar ons, tikte tegen zijn hoofd en knipoogde.

'Ik hield mijn eigen tempo aan omdat ik op zoek was naar iets te eten. Een konijn misschien, een korhoen, zelfs een ratelslang zou me erbovenop geholpen hebben. Ik had verschrikkelijke honger.'

'Dat hebben jongens vaak, verschrikkelijke honger,' zei Shamengwa.

'Ik kijk om me heen in de hoop dat deze vreemdeling heel misschien wat te eten over heeft. Hij komt op me af, nog steeds rennend. Hij is bedekt met harige huiden en hij heeft een warrige baard, en die baard hè? Ik zie plotseling als hij dichterbij komt, hoe die baard helemaal vol ouwe bloedkorsten zit. En dan weet ik dat hij het is.'

'Levereter,' zei Shamengwa.

'Ik zie dat licht in zijn ogen. Hij heeft ook verschrikkelijke honger! En ik begin te springen, ik zweer het, ik ga ervandoor als een konijn, zo hard. Ik heb snelheid maar ik weet dat Levereter uithoudingsvermogen heeft. Hij gaat me inhalen als we de hele dag doorgaan, hij gaat me uitputten. En jawel, zodra ik even inhoud, zit hij boven op me. Ik ga harder. Het is kat en muis, lynx en konijn. Dan zet hij een sprint in en springt boven op me!'

Pastoor Cassidy keek ontzet en vergat te drinken. Mooshum raakte langzaam het restant van zijn oor aan.

'Ja, dat kreeg hij te pakken. Hij had scherpe tanden. Maar hij was zeker zijn jachtmes kwijt, want hij stak me niet. Ik worstelde me los.' Mooshum worstelde zich uit zijn eigen armen, schoot los uit zijn eigen vastklampende handen. 'Ik wipte eruit en rende weer, vlak voor hem uit, maar terwijl ik voortjaag, en het bloed uit mijn oor in de wind vliegt, begin ik te denken. Riel, als hij gewonnen had zou er rechtvaardigheid zijn! Dan zou deze duivel geen indiaan durven opjagen. Hé, denk ik, ik heb ook honger! Laten we in elk geval Levereter een koekje van eigen deeg geven. Ik heb scherpe tanden. Dus ik blijf subiet staan.'

Mooshum maakte een sprongetje in zijn stoel.

'De harige blanke man schiet over me heen en terwijl hij dat doet, bijt ik een van zijn vingers af.'

'Welke?' vroeg Shamengwa.

'Ik kreeg alleen de pink te pakken,' zei Mooshum. 'Maar nu is hij briesend, dus laat ik hem weer op me afkomen. Deze keer sla ik toe als een wezel. Hap, daar gaat een duim.'

'Heeft u die opgegeten?' vroeg Joseph.

'Ik moest hem heel doorslikken, zonder kauwen. Hij smaakte goor,' zei Mooshum. 'Ik had hem nodig om aan te sterken, jongen. We stoven weer vooruit. De volgende keer dat ik afremde, ging hij op mijn lever af – maar hij scheurde alleen een stuk uit mijn linkerbil hier.' Mooshum wees naar het uitgelubberde zitvlak van zijn broek. 'Ik rukte ook een hap uit zijn achterwerk, worstelde hem tegen de grond en pakte daarna een stuk van zijn dij. Ik bleef komen. Ik was jong. We zullen dertig, veertig kilometer gerend hebben! En tijdens die kilometers snoeide ik hem af.'

'*Howah*!' riep Shamengwa.

'Toen hij neerging door bloedverlies, was hij zes vingers kwijt. Ik had een van zijn oren, het hele geval. Ik pakte een paar van zijn tenen, gewoon om hem af te remmen. Die heb ik gelijk uitgespuugd. En ik kreeg zijn neus te pakken.'

'Jasses,' zei ik.

'Het is mijn geluksding,' zei Mooshum. 'Wilt u het zien, pastoor?'

'Nee, dat wil ik niet!'

Maar Mooshum had zijn zakdoek al uit zijn zak getrokken en met veel vertoon van ontzag pakte hij er een zwart geworden flenter leerachtige smurrie uit.

'Een stukje *Thamnophis radix*,' zei Joseph toen hij over Mooshums schouder tuurde. 'Waarom heeft u dat bewaard?'

'Het is zijn liefdesamulet,' zei Shamengwa.

'Dat is… absoluut heidens!' Pastoor Cassidy hakkelde de woorden uit en Mooshums ogen lichtten op.

'In welk opzicht, beste priester?' vroeg hij met gespeeld nieuwsgierige onschuld, terwijl hij whisky schonk in het koffiekopje dat pastoor Cassidy tussen zijn bevende vingers hield.

'Een neus!' riep pastoor Cassidy.

'En welk stukje van die goedheilige Jozef zit er in het altaar van onze kerk?' vroeg Mooshum. Hij sprak met een nonnenstem, vriendelijk en berispend.

Pastoor Cassidy's mond klapte dicht. Hij fronste zijn wenkbrauwen. 'Dat te *vergelijken*, alleen al te *vergelijken...*'

'Mij hebben ze verteld,' zei Joseph bereidwillig, 'omdat hij mijn naamheilige is natuurlijk, mij hebben ze verteld dat ons altaar een stukje uit de ruggengraat van de heilige Jozef bevat.'

Pastoor Cassidy sloeg het hele kopje achterover.

'Godslastering.' Hij schudde zijn hoofd. Zwaaide met zijn lege kopje dat Mooshum onmiddellijk bijvulde.

'Ik vind het treurig en schandalig,' zei pastoor Cassidy, somber de kop eraf slurpend. 'Treurig en schandalig,' herhaalde hij met zwakkere stem. Toen raakte hij opgewonden alsof er een gedachte de mist had doorboord. Het was dezelfde gedachte die hij al eerder had gehad.

'Te *vergelijken...*' Hij barstte bijna in tranen uit.

'Vergelijken zal ik toch moeten doen,' zei Mooshum. 'Als je erover nadenkt hoe het lichaam van Christus, het bloed van Christus, bij elke mis wordt gegeten.'

De tranen van pastoor Cassidy verdwenen in een vloed van woede. Hij ontplofte vrijwel – zijn wangen bolden op en hij wankelde imposant overeind.

'Dat is de *transubstantiatie*, dus u heeft het over het heiligste aspect van onze Moeder de Kerk zoals dat in de heilige mis wordt uitgebeeld.'

Pastoor Cassidy kwam steeds meer op stoom, en al snel raakten zijn mondhoeken bespikkeld met het schuim van verse belletjes. Mooshum leunde vragend naar voren.

'U bedoelt dus te zeggen dat het lichaam en het bloed alleen, eh, in uw hoofd zitten, als het ware? Het brood vervangt het echte ding? Dan zou ik uw standpunt kunnen volgen. Anders is de eucharistie een kannibalenmaal.'

De lippen van pastoor Cassidy werden paars en hij probeerde te brullen, hoewel het eruit kwam als een rochel. 'Ketterij! Wat u beschrijft. Ketterij. Het brood *wordt* het lichaam. De wijn *wordt* het bloed. Toch is het op geen enkele manier te vergelijken met het eten van een ander mens.' Pastoor Cassidy zwaaide met een vinger. 'Ik vrees dat u nu te ver bent gegaan! Ik vrees dat u in dit gesprek over de schreef bent gegaan! Ik vrees dat u een heel speciale en ernstige biecht zult moeten afleggen voordat wij u weer tot de kerk toelaten.'

'Dan hang ik de deken weer om!' Mooshum gloeide van verrukking. 'De oude gewoonten zijn goed genoeg voor mij. Ik heb het helemaal gehad met uw kerk. Ik vertrouw het al een tijdje niet. Waarom willen jullie priesters eigenlijk zo graag naar smerige geheimen luisteren?'

'Goed, wees een heiden, brand in de hel!' Pastoor Cassidy onderdrukte een boer en stak zijn kopje uit voor nog een borrel. De fles was nu bijna leeg.

'Wij geloven niet in de eeuwigdurende soort hel, weet u nog?' zei Shamengwa stijfjes.

'Wij vertrouwen op een genadige hel,' zei Mooshum.

'Dan heb ik hier niets te zoeken.'

Pastoor Cassidy wierp zijn handen in de lucht, wankelde naar de deur, struikelde naar buiten en slaagde erin het trapje af te komen. Joseph en ik zaten nog steeds op de bank koud water te drinken. Shamengwa en Mooshum staarden peinzend naar de deur. Shamengwa had net de energie vergaard om zijn viool op te pakken toen er van buiten een vreselijk geluid klonk, een galmende bons, als van een gevallen os. Ik was het dichtst bij de deur en stond als eerste buiten. Pastoor Cassidy lag languit in het gras als een kolossaal lijk. Hij zag er vrij dood uit, maar toen ik me over hem heen boog, zag ik dat de schuimbelletjes op zijn lippen bewogen door zijn adem.

'O nee!' riep Joseph die bij het andere uiteinde van pastoor Cassidy neerknielde. Hij pelde iets van de zool van pastoor Cassidy's zwarte pastoorsschoen en wiegde het in zijn handen. Hij liep weg met de geplette salamander en wierp een boze blik naar de gevelde priester.

Mooshum staarde naar ons, waarbij hij zich vasthield aan de houten balustrade. Hij en Shamengwa vertrouwden hun voeten niet genoeg om het trapje aan te kunnen en stapten zijwaarts naar beneden, alsof ze een steile heuvel afdaalden.

'Hij is uitgegleden over een salamander,' zei ik.

'Leeft hij nog?'

'Hij ademt.'

'*Payhtik, mon frère*,' zei hij toen Shamengwa omzichtig de weg naar zijn eigen huis afliep. Shamengwa zwaaide met zijn goede arm zonder zich om te draaien. Mooshum ging naar zijn autobank in de achtertuin, strekte zich erop uit en viel in slaap. Ik bleef bij pastoor Cassidy die nog een tijdje in het gras lag te snurken. Ik hielp hem overeind toen hij bijkwam, en vervolgens naar zijn auto die hij zwabberend de heuvel opreed.

Het zou nu lastiger worden voor pastoor Cassidy. Toen ik weer naar binnen ging om de lege fles weg te ruimen en mama's kopjes af te wassen wist ik dat het verhaal de ronde zou doen – de dronken priester, beentje gelicht door de duivel in de vorm van een salamander nadat hij een oude man naar de hel had vervloekt, dat zou allemaal uitvoerig worden verteld door Mooshum en Shamengwa wanneer ze hun makkers zagen. En wat een dronken dreigement had geleken werd door Mooshum inderdaad doorgezet. Hij schaarde zich niet lang daarna bij de traditionelen en begon ceremoniën bij te wonen die plaatsvonden in afgelegen gebieden van het reservaat, waar mijn vader hem in het geheim naartoe reed. Want Clemence was razend over Mooshums afvalligheid. Toen ik mijn grootvader vroeg waarom hij zo laat in zijn leven tot zo'n drastische stap had besloten vertelde Mooshum me: 'Er komt een moment in het leven van een mens dat hij precies weet wie hij is. Het was niet de bedoeling van de oude Hop Along, maar hij heeft me geholpen dat moment te vinden.'

'Maar u was dronken, Mooshum.'

'*Awee, tawpway*, meisje, dat is waar. Maar mijn dronkenschap had mijn geest verhelderd. Seraph Milk had een volbloed moeder die stierf van verdriet zonder hulp van de priester. Ik zag dat ik de zoon van die goede vrouw was, hoe stil ze ook was. Bovendien kreeg ik geen voet aan de grond bij de katholieke dames. Ik dacht dat ik daar in de bush misschien een paar knappe vrouwen zou vinden.'

'Dat is een reden van niets.'

‘Dat heb je mis, het is de beste reden.’

En Mooshum knipoogde naar me alsof hij wist dat ik naar de kerk ging omdat ik hoopte Corwin te zien.

Zuster Godzilla

Mijn liefde voor Corwin Peace sloeg om in woede over zijn verraad toen hij de andere jongens vertelde dat hij me had gekust. Ik was nu hopeloos boos op de liefde en vastbesloten me te wreken op Corwin, hoezeer het mijn hart ook zou breken. Maar ik ontdekte algauw dat mijn hart helemaal niet brak en dat ik het heerlijk vond Corwin te kwellen. Die hele zomer gooide ik hem uit zodra hij het waagde mee te doen aan een wedstrijd, en ik verheugde me op het moment dat hij zijn bat wanhopig achter zich wegslingerde, waarbij hij soms de schenen van zijn teamgenoten raakte en hun gejuich liet omslaan in kreten van pijn. Ik heb op hem geschoten met een windbuks. Jaren later beweerde hij dat mijn kogel door zijn lichaam was gereisd en er bij zijn nier uit was gekomen, wat hem helse pijn had berokkend. Mijn broer en ik reden overal heen op onze paarden en iedereen mocht om de beurt meerijden behalve Corwin, en op een dag reed ik cirkeltjes om hem heen zodat hij langzaam in een wolk stof verdween terwijl hij hulpeloos, met uitgestoken handen stond toe te kijken.

Maar hoe ik hem ook probeerde te vernederen, Corwin bleef verliefd op me. We groeiden naast elkaar op. Ik weet niet wat er met hem gebeurde onder zijn kleren, maar die zomer veranderden mijn borsten in pijnlijke knopjes, en ik huilde bijna toen ik haar ontdekte waar het niet hoorde. Ik onderging de nieuwe geheimen van mijn lichaam stoïcijns. De zomer ging voorbij en de lucht werd koeler. Ik kreeg een nieuwe jurk, die bij de boezem lubberde. We zaten eindelijk in de zesde klas en het was de eerste schooldag. Mama wekte ons en werkte ons de deur uit naar de onverharde weg die de heuvel op leidde. We treuzelden tot we de andere kinderen op het schoolplein hoorden en begonnen toen te rennen. Zoals altijd vormden zich twee rijen. We gingen naar binnen, we wisten ons lokaal al. De deur dreunde dicht en we waren alleen met onze onderwijzeres.

Het habijt van franciscaner nonnen bedekte nog steeds alles behalve hun gezicht, en dus werd elke gelaatstrek van de nieuwe non benadrukt en veertig keer opnieuw met verbazing bestudeerd. Omlijst door een harde witte rand van gesteven linnen sprongen de ogen, neus en mond van de non naar buiten, een masker uit een droom, een grote, broodmagere jakhalzensnuit.

'O, Jezus,' zei Corwin, zo hard dat ik het net kon horen.

Ik had besloten hem minstens de eerste maand te negeren, maar de extreme lelijkheid van de non was onweerstaanbaar.

'Godzilla,' fluisterde ik tegen hem met opgetrokken wenkbrauwen.

De echte naam van de onderwijzeres was zuster Maria Anita. Mensen die haar kenden van voordat ze non werd, zeiden dat ze een Buckendorf was. Ze was jong, ergens in de twintig of dertig, en bewoog zich zo snel ondanks haar rijzige gestalte dat haar leerlingen verbaasd keken hoe ze van achter uit het lokaal naar voren liep en bij ons een beeld opriep van atletische benen en spieren verborgen onder de vloed van zwarte wol. Toen ze tijdens haar eerste woorden een gebaar door de lucht maakte waarmee ze ons allemaal wilde omvatten, bleef onze blik aan haar handen hangen. Ze waren het tegenovergestelde van haar gezicht. Haar handen waren prachtig, wit als melkglas, de vingers recht en spits toelopend. Het waren de handen van de prent in de gang, van Maria onder het kruis. Het waren de handen van de apostelen, de plastic dingen die 's avonds verlicht op televisies stonden. Biddende handen.

De handen van een balspeler. Ze verraste ons nog meer door tijdens de pauze het speelveld op te lopen, met haar kap die diep in het vlees onder haar zware kaak sneed. Toen trok ze met achteloze elegantie een honkbalhandschoen van donker mosterdkleurig leer uit de mouw van haar habijt en stak hem omhoog; er viel een gegooide softbal in. Ze was duidelijk bedreven. Goede spelers leken zich maar zelden uit te rekken of van gezichtsuitdrukking te veranderen. Ze staken eenvoudigweg hun hand als een magneet naar de bal, en daar was hij. Als pitcher was Maria Anita een werveling van wol, elegant als de opwaaiende cape van Zorro, een emotionele figuur die iets in me teweegbracht. Tegen de tijd dat ik aan slag was, had dit gevoel me zo in zijn greep dat ik op de rubberen pannenzetter die als thuisplaat dienstdeed bonkte, de bat twee keer door de lucht zwiepte bij wijze van oefening en hem hoger vastpakte, omdat ik besloten had dat er niets anders op zat dan een homerun te slaan.

Maar niets daarvan. Ik bakte er nog minder van dan Corwin, raakte in drie beurten de bal niet of werd uitgevangen. Walgend van mezelf ging ik op de rand van het fietsenrek zitten toekijken hoe de zuster een paar ballen weggaf en gemakkelijke boogballen gooide voor de rest van het team. Het was alsof wij allebei van meet af aan hadden gevoeld wat er zou gebeuren. Of misschien kwam de informatie die Maria Anita had gekregen gewoon van mijn vorige onderwijzeressen, die in het rood bakstenen klooster tegenover de school woonden. Een lastpak. Een bijdehandje. Houd haar in de gaten. Ze hadden gelijk. Na de pauze ging ik met gekwetste trots in mijn bank zitten en tekende een dinosaurus in een nonnenhabijt, de bek brullend open. Ik verdiepte me in de lange, puntige, grijswitte tanden – ik wilde de schaduwen goed krijgen, de donkere diepte van het keelgat erachter. Ik werkte zo hard aan de tekening dat ik niet merkte dat de klas om me heen stil werd. Maar ik voelde de aanwezigheid, de strakke blik die over me heen viel toen Maria Anita stond te kijken. Als blijk van arrogantie ging ik door met tekenen.

Ik bracht de schaduw aan in de laatste tand en leunde achterover om mijn werk kritisch te bekijken. Het papier werd de lucht in geplukt voordat ik kon doen of ik het bedekte. Er heerste stilte. Mijn hart raasde van opwinding.

'Jij moet nablijven,' sprak de non.

Het laatste half uur ging voorbij. De anderen liepen in een rij langs me, meesmuilend en fluisterend. En toen vulde de bank voor me zich plotseling. Daar was het papier, de zorgvuldig weergegeven dinosaurus, midden in een brul. Ik staarde er woest naar, mijn gedachten een waas van verwachting. Ik was niet bang.

‘Kijk me aan,’ zei Maria Anita.

Dat was het moment dat het gebeurde, denk ik. Ik kon mijn hoofd niet optillen. Mijn keel vulde zich. Ik volgde de initialen die in het tafelblad waren gesneden, mijn initialen.

‘Kijk me aan,’ zei Maria Anita weer tegen me. Mijn blik werd omhooggetrokken als aan een touwtje totdat ik de ogen van mijn onderwijzeres ontmoette. Haar ogen waren diepblauw, als de mantel van Maria, staalblauw treurig. Hun kalmte schokte me.

‘Het spijt me,’ zei ik.

Toen die drie ongekende woorden over mijn lippen kwamen, wist ik dat er iets vreselijks was gebeurd. Het bloed schoot zo snel naar mijn hoofd dat mijn oren pijn deden, al vielen mijn vingertoppen in slaap. Mijn oogleden prikten en mijn neus liep, maar tegelijkertijd werd mijn mond droog. Mijn lichaam was een vat vol uitersten, sprak zichzelf tegen.

‘Toen ik jong was,’ zei zuster Maria Anita, ‘zo jong als jij, deed het me veel verdriet wanneer ik werd gepest met mijn uiterlijk. Ik heb het inmiddels geaccepteerd, mijn… misvorming. Een vooruitstekende kaak zit bij mij in de familie. Maar ik moet toegeven dat af en toe een belediging, of een tekening zoals die van jou, nog pijn doet.’

Ik begon te mompelen en zweeg vervolgens, met een zere keel. Zuster Maria Anita wachtte en gaf me toen haar eigen zakdoek. Ik begroef mijn gezicht in de stof. Ze had hem gebruikt om haar voorhoofd af te vegen wanneer er zweetdruppels sijpelden van onder het gesteven witte vierkant dat in haar voorhoofd sneed. Er was natuurlijk geen spoor van parfum, maar iets frissers. Misschien lavendel. Of calendula. Een scherpgeurend blad.

‘Het spijt me.’ Ik was bedwelmd door de zakdoek. Ik veegde mijn neus af. Ik vroeg of ik het vierkantje witte stof mocht houden, maar zuster Maria Anita schudde haar hoofd en nam het verkreukelde balletje terug.

‘Mag ik nu weg?’

‘Natuurlijk niet,’ zei Maria Anita.

Ik was in de war. De drie toverwoorden, een excuus, waren over mijn lippen gekomen. Toch werd er nog meer verwacht. Maar wat?

'Ik wil dat je iets begrijpt,' zei de non. 'Ik heb je verteld hoe ik me voel. En ik verwacht dat je me nooit meer kwetst.'

De non wachtte en wachtte totdat onze ogen elkaar ontmoetten. Mijn mond viel wijd open. Mijn ogen liepen weer over. Ik wist dat de vreemde gevoelens die me hadden bevangen en verlamden dezelfde gevoelens waren die Maria Anita voelde. Ik had nog nooit de gevoelens van een ander mens gevoeld, nooit van mijn leven.

'Ik zal niets doen om u te kwetsen,' bazelde ik in een aanval van verbijsterde gekweldheid. 'Ik pleeg nog liever zelfmoord.'

'Dat zal vast niet nodig zijn,' zei zuster Maria Anita.

Ik probeerde vervolgens mijn trots te redden door me heel snel om te draaien. Zonder toestemming rende ik het lokaal uit, de trap af en verder, de weg op, waar de magnetische kracht van de ontmoeting eindelijk afnam en ik opeens kon ademen. Maar zelfs dat was anders. Tijdens het lopen merkte ik dat mijn lichaam nog steeds tegen zichzelf streed. Mijn longen vulden zich met lucht als twee zakken, maar elke keer dat dat gebeurde, kneep een plek eronder zo pijnlijk samen dat de waarheid opeens duidelijk werd.

'Ik houd nu van háár,' stootte ik uit. Ik bleef staan bij een scheur in de aarde, stapte erop, en stampte toen hard, onpasselijk. 'O God, ik ben verlíéfd.'

Corwin probeerde alles om me terug te winnen. Hij bedierf bijna zijn reputatie door boomschors te eten. Toen stak hij twee kleurpotloden in zijn neus bij wijze van slagtanden. Hij kreeg de roze er niet meer uit en zuster Maria Anita stuurde hem naar de kliniek van de *Indian Health Service*. Hij wist zijn imago nog net te redden doordat zijn maag werd leeggepompt op de eerste hulp. Ik verachtte hem nu, maar dat leek zijn aanbidding alleen maar aan te wakkeren.

Toen ik de tweede week van september op een heldere, koele ochtend het schoolplein op kwam lopen, rende Corwin naar me toe en kwam met een sliding tot stilstand.

'Godzilla,' riep hij. 'Yeah, waanzinnig!'

Hij schoot er weer vandoor en zwenkte weg, de veters van zijn tennisschoenen flapperden. Ik keek hem na en voelde dat het gezoem in mijn hoofd weer begon. Ik wilde die naam terugproppen in mijn mond, of in elk geval in Corwins mond.

'Ik hoop dat je struikelt en jezelf vermoordt,' krijste ik.

Maar Corwin struikelde niet. Ondanks al zijn roekeloosheid wist hij overeind te blijven en terwijl ik midden op het pad vastgenageld stond, zag ik hem van het ene kluitje leerlingen naar het andere suizen; lachend en gebarend vulde hij de lucht met spottende geluidjes. Zuster Maria Anita stapte de deur uit met een koperen bel aan een houten steel in haar hand. Toen ze die op en neer schudde, draaiden de kinderen, die in groepjes van twee of drie aan het spelen waren, zich naar haar toe, knepen hun ogen tot spleetjes of sperden ze juist open en keken elkaar nadrukkelijk aan. Er begon iemand te lachen. Het leek zelfs of ze dat allemaal deden, en of het geluid dat van hun lippen werd geslingerd groot, griezelig, compleet en gruwelijk verrukkelijk was. Het welde ook in mijn keel op, met de smaak van azijn.

'Godzilla, Godzilla,' riepen ze geluidloos. 'Zuster Godzilla.'

Voor hen op de trap bleef zuster Maria Anita glimlachen. Ze hoorde hen niet… nog niet. Maar ik wist dat het zou gebeuren. Haar ogen boven de bel fonkelden donker en levendig. Tussen haar glimlachende lippen waren haar afschuwelijke puntige tanden zichtbaar. Ik rende naar haar toe. In mijn broodzakje grabbelde ik naar de koekjes die mijn moeder had gemaakt volgens recepten die ze uit havermoutpakken en strooppotten knipte.

'Hier!' Ik drukte een zoet, bonkig koekje in de hand van de non. Het viel uit elkaar en leidde haar af terwijl mijn klasgenoten langsdrongen.

Mijn medeleerlingen leken de naam die hele week af en toe te vergeten. Op sommige dagen leken ze te zijn overgestapt op nieuwe rampen – andere leraressen hielden hen bezig, of er gebeurde iets onbeduidends in de klas. Maar dan denderde Corwin Peace weer tussen hen heen en weer in de pauze, en pompte met zijn armen en deed alsof hij brulde achter zuster Maria Anita's rug zodra ze op de plaat stapte. Als ze uithaalde, de bal raakte en zich oprichtte om weg te rennen, haar sluier opvloog en de spieren in haar schouders zich spanden als de kromme bochel van roofvogelvleugels, bewoog Corwin achter haar en liet zijn benen rollen zoals Godzilla in de King Kong-film. In de opwinding waarmee ze van honk naar honk spurtte, haar voeten lang en slank in hoge, zwarte nonnenschoenen, merkte Maria Anita het niet. Maar ik keek hulpeloos toe met de smaak van een muntje dat in mijn keel was blijven steken.

'Slangen wonen in holen. Slangen zijn reptielen. Dit zijn wetenschappelijke feiten.'

Ik las de klas voor uit mijn biologieboek.

'Slangen zijn niet nat. Sommige slangen leggen eieren. Andere krijgen levende jongen.'

'Heel goed,' zei de zuster. 'Kun je nog meer reptielen opnoemen?'

Mijn tong kleefde achter in mijn keel.

'Ja,' kraakte ik.

Ze wachtte, haar ogen geduldig op me gericht.

'Je hebt de *Chrysemys picta*,' zei ik, 'de sierschildpad. En de prairiekousenbandslang, *Thamnophis radix*, en ook de *T. sirtalis*, de gewone kousenbandslang. Die wonen hier, in de poelen, overal om ons heen.'

De zuster knikte in een soort nadenkende verbazing, maar herinnerde zich toen kennelijk dat mijn vader biologieleraar was en glimlachte haar vriendelijke en angstwekkende glimlach. 'Dat is heel erg goed.'

'Nog iemand?' vroeg de zuster. 'Reptielen uit andere delen van de wereld?'

Corwin Peace stak zijn hand op. Ze gaf hem de beurt.

'Godzilla misschien?'

Er werd naar adem gehapt. Opgewonden geluidjes. Monden vielen open en bleven open hangen. Bewondering voor Corwins lef golfde door de rijen leerlingen als wind over een veld. De enorme kaak van zuster Maria Anita ging open, nog verder, en klapte dicht. Haar schouders schudden. Eerst wist niemand wat hij moest doen, en toen lachte ze. Het was een schril, bijna vogelachtig geluid, een dun lachje, als de hoogste noten van de piano. De monden van de andere leerlingen gingen open, ze aarzelden allemaal, en lachten toen met haar mee, zelfs Corwin. Blikken schoten van de een naar de ander, naar mij, Corwin lachte.

Maar ik moest bijna overgeven van angstige woede. Toen zuster Maria Anita op een nieuwe opdracht overging, kromde ik mijn vuist naast me als een zuigerstang en leunde toen over naar Corwins bank.

'Je krijgt een poeier in je pens,' zei ik.

Corwin keek blij, en dus sloeg ik met één welgemikte stomp – die ik van mijn oom Whitey had geleerd, de oom die in de Golden Gloves had gevochten – de lucht uit zijn longen zodat hij naar adem hapte. Ik draaide me weer naar voren, mijn gezicht sereen en mijn hart kalm, toen de zuster met haar les begon.

Fel zonlicht. Zwarte stof. Ik zat op de rekstok, de ijzeren staaf drukte een pijnlijke moet in de achterkant van mijn dijen. Tijdens het schommelen keek ik naar zuster Maria Anita. Er stond een scherpe wind en ze droeg wonderbaarlijke, zwarte handschoenen met afgeknipte vingers zodat haar hand meer grip op de bat had. De bal kwam met een boog naar haar toe, daalde, en haar bat ving hem met een helder geluid. Weg scheerde de bal, over de grenzen van het schoolplein tot op het plein voor het priesterhuis. Maria Anita's habijt wervelde open achter haar. De kou beet haar wangen rood. Ze zeilde naar het derde honk, keek hijgend over haar schouder en rende toen verder naar het laatste honk. Ze landde lichtvoetig en sprong eraf.

Mijn armen voelden zwaar, slap. Ik liet me van de rekstok vallen en ging tegen de bakstenen muur van de school staan. Mijn hart bonkte in mijn oren. Ik wist wat ik zou doen als ik groot was. Mijn roeping verkondigen en het klooster in. Zuster Maria Anita en ik zouden samen in het nonnenhuis wonen, naast elkaar. We zouden eten, werken, eten, koken. Soms zouden we moeten bidden. Ter ontspanning zou zuster Maria Anita boogballetjes slaan die ik zou vangen.

Ooit op een dag zouden we naast elkaar wandelen, met onze handen in de mouwen van onze lange habijten die achter ons aan wapperden.

'Lieve zuster,' zou ik zeggen, 'weet u nog die oude bijnaam die u had het jaar dat u lesgaf in de zesde klas?'

'Nou nee,' zou zuster Maria Anita zeggen, met een glimlach naar mij. 'Nou nee.'

En ik zou weten dat ik haar beschermd had.

Het werd erger. Ik schreef brieven, verscheurde ze. Mijn handen trilden wanneer de zuster langs me liep tussen de banken en mijn ogen gingen dicht. Ik ademde diep in. Zeep. Scherpe zeep. Vage lucht van carbol. Calendula in elk geval. Daar rook ze naar. Duizelingwekkend. Mijn vuisten balden zich. Ik drukte mijn knokkels tegen mijn ogen en vroeg hardop of ik even weg mocht. Ik ging naar de meisjestoiletten en bleef in een van de hokjes staan. Mijn leven was verschrikkelijk. Het probleem was dat ik geen non wilde worden.

'Er moet nog een manier zijn!' fluisterde ik wanhopig. Het witgekalkte metaal schudde toen ik met mijn hand tegen de muur van het hokje sloeg. Ik besloot dat ik Maria Anita zou moeten overhalen haar gelofte te verloochenen en bij mij en mijn familie te komen wonen in ons huis van het *Bureau of Indian Affairs*. Er stond iemand buiten. Ik deed de deur op een kier en staarde in het enorme, bonkige gezicht.

'Voel je je wel goed? Wil je liever naar huis?' Zuster Maria Anita was bezorgd.

Een gloed schoot door mijn ledematen. De toiletruimte met zijn vlakke, helle licht, een plek van geheimen, van matglas, verlamde me. Ik vermande me. Dit was mijn kans, als door God gegeven.

'Alstublieft,' fluisterde ik tegen haar. 'Laten we samen weglopen!'

De zuster zweeg even. 'Heb je problemen thuis?' vroeg ze.

'Nee.'

Haar melkwitte hand kwam door de deuropening en bedekte mijn voorhoofd. Mijn angstige gedachten bonsden tegen haar slanke, koele handpalm. Ik staarde in de ogen van de vrouw van wie ik hield, greep het metalen knopje aan de binnenkant van de deur, duwde en voelde mezelf naar voren vallen, langzaam draaiend als een blad in de wind, gesteund en drijvend op het vredige razen. Het was alsof ik haar armen nooit zou bereiken, maar toen het gebeurde, kwam ik met een schok bij zinnen.

'Je bent echt ziek,' zei Maria Anita. 'Kom maar mee naar het kantoor, dan bellen we je moeder.'

Zoals ik, misschien vanaf dat moment in de meisjestoiletten, had geweten kwam de dag. De dag van de afrekening.

Op een ochtend op het schoolplein, na de mis en voor de eerste bel, dromde iedereen samen rond Corwin Peace. In zijn armen had hij een blikken opwind-Godzilla, een groot speelgoedbeest, bijna kniehoog, een groen met gouden replica die beschilderd was met een goed oog voor details. De schubben waren volmaakt overlappende halvemaantjes en de ogen waren groot en manisch, gitzwart en merkwaardig menselijk. Corwin had een soort mantel op het ding gespeld, een zwarte sjaal. Mijn armen ramden zich tussen de samengepakte schouders, maar de bel ging en Corwin borg het ding onder zijn jas. Zijn ogen zochten mij tussen de anderen.

'Ik heb hem moeten bestellen!' riep hij. De stomp had hem niet tegen me gekeerd, hij was juist dolverliefd geworden. Hij draaide zich om en verdween door de zware wijnrode deuren van de school. Ik staarde naar de grond en overwoog van huis weg te lopen. Dat kon ik best. Ik zou me verstoppen in een goederenwagon. De wereld werd grimmig, de kleuren schril. De kleine bruine kiezels van het schoolplein sprongen uit de platgespeelde aarde. Ik deed een stap. De steentjes leken te kraken en fluiten onder mijn voeten.

'Laatste bel!' riep zuster Maria Anita. 'Je komt te laat!'

Ochtendgebed. De eed van trouw. Corwin rekte de spanning van zijn publiek en genoot van de blikken en het gefluister. Het speelgoedbeest zat in zijn lessenaar. Af en toe tilde hij de klep op en keek dan rond om te zien hoeveel van ons zagen hoe hij er met zijn hoofd in dook om nog iets af te stellen. Toen de zuster met de dagelijkse leesles begon, hing er zo veel spanning in het lokaal dat zelfs Corwin het niet langer uithield.

Ons lokaal was groot, met een hoog plafond en een vloer van glimmend geboende planken. Er hingen ronde lampen aan dikke kettingen en de grote rechthoekige ramen lieten enorme bundels licht binnen. Onze klas zat al twee jaar in dit lokaal. Ik had elke dag in het lokaal doorgebracht. Ik kende elk gekraak, de doffe bonk van banken die uit de vloerbouten waren losgewrikt, het waanzinnige getik in de radiatoren als van duizend gevangen boze elven, en dus hoorde en registreerde ik de klik. Daarna het droge knarsen van Corwins opwindsleutel. Zuster Maria Anita niet. Ze draaide zich om naar het schoolbord, haar boek open op haar bureau, en begon opdrachten te schrijven die we moesten overnemen.

Ze was geconcentreerd bezig en riep de opdrachten hardop tijdens het schrijven. Haar arm zwierde omhoog en omlaag, in een soort woeste vreugde, leek het wel. Ze was bezig een les te bedenken, een nieuwe manier om dingen te doen, maar er drong geen woord van door. Alle ogen waren gericht op de derde rij, waar Corwin Peace zat. Alle ogen waren op zijn hand gericht toen hij het speelgoedbeest zo strak mogelijk opwond, zich bukte en het op de grond zette. Vervolgens waren de ogen op het beest zelf gericht toen Corwin zijn hand weghaalde en het ding uit zichzelf voortbewoog.

De sjaal die het droeg, de sluier, belemmerde het beest niet. De poten stampten naar voren en gingen redelijk snel. De kleine klauwhandjes bewogen als zuigerstangen en de holle blikken staart zwiepte heen en weer terwijl het door het midden van het gangpad naar de voorkant van het lokaal liep, naar zuster Maria Anita, die met haar rug naar de klas nog steeds aandachtig met haar werk op het schoolbord bezig was.

Ik had gezorgd dat ik op de eerste rij zat om dichter bij mijn geliefde te zijn, en dus zag ik het schepsel naderen toen het net het glanzende stuk vloer voor in het lokaal opliep. De krachtige kaken staken uit de zwarte nek. De grote tanden waren verstard, ontbloot in een vreselijke glimlach. De geschilderde ogen keken gretig en doelbewust.

De voortgang haperde toen het ding Maria Anita naderde. De hele klas hield zijn adem in, maar het beest schoof verder, langzaam en hypnotiserend, recht op de zoom van Maria Anita's habijt af. Ze leek niets in de gaten te hebben. Ze bleef schrijven, praten, cijfers omcirkelen en bepaalde woorden nadruk geven met zorgvuldige onderstrepingen. En terwijl ze dat deed, terwijl het moment naderde, gingen eindelijk alle alarmbellen in mijn hoofd af. Ik sprong uit mijn bank. In twee stappen was ik over dat glanzende hout voor in het lokaal. Maar net toen ik me bukte om het beest tegen mijn borst te drukken, kwam een keurige, zwarte hoge veterschoen een paar centimeter van mijn neus neer. Zuster Maria Anita had zich omgedraaid, met het krijtje in haar hand. Bevallig en nonchalant tilde ze haar habijt op en schopte de speelgoeddinosaurus de lucht in. Het beest steeg op, trappelend met zijn klauwen, de cape naar achteren geblazen als een opengeklapte paraplu. Een rechte en rechtstreekse baan. Het bonkte met zijn kop tegen het plafond en kwam in stukken naar beneden. De klas dook weg onder de regen van uit elkaar gespat blik. Alleen zuster Maria Anita en ik stonden stil, onbewogen, verzonken in het moment tussen ons.

Ik kon nergens anders naar kijken dan naar mijn onderwijzeres. Maar toen ik deze keer mijn hoofd oprichtte, keek zuster Maria Anita niet naar mij. Ze had haar gezicht afgewend, haar ruwe wang was vlekkerig alsof ze een klap had gekregen, haar blik was geloken en naar de grond gericht. De zuster liep naar het raam, haar rug naar mij, naar de klas gekeerd, en toen het lachen begon, eerst ongemakkelijk en brommend en vervolgens schriller, voller, zelf een dier werd, voelde ik een onherstelbare tederheid opborrelen en opstijgen tot bij mijn oren. Inwendig smeekte ik Maria Anita om zich om te draaien en het geluid te laten ophouden. Maar dat deed ze niet. Ze liet het genadeloos over ons heen spoelen. Ik verloor haar afschuwelijke profiel uit het oog toen ze naar het schoolplein buiten keek. Badend in schitterend licht werd haar gezicht zo wit als papier, als de lucht, kleurloos als alle dingen die de hemel binnengaan.

Heilig Spoor

Hoewel zuster Maria Anita me vanaf dat moment met neutrale belangstelling behandelde en me niet strafte, was ik gekwetst door haar onverschilligheid. Ik schreef brieven, verscheurde ze, en ten slotte, omdat er niets anders te doen viel, verzamelde ik feiten en bestudeerde zuster Maria Anita. In een vlaag van verlangen verzamelde ik stukken papier die ze had beschreven en weggegooid. Haar voorover-hellende handschrift was volmaakt gelijkmatig. Je kon haar hoofdletters op elkaar leggen en de bladzijden tegen het licht houden zonder een variatie in afmetingen of krullen te zien. Toch was haar handschrift strikt genomen geen klassiek schuinschrift, maar heel erg haar eigen vinding.

Op een dag kwam ik tot de verbijsterende ontdekking dat ze allergisch was voor chocolade en er galbulten van kreeg. De rode zwellingen op haar gezicht gaven haar de gloed van een krijger. Ze krabde nooit, maar moet eronder geleden hebben. Desondanks kon ze chocolade soms niet weerstaan en op een bruiloft pakte ze wel eens bonbons of een stuk taart met de woorden 'naar de drommel met de gevolgen!' hoewel dat voor een non al als vloeken werd beschouwd.

In tegenstelling tot de andere nonnen die op school lesgaven en uit een moederhuis in Kentucky kwamen, was zuster Maria Anita opgegroeid in de buurt van het reservaat, op een boerderij tussen Hoopdance en Pluto. Dat vertelde ze ons zomaar tijdens de geschiedenisles. Geen van de anderen vond dat vreemd, maar ik beschouwde het als een teken. Thuis had ik het voortdurend over haar, en op een dag keek mijn moeder me lang aan.

'Zuster Maria Anita dit, zuster Maria Anita dat. Je hebt het wel heel vaak over zuster Maria Anita. Hoe heet ze eigenlijk verder?'

Ik wendde me af maar mompelde: 'Zuster Maria Anita Buckendorf.' Ik keek sluiks om naar mijn moeder, maar ze trok haar wenkbrauwen op en wierp een blik naar mijn vader. Hij liet niet blijken dat de naam hem iets zei, maar bleef postzegels in zijn postzegelalbum plakken. Hij had die glansleren albums geërfd en droeg langzaam bij aan een mysterieuze ordening die oorspronkelijk was opgebouwd door oom Octave, degene die op tragische wijze om de liefde was gestorven. Als mijn vader bezig was met zijn albums ging hij er zo in op dat hij onbereikbaar was. Mooshum zat aan tafel rummy te spelen met Joseph. Maar hij ving de naam wel op en zei: 'Buckendorf!' Hij probeerde door te spelen, maar Joseph stootte tegen zijn arm om hem te laten ophouden. Mijn moeder ging naar buiten om de natte was aan de lijn te hangen hoewel er onweer op komst was. Ik had dezelfde toon opgevangen in Mooshums stem als mijn broer, en keek weer even naar mijn vader, die door een vergrootglas een postzegel bestudeerde die hij met een pincet omhooghield. Onze vader ademde verrukt in en glimlachte alsof het broze stukje papier een mystiek geheim bevatte. Ik liep naar de andere kant van de tafel en vroeg: 'Wat is er met die naam?'

'Welke naam?' Mooshum wist dat hij onze aandacht had.

'U weet wel, van mijn juf, zuster Maria Anita Buckendorf.'

'O *yai*! De Buckendorfs!' Zijn mond vertrok toen hij dat zei.

'Ze is een non!'

Mooshum klemde zijn kaken op elkaar en knikte naar zijn kwispedoor. Joseph maakte een kokhalsgeluid maar ging naar buiten met de spuugbak – een rood Sanborn-koffieblik waarop een man in een gele ochtendjas koffie loopt te drinken. We leegden het blik altijd bij de wortels van mama's zieltogende blauwe Coloradospar – die zich uiteindelijk gewonnen gaf aan het dodelijke sap, zwart werd en verdorde.

'Je weet toch waarom ze een non is, meisje,' zei Mooshum toen Joseph buiten was. 'Niet veel mensen hebben het privilege om voor hun ogen te zien dat er geen gerechtigheid op de weeld is.' Hij zei 'weeld', hij slikte vaak stukken van woorden in.

Mooshum legde zijn handen voor zich neer en perste twee keer de lucht samen. Hij perste de lucht samen alsof hij die in een doos stopte. 'Zij heeft het gezien. Geen gerechtigheid.'

'O ja?'

Joseph kwam weer binnen en we wachtten, maar Mooshum keerde ons plotseling de rug toe en rommelde in zijn hemdzakje. We konden niet zien wat hij aan het doen was. Hij draaide zich weer om en spoog met zo'n luide plets in het lege koffieblik dat mijn vader opkeek, maar zijn ogen registreerden ons niet eens voordat de postzegels zijn aandacht weer trokken. Mooshum verschoof de pruim een beetje en bleef ons schuins aankijken. Monsterend. We zaten stil terug te staren en probeerden ons te beheersen. De televisie was bezweken aan een of andere storing in de atmosfeer en al het subtiele verstellen van de lange draadantenne had de sneeuw niet uit het beeld verdreven. We verveelden ons enorm, maar er was meer – misschien kon ik nog iets aan mijn feitenkennis over zuster Maria Anita toevoegen. Mooshum had kennelijk nieuwe informatie over haar, of tenminste over haar familie, en ik vermoedde dat het iets was dat niemand anders me zou vertellen.

Mooshum strekte met een knersend gegrom zijn rug en wiegde zich naar voren. Hij vond zijn evenwicht en duwde zich omhoog. We volgden hem toen hij de hordeur uitliep, het houten trappetje af en het geteisterde grasveld op. Hij liet zich op de afgebladderde gele keukenstoel zakken die hij in de lente buiten zette en na de eerste vorst binnenhaalde. Het was eind september maar het was een warme dag. Hij vond het prettig om buiten op het dode gras in de voortuin te zitten en mensen te bestuderen wanneer ze de straat afliepen naar het stamkantoor. We pakten een paar vouwstoelen en gingen zitten kijken hoe hij nadacht. Zijn mond verslapte, maar toen verstrakte zijn gezicht; hij krabde aan zijn kin en staarde ons aan. Mooshums vreemde tegenzin om dit verhaal te vertellen was meeslepend. Hoe minder hij wilde vertellen, hoe meer we wilden horen. Hij draaide zich weer van ons af, boog zijn hoofd en greep met een steelse blik in zijn overhemd. Hij nam een snuif van iets dat we niet konden zien. Met een snelle draai richtte hij zijn blik op onze moeder. Ze stak een houten wasknijper tussen haar tanden en raapte er twee op. Toen bukte ze, greep een sloop en klopte het één keer vinnig uit voordat ze het met de twee knijpers die ze in haar hand had vastzette. De knijper tussen haar tanden was altijd extra, of ze gebruikte hem om haar ondergoed onder dunne lakens vast te zetten, zo preuts was ze.

Mooshum spoog, wat het blik weer liet zingen, en wachtte of onze moeder zich zou omdraaien. Dat deed ze niet, dus begon hij met zachte stem tegen ons te praten, terugkerend naar de tijd dat hij jong was, maar niet zo jong als toen de duiven de hemel vulden. Die waren al weg toen dit volgende gebeurde, zei hij, en Joseph vroeg of de gebeden hadden geholpen om ze te verdrijven. Mooshum zei dat alles tegen die tijd minder was, zelfs de bizons, waarvan hij gehoord had dat ze ooit ontelbaar waren. Vermoord, zei hij, tegelijkertijd zijn schouders ophalend en spuwend, een gebaar dat we later probeerden na te doen, met gestolen pruimtabak. Mooshum vertelde ons dat we onze moeder of vader niets moesten vertellen over de dingen die hij ons zou vertellen. Dat benam ons natuurlijk de adem en we kropen dichterbij.

De schoenen

Mooshum spuwde nadenkend en perste zijn lippen weer op elkaar. Hij herhaalde een paar keer de naam Heilig Spoor, met slepende stem. Toen kwam hij plotseling tot leven, zoals vaker voorkomt bij oude mensen, en vertelde ons in een stortvloed van woorden over de keer dat hij en Junesse op de goede paarden van Moustache Maude terugreden naar het reservaat en ze beschuldigd werden van het stelen van die paarden. Een tijdlang hadden ze moeite gehad zich te verweren tegen de net benoemde stampolitie die zijn zinnen had gezet op goede volbloed dieren. Ze konden de paarden alleen behouden door tussenkomst van pastoor Severine. Na de uitbrander van de priester gaven de autoriteiten het op. De jonge merrie waar Junesse op reed, had lange benen, een loei van een lijf en een vechthart, en was daarom een goed renpaard. Mooshum verdiende genoeg aan weddenschappen om een koe te kopen en de boerderij uit te rusten met een windmolen. Hij verhuurde zijn paard als fokhengst in ruil voor hulp bij het bouwen van een eiken blokhut. Maar omdat hij omging met het slag mensen dat paarden liet rennen – geen goed slag, zei Mooshum – begon hij voor het eerst whisky te drinken.

'Ik kon hem altijd makkelijk laten staan,' hij zweeg even, zijn gezicht in een vreemde grijns vertrokken, en voegde eraan toe dat de whisky hem niet altijd wilde laten staan. De whisky had zijn eigen ideeën. Of vuur, zei hij, een sluwe geest. Soms hield de whisky hem voor de gek. Soms liet hij hem vrij.

Een jongen en zijn moeder, die weer een nichtje van Junesse was, woonden aan de rand van Mooshums land, en het was triestig. De longen van de moeder waren weggerot. Mooshum spreidde zijn handen over zijn borst. Ze was zo zwak dat ze nauwelijks haar bed uit kon om voor de jongen te zorgen. Hij was dertien en begon uit te groeien, maar hij was nog onschuldig. Tot zijn moeder verzwakte, liep hij elke dag met haar naar de kerk. Ze bleef achter, verzonken in gebed, terwijl haar zoon de Latijnse mis in zijn hoofd stampte en leerde hoe hij pastoor Severine moest helpen brood en wijn te veranderen in het lichaam en het bloed van de Zoon van God. Soms ging Junesse met haar mee, en wandelden ze met hun drieën terug, Junesse en de jongen met de zieke vrouw tussen hen in. Van tijd tot tijd stopte ze en hoestte bloed, zorgvuldig in het stof van de weg, ver vooroverbuigend om haar jurk schoon te houden.

Dat ging de hele herfst door tot het weer te slecht werd. Die winter kwijnde de moeder langzaam weg. Tegen de tijd dat de sneeuw helemaal verdwenen was en de bittere nieuwe blaadjes donker waren geworden, was ze bijna dood. Junesse stuurde Mooshum elke dag langs het huis om te zien of haar nicht de nacht had overleefd. Op een lentemorgen bracht hij de hamer en spijkertjes mee waar ze om had gevraagd. De jongen was er en verder een tante die in Canada in een sanatorium voor tbc-patiënten werkte. Dat instituut nam in de regel geen indianen op, maar vanwege de vroomheid van de tante waren de nonnen bereid geweest een uitzondering te maken en hadden ze een bed voor haar.

De moeder van de jongen hield in elke hand een klein kruis, prijzen die haar zoon had gekregen voor het uit zijn hoofd leren van de lange gebeden. Ze knikte naar de grove hoge schoenen met dikke zolen van de jongen en gebaarde dat hij ze uit moest trekken en aan Mooshum geven. Toen vroeg ze Mooshum onder elke zool een kruis te timmeren. Hij hamerde zorgvuldig vanuit de binnenkant van de schoen en bedekte de spijkerkoppen met stukken van haar deken die ze voor dit doel had afgesneden. Toen Mooshum klaar was, strompelde ze naar haar zuster, die haar in de laadbak van een kleine kar met een tanig oud paardje hielp.

'Draag ze,' fluisterde ze tegen haar zoon. 'De ziekte zal je niet volgen. Het kwaad zal je spoor niet kruisen. Jij zult leven.'

De jongen stak zijn voeten in de schoenen en stond ellendig naast Mooshum toen zijn tante paard-en-wagen over het graspad mende en daarna de bredere weg naar het noorden insloeg. Mooshum bracht de jongen naar een oude man, Asiginak, die naar het grote opperhoofd Zwarte Vogel was vernoemd en in z'n eentje nog verder van de bewoonde wereld woonde. De oude man was de oudoom van de jongen.

In het begin moeten de schoenen wonden hebben gemaakt, zei Mooshum. Maar tegen de tijd dat hij de jongen weer zag, had die zijn voeten met repen leer omwikkeld en was hij langzaamaan gewend geraakt aan het gewicht. Mensen begonnen te geloven dat zijn moeder gelijk had gehad met de schoenen, want haar zoon hoestte niet. Na een tijdje begonnen ze hem Heilig Spoor te noemen, omdat hij voetafdrukken met een kruis achterliet.

De waslijn

Mooshum keek op, liet zijn ogen stralen en knikte. Mama was klaar met het ophangen van alles uit de mand. Papa's blauwe lerarenoverhemden, al onze spijkerbroeken, witte lakens, en de bruine jurk waar ik de pest aan had wapperden daar, zogen zachtjes de zon op. Door het blad van de vederesdoorn zagen we in het westen wolken samentrekken, stralend roze torens opbouwen tegen de blauwgrijze achtergrond van verre regen. Mama keek naar ons. Ze kon zonder enige uitdrukking iemand aankijken – dan vulde je zelf in waar je je het schuldigst over voelde. Mooshum hield op met praten. Ze zette de lege mand onder de waslijnen neer en kwam aanlopen over het dorre gras. Stof wolkte op achter haar stevige stappen.

'Zij hoeven het niet te horen,' zei ze.

'Wat te horen?' vroeg Mooshum.

'Dat weet je best.'

'O, dat, *tawpway*, meisje!'

Mama zou er normaal gesproken voor gezorgd hebben dat Mooshum zijn mond hield of elk van ons een taak hebben gegeven zodat ze er zeker van was dat haar opdracht werd uitgevoerd, maar ze leek die dag afwezig en liep gewoon het achtertrapje op. Zodra ze het huis in ging, bogen we ons weer naar Mooshum toe.

De mandenmakers

Er groeiden grote groepen wilgen rond hun blokhut, dus leerde Asiginak Heilig Spoor de kunst van het mandenmaken. Die lente sneden ze wilgentakken, legden ze in bundels op een koele plek, en kliefden toen de es om het geraamte van de manden van te maken – er waren manden met versierde handvatten, *tikinaganan* om baby's in te dragen, brede, platte manden, en zelfs hartvormige voor de boerenvrouwen. Elke dag vlochten ze buigzame wilg in essen geraamtes tot hun vingers stijf als stokken waren. Als ze er dertig of veertig hadden, zoveel als ze konden dragen, gingen ze eropuit om ze te verkopen.

Mensen kochten graag manden van Heilig Spoor. De grote kinderlijke tanden van de jongen waren wit en scheef, zijn glimlach was verlegen en zijn wimpers waren zo lang dat ze schaduwen wierpen op zijn wangen. Asiginak had geprobeerd hem een blank kapsel te geven en op sommige plekken was zijn haar zo kort geknipt dat het rechtovereind stond in borstelige stekels.

Op een dag aan het begin van de zomer, toen de aardbeitjes langs de randen van de velden rijp werden en de eendenkuikens over de modderpoelen scheerden, gingen de twee te voet op pad naar de dorpen en boerderijen buiten het reservaat. Overal waar ze kwamen verkochten ze een paar manden. Ze hadden er nog maar tien over toen ze Mooshum en Cuthbert Peace op hun weg tegenkwamen.

'Wij rouwdouwers waren akelig nuchter,' zei Mooshum met een knipoog naar ons. 'We liepen op met Asiginak en Heilig Spoor in de hoop dat we de oude man konden overhalen genoeg van zijn mandengeld opzij te leggen om zijn oude vrienden dronken te krijgen.'

'*Gewehn*!' Mooshum maaide zijn hand door de lucht bij de herinnering. '"Ga naar huis!" zei de oude man tegen ons.

"O, nee, broeder," antwoordde ik, "laat ons die dingen voor u dragen!"'

Mooshum stak zijn handen uit alsof hij wilde helpen de manden te dragen, maar vertelde ons hoe Heilig Spoor zijn manden stevig vasthield en gestaag naast zijn oom voortstampte.

Mooshums vriend Cuthbert was donker als een beer, bolrond en zijn neus was net als zijn bijnaam, Opin, een aardappel. Er was iets mee misgegaan na een gevecht en hij was naar één kant blijven doorgroeien. Hij besloeg nu de helft van zijn gezicht en had een vreemde, klonterige vorm. Hij spuugde tabak en trok Heilig Spoor aan zijn arm.

'Laat hem met rust,' zei Asiginak. 'Straks spruit je neus uit.'

Cuthbert was beledigd, liet zijn handen zakken en schopte met zijn voeten als een hond die aarde over zijn poep krabt. Heilig Spoor volgde nog steeds catechismusles bij pastoor Severine, maar moest toch lachen om Cuthbert. De schelm huppelde de weg af, stopte, schudde zijn *dodooshag* en streek zijn kleren glad als een mooi meisje. Mooshum deed het voor, met een dansje in zijn stoel. Toen leunde hij lachend achterover en imiteerde Cuthbert: 'Je zou staan te kijken wat die neus, en die buik voor me doen, maar dit hier beneden hebben de vrouwen het liefst!'

Asiginak probeerde de twee mannen het zwijgen op te leggen en zei: 'Die jongen gaat priester worden. Hij mag dat soort dingen niet horen.'

Mooshum vertelde dat hij en Opin zwijgend achter de twee mandenmakers aanliepen, nog steeds met hoop, tot Asiginak zich omdraaide en hen waarschuwde: 'Niet in zijn spoor lopen.'

Mooshum schudde langzaam zijn hoofd en verschoof met een frons zijn pruim. 'De oude man bedoelde dat we het niet waard waren om in het spoor van de jongen te stappen. Het kwaad had ons beet in die dagen.'

De boerderij van Lochren

Ze liepen het karrenspoor af naar een boerenerf dat was omzoomd met stakerige populieren. De boerderij lag in de buurt van het stadje Pluto, maar de toegang ging schuil achter een heuveltje en de borstelige begroeiing van een poel. Toen ze bij de boerderij kwamen, zei Mooshum dat hij wilde dat ze het spoor van de jongen niet hadden gevolgd. Hij zei dat hij van meet af aan wist dat er iets mis was, met de besmeurde deur van het huis die wijd openstond en geen rook uit de schoorsteen. Toen ze dichterbij kwamen, begonnen de koeien in de stal abrupt te loeien om gemolken te worden. De mannen verstarden op het platgetreden erf door de wanhoop in die galmende kreten.

Asiginak zette zijn manden neer. Een van de koeien schreeuwde als een vrouw die aan het bevallen is en toen was het plotseling helemaal stil. Even later begonnen de kikkers weer, kwakend en zigzaggend in de poel.

'Laten we niet dichterbij gaan,' zei Asiginak. 'Deze plek is bezeten door de duivel.'

En toen hoorden ze de baby huilen. Het was een hees gehuil, een dun, uitgeput gejammer binnen in het huis.

Asiginak pakte zijn manden op en wilde weglopen.

'Dat is een baby,' zei Cuthbert, en hij greep Mooshum bij zijn hemd en stond als aan de grond genageld te staren, malend met zijn vlekkerige kaken.

De baby bleef huilen alsof hij wist dat ze daar buiten stonden, maar ze verroerden zich niet en algauw stierf het dunne geluid weg. De wind kwam opzetten in de spichtige jonge populieren. Hoog boven hun hoofd dwarrelden pluisjes. Er klonk het ritselen van stijf, nieuw blad. Toen Asiginak weg begon te lopen, begonnen de koeien nog luider te loeien. Misschien deed de baby dat ook, maar dat konden ze niet horen boven het zware gekreun uit de stal.

'Ik voel de duivel,' riep Asiginak. 'Kijk dan!'

Maar Cuthbert was door de bloedbevlekte deur naar binnen gegaan. Hij verdween in het huis. Toen hij naar buiten kwam, droeg hij de baby en zijn ogen puilden uit – zo beschreef Mooshum het, zijn ogen puilden uit. Cuthbert wankelde naar de stal met de baby. Die had een piepklein wit jurkje aan en een stinkende luier. De anderen volgden. Op weg daarheen zagen ze twee jongens opgerold op hun zij liggen, in het onkruid, alsof ze sliepen, en toen een man, met zijn vingers in het groenzwarte gras geklauwd, zijn blik omhoog en op de jongens gericht toen hij kruipend was gestorven. Zijn rug was kapotgeschoten.

'Niet die kant uitkijken,' zei Asiginak tegen Heilig Spoor.

De mannen trokken de staldeuren wijd open en liepen de krankzinnige muur van geluid in.

Er waren tien koeien, waarvan er één dood was. Mooshum hielp Heilig Spoor om de manden ergens in het donker neer te zetten en knipperde met zijn ogen tot hij de dichtstbijzijnde koe zag. Daar begon hij mee, en daarna vond hij er nog een. Algauw was er alleen nog het spuiten van melk en een paar laatste koeien. De gemolken koeien klonken of ze zachtjes huilden van opluchting. Cuthbert wiegde de baby in één arm en duwde een speen tegen de lippen – het knopje van de mond was nauwelijks groot genoeg, maar hij spoot de melk er behendig in. Eindelijk ontspande de baby en rolde haar hoofdje naar achteren. Er speelde een glimlach om de gesprongen, paarse lipjes. Mooshum liet de koeien in de wei en de mannen vluchtten naar buiten, in hun ogen wrijvend, verdwaasd.

'Ik zal die baby wel dragen,' zei Cuthbert terwijl hij bezorgd naar het gezichtje keek.

'Waarnaartoe?' vroeg Asiginak.

'Naar de sheriff.'

'De blanke sheriff?'

Asiginak zag dat Heilig Spoor naar het erf stond te staren. Hij duwde zacht het gezicht van zijn neefje opzij zodat de jongen niet langer de slapende vormen maar de waterblauwe lijn van de horizon zag.

Asiginak wendde zich weer naar Cuthbert. 'Je bent niet dronken, dus waarom zeg je dat? Wij zijn nietsnutten, wij zijn indianen, zelfs ik. Als je het aan de blanke sheriff vertelt, wordt het onze dood.'

'Ze zullen ons beslist ophangen,' zei Mooshum. Hij pakte de manden van Heilig Spoor op.

'Het is al goed,' zei Heilig Spoor. 'Ik weet wat we moeten doen. Ik zal het aan de priester vertellen.'

De andere mannen keken hem aan.

'Vertel het niet aan de priester,' zei Mooshum.

Cuthbert hield de baby stevig vast. 'We kunnen dit kleintje niet terugleggen. Als we gaan, nemen we haar mee.'

'Dat kan niet,' zei Asiginak.

'Ik ga dat huis niet meer binnen,' zei Cuthbert.

'Jij kunt schrijven,' zei Asiginak tegen de jongen. 'Je schrijft dit op: *Er leeft er nog een in Lochren*. Vanavond zal ik je boodschap bij de sheriff in de bus stoppen, waar hij zijn krant in krijgt. Dan komen ze morgenochtend de baby halen.'

Cuthbert knikte langzaam en gaf de baby aan Asiginak die het huis weer inging. Toen hij naar buiten kwam, keek hij naar de grond. Hij zag de sporen.

'We moeten je sporen uitvegen waar we ze ook maar kunnen vinden,' zei hij met een ernstige, verstrooide stem. 'Trek je schoenen uit.'

De mannen liepen over het erf om de merktekens van het kruis in het rulle zand uit te vegen. Toen ze tevreden waren, vertrokken ze, versmeltend met de rand van de koeienweide, het bos in en toen over paden die kilometers ver kronkelden.

Een slokje medicijn

Mooshum stopte. We dachten dat hij genoeg had gepraat en omdat dit wat hij ons vertelde zoiets vreemds en vreselijks was, bleven we daar gewoon zitten. Ik draaide mijn haar om mijn vinger en Joseph fronste naar de steenharde grond.

De deur piepte open en mama leunde naar buiten om naar de hemel te kijken. De gloeiende wolkenbollen werden weer het donker ingezogen, maar de regen leek nog ver weg. De wind was aangetrokken in de vederesdoorns en de was klapperde aan de lijn. Ze boog haar hoofd alsof ze een juk op haar schouders nam en liet de deur achter zich dichtklappen. Ze stapte naar de lijn om te voelen of de kleren droog genoeg waren. Iets zat haar dwars die dag, dat was duidelijk, maar wat het was, ontdekten we pas later. Als ze niet zo in beslag was genomen door haar ergernis had ze misschien Mooshum verhinderd ons het hele verhaal te vertellen, of slokjes te nemen uit het bruine medicijnflesje onder de rits van zijn groene Sears-werkjack. Hij haalde de fles tevoorschijn, liet de inhoud rondwalsen en goot een teugje in zijn keel. We vingen een vleug van bitter, wild blad op. Zijn ogen traanden toen hij de fles terugstak.

Mama haalde een stel lakens van de lijn maar liet wat van haar nylon ondergoed hangen. Ik had nog nooit haar ondergoed daar zomaar aan de lijn zien hangen. De lichtblauwe en bleekroze slipjes werden vol lucht geblazen en hielden zich aan haar ronde vormen. Ze liep langs en zei tegen Mooshum: ‘Geraldine komt en ik weet al wat ze me gaat vertellen.’ Ze liep het trapje op en riep terug naar Mooshum: ‘En het bevalt me niets.’

Mooshum liet zijn ogen op een grappige manier uitpuilen toen de deur dichtsloeg en maakte een *owee, ze is boos* wegduikend gebaar.

'Wat is er met de baby gebeurd?' vroeg Joseph.

'Een zekere Hoag is die baby gaan halen,' zei Mooshum. Ik dacht dat het verhaal was afgelopen en stond op om mama te volgen – ze wilde vast dat ik haar hielp de kleren te vouwen, of op te rollen voor de strijk. Ze was al zo uit haar doen dat ik haar geduld niet op de proef wilde stellen. Maar toen nam Mooshum nog een teug uit zijn medicijnflesje en zei: 'Ze kwamen Asiginak 's nachts halen.'

'Ze?' Ik draaide me om.

'Wie ze?' vroeg Joseph.

'De mensen uit de stad,' zei Mooshum. 'Daarom vertel ik dit aan jullie. Wildstrand, de Buckendorfs...'

'De Buckendorfs?' zei ik.

'O *yai*! Die waren het! Ze kwamen 's nachts Asiginak halen, maar hij hoorde ze aankomen en ging ervandoor. Ik was hem komen waarschuwen en ik heb de jongen net op tijd weggesleurd.'

Biechtstoel

De kleine blokhut had een smal raampje aan de achterkant dat bedekt was met een lap dierenvel. Heilig Spoor en Mooshum waren in één ijzige seconde dat raam uit – door doodsangst het bos in gejaagd. Ze kwamen neer als bladeren, veerden de bomen in en kropen in een wirwar van wilde kersen en wilgen. Toen ploeterden ze door een poel en lieten zich tussen het riet zakken. De mannen hadden honden bij zich, maar het waren koeienhonden, geen getrainde honden en ze blaften naar alles. Ze roken een beest of misschien Asiginak en renden een andere kant uit. Het licht van de fakkels speelde over het wateroppervlak, er klonk nog wat getrappel, geschuifel, woest blaffen van honden, en toen waren ze weg. Het geluid werd zachter en zachter. De twee hesen zich door de blubber tot ze op vaste grond waren. Er zat nu niets anders op dan naar pastoor Severine te vluchten. Hoewel hij onbetrouwbaar was en niet meer zo dol op Mooshum, hield hij heel veel van Heilig Spoor.

Toen de twee het pad afliepen dat om de heuvels heen langs weiden leidde, begonnen de vogels te zingen in de els en de wilde framboos. Mooshum vroeg de vogeltjes om hulp en Heilig Spoor zei weesgegroetjes. Tijdens het lopen praatten ze over de gewoonten van de priester – hoe hij er een eeuwigheid over deed om de hostie te breken en zijn gebeden zo uitspon dat het bijna onmogelijk was je ogen open te houden en niet voorover op de grond te vallen. Hoe zacht de grond eruitzag als je luisterde naar de preken van Severine en hoe verschrikkelijk het was als een luis of vlo je begon te bijten, of als je nodig moest plassen. Ze waren het erover eens dat de pijnlijkste jeuk altijd op kwam zetten tijdens de mis. Ze bekenden allebei dat hun billen een scherpe hoek aan het bidbankje wisten waar je genadig ongemerkt tegenaan kon schurken.

Aan de hoge kant van een heuvel, langs een stroompje dat van poel naar poel liep, hoorden ze paarden en ze lieten zich in het gescheurde gestel van een omgevallen populier rollen. Ze verstopten zich in de grot van zwarte wortels en verstarden toen de blanke mannen langskwamen. Asiginak was niet gevangen.

'Misschien geven ze het op,' zei Heilig Spoor.

De lucht was nog fris van de dauw toen Heilig Spoor en Mooshum de kerkdeur opentrokken en binnenglipten. Er hing een geur van rottende jute en aarde van alle aardappelzakken die als vloerkleedjes waren neergelegd. Eén lampje flakkerde voor het bewerkte houten kastje waarin de priester de hosties bewaarde. Het was bedekt met een handdoek waarop rode letters geborduurd waren.

'Ik vind dat brood niet lekker!' Mooshum trok een gezicht. 'Dat kun je geen brood noemen! Niet eens een cracker. Je zou er duizend van kunnen eten zonder te overleven.'

'We worden geacht er het eeuwige leven van te krijgen,' zei Joseph.

'Voor Heilig Spoor heeft dat niet gewerkt,' zei Mooshum.

De jongen knielde even voor het kastje. Toen schoof hij de handdoek opzij, opende het vergulde deurtje aan de zijkant en at alle ouwels op. Hij deed het deurtje dicht en blies de vlam in de lamp uit. Hij zei tegen Mooshum dat hij al dagen niet had gegeten – vanaf het moment dat Asiginak tierend van angst thuis was gekomen en had verteld dat er dronken praatjes de ronde deden en dat de blanke sheriff en misschien een paar boeren nu wisten dat er indianen bij het vermoorde gezin waren geweest. Heilig Spoor stak zijn handen uit en dronk het ranzige vet uit de kom van de lamp. Zijn maag verkrampte onmiddellijk. Hij begon te zweten, rende naar buiten en leunde met zijn hoofd tegen de achtermuur van de kerk. Hij dwong zich het geestesbrood binnen te houden door diep te ademen en zich te concentreren op de aanwezigheid in hem. Pastoor Severine had zijn ziel aan hem uitgelegd. Nu zou het logisch zijn, zei hij tegen Mooshum, dat het brood dat hij gegeten had die ziel, die geest zou voeden en de kracht ervan zou versterken. Hij dacht dat hij die kracht nodig zou hebben.

Toen de jongen zich eindelijk wat beter voelde, hielp Mooshum hem om weer naar binnen te sluipen. Er was een soort nis in de kerk waar de priester de biecht afnam. Daarvoor hing een gordijn van jutezakken. Heilig Spoor dook erin en hurkte op de aarden vloer met zijn knieën tot zijn kin opgetrokken.

Mooshum liet hem daar achter en slobberde als een dier van het muffe wijwater. Toen viel hij in slaap onder een bank tot de ochtendzon door de ruwe gordijnen filterde. Hij tuurde in het bruine licht van de kerk. De deur ging open en er viel een smalle reep wit licht over de vloer. Pastoor Severine naderde de biechtstoel met lange, zorgvuldige stappen en keek erin.

'Mijn zoon.' Hij haalde diep adem. Er vormde zich een donkere kloof van angst tussen de wenkbrauwen van de priester. 'Zijn de anderen hier ook?'

'Nee,' zei Heilig Spoor.

Opgelucht blies de priester zijn adem uit. De jongen had zich tot een bal opgerold op de grond. Het gezicht van de priester drukte beurtelings medelijden en walging uit en hield het ten slotte op gemelijke teleurstelling.

‘Ik neem aan dat je hier bent om te biechten.’ Zijn stem was onvast en schel. Zijn adem stokte. ‘Je hebt iets monsterachtigs gedaan!’ Hij leek zich te vermannen en deed een stap naar achteren.

‘Ik zal je te eten geven, meer niet,’ zei hij en ging weg. Maar toen pastoor Severine terugkwam had hij eten, en hoe. Er stonden tranen in zijn zwakke ogen toen hij zijn lieveling zag eten van de crackers uit blik en de gedroogde perziken, koud wildgebraad, een pot honing en brood zo zacht als bloemblaadjes. Mooshum hield zich stil hoewel zijn maag smachtte.

Heilig Spoor at met ernst, overgave en trek. Hij praatte met uitpuilende wangen.

‘Ze waren allemaal dood, behalve de baby.’

Tegen de tijd dat hij doorslikte, waren er mannen buiten. De priester kwam overeind. Zijn ogen stonden vol tranen.

‘Niets, we hebben niets gedaan… we hebben nooit,’ zei de jongen, maar zijn tong was zwaar van de honing en zijn mond te droog om het voedsel door te slikken.

‘Zij hebben je ertoe aangezet,’ zei pastoor Severine, zijn ogen liepen over, de tranen stroomden door de groeven naast zijn puntige neus, spetterden in zijn boordje. ‘Verstop je, ik zal het woord doen.’

De zusjes

De deur sloeg dicht met een opzettelijke dreun. Mooshum spuwde. Joseph schrok. Ik sprong op. Mama was nu met Geraldine en toen ze langsliepen hoorde ik mijn tante zeggen: ‘Wie heeft je dat verteld?’ Ze waren al halverwege het erf, voorbij de struikachtige bomen en de kleren aan de lijn, maar deze keer nam mama niet de moeite om te voelen of ze droog waren. Ze gingen op in hun gesprek. Mama had haar schouders opgetrokken en haar hoofd was iets naar Geraldine gewend. Ze leken veel op elkaar van achteren – hun gepermanente zwarte haar krulde vrolijk over hun kraag. Mama droeg een groene blouse en die van Geraldine was geel. Hun donkere rokken waren lang en wijd, strak om het middel met brede ceintuurs van elastiek. Hun voeten waren sierlijk in gympen met sokjes. Mama verfde haar canvasschoenen met witte poets om ze vlekkeloos te houden. Hun kleren waren altijd tweedehands, maar toch zagen ze er geweldig uit. Mensen dachten dat ze naar Fargo gingen om te winkelen, terwijl hun kleren eigenlijk van de missie kwamen.

Ze liepen naar het eind van het erf waar het oude privaathuisje stond dat nu volgestouwd was met schoffels en schoppen. Daar vouwden ze hun armen over elkaar en stonden tegenover elkaar, hun monden nooit stil, hun rokken klapperend in de warme bries die naar regen rook. Mooshum begon weer te praten, omdat hij wist dat mama haar aandacht elders had. Maar het leek of hij niet tegen ons praatte, en zelfs zijn gebruikelijke vertelstem niet gebruikte. Hij trok ons niet mee, gebaarde niet. Dit was anders. Nu leek het of hij op een bepaalde manier vastzat, in een groef, alsof hij niet kon verhinderen dat het verhaal zich naar buiten drong. Dit was de enige keer dat hij het verhaal in zijn geheel vertelde.

De meute

Buiten de kerk klonken de stemmen van de mannen door elkaar. Eerst de verstikte smeekbedes van de priester, toen een rollend vat vol woorden. Mooshum kon er niets uit opmaken, maar schrokte dromerig het voedsel naar binnen dat Heilig Spoor naar hem toe had geschoven. Hij ving iets van het heen en weer praten op. De woorden kleefden aan elkaar tot de mannen en de paarden één geluid maakten, een hevige wanorde van adem en bonzend bloed. Toen een korte stilte waarin de wind gierend onder de dakrand door blies. Plotseling sprong Heilig Spoor op, propte stukjes gekookt vlees in zijn zakken en rolde onder de donkerste bank bij Mooshum.

De blanke mannen sloegen pastoor Severine opzij en dreunden de kerk in. Ze stampten door het gangpad op hun zware laarzen en knielden stuk voor stuk. Sommigen sloegen een kruis. Toen keken ze achter het altaar en in de biechtstoel.

'Hij is weer gevlucht,' zei een hoge, heldere stem.

'We hebben er nu in elk geval eentje, laten we degene die we hebben ophangen,' zong een man van buiten. Het was een mooie melodieuze stem met een Duitse ondertoon.

Toen de mannen Asiginak langs pastoor Severine sleurden, verstarde de priester. Hij deed zijn mond open en dicht alsof hij stikte en probeerde krampachtig de oude man te zegenen. Asiginak sloeg zijn handen weg.

'Doe eens iets nuttigs,' riep hij. 'Haal ze van me af.'

Van onder de bank hoorde Heilig Spoor zijn oom schreeuwen. Asiginak jammerde doordringend van angst en riep in het Ojibwe: 'Ik wil niet alleen sterven!'

Pastoor Severine wankelde en zocht steun tegen een boom in de voorhof. Plotseling viel iedereen stil. Ze voelden dat er iemand in de deuropening van de kerk was komen staan. Ze draaiden zich allemaal tegelijk om.

'Oom, ik ga met u mee,' zei de jongen.

Mooshum kroop onder de bank vandaan en sprong op om Heilig Spoor naar binnen te trekken. Hij deed zijn uiterste best om de deur te versperren tegen de mannen, maar de Buckendorfs drongen binnen en klemden hen beiden stevig vast onder hun dikke hooistekende armen. De mannen sleurden Mooshum en de jongen naar buiten het licht in. Een van hen hield de jongen in zijn nekvel vast. Toen hij de schrik en schaamte op Asiginaks gezicht zag, wist Mooshum dat Heilig Spoor spijt had dat hij tevoorschijn was gekomen. Maar hij hield zich manhaftig en sloeg keer op keer een kruis tot de blanke mannen zijn handen achter zijn rug vastmaakten. Ze bonden zijn polsen aan elkaar en wierpen de jongen samen met Mooshum en Asiginak in de laadbak van hun wagen. Pastoor Severine riep iets in het Latijn en kwam ineens tot leven. Hij klauwde zich vast aan de zijkant van de wagen en strompelde onhandig naast hen. Hij stootte zinloze bedreigingen en strijdige zegeningen uit toen ze de heuvel afratelden. Al snel stierf zijn schorre stem weg. Asiginak zat eerst gebogen naar zijn voeten te staren en wilde niet spreken. Ten slotte zei hij met een stem die van angst was vervuld tegen Heilig Spoor: 'Ik wist helemaal niet dat je daarbinnen verborgen zat. Mijn woorden waren niet voor jou bedoeld.'

Heilig Spoor keek even boos op naar zijn oom, haalde toen zijn schouders op en deed of het hem niets kon schelen.

Wilde pruimenbomen stonden in bloei tussen de struiken. Wilgen waren in smalle groene blaadjes ontbot en de poelen glinsterden in het vroege licht. De kwestie van een boom en een plek was nu het onderwerp van gesprek van de *chimookamanag*. Toen werden ze echter afgeleid doordat er nog twee opdoken die Cuthbert achter een paard aansleepten. Ze trokken hem langzaam voort, zodat ze hem ook konden ophangen. Cuthbert zag eruit als een grote rups overdekt met grijs stof. Ze sneden zijn touwen los en hesen hem op de wagen. Hij lag stil, met zijn ogen naar de anderen knipperend.

'Ach,' zei Cuthbert na een tijdje vanuit zijn bloederige gezicht, 'ze hebben het ergste van mijn neus afgewreven. Het is jammer te sterven nu ik knap ben.'

'Je bent nog steeds lelijk, broeder,' zei Asiginak.

'Dan is het niet zo'n groot verlies voor de vrouwen,' zei Cuthbert. 'Dat is een troost.'

De wagen hotste hen op een vriendelijke manier voort. Toen ze de grens met de velden en wegen buiten het reservaat overgingen, stond hier en daar een boer op zijn land, verstild en roerloos, en keek hoe de langzame processie van mannen, honden, kar en geknevelde indianen voorbijging.

De baby

Mooshum keek naar zijn dochters, die inmiddels stonden te ruziën aan het eind van het erf. Hij nam een afgemeten slok van zijn medicijn. Plotseling hielden mama en Geraldine op met praten en keken bedenkelijk naar de hemel. Ze liepen naar de waslijn, maar voordat ze er zelfs maar een wasknijper hadden afgehaald, ging de ruzie verder. In plaats van de rest van de was eraf te halen, keken ze naar ons om er zeker van te zijn dat we niet luisterden. Toen ze ons zagen kijken, draaiden ze zich met een zwiep van hun rok om en liepen snel naar de voorkant van het huis. We luisterden weer naar Mooshum. Hij vertelde ons andere dingen die hij wist. Hoe het kleine broertje van een vrouw die Electa Hoag heette – nou ja, zo klein was hij ook weer niet, hij was zeventien – de nacht na de moord was gevlucht, met medeneming van twee van haar versgebakken broden, zijn schoenen, een wollen jack en een extra tuinbroek. Ook de pet van haar man Oric ontbrak van het haakje bij de deur. Oric was na de oproep van kolonel Benton Lungsford en de sheriff zo snel vertrokken dat hij vergat zich af te vragen waar hij de pet had gelaten. Toen de mannen kort daarna terugkwamen van de boerderij had Electa iets kunnen zeggen over Tobek die was gevlucht. Ze had iets kunnen zeggen, maar ze was te verrast door de baby die Oric vasthield daar op zijn paard. Ze was er zo door afgeleid en in beslag genomen op het moment dat hij zich over zijn zadel boog en de baby in haar armen legde. In plaats van te schreeuwen keek de baby haar kalm en vol vertrouwen aan, alsof ze al volwassen was maar gevangenzat in dat kleine lijfje. O, later schreeuwde ze weer, vertelde ze Mooshum, later werd ze weer een baby. Dat was nadat de mannen wat eten bij elkaar hadden gegraaid en waren vertrokken en zij alleen bezig was haar te verschonen en probeerde haar te voeden. Toen ze van de moorden hoorde, besloot Electa om Oric te vertellen dat hij de pet moest hebben meegenomen en zijn kwijtgeraakt, hem van schrik ergens had neergelegd op de boerderij. Nu ze wist wat er gebeurd was, besloot ze niet te verklappen dat Tobek weg was, gevlucht was, voorlopig niet, zo lang mogelijk niet.

'Had ze het maar verteld...' zei Mooshum. 'Had ze het maar verteld... en dan was er Johann Vogeli. Mijn oude vriend Vogeli. Hij kwam terug uit de stal toen hij zijn vader Frederic midden overdag een sigaret zag roken.'

'Wat is daar zo vreemd aan?' vroeg ik.

'Dat weet ik niet,' zei Mooshum.

Vogeli

Frederic Vogeli stond op het erf Platduits te praten met de Buckendorfs. Johanns overleden moeder had een ingewikkelder Duits gesproken. Haar stem begon te vervagen in zijn hoofd, of raakte opgebruikt, zoals al het andere van haar. Ze had brieven geschreven naar haar familie in Heidelberg en kopieën gemaakt, ze had liefdesbrieven geschreven aan Frederic en kleine briefjes aan Johann zelf en ze had een heel gedetailleerd dagboek bijgehouden van hun kleine avonturen en alles wat er in hun dagelijks leven gebeurde – behalve de slaag die Frederic haar gaf toen ze ziek werd, daar had ze niet over geschreven. Al met al vond Frederic dat geschrijf maar niets en hij scheurde een bladzij uit haar dagboek of gebruikte het dunne papier van een brief als hij een sigaret rolde. Johann vond dat vreselijk om aan te zien.

Hij kwam nu de hoek van het huis om en daar waren ze. De Buckendorfs stonden ook te roken. Zijn vader had sigaretten voor hen gerold. Het dunne kokertje van papier en tabak hing aan de vierkante kaak van de jonge Buckendorf. Terwijl ze daar stonden te praten, zag Johann hoe de mannen het brandende papier in hun longen zogen. De precieze woorden van zijn moeder verdwenen in hun borst en kwamen als vormeloze rook tevoorschijn.

Johann liep het huis in en verborg het dagboek van zijn moeder op een nieuwe plek. Hij was zo'n dertig centimeter gegroeid in de maanden na haar dood en hij was gespierder geworden. Hij kende zijn kracht nog niet. Toen hij weer naar buiten liep, greep Frederic hem bij zijn kraag, zei: 'Ga de paarden vangen,' en duwde hem in de richting van de weide. Hij kwam terug met een paard dat Nadel heette en zijn vader liet hem ook Girlie zadelen. Toen ze opstegen, zei zijn vader: 'Nu zul je iets meemaken.' En ze reden achter de Buckendorfs aan.

‘Dus dat was oude Johann,’ zei ik. ‘Dat is degene die u de Deutscher noemde.’

‘*Ya wole*,’ zei Mooshum. ‘De Deutscher. Later heeft hij me verteld wat er gebeurde toen hij en zijn vader de anderen inhaalden, en toen de sheriff en de oude kolonel hen probeerden tegen te houden.’

Doodslied

Kolonel Benton Lungsford en de sheriff, die Quintus Fells heette, haalden de groep mannen in toen ze op zoek waren naar een plek die geschikt zou zijn voor het ophangen. Oric Hoag was achtergebleven en naderde van een afstand. De mannen stonden naast een put, keken naar beneden in het gat, bespraken het probleem en testten het touw waar de emmer aan hing. De kolonel en de sheriff manoeuvreerden hun paarden voor de wagen en verhinderden de groep mannen om verder te gaan.

‘Zo, vrienden,’ zei sheriff Fells op zijn ontspannen manier, ‘ik zie dat jullie wat van ons werk voor ons hebben gedaan.’

‘En we gaan het afmaken ook,’ zei Frederic Vogeli.

Eugene Wildstrand, een buurman van de afgeslachte familie, en William Hotchkiss, een slotenmaker en graanhandelaar, brachten hun paarden tot vlak bij de sheriff. Sommige van de mannen waren te voet. Twee of drie hadden zelfs op de wagen meegereden. Emil Buckendorf mende de wagen. Zijn bleekogige broers zaten op de bok naast hem met hun handen in hun schoot. Ze leken uit hun krachten gegroeide jongens in een kerkbank.

‘Kom eraf,’ zei sheriff Fells. ‘Ik vorder deze wagen en het is mijn plicht de verdachten naar de gevangenis te brengen.’

‘Vorderen,’ zei Emil Buckendorf. Hij snoof door zijn baard. Een van zijn broers lachte en de andere, die met de grote kaak, staarde alleen maar naar zijn knieën.

William Hotchkiss boog zich naar voren over zijn zadel. Hij had een oud repeteergeweer bij zich. Sheriff Fells had zijn geweer gepakt en kolonel Lungsford had zijn hand op de revolver die hij in de Spaans-Amerikaanse oorlog had gebruikt en sindsdien geolied en schoon op een speciale plank bewaarde. De mannen en paarden stonden zo dicht op elkaar dat ze elkaar raakten wanneer de paarden nerveus een misstap probeerden te vermijden.

'Dat is een jongen die je gevangen hebt,' zei kolonel Lungford tegen hen allemaal. 'Niet meer dan dat.'

'Dat is een moordenaar,' zei Vogeli.

'Heb je geen geweten?' Wildstrand, met de teugels van zijn paard strak aangetrokken, spuugde en richtte zich ijzig tot de sheriff en de kolonel. Zijn ogen staken af als zwarte vlekken op wit papier. 'Zijn jullie wel of niet in dat huis binnen geweest?'

William Hotchkiss dreef zijn paard plotseling achter kolonel Lungsford en prikte zijn geweer in de rug van de andere man. Kolonel Lungsford draaide zich om en praatte tegen Hotchkiss, terwijl hij de loop van het geweer van zijn nieren wegduwde.

'Laat dat ding zakken, idioot,' zei hij.

Vogeli leidde Hotchkiss weg van sheriff Fells.

'Sorry jongens,' zei Wildstrand. 'We moeten doen wat ons te doen staat.'

Hij leunde over de ruimte tussen hen in en schoot het paard van Fells tussen de ogen. De sheriff gooide zijn handen in de lucht toen hij neerging met het paard. De botten kraakten met het geluid van een zweepslag. Iedereen schrok op van de knal. De mannen keken elkaar allemaal aan en in de wagen wilde Asiginak naar de sheriff toe gaan. Hij werd door een van de Buckendorfs teruggesmeten.

'We zijn er geweest,' zei Cuthbert. Hij kokhalsde door het bloed dat van zijn neus in zijn keel droop.

Emil Buckendorf klapte met de teugels en de wagen rolde soepel verder.

'We hebben nog steeds geen plek bedacht om die indianen op te hangen,' zei William Hotchkiss. 'Misschien zouden we Orics slachtlier kunnen gebruiken.'

'Ik doe hier niet aan mee!' riep Oric, die hen net had ingehaald. Hij sprong van zijn paard om Quintus Fells te helpen. De sheriff ademde snel en zei 'Ho, ho, ho...' Hij lag nog onder het dode paard. Zijn ogen rolden weg en hij raakte buiten westen. Lungsford zei 'verdomme' en nog wat woorden en steeg af om Oric te helpen de sheriff te bevrijden, waarbij hij de wagen liet passeren.

Jabez Woods, Henric Gostlin, Enery Mantle en alle anderen stonden rustig langs de weg te kijken naar de mannen die wapens en paarden hadden. Nu kwamen ze naast de wagen lopen, het twee sporen brede graspad af.

'Misschien aan de andere kant van die heuvel,' zei Mantle. 'De bomen aan deze kant zijn te iel.'

'Alle goede bomen zitten achter ons, over de grens van het reservaat,' zei een Buckendorf.

'We hebben maar één tak nodig,' zei Wildstrand. Hij keek in de wagen en zijn gezicht was wit rond de ogen, alsof al het bloed onder zijn tanige huid was weggetrokken.

'Toen we ze vonden waren die mensen al dood,' riep Cuthbert, waarmee hij Heilig Spoor uit een slaperige verdoving wekte. Mooshum luisterde naar alles. 'We hebben ze gevonden, maar we hebben ze niet vermoord. We hebben hun koeien voor ze gemolken en de baby gevoed. Ik, Cuthbert, heb de baby gevoed! We zijn niet dat slechte soort indianen! Die zitten ten zuiden van hier!'

'Geen kwaad woord over de Bwaanag,' zei Asiginak. 'Zij hebben me geadopteerd.'

Cuthbert negeerde hem en dramde door tegen de blanke mannen. 'Wij, wij zijn net als jullie!'

'Net als ons!' Hotchkiss boog zich naar hem over en sloeg met de loop van zijn geweer tegen Cuthberts hoofd. 'Mocht je willen.'

'Je hebt gelijk,' zei Asiginak in Ojibwe. 'Je bent een gekte op deze aarde.'

Cuthberts hoofd was nu een en al bloed. Zijn ogen zaten verborgen in zijn bloederige haar, bloed stroomde over zijn hals, zijn smerige hemd zat van onder tot boven onder het bloed. Hij sprak Ojibwe vanuit het bloederige masker en zei tegen Heilig Spoor: 'Maak je geen zorgen. Er is nog een jongen bij hen. Straks zal een van hen het opmerken en zich de woorden van de sheriff herinneren. Ze laten je vast gaan. Als je anderen over mijn dood vertelt, noem dan mijn moed. Ik ga mijn doodslied zingen.'

'Ik hoop dat je je dat kunt herinneren voordat je in je broek schijt,' zei Asiginak.

'*Aiii*! Ik probeer te bedenken hoe het gaat.'

De twee mannen begonnen zachtjes te neuriën.

'Eerlijk gezegd,' zei Cuthbert na een tijdje, 'heb ik nooit een doodslied gekregen. Ik werd dat niet waard gevonden.'

'Verzin er een,' zei Asiginak. 'Ik zal je helpen.'

Ze begonnen op hun knieën te kloppen en binnensmonds weer een jammerende melodie te prevelen. Ze zeiden geen woord tegen Mooshum. Hij keek uit over de velden, die pas waren geploegd en gezaaid, met rechte voren waar een teer groen dons ontkiemde. De hemel was van het heerlijkste blauw. De horizon was stoffig met een groen waas, als het ei van een roodborstlijster, en de wolken waren teer, niet meer dan witte borstveertjes hoog in de lucht.

Ze kwamen bij een boom die er redelijk uitzag, maar de blanke mannen vonden de takken te schuin en te dun. Ze kwamen bij een andere boom en de mannen bekvechtten eronder en maten met hun armen en handen. Kennelijk was die boom ook niet goed.

'Ze gunnen ons in elk geval de tijd om ons lied te oefenen,' zei Cuthbert. Hij veegde zijn gezicht af. Het leek alsof zijn neusknobbel glad was afgeschoren.

'Nu ik beter naar je kijk,' zei Asiginak, 'denk ik dat je knap zou zijn geweest, vriend.'

'Dank je,' zei Cuthbert.

'Die boom daar is goed genoeg,' zei Emil Buckendorf.

Mooshum hoorde hoe iemand begon te snikken en hij dacht eerst dat hij het zelf was – zo klonk het – maar toen realiseerde hij zich dat het Johann Vogeli was. De jongen reed naast hem en hield zijn handen krampachtig om de manen van zijn paard. Zijn tranen stroomden neer en maakten het leer van het zadel nat. Frederic Vogeli kwam naast zijn zoon rijden, haalde uit en ramde met zijn knokkels en onderarm zijn zoon in het gezicht. Johann viel bijna uit zijn zadel, maar hij herstelde zich. Toen hij zijn evenwicht terug had, veranderde hij, werd breder, groter en je kon iets in hem zien oplichten. Dat ding vatte vlam en ontplofte toen. Het lanceerde hem van zijn paard: hij stortte zich met beide armen op zijn vader die opzij uit zijn zadel vloog en nog onder zijn zoon was toen de twee mannen neerkwamen en doorgleden – met Frederics rug als slee. Johann zat op zijn vaders borst en begon zijn gezicht met de zijkant van zijn vuist te slaan alsof hij op een tafel beukte. Hij beukte met alle kracht van zijn armen, alsof hij door het hout, of het vlees wilde slaan. Zijn andere hand sloot zich om de keel van zijn vader. De wagen hotste verder en de andere mannen trokken mee, en lieten die twee rollen en schoppen, dan staan, dan uithalen en stompen. Weer neer, en overeind, en hun gevecht leek naarmate ze in de verte verdwenen steeds koddiger. Uiteindelijk waren het twee zwarte speelgoedpoppetjes die op en neer schoten tegen een eindeloze horizon en onder een grenzeloze hemel.

'Die jongen had in elk geval een goed hart,' zei Cuthbert.

'Ik hoop dat hij zijn vader niet vermoordt, nog niet,' zei Asiginak. 'Het zou hem zwaar kunnen opbreken.'

Cuthbert was het met hem eens.

'Dus u praatte ook met Cuthbert,' zei Joseph met gespannen stem. 'En Heilig Spoor? Asiginak? Zij zijn blijven leven en oud geworden, toch?'

'Nee,' zei Mooshum.

'O,' zei Joseph.

Het klapperen van vleugels

De eik waaierde gul uit. Hij had hier waarschijnlijk al honderd jaar rustig staan groeien.

'Ik kan jullie die boom vandaag de dag nog laten zien, aan de rand van Woldes land,' zei Mooshum. 'Ze hebben er tabak neergelegd. Gebedsvlaggen in de takken.'

De mannen reden ernaartoe, stegen af, liepen rond de stam, loerden in het groen en wezen naar een bepaalde tak die aan beide kanten van de boom recht uitstak en dan naar boven boog, als in een gebaar van verering. Ze besloten dat dit de boom was die ze hadden gezocht en trokken de wagen eronder. Er lagen vijf of zes touwen netjes opgerold onder het stro in de laadbak. Enery Mantle en de Buckendorfs pakten de touwen en kregen ruzie over welke ze zouden gebruiken. Toen controleerden en herstelden ze heel onhandig de knopen, een paar keer, nog steeds ruziënd, en gooiden de touwen over de tak. Ze testten het schuiven van het touw en overlegden wie de paarden zou slaan en wanneer.

'Ze kunnen nog niet eens een haas strikken,' zei Cuthbert, 'of een man vellen. Dit zal niet gemakkelijk gaan.'

Heilig Spoor was misselijk en buiten zinnen. Asiginak gaf geen antwoord. Mooshum staarde in de ruimte en deed alsof hij al dood was.

'De Michif redt zich wel,' zei Cuthbert, waarmee hij Mooshum bedoelde. 'Hij draait zich er wel uit.'

Asiginak was diep in gedachten geweest maar raakte nu zijn neefje bij de schouder aan.

'Ik beschouw je als mijn zoon,' zei hij tegen Heilig Spoor. 'We zullen samen naar de geestenwereld lopen. Ik had die weg niet graag alleen afgelegd. *Howah*! Je maakte mijn arme hart trots toen je in die kerkdeur opdook!'

'Dank u, oom,' zei de jongen op zachte en formele toon. 'Ik beschouw u ook als mijn vader.'

'We zullen hen weldra zien,' zei Cuthbert. 'Al onze verwanten.' Hij raakte de jongen bij de arm en glimlachte. Zijn glimlach was gruwelijk in het opgedroogde bloed. '*Aniin ezhinikaazoyan*?'

'Charles.'

Cuthbert schudde zijn hoofd. 'Niet de naam van de priester. Niet eens onze bijnaam voor jou, Heilig Spoor. Hoe kennen de geesten je?'

Heilig Spoor vertelde het.

'Eeuwige Hemel. Goed, je hebt een goede naam gekregen. Geef die naam aan de Persoon die je aan de andere kant zal opwachten. Dan zul je naar de *Anishinaabeg* geestenwereld gaan. Je moeder en *deydey* zullen je daar opwachten, jongen. Je hoeft niet bang te zijn.'

'Verzet je niet tegen het touw,' zei Asiginak. Zijn stem trilde.

Wildstrand liet de vier opstaan en hij knoopte de touwen waarmee hun handen achter hun rug waren gebonden weer vast. Emil Buckendorf plaatste hen op de laadbak, liet de lussen van de touwen over hun hoofd zakken en trok toen de lussen strak zodat ze beter pasten.

Henric Gostlin klom op de wagen.

'Hij zegt dat hij de jongen niet wil ophangen,' zei Emil Buckendorf.

Een van de broers zei: 'Ja, laat hem maar gaan.'

Het gezicht van Eugene Wildstrand werd donker van een plotse bloedtoevoer. 'Waren jullie daar,' zei hij, en keek naar Gostlin en de anderen, de een na de ander. 'Waren jullie daar, op die plek? Jullie waren er. Jullie hebben het gezien.'

Hij hield hun blik vast en zijn gezicht gloeide vreemd in het licht.

'Het meisje,' ging hij verder. 'De vrouw. De twee jongens. Mijn oude vriend ook. Allemaal.'

Emil staarde naar zijn broers tot ze knikten en naar hun voeten keken. Henric Gostlin liep weg, het pad af, met zijn hoed tegen zijn dij meppend. De andere mannen die naast de paarden stonden, schrokken op toen Asiginak en Cuthbert plotseling in gezang uitbarstten. Ze begonnen hoog – Cuthberts stem een wilde falset die door de lucht sneed. Asiginak viel in en Heilig Spoor voelde zich bijna goed toen hij de kracht en macht van hun stemmen hoorde. En de woorden in de oude taal.

Niets zijn deze blanke mannen
Wat zij doen kan mij niet raken
Ik zal het aangezicht van het mysterie zien

Ze zongen het lied twee keer voordat de Buckendorfs zich vermanden en de wagen klaarmaakten. Emil hield de twee paarden in bedwang en telde af om ze tegelijkertijd met de zweep te geven. De jongen probeerde zijn mond te openen om mee te zingen met zijn oom, maar hij kon alleen het toonloze slaapliedje in zichzelf neuriën waar zijn moeder hem altijd mee in slaap had gezongen. De Buckendorfs zwaaiden hun arm naar achter, raakten de paarden op hetzelfde moment, en dan opnieuw, harder. De wagen slingerde, stopte en bokte toen naar voren. De mannen wankelden maar hielden niet op met zingen. Uiteindelijk schoten de paarden weg. Ze bleven tien meter verderop staan. De mannen probeerden te blijven zingen, zelfs toen ze gewurgd werden. De jongen was zo licht dat hij het de dood niet makkelijk maakte. Hij stikte langzaam terwijl hij schopte en draaide in de lucht. Hij hoorde hoe eerst Cuthbert en vervolgens zijn oom ophielden met zingen en rochelen. Achter zijn gesloten ogen werd hij door gitzwarte angst gegrepen totdat hij zijn moeder hoorde zeggen, *doe je ogen open*, en hij staarde het stoffige blauw in. Toen was het beter. De wolkpluimpjes hoog in de lucht waren opgelost in vleugels en zwiepten nu langs de hemel, steeds sneller en sneller.

Bittere thee

Mooshum hield op met praten toen de bui over ons heen trok – lage wolken met zwarte buiken. Op het erf klapperden de lakens wild, de tuinbroeken en Mooshums werkhemden bolden op. Zelfs het pastelkleurige ondergoed van mijn moeder vloog recht naar achteren, als kringeltjes, en haar beha's spiraalden om de houten knijpers en de lijn. Ze was waarschijnlijk ergens naartoe gegaan met Geraldine en de manden tuimelden nu leeg rond.

Ik sprong naar voren toen de eerste dikke druppels op mijn schouders spatten en begon de kleren van de lijn te halen. Ze vlogen uit mijn handen, losgewrongen door de sterke wind. Een wikkelrok wond me in een omhelzing. Ik zat nog helemaal in het verhaal en had al mijn concentratie nodig om met mijn gedachten en die kleren over het erf de rust van het huis in te ploeteren.

Mijn moeder kwam achter me aan de keuken in, doorweekt. Ze was door de regen vanaf het huis van onze oom terug komen lopen, maar dat had het vuur niet geblust. Hoe dan ook, het was het soort regen dat snel overtrekt, waarna de lucht meteen weer warm en helder is, dus bleef ze maar even binnen met Mooshum praten en daarna zag ik haar weer buiten met de mand om de kleren die ik net van de lijn had gehaald weer op te hangen. Deze keer verborg ze zorgvuldig haar ondergoed. Mooshum was met mama naar buiten gegaan en stond een beetje gebogen naast haar met de knijperzak. Ik dacht dat ze hem misschien de mantel uitveegde omdat hij ons had verteld wat er was gebeurd, over de opgehangen jongen, maar toen ze weer binnenkwam, met Mooshums arm in de hare, de mand had ze weer buiten onder de waslijn laten staan, zei ze alleen: 'Ik kan haar niet ompraten, ze moet hem zien, ze geeft om hem. En ze weet zelfs van die vrouwelijke dokter met wie hij in het geniep een verhouding had. Jij weet wie het is, jij weet verdomd goed wie.'

Ik deed of ik iets anders aan het doen was en niet luisterde, maar daar trapte ze niet in. Ik wilde dolgraag naar de dokter vragen.

'O, mooi. Evelina. Je moet aardappels voor me schillen.'

'Mogen we vanavond ons haar opsteken, net als Geraldine?'

Mama wierp me een vinnige blik toe en ik keek weg. Ik trok aan de ring van het vierkante keukenluik met een blikken rand dat in het linoleum was uitgespaard en liet me behoedzaam langs de ladder in de kelder zakken. Ze gaf me een vergiet aan.

'Ik sluit je daar beneden op als je nu over Geraldine begint,' zei ze.

Ik krabbelde weer naar boven met de aardappels. Maar terwijl ik daar beneden was, hoorde ik haar iets tegen Mooshum zeggen over de rechter, dus nam ik aan dat het iets te maken had met de reden waarom ze zo boos was op Geraldine, alleen had ik het helemaal mis. Ik dacht dat Geraldine (verrassend, voor haar!) iets tegen de wet had gedaan en voor de rechter moest komen, op de rechtbank, en een boete moest betalen of naar de gevangenis moest. Dat dacht ik.

De volgende dag kwamen oom Whitey en Shamengwa naar ons huis. Oom Whitey leerde me hoe ik me staande moest houden in het leven en ik stompte tegen zijn handen.

'Je bent snel,' zei hij, 'maar niet snel genoeg.'

Ik probeerde weg te duiken voordat hij mijn oor aanraakte, maar dat lukte nooit.

'Je moet denken als een slang,' zei hij. 'Niet denken, reageren.'

Maar hij zag dat ik een denker was en nooit bliksemsnelle reflexen zou hebben. En Joseph ook niet.

'Jongen, je bent hopeloos,' zei oom Whitey. Hij was een grote, hoekige man met een indiaans Elvis-gezicht en een springerige vetkuif die hij achteroverkamde met haarolie uit een felpaarse fles. Soms woonde hij bij ons en sliep dan op de bank.

'Wat is er met tante Geraldine aan de hand?' vroeg ik hem.

'Het kan me mijn leven kosten als ik het vertel,' zei Whitey. 'Dat is geheim.'

‘Laten we handschoenen pakken,’ zei Joseph, ‘dan komt u mee naar buiten achter de schuur en kunnen zij zoveel ze willen over tante Geraldine praten. Wij mannen staan boven geroddel.’

‘Goed idee,’ zei Whitey, en hij liet zien dat hij in zijn overhemd een zakflesje Four Roses had.

Dus bleef ik achter met Shamengwa en Mooshum, en nadat ik een tijdje met hen water had zitten drinken vroeg ik, omdat ik wist dat ze niet boos op me zouden worden, wat Geraldine had gedaan om mijn moeder zo boos te krijgen.

‘Gedaan?’ zei Mooshum, die nu eens probeerde te kijken alsof hij nergens vanaf wist. ‘Ze heeft niets gedaan.’

‘Nog niets,’ zei Shamengwa uitdrukkingsloos.

Shamengwa had zijn viool meegenomen, maar hij zat alleen met een frons op zijn gezicht te tokkelen en te stemmen. Hij klaagde over de slechte kwaliteit van de snaren.

Ik vroeg wat er was gebeurd met de mannen die onze mensen hadden gelyncht.

‘Dat je daarover hebt gepraat!’ siste Shamengwa tussen zijn tanden.

Met een behoedzame blik naar zijn broer richtte Mooshum zich weer tot mij. ‘De Buckendorfs werden rijk en vet en zijn nooit uitgestorven,’ zei hij. ‘Het ging ze voor de wind en ze namen de boel over. De helft van het district. Maar dat had nooit gemogen. En Wildstrand. Niemand heeft hem voor moord opgepakt. Sheriff Fells werd invalide en die oude Lungsford is uit walging teruggegaan naar de beschaafde wereld die hij Minnesota noemde. Hij verhuisde naar Breckenridge, waar ze in 1928 de sheriff ophingen. Er was geen ontkomen aan. Ik geloof dat hij ergens in het oosten is doodgegaan.’

‘En u?’ vroeg ik. ‘Hoe hebt u het overleefd? Kun je blijven leven als je bent opgehangen?’

‘Ze waren nooit van plan hem te hangen *tot de dood erop volgde*,’ zei Shamengwa.

‘Waarom niet?’

Maar Mooshum begon te ruziën met zijn broer en zei dingen waar ik niets van snapte. *Ik zag hetzelfde als Heilig Spoor, de duiven zijn daar nog steeds.* Ze werden steeds bozer op elkaar, dus ging ik weg en dacht na over alles wat ik gehoord had. Later kwam iemand bij ons huis aanrijden en ik ging naar buiten om te zien wie het was. Toen ik haar zag, dook ik de deur weer in.

Tante Harp was uit Pluto gekomen om de twee broers te interviewen voor de nieuwsbrief van het plaatselijke historische genootschap. Mijn moeder zorgde meestal dat ze niet thuis was wanneer tante Harp op bezoek kwam. Maar als ze niet weg kon, verdroeg mama Neve omdat mijn vader zijn zus nog steeds graag mocht, ook al had ze met de zegen van mijn andere grootvader hun erfenis voor zichzelf gehouden. De oude Murdo vergaf het mijn vader nooit dat hij geen bankier was geworden. Mijn vader overwoog een advocaat in de arm te nemen en zijn zuster te dwingen het restant te verdelen, maar hij heeft het nooit gedaan. Hij hield vol dat hij alleen een paar oude postzegelalbums die van oom Octave waren geweest wilde hebben.

Toch was het niet de hebzucht die we tante Neve verweten. Ze ergerde en vermoeide iedereen om haar heen met de stroom naïeve vragen die ze stelde en zonder te wachten zelf beantwoordde.

'Wat gebruikten de indianen als brandhout?' vroeg ze die middag. Het werd een van haar beroemdste vragen. 'Ik kan niet geloven dat ik dat gevraagd heb!' Ze vloeide over van bewondering voor zichzelf.

Shamengwa was haar lusteloos ter wille, maar Mooshum vond het heerlijk haar in de buurt te hebben om zijn charmes op te botvieren. Hij flirtte schaamteloos met haar en vroeg of ze op zijn schoot wilde zitten.

'Heb je ooit op een paard gezeten, in een zadel? Dan weet je dat er een hoorn is die je moet grijpen. Ik heb er ook een...'

Mooshums broer wendde vol weerzin zijn gezicht af maar ik vroeg: 'Wat voor hoorn, Mooshum? Waar zit die?'

Mama kwam naar buiten en stond met een onbewogen gezicht naar haar vader te kijken. Ik hield mijn mond. Ze droeg een blauwgeruit schort afgezet met een geel zigzagboordsel en had haar armen voor haar borst gevouwen. Mooshum zag haar, ging rechtop zitten, schraapte zijn keel en vroeg mevrouw Harp of ze zijn briefjes ooit had ontvangen. Ja, zei ze, en ze was gekomen omdat ze materiaal voor haar nieuwsbrief wilde hebben. Mooshum zei gretig dat hij haar vragen zou beantwoorden. Shamengwa vouwde zijn handen. Maar toen Neve Harp zei dat ze terugging naar het allereerste begin en wilde horen hoe het stadje Pluto was ontstaan en waarom het binnen de oorspronkelijke reservaatgrenzen lag, hoewel er vrijwel geen indianen in Pluto woonden, toen werden de gezichten van de oude mannen, net als dat van mama, onbewogen, met een veelzeggende gereserveerdheid en nog iets dat me altijd is bijgebleven. Ik zag dat het verlies van hun land voor altijd in hen huisde. Dat verlies zou mij ook raken. In de loop van de tijd leerde ik dat het verdriet iets was wat ieder van hen naar eigen aard verborg – mijn oude oom met zijn hartstochtelijke zelfbeheersing, mijn moeder met strenge vriendelijkheid en propere orde. En mijn grootvader, die gebruikte de geduldige kunst van de spot.

'Wat jij vraagt,' zei Mooshum die middag, terwijl hij zijn handen opende en zijn mond in een vage, brede grijns vertrok, 'is hoe is het gestolen? Hoe is deze grote diefstal acceptabel geworden? Hoe komt het dat we naast jou wonen, terwijl we weten wat wij verloren hebben en dat jullie het genomen hebben?'

Neve Harp dacht dat ze wel wat thee zou lusten.

'Ik zet het wel,' zei ik en ging het huis in. Ik vulde de ketel met water en stak de voorste brander aan. Boven het aanrecht was een klein raam, en ik stond daar te wachten tot het water ging koken. Ik kon net over de vensterbank heen kijken. Ik zag tante Neve met haar vingers wapperen naar de twee oude mannen en glimlachjes uit haar gezicht persen. Mama kwam de deur binnen en ging naast me staan. Ze raakte me maar zelden aan, dus toen ze haar hand op mijn rug legde, schudde ik hem waarschijnlijk uit verbazing af, en had daar meteen spijt van. Ik geloof dat ik een stap dichter bij haar ging staan zodat mijn schouder haar arm net raakte. We stonden daar samen en ik begreep misschien voor de allereerste keer dat we min of meer hetzelfde dachten over wat we zagen.

'Zij kan het niet helpen,' zei mama, niet tegen mij. Ze herinnerde zichzelf eraan dat ze menslievende gedachten moest hebben om de aanwezigheid van Neve Harp op haar erf te kunnen verdragen.

'Ik denk dat ze het wel kan helpen,' zei ik.

'O? Misschien denk je aan het geld,' zei mama. 'Ik weet dat je daarvan weet. We hebben het niet nodig.'

'Er waren geen Harps bij de lynchpartij,' zei ik zonder nadenken. 'Maar er was wel een Wildstrand. Zij is er met een getrouwd.'

Het verbaasde me dat mama ervan uitging dat ik dingen wist die ze Mooshum had verboden ons te vertellen. Ze zuchtte alleen even.

'Ja,' zei ze, 'en Buckendorfs. Dat was langgeleden. En kijk hoe Maria Anita is teruggekomen om de jonge kinderen van de parochie te helpen.' Haar stem kreeg die overdreven zorgvuldige vrome klank waarvoor ik altijd uit de weg ging. Ik schoof weg.

'O, die,' zei ik quasi-achteloos, en we zwegen een tijdje. Net voordat het water kookte, vermande mama zich.

'Evelina, je weet dat je grootmoeder Junesse niet helemaal Chippewa was.'

'Ja,' zei ik.

'Haar vader liet haar in de steek en ze is natuurlijk door haar tante opgevoed. De naam van haar vader was Eugene Wildstrand.'

Ik bleef naar buiten kijken alsof ik niet had gehoord wat ze zei. Maar inwendig dacht ik dat ik nu begreep waarom ze Mooshum niet hadden opgehangen *tot de dood erop volgde*, zoals zijn broer het noemde. Achter me hoorde ik haar de ketel van het fornuis nemen. Het handvat rammelde een beetje toen ze hem neerzette. Ze schepte de theeblaadjes met haar vingers uit een theeblik, liet ze in de theepot vallen en klikte het deksel weer op het blik. Ik hoorde het stromen van dampend water toen ze de bruine theepot vulde en daarna kwam ze weer naast me staan. Deze keer schudde ik haar hand niet af toen ze hem op mijn rug legde. We wachtten samen tot de thee zo ver getrokken was dat de broers hem lekker vonden, donker en bitter. Neve Harp kon er een pond suiker bij gooien, ze zou hem nooit zoet genoeg krijgen.

‘Ach, nou ja,’ zei mama, ‘ik kan je net zo goed alles vertellen. Je zult het toch wel horen. Je tante Geraldine en rechter Coutts hebben…’ Maar ze kon het niet zeggen. Ze slaakte alleen een diepe, snelle zucht en legde haar hand op haar borst.

‘Een kind?’ vroeg ik.

Mama keek me verbaasd aan en realiseerde zich toen dat ik niet echt wist wat ik zei.

‘Je tante kan geen kinderen krijgen,’ zei ze op sombere toon.

‘O nee?’ vroeg ik. ‘Wat dan? Wat hebben ze dan?’

Maar mama had spijt van haar opwelling, zag ik, en ze stuurde me naar buiten met de theekopjes.

Lijnen

Het verhaal dat Mooshum ons vertelde had zijn gevolgen: het eerste was dat ik eigenlijk naar niemand meer op dezelfde manier kon kijken. Ik raakte geobsedeerd door afstammingslijnen. Toen ik het einde van mijn kleine luipaardprint dagboekje naderde (de sleutel was nutteloos omdat mijn broer de gesp kapot had gemaakt), schreef ik alles op wat ik me van Mooshums verhaal kon herinneren, en daarna de familieleden van iedereen die ik kende – ouders, grootouders, ver terug in de tijd. Ik volgde de bloedlijnen van de moorden via mijn klasgenoten en vrienden totdat ik uitgebreide spinnenwebben van lijnen en elkaar snijdende cirkels kon tekenen. Ik tekende met potlood. Een paar mensen, onder wie Corwin Peace, hadden zo’n ingewikkeld patroon dat ik er stukken van weggumde tot ik dwars door het papier ging. Toch kon ik de vragen eronder niet weggummen, en Mooshum was geen steun. Hij verdroeg ondervraging met een gekweld huiveren en zwijgen. Ik hield vol en bleef om details vragen, maar hij antwoordde met uitvluchten om van me af te zijn. Hij vertelde nooit meer met de welsprekendheid van die eerste keer. In zijn medicijnflesje, dat door mijn moeder in beslag was genomen, had whisky gezeten. Niemand wist uit welke bron. Ze zou hem nooit van de drank afkrijgen. Ik hield nog steeds van Mooshum natuurlijk, maar met dit verhaal was er iets in mijn kijk op hem vertroebeld, alsof ik in een heldere beek was gestapt en er slib was opgewolkt rondom mijn voeten.

Rechter Antone Bazil Coutts

Hoe de dingen zijn

Op het moment dat ik Geraldine Milk tegenkwam in de smalle gang van het stamkantoor besloot ik dat ik met haar moest trouwen. Toen we na een kort knikje met een boogje om elkaar heen liepen, kwamen haar borsten in een bescheiden witte blouse precies onder mijn blikveld langs. Ik was me er intens van bewust en dwong mezelf om haar in de ogen te blijven kijken, maar toch ving ik de verfijnde geur op van haar zeep, vermengd met een scherpe ondertoon van vrouwelijk zweet. Het haar in mijn nek prikte, ik bleef stokstijf staan en draaide als een marionet om mijn as om haar verder te zien lopen door de gang. Geraldine liep met veerkrachtige, vrouwelijke tred. Maar er zat geen koketterie in. Eerder een laat-me-met-rust. Mensen vonden Geraldine ontoeschietelijk omdat ze nooit getrouwd was – haar eerste vriendje, Roman, de jongen uit de passagierstrein, was bij een auto-ongeluk omgekomen en sindsdien had ze zich nooit meer aan iemand gehecht. Ik had mijn eigen verdriet op dat gebied. Dat hadden we gemeenschappelijk.

Natuurlijk weet Geraldine alles. Ze is specialiste op het gebied van stamregistratie en ieders geheimen staan op alfabet in haar archief. Ik moet zelfs vaak een beroep doen op haar expertise voor vragen over bloedverwantschap die op mijn weg komen. Een paar dagen later ging ik naar haar kantoor. Ik knikte toen ik de kamer binnenkwam en Geraldine keek weg.

'Ik ben Antone Coutts,' zei ik.

'Ja,' antwoordde ze.

Haar ogen, zwart en schuinstaand in een bleek, koel gezicht, bleven op me rusten met een vreemde intensiteit, maar zonder warmte. Er was geen spoor van vriendelijkheid, hoewel ze een gebaar maakte. Ze trok haar wenkbrauwen een fractie op. Die dag had ze een rozerode jurk aan met een zwart lint om de taille. Ze droeg dunne nylons en lage zwarte pumps. Ze had een gardeniaparfum op dat de suggestie van vochtige vegetatie achterliet. Een vrouw die tropisch rook, hier in North Dakota. Ik keek haar na toen ze het kantoor uitliep en Margaret Lesperance, die had gezien hoe ik afgewezen werd, zei vriendelijk: 'Haar oude oom staat waarschijnlijk buiten op haar te wachten.' Indertijd dacht ik dat Margaret dat alleen zei om het pijnlijke moment te verdoezelen. Het leek duidelijk dat Geraldine niets met me te maken wilde hebben. Maar later ontdekte ik dat haar oom werkelijk op haar had staan wachten, en dat ze natuurlijk allang van plan was geweest me te leren kennen. Ja, ze had geprobeerd me te ontlopen, maar dat had niet, zoals ik veronderstelde, te maken met de manier waarop ze naar mijn verleden keek of over mijn familie dacht. Ze was koel omdat dat haar stijl was. Ze was een gereserveerde vrouw.

Het duurde lang voordat Geraldine zelfs maar met me wilde praten, nog langer voordat ze een kop koffie met me dronk. Tijdens een congres in Bismarck aten we eindelijk samen – ik had me in de buffetrij in het hotel vlak achter haar gemanoeuvreerd en toen ze naar een tafel liep, bleef ik bij haar. We praatten over algemene en vertrouwde onderwerpen, leerden elkaar kennen, maar de hele tijd wilde ik het liefst zeggen: 'Ik ga met jou trouwen, Geraldine Milk, en jij gaat met mij trouwen.'

Hoewel ik ongeduldig was, wist ik mijn belangstelling verborgen te houden. Ik had gehoord dat de meisjes Milk heetgebakerd waren, en ik wilde haar niet uitlokken. Na het congres, toen we weer thuis waren, bewaarde ik heel saai een gepaste afstand, hoewel ik soms dacht dat ik gek zou worden van alles wat ik niet in haar aanwezigheid durfde zeggen. Mijn liefde voor de muziek van haar oom hielp – ik ging 's avonds vaak bij hem zitten. Op andere momenten ging ik vroeg in de ochtend bij hem langs, zette een pot sterke thee of nam hem mee uit ontbijten. Dat was in de weekends. De eerste keer dat Geraldine bij het huis van haar oom aankwam en mij daar aantrof, deed ik of ik verbaasd was. Ze liet zich niet voor de gek houden.

'Bent u hier om uw haar te laten knippen, rechter? Ik heb mijn snoeischaar bij me.' Ze haalde een schaar uit haar tas en knipte ermee in de lucht. Ik had zin om tegen haar te zeggen dat ze met me mocht doen wat ze wilde. Ik weet vrij zeker dat ze dat aan mijn gezicht zag en medelijden kreeg. Ze legde de schaar neer.

'Vist u graag?' vroeg ik haar. Misschien was het een vreemde manier om een vrouw te leren kennen, maar ik leed.

'Nee,' zei ze.

'Wilt u desondanks met mij gaan vissen?'

'Jawel.'

Dus gingen we de volgende dag samen op pad in de vissersschuit van een neef van me, een aluminium bootje met een 45pk-buitenboordmotor. Ze droeg een opgerolde spijkerbroek en een gesteven ruitjesblouse. Haar haar viel in een elegante krul op haar schouders. Ze had dieprode lippenstift op en geen andere make-up, en ik dacht: als ze toestaat dat ik me naar haar toe buig in de boot, neem ik haar gezicht in mijn handen, strijk met de zijkant van mijn duim langs haar lippen, kijk haar in de ogen en kus haar langzaam. Ik zat me net voor te stellen wat ik zou doen, toen ze op scherpe toon 'Pas op' zei. We hadden op een haar na een rots gemist, terwijl ik wist dat hij er was, en ze schudde haar hoofd.

'Wilt u ons dood hebben, rechter?'

'Zo'n rechter ben ik niet.'

'Soms is er geen rechter voor nodig. Kent u dat verhaal?'

'Natuurlijk.'

Ik vertelde haar dat de twee oudere broers van Cuthbert Peace, Henri en Lafayette, langgeleden mijn grootvader het leven hadden gered. We kwamen bij een plek die veelbelovend leek, wierpen onze lijnen uit, haalden ze weer in, wierpen weer uit en haalden in, zonder te praten. Het was geen ongemakkelijke stilte. We wisten allebei waar we vandaan kwamen. Na een poosje begonnen we meer in het algemeen juist daarover te praten. We praatten over de geschiedenis, mijmerden over de toekomst. Ons reservaat zoals het nu is, wordt begrensd door drie stadjes – Hoopdance, Argus en Pluto. Het laatste – dat het dichtstbij ligt, maar aan de westelijke grens, dus niet aan drukke wegen – heeft uiteindelijk niet geprofiteerd van de betrekkelijke stabiliteit en zelfs incidentele welvaart die de lichte industrie het reservaat heeft gebracht. Sinds de overheid belastingvoordelen biedt aan bedrijven die zich hier vestigen is het boerenbedrijf steeds minder onze economische basis geworden, en tegelijkertijd lopen de stadjes om ons heen leeg en sterven uit. Het is niet leuk om ze te zien verdwijnen, maar Geraldine en ik waren het erover eens dat we niet van plan waren er veel sympathie aan te verspillen. In de winter van onze grote hongersnood, toen veel van de onzen honger leden, verkochten burgers van Argus hun graan en verlootten een vleugelpiano. Korter geleden, toen we naar Washington afreisden om te protesteren tegen een beleid dat een einde zou hebben gemaakt aan onze, door een verdrag gewaarborgde, betrekkingen met de centrale regering van de Verenigde Staten, was er maar één advocaat, uit Pluto, die het voor ons opnam. Dat was mijn vader. En in 1911, toen een familie wreed werd afgeslacht op een boerderij wat verder naar het westen, ging een meute achter een rondzwervend groepje van onze mensen aan. Ze kregen drie mannen en een jongen te pakken en hingen ze allemaal op, behalve Mooshum. Het verhaal waar Geraldine net naar had verwezen. Ik vertelde haar dat de aanstichters van het schervengericht later toegaven dat ze het waarschijnlijk mis hadden. Dat had ze niet geweten.

'Maar het gebeurde in de hitte van het moment, zei een van hen, ik geloof dat het Wildstrand was. In de hitte van het moment!'

Geraldine zei: 'Wat gebeurt er niet in de hitte van het moment? Iemand heeft het moment aangegrepen om zijn eigen vooroordelen uit te leven. Dat is het. Of de geschiedenis. Soms is het de geschiedenis.'

Ik ving een paar kleine zonnebaarsjes en gooide ze terug. Geraldine had beet en haar hengel boog door.

'Dat is vast een schildpad.'

'Haal hem langzaam binnen, laat hem naar je toe zwemmen. Leid hem zachtjes.'

Geraldine wist natuurlijk beter dan ik hoe je een schildpad moet vangen. We hadden geen net, dus moest ze het beest naast de boot zien te manoeuvreren. Toen ze hem dichterbij sleepte, zag ik de kogelronde kop en de gewelfde bulten en wist dat het een gigantische bijtschildpad was. Het verbaasde me dat hij de lijn niet had doorgebeten en was ondergedoken. Hij was zo groot als een autoband en dreef net onder het wateroppervlak. Ik borg zorgvuldig mijn hengel op en probeerde te bedenken hoe ik het monster uit het meer zou trekken. Ik had de schildpad liever losgesneden dan hem binnen te halen, niet omdat ik medelijden met het beest had, maar omdat bijtschildpadden hun naam eer aandoen. Toen ik voorstelde hem te laten gaan, keek Geraldine me opgewonden aan en zei: 'Nee, Clemence kan er Franse schildpadsoep van maken!' Dus gaf ik me gewonnen, spande mijn vingers en hoopte dat ik ze niet kwijt zou raken.

'Nu, nu! Grijp hem!'

Geraldines schildpad zwom naast de boot, ik boog me over de zijkant van de boot en graaide naar het schild, maar mijn vingers kregen geen houvast. Twee keer raakte ik hem kwijt, tot ergernis van Geraldine.

'Hier, pak aan. Ik heb zo vaak bijtschildpadden gevangen.'

Ze legde de hengel in mijn hand en trok hem binnenboord aan zijn staart, zo over de rand. Het was de grootste bijtschildpad die ik ooit had gezien, met olijfgroen slijm dat in patronen op zijn rug groeide en die vreemde voorwereldlijke dinosaurusbek. De nek was kolossaal en slap, en de neus eindigde in een fijne, griezelige punt.

'Ze zijn al miljoenen jaren onveranderd,' zei ik. Ik was van plan de schildpad een dreun met de reserveriem te geven als hij aanviel, maar hij lag er onbeweeglijk bij. Geraldine zat stijf, met haar handen in haar schoot gevouwen naar het schild te staren. Haar verstarring hield aan en haar gezicht werd asgrauw.

'Zal ik hem teruggooien?' vroeg ik. Ze gaf geen antwoord. Ik bleef praten.

'De schildpad die mijn neef als huisdier hield, probeerde eieren te leggen na twee jaar eenzaamheid in het aquarium. Ik denk dat het vrouwtje sperma heel lang kan bewaren als het nodig is.'

Ik probeerde mezelf de mond te snoeren, vroeg me af hoe idioot een man kon zijn, maar ik raakte van slag door haar zwijgen.

'Ik weet het,' zei ze ten slotte. 'Mijn zwager bestudeert reptielen.'

'Is er iets?' vroeg ik, nadat we samen veel te lang naar die schildpad op de bodem van de boot hadden zitten kijken.

'Ziet u het niet?'

De schildpad begon nu meer te reageren. Hij opende zijn troebele ogen, stak zijn kop uit als een slang en sperde langzaam zijn kaken. De binnenkant van zijn bek was grotesk en overdadig vlezig, en verspreidde vaag de geur van schildpaddenmuskus.

'We hebben hem bang gemaakt,' zei ik zwakjes, en stak de peddel uit. Het beest bewoog erheen en hapte met een krakende klap in het hout. Ik schreeuwde het uit, maar Geraldine negeerde me.

'Ziet u het niet? Kijk dan goed,' zei ze weer.

Nu zijn kaken stevig om de peddel geklemd zaten, was ik minder afgeleid. Maar ik zag het nog steeds niet, totdat ze vlak boven de rug van de schildpad de initialen in de lucht tekende. G & R.

'Roman en ik hebben deze schildpad langgeleden gevangen, toen hij nog klein was,' zei ze. 'Hij heeft onze initialen in zijn schild gekerfd. Ik was boos. Ik zei dat hij hem zo toch vermoordde en dat we er op z'n minst soep van konden maken.'

'Dus u hebt hier eerder gevist,' zei ik na een paar seconden dwaas.

'Dat zou je kunnen zeggen.'

Ik vervloekte Roman omdat hij was gestorven en de schildpad omdat hij was blijven leven; ik vervloekte de schildpad omdat hij in haar haak had gebeten en omdat hij zich aan boord had laten trekken. Met zijn teken uit het verleden zou mijn vrijage weer tien jaar uitgesteld kunnen worden. Inmiddels wist ik hoe de romantische inslag van de Milks kon omslaan in fatalisme.

Ze pakte mijn zakmes en sneed de lijn door. Hoewel ik op dat moment het gevoel had dat ik de schildpad rauw lustte, tilden we hem (met de peddel nog in zijn bek) overboord. Ik hield de boot in evenwicht. Geraldine had één kant van de peddel vast, de schildpad dobberde aan de andere kant en keek ons op een griezelig hondachtige manier aan totdat Geraldine beval: 'Laat nu los.' Hij zonk gehoorzaam en zij bleef streng zitten kijken naar de plek waar hij verdween. Na enige tijd startte ik de motor.

Alles is verloren, dacht ik, definitief verloren, dat moet mij weer overkomen. Maar het verbaasde me niet. Vrouwen verliezen is erfelijk bepaald bij de mannelijke Coutts.

Die avond, toen ik mijn vrijgezellendiner samenstelde (blikjes van dit, blikjes van dat), probeerde ik mezelf volharding aan te praten. Ik dacht aan de liefdes en de gruwelijke bezoekingen van mijn grootvader. Hij maakte deel uit van de eerste, mislukte, concessie-expeditie, als jongste van een stel hebberige dwazen, of durfkapitalisten, die bijna doodhongerden maar uiteindelijk tot de eerste mensen behoorden die financieel profijt hadden van dit deel van de wereld. De gelukkige vangst van een schildpad had hen indertijd gered, een gedachte die me nu opvrolijkte. Ik had zijn oude dagboeken gelezen. Sommige van zijn andere boeken lagen hoog opgestapeld in mijn tweede slaapkamer op planken te wachten. De muren van de woonkamer waren al bedekt, twee rijen diep. De kelder stond vol dozen met dossiers en nog meer boeken. Hoewel die boeken waardevol waren, behandelde ik ze niet met fanatieke zorg. Ja, ze waren erg oud, maar ze waren bedoeld om gelezen te worden door een levend mens en die eer bewees ik ze. Terwijl ik een van mijn andere lievelingsboeken met één hand opengeslagen hield en las, lepelde ik langzaam warm stoofvlees en witte bonen naar binnen. Ten slotte vond ik de passage die ik had gezocht. *Het voornaamste kenmerk van een evenwichtige geest is het vermogen om zich aan iets vast te hechten en zichzelf als gezelschap te aanvaarden.* Lucius Annaeus Seneca de Jongere.

Het dessert, zoals gewoonlijk, fruitcocktail.

Concessiekoorts

In die tijd werd, zoals in elke tijd, het onderwijs slecht betaald, en de jeugd van St. Anthony waardeerde de geschriften van Marcus Aurelius niet voldoende om Joseph J. Coutts roeping tot een werk van liefde te maken. En bovendien was er echte liefde om over na te denken. Hij had het gevoel dat hij zelfverzekerder door dat gouden domein zou moeten reizen, want hij was bijna zesentwintig. Maar wanneer hij 's nachts lag te woelen in de kamer, waarvoor hij natuurlijk veel te veel betaalde, in het huis van de weduwe Dorea Ann Swivel, kreeg hij van zijn vooruitzichten alleen maar bittere hoofdpijn. Hij had zich een tijdlang op een zekere Louisa Bird geworpen – ze was klein, aantrekkelijk en vier jaar ouder dan hij, en helaas presbyteriaans, maar ze had hem in elk geval niet gekust en werd hem tijdens een slederit ontstolen door een jonge dominee uit St. Paul met indrukwekkende bakkebaarden. Door die diefstal werd elke aarzeling van Josephs kant weggevaagd en nu kreeg hij haar niet meer uit zijn hoofd. Dus brandde hij van liefde, in het geheim, hoewel hij soms, als hij door de kille ochtendschemer liep om de kachel aan te steken in het voormalige kantoor van de houtfabriek dat als schoolgebouw dienstdeed, de lucht om zich heen bijna voelde schroeien, en hij vroeg zich af of de weduwe bijvoorbeeld de aard van zijn kwelling begreep.

Kort nadat Louisa in de armen van de dominee was gevlucht, merkte hij dat de weduwe het inderdaad begreep. Op een nacht klonk er een roffel op zijn deur en mevrouw Swivel, een slimme, niet erg aantrekkelijke vrouw met brede heupen, kwam zijn koude kamertje binnen. Zijn ledikant leek niet degelijk genoeg om het gewicht van hen beiden te dragen en hoewel de warme brooddeeggeur van haar lichaam zoet was, maakte hij zich onderweg naar zijn gerief zorgen wie van hen voor het bed zou betalen als het doorzakte. Hun nachten werden frequenter en het bed werd gammeler. Hij bond de poten met sterk touw aan het frame en steunde de bedbodem met rivierkeien. Ze gaf hem beter te eten dan de andere huurders, waardoor hun argwaan werd gewekt. Maar hij begon zich pas echt zorgen te maken op de eerste dag van november toen ze hem de helft van zijn huur teruggaf en hem met een glimp van tanden vertelde dat ze die had verlaagd. Dus was Joseph Coutts klaar voor een verandering in zijn leven toen hij Reginald Bull tegenkwam die op zoek was naar mensen die mee wilden op een concessie-expeditie naar de vlakten.

Reginald Bull deed zijn achternaam eer aan. Hij was dik en sterk, en had een stierennek, maar ook prachtige, bedeesde bruine ogen en een mond als een rozenknopje waar hij vaak mee werd gepest. Bull legde uit dat twee grondspeculanten, Odin Merrimack en kolonel LeVinne P. Poolcaugh, bezig waren een groep mannen te verzamelen die op hun kosten zouden worden uitgerust en vervolgens de grens tussen Dakota en Minnesota overgestuurd om land in kaart te brengen en door middel van bezetting concessies te verwerven voor een paar enorme percelen waar vrijwel zeker dorpen zouden komen, misschien zelfs steden, als de spoorweg dat deel van de wereld bereikte. De mannen zouden betaald worden in aandelen land, zei Bull, en er werd gezegd dat het miljoenen zou opbrengen, dat had hij gehoord. Maar zij waren niet de enigen met concessiekoorts. Andere ploegen waren ook al plannen aan het maken. Ze zouden iedereen voor zijn door midden in de winter te vertrekken.

'Ik heb mensen daarginds wel rijkér zien worden,' zei Joseph, 'maar ik heb nog nooit een man die arm was veel welvaart zien vergaren, nog niet.'

'Het is een goed voorstel,' drong Bull aan. 'En we worden uitgerust met de beste spullen. Twee ossenspannen en een kok. Dat niet alleen, we hebben ook de slimste gidsen in het land, Henri en Lafayette Peace. Die zullen ons overal doorheen slepen.'

Nu was Joseph onder de indruk. Henri Peace had een reputatie, hoewel hij nog nooit van Lafayette had gehoord. Er was ook een

Duitser, Emil Buckendorf, en drie van zijn broers, allemaal voortreffelijke ossendrijvers.

'Gun me een nacht,' zei Joseph. Maar toen hij dacht aan teruggaan naar zijn kamer en zich de staat van zijn beddenpoten herinnerde, veranderde hij van mening en stemde ter plekke in. Diezelfde middag ging hij naar de lokale onderwijsambtenaar en diende zijn ontslag in. Die avond zei hij zijn kamer op bij zijn hospita. Hij had gedacht dat Dorea teleurgesteld zou zijn dat hij wegging, of misschien zelfs boos, maar toen hij zijn plan uitlegde en haar vertelde over het aandeel dat hij zou krijgen in de toekomstige stad werd haar gezicht stralend, bijna mooi. De gedachte dat er zo veel geld te verdienen was door gewoon ergens buiten te gaan slapen, wond haar zo op dat ze bijna zelf wilde gaan. Verschrikt meldde Joseph dat hun gidsen *bois brûlé* ofwel Franse mestiezen zouden zijn en toen trok haar gezicht strakker dan een trommelvel.

Ze liet hem die nacht alleen en hij was verbaasd hoezeer hij haar miste. Omdat hij niet kon slapen, stak hij een stompje kaars aan en bladerde door de *Persoonlijke notities* tot hij de uitspraak vond die hij zocht, dat het verstandiger was niet langer ongericht rond te zwerven of te wachten met het lezen van de boeken die hij voor zijn oude dag had bestemd, maar ijdele hoop (Louisa!) te laten varen en zichzelf te redden, vermits hij om zichzelf gaf en het in zijn macht lag. Hij blies zijn kaars uit en legde het boek onder zijn kussen. Hij had de juiste beslissing genomen, dat wist hij zeker, en hij probeerde niet aan Dorea Swivels weelderige omhelzing te denken. Maar de nacht was koud, zijn deken dun en het was onmogelijk niet te verlangen naar de hitte die ze opwekte of te wensen dat zijn hoofd op de zachte spieren van haar bovenarm rustte. Er zouden meer van die ontberingen komen, zei hij tegen zichzelf, hij kon er maar beter aan wennen. Want het komende jaar zou hij zich oprollen op zoek naar warmte bij harige mannen die algauw zouden stinken. Wat mannen avonturen noemen, bestaat over het algemeen uit het stoïcijns verdragen van weerzinwekkende dagelijkse ellende. Joseph Coutts wist dat al, tenminste in theorie, en dus probeerde hij zich die nacht te beheersen en niet meer te denken aan de twee grote geheimen van Dorea – een fascinerend talent voor smerige praatjes die ze in zijn oor fluisterde, en een reeks wilde, snelle bewegingen waardoor hij bijna bezwijmde van genot. Hij zou niet aan die dingen denken. Nee, dat deed hij niet.

De expeditie

Bull kwam de volgende dag langs met papieren die hij moest tekenen en nam hem mee naar de zaak van kolonel Poolcaugh waar de kleren voor zijn uitrusting werden genaaid en waar ook twee IJslandse vrouwen de laatste hand legden aan een enorme, dikke, gewatteerde deken met een vulsel van wol, speciaal gemaakt om met negen man onder te slapen. Emil Buckendorf was er, met zijn donkere haar, roofdiertanden en ogen zo bleek dat er licht leek te branden in zijn schedel. Het was een rustige, praktische jongeman. Hij hielp de vrouwen met naaien en deed dat lang niet slecht. De twee gidsen leken niets op elkaar. Lafayette was tenger en ongelofelijk knap, met een dun snorretje, steile vlechten en sluwe zwarte ogen. Henri was even robuust als Bull, maar kleiner, en hij straalde een overrompelend zelfvertrouwen uit. Dan was er nog de kok, Engelse Bill, een man met bruine bakkebaarden die recht uit zijn gezicht stroomden en algauw tot in zijn hals zouden hangen. Joseph had een wantrouwen tegen gezichtsbeharing ontwikkeld, maar de meeslepende energie waarmee Engelse Bill kolonel Poolcaugh lastigviel en met hem sjacherde beviel hem wel. Bill was onvermurwbaar wat betreft de noodzaak om de onderneming goed te bevoorraden. Hij stond er bovendien op om zijn hond mee te nemen, een gedrongen bruin met witte, kortharige terriër, en hij liet Joseph elk kledingstuk passen. Het waren er zo veel dat Joseph de neiging kreeg de stapel gewoon aan te nemen, maar toen hij de drie wollen hemden en drie wollen lange onderbroeken, de drie paar sokken en mocassins eroverheen aantrok, moesten sommige dingen worden aangepast. Er was een overjas van Kentucky spijkerstof die versteld moest worden en zijn overschoenen van elandhuid hadden extra veters nodig. Een schitterend soort helm van lamsvacht reikte tot zijn schouders, met flappen aan elke kant om over zijn neus te trekken en tot slot was er een paar wanten van bont. Toen hij alles had aangetrokken had Joseph het zo warm dat hij nauwelijks adem kreeg, omdat het een warme dag was voor december. Maar tegen het eind van de maand, toen de groep op pad ging, was er al sprake van het slechtste en koudste weer sinds mensenheugenis.

Toen hij Dorea Swivel verliet, gaf ze hem een portret van zichzelf. Hij had het bijna teruggegeven, want hij vond het niet eerlijk het aan te nemen als hij alleen van de verhitte bolster van haar lichaam hield maar geen toekomst zag met iemand die niet kon lezen en weinig meer kon schrijven dan haar naam, hoewel ze goed was in optellen en aftrekken. Toch bewaarde hij het kleine medaillon met haar foto, zo alledaags en trouw, haar brede gezicht symmetrisch onder een strenge middenscheiding. Het was alsof hij voorvoelde dat hij aan een reis begon die hem tot de grenzen van zijn gezonde verstand zou brengen en dat hij het stevige gewicht van haar blik nodig zou hebben om hem terug te trekken.

De grote tocht

Met vijf ossenspannen en twee sleden die speciaal gebouwd waren voor ruige trajecten vertrokken de mannen uit St. Anthony. De enige persoonlijke bezittingen die Joseph meenam, waren het medaillon en het boek met teksten van Marcus Aurelius. Een van de sleden was volgeladen met maïs en gemalen kolven voor de ossen en de andere met proviand voor de mannen plus al het gereedschap dat Bull, Emil Buckendorf en Joseph Coutts nodig zouden hebben om groente te verbouwen en het een jaar uit te houden. De andere mannen zouden teruggehaald worden zodra de prairie in de lente droogviel, en tegelijkertijd zouden de achterblijvers opnieuw bevoorraad worden. Binnen twee dagen verdween de weg en baanden Joseph, Henri en

Lafayette met sneeuwschoenen een pad voor de ossen die bleven steken in de diepe sneeuw of hun vetlokken sneden aan de gemene ijskorst die de wind over de platgebrande prairie had geblazen. Door de ene voet voor de andere te zetten, vorderden ze ongeveer twaalf kilometer per dag. 's Avonds zetten ze hun tent op, bouwden een stevig vuur, sneden moerasgras als matras, stapelden het op de sneeuw, spreidden dan hun jassen van buffelhuid en zeildoek over het gras en stapten volledig gekleed in hun gezamenlijke bed. De twee gidsen sliepen om de beurt met hun belangrijkste bezitting, een viool, die ze in een met fluweel gevoerde kist bewaarden en kusten alsof het een vrouw was. Zodra ze het grote wollen dekbed over zich heen hadden getrokken, begonnen de mannen te stomen onder de dikke vulling en vielen in slaap, al moesten ze zich allemaal omdraaien als een van hen omrolde. De nachten waren op die manier onrustig, maar aanvankelijk niet onverdraaglijk, vond Joseph. Maar het was januari en ze zouden pas in de lente de kans krijgen om zich te wassen. Hij was nooit overdreven pietluttig geweest, maar het eten dat Engelse Bill klaarmaakte, was moeilijk te verteren en op een nacht waren de mannen zo winderig dat ze bijna de deken wegbliezen. Halverwege het concert begon Henri Peace te lachen en prees de mannen in het donker dat ze zo luid op hun eigen Franse violen speelden. Joseph begon ook te lachen, maar Emil Buckendorf was beledigd.

'*Gawiin ojidaa, ma frère*,' zei Henri die het Frans-Chippewa patois even goed sprak als Engels of zuiver Chippewa, of Cree, 'het spijt me als ik je beledigd heb. Want jij speelde de Duitse jachthoorn, waar of niet?'

Emil zweeg en knarste zijn tanden. Joseph hoorde zijn kaken werken. Maar het was te koud om te vechten. Niemand wilde onder de quilt vandaan komen.

Toen Joseph de volgende ochtend opstond en uitkeek over de grote witte kom van de wereld, zag hij dat de zon twee bijzonnen aan elke kant had en bekroond werd met een brandende sikkel. Het was zo'n aangrijpende, schitterende, meedogenloze aanblik dat hij als aan de grond genageld stond, met tranen in zijn ogen.

'*Oui, frère* Joseph, huil nu je er de kracht nog voor hebt,' zei Henri en hij overhandigde hem een tinnen beker vol kokendhete thee, 'we zullen het vanmiddag zwaar te verduren krijgen.' Zoals met alles wat Henri zei, bleek dit waar te zijn.

Ze kwamen terecht in een zware sneeuwjacht op de niet-afgebrande prairie en moesten de hele weg sneeuwschuiven. Voetje voor voetje legden ze acht kilometer af. Henri en Lafayette vonden elandsporen en gingen achter de beesten aan in de hoop het gerookte varkensvlees van Engelse Bill aan te vullen. Zodra ze weg waren, wakkerde de sneeuwstorm aan en de mannen begonnen het kamp op te slaan, haalden hout en probeerden de tent op te zetten. Maar de wind joeg de sneeuw in horizontale vlagen, sloeg het vuur uit, zoog de tent zijn leegte in, ontregelde en beukte hen tot ze hulpeloos alle kanten op struikelden. Henri kwam terug en schreeuwde dat ze ter plekke het bed moesten maken en er snel ingaan. Toen ze de jassen van buffelhuid en zeildoeken uitspreidden, stoof de sneeuw het bont in, maar de mannen stapten in het bed, Lafayette aan de ene kant en Engelse Bill aan de andere kant, zoals altijd omdat hij met zijn terriër sliep. Lange tijd lagen de mannen zo hard te rillen dat Henri naar Lafayette iets in het Chippewa riep dat Joseph later, toen hij ze beter verstond, herkende als een verwijzing naar een heilige methode van wichelarij waarbij geesten een speciale tent binnengingen en die deden trillen. Het beven hield langzaamaan op. De mannen ontspanden tegen elkaar aan en Joseph, klem tussen twee Buckendorfs, dommelde weg met de gedachte dat hij misschien niet meer wakker zou worden, maar te moe om zich er werkelijk iets van aan te trekken.

Kort voor zonsopgang werd Joseph wakker van het geluid van zingende mannen. Toen hij zijn gezicht voorzichtig uit het bed schoof, merkte hij dat de deken van top tot teen bedekt was met een dikke, glanzend witte laag. Er steeg damp op uit de gebarsten sneeuw aan de randen. De wind was gaan liggen en ze werden nu gegrepen door een scherpe kou. Henri en Lafayette hadden het vuur aangestoken en waren zich ervoor aan het drogen. Henri speelde een opruiend vrolijke jig. Lafayette sloeg op een handtrommel en sprong op en neer, waarbij hij luid en wild jammerend als de sneeuwstorm een lied zong. De Buckendorfs vloekten en tierden toen ze klam opdoken in de verschrikkelijke kou, maar de muziek, die bedoeld was om hen op te beuren, vertelde Henri aan Joseph, had zijn effect. Iets in het lied dat Joseph met de gidsen begon te herhalen, werkte op hem in. Toen hij zich voor het vuur alle kanten uitdraaide en zong, werd hij getroffen door een verrassend bewustzijn. Het geweld van de storm, het knappen en brullen van het vuur, de vlammen die weerkaatsten op de donkere gezichten van de gidsen en op de vriendelijke trekken van Bull en in de vreemde witte ogen van de Duitsers, raakten hem met onstuitbare kracht. Er borrelde plotseling een fel, duister geluksgevoel in hem op. Hij lachte hardop en keek Henri in de ogen die schitterden boven de voskleurige klankkast van de viool en zag dat ze door het oog van de naald waren gekropen. Als de sneeuw hen niet had bedekt zouden ze verijst zijn in deze extreme kou en doodgevroren in hun slaap, door ijs tot een compacte massa aan elkaar vastgeklonken, totdat de lente de vreemde menselijke sandwich de kans zou geven uit elkaar te vallen en weg te rotten.

Joseph kreeg niet veel kans om over dat vooruitzicht na te denken, want de volgende vier dagen denderden ze voort, en ze joegen zich zelfs door een zwarte nacht en door de volgende dag, hun normaal gesproken heilige rustzondag, over een strook prairie die zo plat was als een pokertafel van veertig kilometer breed, uit angst voor de wind op die onbeschutte vlakte. De gidsen gebruikten de Poolster om zich op te richten en de groep stopte om de paar uur verdoold wanneer ijsmist over hen heen zwiepte. Als de ossen stilhielden, stortten de Buckendorfs van de sleden alsof ze neergeschoten waren, en vielen in slaap in de sneeuw. Emil mepte zijn broers wakker en de mannen en de ossen strompelden verder. Op een bepaald moment kwamen er woorden in Joseph op toen hij wegsufte onder het lopen. *Leef niet alsof je nog tienduizend jaar voor je had. Het onafwendbare hangt je boven het hoofd. Wees goed, zolang je nog leeft, zolang het nog kan...* Nu hij gespaard was gebleven tijdens de nacht van de sneeuwstorm, besloot Joseph dat het niet voor niets zou zijn als hij ook nu gespaard bleef. Het was waar dat een rijk man worden zijn oorspronkelijke doel voor deze expeditie was geweest, maar nu, in de onmetelijke nacht, begreep hij dat het meer was. Hij had gezien hoe de sneeuwstorm uit het niets kwam aanstormen en in razernij op hen neerdaalde en vervolgens weer verdween in de leegte waar hij vandaan kwam, net als alle mensen. Er stond hem iets krachtigs te wachten. Hij moest er klaar voor zijn. Hij viel echt in slaap tijdens het lopen en toen hij wakker werd, was een van de ossen gevallen. De mannen spoorden hem met woeste klappen aan om op te staan. De vetlokken van het arme beest waren gezwollen tot de omvang van theeketels en elke stap liet een guts bloed in de sneeuw achter. Joseph sprong naar de os, boog zich over de enorme kop, ademde zijn eigen adem in de schuimende snuit en praatte met kalme, heldere stem tot het beest kreunend overeind kwam en voorploeterde de woestenij in. Het was de eerste die ze doodden om op te eten.

Dat was een slecht teken – hun ossen slachten voordat ze zelfs maar hun bestemming hadden bereikt. Henri keek een beetje somber. Maar toen ze die avond het weggekwijnde hart roosterden en het geschroeide vlees zoutten en opaten, en toen de kleine gevlekte terriër met de bruine ogen een bot naar één kant van het vuur sleepte, speelde Lafayette en zongen de twee gidsen weer. Alleen was het deze keer een Frans chanson over een vrouw met zwart haar, en toen ze het eenmaal begrepen, brulden zelfs de Buckendorfs gewillig en op de juiste toonhoogte het refrein mee totdat ze, nog grapjes makend alsof ze dronken waren, in bed kropen. Het verse vlees en het Franse liedje hadden hun uitwerking op de mannen en die nacht droomde Joseph voor het eerst van Dorea. Ze had een nieuwe plank in zijn ledikant gelegd zei ze, toen ze hem tegen zich aan trok. Ook de andere mannen waren zo te zien in hun slaap gestoord want ze begonnen de volgende dag met wallen onder hun ogen, neerslachtig en stil. De hele dag slaakte Bull scheurende zuchten en staarde te lang naar de horizon.

'Is ze daar?' vroeg Henri op een bepaald moment, gebarend naar de lijn tussen hemel en aarde.

'Wie? Waar?' vroeg Bull.

'*Ginimoshe*! Is ze daar?'

Maar Bull kon niet gepest worden. Hij had niet de stugge trots van Emil Buckendorf. Hij praatte vanuit een soort onschuld.

'Was het maar zo. Was ze maar daar!'

De gidsen knikten goedkeurend om zijn toewijding. De andere mannen vielen stil uit respect en afgunst. Bull was op het laatste moment bijna afgehaakt omdat hij verliefd was geworden. Het was niet zomaar liefde, zei hij tegen Joseph, het was ondraaglijk, het was hemels. De gidsen hadden haar aan hem voorgesteld, ze was de huishoudster en assistente van de dorpsdokter die adverteerde met 'Operaties met of zonder chloroform, de laatste tegen afbraakprijzen!' Joseph had de advertentie van de dokter een uitstekende reden gevonden om rijk te worden. Hij had het meisje van wie Bull hield ook gezien. Ze was een nichtje van de gebroeders Peace, de dochter van hun jongere zuster, een katholieke mesties uit een heel strenge familie. Haar huid had een diepe roomkleur. Ze was rond en zoet als karamel, met bruinzwart haar en kaneelkleurige sproetjes op een aardige neus. Best leuk, met een openhartige uitstraling, maar moeilijk als onderwerp van onsterfelijke passie te beschouwen. Hoewel, dacht Joseph, had hij recht van spreken? Hij bewaarde Dorea's medaillon in het borstzakje van zijn binnenste hemd en viste het er in het geheim uit.

Batners poeder

Ze bereikten het gebied dat ze wilden claimen een maand nadat ze waren vertrokken, met nog maar zes ossen en een onrustbarend gebrek aan meel. Engelse Bill had geëist dat er vier vaten moesten worden geleverd en toch was er maar één opgeladen. Hij vervloekte Poolcaugh en sputterde tot hij groen en geel zag over het meel en toen over de kwaliteit van de bonen die volgens hem verschrompeld waren en stiekem waren omgeruild. Maar de mannen, die het ene verschroeide en vreemde maal na het andere hadden gegeten, waren er inmiddels achter dat de kookkunst van Engelse Bill een even grote uitdaging was als het weer. Beide zouden al snel verslechteren. De eerste sneeuwstormen waren nog niets geweest, en ze werden op hun bestemming onthaald op een vliegende storm die vier dagen lang loeide, en die ze alleen overleefden doordat hun gidsen heel bedreven waren in het kiezen van een kampplaats, het opzetten van de tent en die af te dammen met kreupelhout en sneeuw zodat het er tegen het eind van de storm echt knus was geworden. Nu het meel bijna op was, besloten ze, nadat ze weer tevoorschijn waren gekomen, om de ossen iepenhaksel te voeren en het veevoer – harde korrels en gemalen kolven – te bewaren om zichzelf op de been te houden. Ze verdeelden het gelijkelijk onder elkaar. Joseph vulde zijn extra paar sokken met het spul – hard als kiezels. Er waren meer dan genoeg bonen over, maar de mannen hadden last van hun ingewanden gekregen en aten hun avondeten met langzame wanhoop. Tegen de ochtend konden ze elkaar wel vermoorden onder hun verstikkende quilt. In het begin waren de warmste plekken in het midden bij de mannen het meest geliefd geweest, maar nu sliepen ze liefst aan een uiteinde, waar ze tenminste frisse lucht konden happen. Ze raakten zo verzwakt van de buikloop dat Bull uiteindelijk besloot de voorraad medicijnen aan te breken die hij van de werkgever van zijn liefje had gekregen.

Op een avond, nadat hij de geschreven instructies van de dokter had geraadpleegd, maakte hij een oplossing van Batners poeder voor elk van de mannen. Joseph slikte zijn tien druppels net als de anderen en kroop in bed. De uitwerking op hun allemaal was magisch te noemen. Ze sliepen als baby's, droomden verrukkelijk, werden 's ochtends verfrist en vrolijk wakker en begonnen zelfs met landmeten. Met een handkompas en een landmeterketting zetten ze de hoofdlijnen uit die in St. Paul verder zouden worden ingevuld. Joseph had zo gedetailleerd van een feestmaal gedroomd dat hij een deel van de ochtend dacht dat hij het daadwerkelijk had gegeten. Die avond kookten ze ossen- en varkensvlees met het laatste meel tot een dikke brij die Henri *booyeh* noemde. Ze aten zo goed ze konden en namen gretig hun medicijn. De volgende weken nam de hoeveelheid voedsel af. Lafayette doodde een lynx en de gidsen vervingen de gebroken snaren van de viool door zijn darmen, maar het scherpe vlees lag zwaar op hun door diarree gepurgeerde darmen. Uiteindelijk doodden ze de laatste os en waren blij dat de medicijn ook hielp tegen hongerpijn. Joseph merkte hoe wijd zijn kleren waren en hoe strak zijn vlees om zijn botten leek gesnoerd.

'We zijn alleen nog maar kraakbeen,' zei hij op een avond tegen Lafayette, die grijnsde en zijn laudanum slikte. Die nacht droomden ze allemaal, hoe onwaarschijnlijk ook, dezelfde droom. Waar ze sliepen, zagen ze lichtjes twinkelen op een groot rechtopstaand rad en enorme kopjes die draaiden in het donker, begeleid door een onaardse stroom muziek. Om hen heen woonden honderden mensen die rondliepen, zweefden, verschenen en terugdoken in de schaduwen. Er waren torens en gebouwen en een hoeveelheid lichtjes die kon wedijveren met de grootste steden van Europa. De volgende ochtend, toen ze hun thee dronken en kauwden op de warme koekjes van maïs en maïsmeel die ze voor zichzelf hadden gekneed met het laatste verwarmde varkensvet, waren ze het erover eens dat dit een groots en wonderbaarlijk teken was. Die dag doodden Henri en Lafayette ook nog twee bizonkalveren en een koe. Ze sleepten de karkassen onder een primitief afdak in de lege veekraal, bedekten het vlees met ijs en sneeuw, en staken er overal vlaggen omheen om de wolven weg te houden. Die avond aten ze heerlijk en de volgende week was het weer helder. Omdat ze dachten dat ze nu voldoende voedsel hadden tot de tijd dat B.J. Bolt, die nieuwe voorraden zou brengen, geacht werd te verschijnen, werkten ze met goede zin en bouwden een ruwe blokhut van gekapte stammen. Ze maakten zelfs een verhoogd platform voor hun bed en bouwden een grote haard. Het was de bedoeling dat ze al snel een echte deur zouden krijgen. Bull werkte met een trekzaag aan een plank en kozijnen voor een deur en zelfs een raam om wat licht binnen te laten.

De vroomsten onder de mannen waren Henri en Lafayette Peace, die, zoals bleek toen de mannen zich op een warme februaridag een keer hadden uitgekleed tot op maar twee hemden, een crucifix op hun huid droegen. Ze hadden een interessante manier om dingen te doen vond Joseph. Om een bizon te vangen bijvoorbeeld, slopen ze tussen de beesten van de kleine kudde die zich in de buurt had gewaagd, met wolfshuiden over hun hoofd en schouders. Omdat er altijd wolven om de kuddes heen draaiden, kwamen de stieren op de mannen af en snuffelden aan hun capuchon, ze dachten waarschijnlijk dat de gidsen dode wolven waren. De bizons liepen weg en lieten hun grote koppen in de sneeuw zakken op zoek naar gras. Zodra ze vlak bij het dier waren dat ze hadden uitgekozen kwam een van de broers een stukje omhoog en doodde het, met een enkel schot van dichtbij, en liet zich dan onmiddellijk weer zakken. Terwijl ze hun kruit droog hielden onder de wolfshuid, bleven de gidsen onbeweeglijk zitten totdat de dieren, die onrustig schuifelden bij het geluid, maar nooit in paniek raakten, weer in de sneeuw wroetten. Joseph was zo dichtbij dat hij zag hoe beide mannen onder de wolfshuiden het roomse kruisteken maakten, hun crucifix kusten, en uit hun roerloosheid maakte hij op dat ze dank en lof aan God zeiden. Ze hielden van hun viool, en noemden die hun schatje, hun liefje. Maar op zondag was het de maagd Maria voor de *bois brûlés*, dan speelden ze alleen maar gewijde muziek. En ongeacht de omstandigheden was het eerste wat ze 's ochtends deden hun rozenkrans opvissen en prevelend hun vingers over de kralen laten gaan.

Engelse Bill had hun religieuze gewoonten altijd met scepsis benaderd en maakte zelfs grapjes ten koste van hen. Hij vond het ook reuze komisch om de spiegel die Lafayette elke ochtend gebruikte om zorgvuldig toilet te maken te verstoppen. Maar op een dag werd de terriër van Engelse Bill aan de rand van het kamp overvallen door een wolf die hem greep en in één vloeiende sprong wegsprong. Lafayette was toevallig in de buurt en met een even elegante beweging als die van de wolf laadde hij zijn geweer, legde aan en velde de wolf met één enkel schot, hoewel die al een flinke afstand had afgelegd. De terriër sprong ongedeerd uit de kaken van de wolf, snuffelde aan het karkas en rende terug naar het kamp alsof er niets was gebeurd. Daarna was wat de twee gidsen betreft geen moeite te veel voor Engelse Bill. Achteraf bleek het gunstig te zijn dat Lafayette de hond het leven had gered, want de brutale kleine terriër zou op zijn beurt de mannen redden.

Het weer bleef warm en werd nog warmer, tot het vlees begon te rotten en ze weer op bonen waren aangewezen. Het vlees leek de stoelgang van de mannen weer in orde te hebben gebracht. Vlees of laudanum. Opnieuw begonnen ze aan het regime van medicijnen. Ze waren inmiddels angstaanjagend mager en probeerden alle methoden om wild te strikken, maar zelfs de gebroeders Peace hadden geen geluk en op een avond sprak Bull het onzegbare uit en zei dat ze allemaal zouden sterven. Hij ging de volgende dag weg, zei hij, in een laatste wanhopige poging om zijn leven te redden. Hij ging teruglopen naar St. Anthony. Terug naar zijn lief.

'Dat red je niet,' zei Joseph. Hij was gehecht geraakt aan Bull, en hij was hem dankbaar dat hij de laudanum had meegebracht, want dat had voorkomen dat ze met hun broek om hun enkels in de sneeuw waren doodgegaan, daar was hij van overtuigd. 'Ga niet,' smeekte hij. 'Laat hem niet gaan,' smeekte hij Henri. Maar de gidsen knikten alleen en wendden hun blik af. Zij begrepen dat de huishoudster van de dokter de enige reden was waarom Bull nog leefde. Zoals de meeste grote, gespierde mannen had Bull zwaarder te lijden gehad onder de knagende honger dan de anderen. Hij had zelfs begerig naar het hondje van Engelse Bill gekeken en dus waren die avond Engelse Bill en de gidsen de enigen van de mannen die niet probeerden Bull ervan te weerhouden een poging te wagen.

Het ijs brak en tegen de ochtend stond de rivier tot aan de deur van de hut. Rond twaalf uur, toen Bull zich opmaakte om te vertrekken, was het water binnengekomen. De mannen gaven hem de helft van het maïsmeel dat ze over hadden en hij nam een slagersmes mee.

Alle mannen schudden hem de hand voordat hij wegliep en niemand verwachtte hem nog terug te zien. De dooi was een groot probleem – niet alleen doordat ze te dicht bij de rivier hadden gebouwd, beseften ze nu, maar ook doordat de prairie tussen hen en St. Anthony overstroomd zou zijn. Je kon hem niet oversteken. Bull zou sterven in de modder. Er zou geen B.J. Bolt komen met een kar vol voedsel. Misschien dat een indiaans paard eroverheen kon, zei Joseph, maar de gidsen zeiden van niet en Henri sneed rustig het extra paar mocassins dat hij had meegebracht in stukken en stoofde ze. Joseph voegde er de veters en de bovenkant van zijn overschoenen van elandhuid aan toe. Ze hadden Bull weggestuurd met meer dan zijn deel van de laudanum, en de dosis die ze die avond namen, maakte hen zwaarmoedig omdat het de laatste was.

Toen ze de volgende dag wakker werden, was het water tot vlak onder hun platformbed gestegen en ze raapten hun laatste restje moed bijeen om hogerop een tijdelijk onderkomen te bouwen op een heuveltje achter de blokhut. Terwijl ze moeizaam aan het bouwen waren, bedacht Joseph met plotselinge schrik dat hij de *Persoonlijke notities* binnen bereik van het water had laten liggen en hij rende terug naar de blokhut om het boek te redden. Hij had zijn geweer bij zich omdat hij het droog wilde houden. Toen hij de hut binnenkwam, zag hij een wervelende beweging in het water. In het licht van de open deur stak een otter zijn kop op en keek hem aan met de nieuwsgierige, vertrouwende blik van een klein kind. Langzaam, zonder zijn ogen van het beest af te wenden, mikte Joseph en schoot. De otter stierf in een bloederige draaikolk en toen hij hem opviste, merkte Joseph dat zijn ogen vol tranen stonden. Even later huilde hij hulpeloos boven het glanzende, lenige lichaam van het dier.

Het boek was veilig. Hij stak het in zijn jas. Beschaamd over zichzelf nam hij de otter mee naar een droge plek, vilde hem en maakte hem schoon. Hij had zichzelf weer onder controle tegen de tijd dat hij het vlees naar Engelse Bill bracht, maar was geschokt door de diepe emotie die hij had gevoeld. Want hij had heel even het gruwelijke gevoel gehad dat hij een moord had gepleegd. Het schepsel was een soort afgezant. Hij had dat geweten toen ze een menselijke blik wisselden. Joseph was zelf deel van al wat door een mysterieuze macht was behouden en verwoest. Hij had de boodschapper vermoord. En de otter was niet eens eetbaar. Engelse Bill probeerde het vlees te roosteren zonder het voor te koken, maar de mannen kokhalsden bij de smaak van rottende vis van de otter. De terriër niet overigens, die had een feestmaal.

De hond zat zo vol dat ze de volgende dag niet eens iets at van de zesendertig sneeuwgorzen die ze op een kluitje vond, doodgevroren en volmaakt geconserveerd. De Buckendorfs stapelden de vogels in hun schoot en plukten ze kaal met snelle handen. Toen staken de mannen de vogels aan spitten, roosterden ze en aten, huiverend van genot als ze de botjes kraakten en afkloven. Joseph prees de hond, die haar oren in de lucht stak en helemaal trots leek. Nog drie keer daarna bracht de hond op een onverklaarbare manier voedsel. Ze sleurde twee grote meervallen, nog naar adem happend, van een stuk ijs. Ze ving een eekhoorn en probeerde een bijtschildpad aan zijn staart van een boomstam te trekken. Toen Henri de schildpad zag, grijnsde hij en stond Engelse Bill niet toe hem aan te raken. Hij sarde de schildpad tot die op een stok beet, en zaagde vervolgens de kop af. De kop liet de stok niet los en de ogen bleven knipperen nadat het lijf in een verrukkelijke soep was gehakt.

De miljoenen

Dus waren de mannen redelijk fit toen Bull terug kwam kruipen naar het kamp – een geest, een skeletachtig ding, een geteisterd schepsel met diepe poelen als ogen en een gapende mond. Zijn baard was over zijn hele gezicht gegroeid en zijn borst was ingevallen. Zijn knieën en ellebogen waren grotesk opgezwollen, zijn spieren tot op het bot verschrompeld. Hij was zijn laarzen en sokken kwijtgeraakt en zijn voeten waren zwart bevroren. Ziek van medelijden sloeg Joseph zijn arm rond de uitgeteerde man en legde hem op een bizonhuid. Hij hield Bull als een baby vast en druppelde wat van de soep in zijn keel. Zodra de soep Bulls maag bereikte, strekte hij zijn benen, schopte twee keer en overleed. Bull stierf terwijl hij opkeek naar de bomen boven hen die net ontbotten. Talloze gouden pluimpjes knipperden in de zon en de miljoenen weerkaatsten in zijn verbijsterde blik.

Lafayette Peace

De knoppen gingen snel open en een week later, toen B.J. Bolt te voet arriveerde in een niet veel betere conditie dan Bull, droegen de bomen een dichter waas van groen. Meer dan een maand geleden was B.J. Bolt op pad gegaan met vier man, drie lastpaarden, plus hun eigen rijdieren, om vervolgens in de smeltende sneeuw te belanden. Vanaf dat moment was er alleen nog maar half bevroren brij en ijzig drijfland. Na een ruzie over de vraag of ze verder zouden gaan lieten de andere mannen B.J. achter met één paard, dat onmiddellijk de benen nam. B.J. had gegeten wat hij aan voedsel kon vinden, maar vervolgens had hij – opmerkelijk omdat hij ook had kunnen teruggaan naar St. Cloud – de rest van het eten op zijn rug gebonden en koers gezet naar het westen. Er waren momenten geweest dat hij tot aan zijn borst door ijswater waadde, waarbij hij het voedsel boven zijn hoofd hield. Andere keren zakte hij door dun ijs. Op de een of andere manier had hij het volgehouden. Maar hij moest eten om te kunnen lopen. Dus tegen de tijd dat hij in het kamp aankwam en zijn rugzak afgespte, waren er alleen nog een stuk of tien harde beschuiten over. De mannen verdeelden ze die avond en terwijl hij langzaam elke kruimel op zijn tong liet smelten dacht Joseph aan de otter en zijn geredde boek, dat hij uit zijn hoofd kende. Eén zin wervelde door zijn hoofd: *Verwacht de dood met een opgewekt gemoed.*

Was er maar iets na dit hier. Bull leek niets gezien te hebben in de takken en Marcus Aurelius had de kwestie opengelaten.

'Ik benijd je om je geloof,' zei Joseph tegen Henri. De Buckendorfs sliepen op een kluitje. De nacht was helder en de vlammen van het vuur buiten likten hoog op. De twee gidsen speelden om de beurt zachte muziek en Joseph bedacht dat dit een hele aangename avond zou zijn, als ze niet zo dicht bij de dood waren.

'Ik,' zei Henri, en hij legde de viool neer om langzaam met een stok in het vuur te poken, 'ik heb niet zo veel geloof. De heiligen houden van mijn broer hier.'

Lafayette zat zijn geweer schoon te maken en boog glimlachend zijn hoofd om op de loop te ademen. Hij was ongelofelijk mooi en tenger geworden. Toch was hij van hen allemaal het meest zichzelf gebleven in scherpzinnigheid en daadkracht. Zijn muziek had aan diepte gewonnen. Hij leek als enige in staat tot een vorm van inspanning.

'Geloof jij dat we zullen sterven?' vroeg Joseph aan Lafayette, die het geweer bleef schoonmaken met een aandacht die veel van een gebed weg had. 'Beloof je dat je me begraaft als ik doodga?'

Lafayette boog zich plotseling naar hem over, nam het crucifix van zijn hals en legde het met een teder gebaar om Josephs hals. Het vuur speelde over zijn uitzonderlijke, messcherpe gezicht. Drie keer klopte hij Joseph op de borst en Joseph voelde zijn hart opspringen, toen draaide Lafayette zich om en liep het bos in.

'Waar gaat hij naartoe?' vroeg Joseph, met zijn hand aan het kruis bij zijn keel. 'Wat gaat hij doen?'

'Morgen zullen we vlees hebben,' zei Henri. Dat was alles.

De ogen van de Buckendorfs gloeiden van de honger als mystieke stenen en hun gele roofdiertanden waren gegroeid. Er was sprake van geweest Bull op te eten, en de gidsen hadden gedreigd iedereen die dat probeerde te doden. Zij waren degenen die de arme Bull begroeven en een grote berg stenen op zijn graf legden. Ze hadden met hun rozenkransen geknield en tot de maagd Maria gebeden om zijn ziel rust te geven. Joseph had geprobeerd hen te helpen, maar was herhaaldelijk omgevallen. Hij vroeg Henri en Lafayette eigenlijk om voor hem te doen wat ze voor Bull hadden gedaan. Hij was nu heel moe. Toen hij daar naast Henri zat, haalde hij het medaillon met

Dorea's portret uit zijn binnenzak en opende het om het aan de gids te laten zien. Daarvoor had hij alleen maar naar haar portret gekeken als hij alleen was, uit schaamte misschien, omdat ze ouder was en niet bijzonder mooi. Uit schaamte misschien omdat iemand zou kunnen denken dat ze zijn moeder was.

Henri legde de viool heel voorzichtig in haar fluwelen nest en streelde haar voordat hij het deksel dichtdeed. Toen nam hij het medaillon uit Josephs hand en bekeek het gezicht van Dorea een hele tijd. Ten slotte gaf hij haar terug aan Joseph.

'Wat een knappe vrouw,' zei hij. '*Très jolie*. Je zult gelukkig worden. Ze zal je veel kinderen schenken en je 's nachts warm houden.'

Dat was de enige onwaarheid die Joseph Henri Peace ooit hoorde verkondigen, want na die nacht waarin Lafayette een verdwaasd oud elandvrouwtje doodde, en na de volgende week waarin een andere ploeg arriveerde met meel en ze zich allemaal ziek aten aan pannenkoeken met stroop om daarna te creperen van de pijn in het bos, en nadat Joseph terug was gekomen in St. Anthony, berooider dan hij was vertrokken, met een akte voor tachtig hectare waardeloze grond in zijn zak, stond hij bij Dorea op de stoep waar werd opengedaan door een man die zich voorstelde als haar nieuwe echtgenoot en aan wie hij zonder een woord het medaillon gaf.

De heilige

Nog lang na de expeditie was Joseph ziek, in alle opzichten, en hij tuurde lang naar het crucifix van Lafayette dat aan een spijker aan de muur hing. Hij vroeg zich af waar Engelse Bill, zijn hond, de Buckendorfs en Lafayette en Henri Peace nu waren. Behalve B.J. Bolt, die hem van tijd tot tijd opzocht, was Bull de enige van wie hij zeker was waar hij zich ophield. Dus ging Joseph toen hij hersteld was naar de huishoudster van de dokter met het donkerbruine haar, de zachte koffie-met-melk huid en de sproetige neus. Ze zat met hem in de ontvangkamer waar de patiënten van de dokter wachtten. Van achter de gesloten deur hoorden ze het geklik van instrumenten en gesmoorde gilletjes. Joseph vertelde de huishoudster van de dokter alles over Bull en hoe hij over haar had gepraat met zijn blik op de horizon gericht en hoe hij aan het eind van de winter op pad was gegaan over het dode moeras van de prairie om bij haar te zijn. Ze keek hem aan met haar heldere bruine ogen en knikte toen hij haar had verteld over de schildpadsoep en hoe Bull was gestorven terwijl hij opkeek naar de uitbottende takken, met haar naam op zijn lippen. Het laatste gedeelte over de naam was, hoopte hij, een vergeeflijke verfraaiing. Ze keek droevig en een beetje verbaasd. Ten slotte begon ze te praten.

'Ik ging met hem trouwen, dat is waar. Ik hield van hem, denk ik, maar het punt is dat ik me niet meer voor de geest kan halen hoe hij eruitzag. Onze liefde kwam plotseling en hij was zo snel vertrokken. Hij had geen portret van zichzelf. Maar ik denk dat ik hem mis en het spijt me heel erg dat hij dood is.'

Ze was zo helder in haar verbazing en ze sprak zo kalm dat Joseph haar bijna ter plekke ten huwelijk vroeg. Hij hield zijn mond uit respect voor Bull en ging terug naar de kamer achter de zaak van Poolcaugh die hij op voorspraak van B.J. Bolt had gekregen. Daar peinsde hij, zoals hij zo vaak had gedaan, over het mysterie van zijn overleven en de betekenis van de otter. Hij haalde het crucifix van de wand en raakte er zijn voorhoofd mee aan. *Alexander de Grote, Pompeius en Julius Caesar hebben ontelbare steden met de grond gelijkgemaakt en op het slagveld vele tienduizenden soldaten te voet en te paard in de pan gehakt, en op een dag hebben ze zelf ook het leven gelaten. Heraclitus theoretiseerde veel over het vuur dat de kosmos zou verteren, maar hij kreeg waterzucht en stierf, met koemest besmeerd. Democritus werd het slachtoffer van luizen, Socrates van een ander soort Luizen. Wat wil dat zeggen? Je bent in het bootje gestapt, je bent meegevaren en je hebt de haven bereikt; nu moet je van boord gaan.*

Hij legde het boek neer. Hij perste het kruis tegen zijn voorhoofd als om de betekenis ervan te absorberen. Hij dacht aan Bulls rustige verloofde. Weer keek de otter hem aan, een onschuldige heilige. En Bulls peilloze ogen staarden op naar de bladeren.

'Goed,' zei hij hardop. 'Ik ben genezen van de concessiekoorts.'

Hij ging de deur uit, kocht een driedelig pak en besloot jurist te worden.

De wolf

Hij die zich in de rechtspraak begeeft, vat een wolf bij zijn oor, heeft Robert Burton gezegd. Dus daar was ik, hier ben ik, de cliché mesties met een wolf bij zijn oor. Een van de voordelen die ik heb om de wolf te kunnen vasthouden is dat ik in mijn jeugd mijn tijd verdeelde tussen de familie van mijn moeder op het reservaat en het grote huis in Pluto. Zo weet ik iets van beide kanten van veel zaken die ik behandel. Mijn vader bouwde ons huis op het land dat hij van Joseph Coutts had geërfd, nadat de spoorwegen hadden geprobeerd zijn karteringsstenen te vinden en te stelen toen ze het dorp passeerden, een naam gaven en in kaart brachten. Dat was een paar jaar na de beproevingen van de concessiekoorts. Joseph Coutts was inmiddels zelf advocaat. Bij zijn eerste grote zaak kreeg hij land terug voor zichzelf, waarmee hij tegelijkertijd een voordeel behaalde voor de Buckendorfs en alle andere oorspronkelijke deelnemers die zich in de buurt van Pluto wilden vestigen. Sommigen kwamen terug, misschien aangetrokken door de plek waar ze het zwaarst hadden geleden, of waar ze net als Bull de waarheid van alles hadden zien wegdwarrelen in de bleke bladeren boven hun hoofd.

Engelse Bill kwam een poosje terug om een saloon te openen, maar tijdens een pokerruzie werd zijn terriër door de gelagkamer gesmeten en recht uit de lucht geschoten, waarna hij nooit meer helemaal de oude werd. Bills drank was even opvallend slecht als zijn eten. Ik weet niet waar hij zijn krachten vervolgens beproefde. En van de Buckendorfs bleven er drie van de vier en zij deden natuurlijk mee aan het lynchen van de jongste Peace, wiens oudere broers hun het leven hadden gered.

Toen hij zijn land terug had, werd mijn grootvader gevraagd naar Pluto te verhuizen om een praktijk te openen in een plaats die zich volgens veel mensen, na het optreden van de lynchmeute, niet tot de beschaafde nieuwe staat North Dakota mocht rekenen. Hij ging, en ook mijn vader ging bij de rechtbank, en omdat ze allebei met Chippewa-vrouwen trouwden, werden we een familie van juristen die ook stamleden waren, een ongebruikelijke combinatie in die tijd, maar steeds praktischer aangezien stamrecht en de complicaties van nationale jurisdictie versus jurisdictie op plaatselijk niveau net duidelijk begonnen te worden.

Als ik nu naar het stadje kijk, hoe het zonder enige gratie wegkwijnt, bedenk ik hoe vreemd het is dat het levens kostte om het te scheppen. Hetzelfde geldt voor alle wanhopige ondernemingen die te maken hebben met grenzen die we de wereld opleggen. Door een lijn te trekken en die te verdedigen denken we blijkbaar dat we iets de baas zijn geworden. Wat? De aarde verzwelgt en absorbeert ook mensen die een land, een reservaat weten te vormen. (Toch zit er iets in de liefde voor het land, de kennis erover en de relatie tussen het land en dromen – dat is wat de oude mensen hadden. Dat is waarom we als stam tot op heden zijn blijven bestaan.) Het is mijn taak om de soevereiniteit van stamrecht op stamgrond te behoeden, maar tegelijkertijd denk ik aan mijn grootvaders uitdrukking voor de grondziekte, concessiekoorts, en hoe hij bijna was omgekomen door hebzucht, het voornaamste symptoom ervan.

Ik heb geprobeerd sommige dingen over mijn Pluto-ik hier geheim te houden – mijn langdurige nederlaag in de liefde, bijvoorbeeld, door een vrouw die mijn huis sloopte, een paar (vrij vergeeflijke) jeugdige escapades, en een paar verkeerd gekozen woorden die resulteerden in mijn langdurige werktaak als grafdelver op de begraafplaats – een plek waar ik nog steeds met liefde aan terugdenk. Maar in een van mijn eerste rechtszaken verdedigde ik de pleger van een misdaad die had plaatsgevonden in Pluto. Die misdaad had ook geresulteerd in Corwin Peace. John Wildstrand was de pleger, en hij was ook Corwins vader. Hij was op een ingewikkelde manier verstrengeld met de rest van de familie doordat zijn grootvader ook de vader was van Mooshums vrouw – maar genoeg. Niets wat hier gebeurt, *niets*, is niet door bloed verbonden.

Ik kan een aantal interessante sociale configuraties herleiden tot de neiging van de Wildstrands tot seksuele excessen of 'onsterfelijke romantische ontmoetingen', zoals Geraldines nichtje Evelina het noemt wanneer ze luistert naar de verhalen van Seraph Milk. Maar natuurlijk zit het hele reservaat vol onverenigbare passies. Het lijkt echt of we onze handen niet van elkaar af kunnen houden, en elke poging om onze lusten door middel van wetten en religieuze geboden in te perken lijkt juist overtreding uit te lokken.

Hoe dan ook, het hele verhaal van de zaak, dat nog onsmakelijker werd door de eindeloze nasleep en dat werd opgepikt en uitgemolken in de kranten van Fargo en zelfs in die van Minneapolis, leidde tot een reeks gebeurtenissen die alle stadia van een cultus vol innerlijke drama's en hypocrisie doormaakten en uiteindelijk nog redelijk goed afliepen, als je in aanmerking nam dat het feitelijk jaren geleden was begonnen, toen Corwins oom Billy besloot de eer van zijn zuster te verdedigen met een ketsend wapen.

Ik vertegenwoordigde John Wildstrand, Corwins vader, toen de lange arm van de wet hem achterhaalde op een renbaan in Florida. Dat was jaren na de misdaad. Het was een rampzalige strafzaak – frustrerend, omdat Wildstrand net een duveltje uit een doosje was. Hij sprong voortdurend uit zijn stoel tijdens het proces en stootte woest bezwarend gewauwel uit – hij kon zich niet beheersen. Ik overwoog of ik ontoerekeningsvatbaarheid zou pleiten of hem gewoon zou knevelen, en ging ten slotte akkoord met wat hij leek te willen – een veroordeling. Hij had altijd, zag ik later, een soort inperking of zekerheid willen hebben om te voorkomen dat hij zichzelf schade berokkende. Natuurlijk vertelde hij me alles tijdens het verhoor. Hij vertelde te veel. Hij vertelde me dingen over zichzelf die ik niet kon vergeten.

Wildstrands bedrogen vrouw, Neve Harp, die ik nog steeds nu en dan zie wanneer ik bij mijn moeder op bezoek ga in het bejaardenhuis van Pluto, haat me omdat ik de man heb verdedigd die hun huwelijk te schande heeft gemaakt. Neve woont er niet, ze komt er om interviews voor haar historische nieuwsbrief te verzamelen. Neve kijkt me dreigend aan, draait zich af voordat ik haar blik kan vangen en kijkt dan stiekem weer. Ze kan er niets aan doen. Het lijkt of ze zich afvraagt wat ik van haar weet, via hem, ze voelt intuïtief dat ik intieme informatie heb, en dat steekt, maar ze is tegelijkertijd nieuwsgierig naar mijn kennis over het leven van haar voormalige man. Ondanks alles denk ik dat Neve toch altijd van John Wildstrand is blijven houden, en het schijnt dat zij jarenlang de enige was die hem in de gevangenis kwam opzoeken.

Robert Burtons tijdgenoot Francis Bacon geloofde dat het alleen aan de rechtspleging te danken was dat de mens een God kan zijn voor de mens en geen wolf. Maar wat is het verschil tussen de invloed van instinct op een wolf en van geschiedenis op een mens? In beide gevallen valt de rechtspleging ten prooi aan onbekende dromen. En bovendien was er een vrouw in het spel.

Kom binnen

John Wildstrand deed zijn voordeur wijd open en daar stond Billy Peace, het kleine broertje van zijn vriendin Maggie. De jongen stond broos en mager in de sneeuw, met een verdrietige blik op zijn gezicht en een groot pistool in zijn hand. Als president van de Nationale Bank van Pluto had John Wildstrand zijn werknemers geleerd rustig te blijven in dergelijke situaties. Banken in kleine plaatsen waren kwetsbaar en John was zelfs al twee keer overvallen. Een van de rovers was bovendien een zenuwachtige drugsverslaafde geweest. Ook nu gaf hij geen krimp.

Met luide, kalme stem begroette Wildstrand Billy Peace alsof hij het pistool niet zag. Zijn vrouw Neve zat in de woonkamer te lezen.

'Wat kan ik voor je doen?' ging John Wildstrand verder.

'U mag met me meekomen, meneer Wildstrand,' zei Billy, een beetje naar links wijzend met de loop van het pistool. Achter hem, langs de stoeprand, stond een lage Buick met draaiende motor. Wildstrand zag dat er niemand anders in zat. Billy was pas zeventien en Wildstrand vroeg zich af of, en wenste nu dat Billy bij het leger was gegaan zoals Maggie had gezegd. Ze was maar een jaar of twee ouder of jonger dan haar broertje. Dat wilde ze nooit vertellen. Haar leeftijd was een van die gevaarlijke onderwerpen bij haar. Vanuit de woonkamer riep Neve: 'Wie is het?' en Billy fluisterde: 'Zeg maar kinderen om paaszegels te verkopen.'

'Kinderen om paaszegels te verkopen,' riep John Wildstrand terug.

'Wat? Zeg maar dat we die niet willen,' gilde Neve.

'Zeg dat u een stukje gaat lopen,' zei Billy.

'Ik ga een stukje lopen!'

'In deze sneeuw? Jij bent gek!' schreeuwde zijn vrouw.

'Trek uw jas aan,' zei Billy. 'Zodat ze die niet aan de kapstok ziet hangen. En kom dan mee. Doe de deur dicht.'

John Wildstrand liep naar buiten de sneeuw in en Billy trok de deur achter hem dicht. Toen Billy achter hem naar de straat liep, waarschijnlijk met het pistool nog in de aanslag of een beetje verborgen, sloeg Wildstrands verwarring om in de smekende wens dat Maggie in de auto verstopt zou zitten. Dat dit een rare grap was. Haar manier om hem te kunnen zien. De ramen van zijn huis sproeiden een zacht gouden licht tot het einde van het fraai aangelegde tegelpad. Er was een strook diep duister waar een stenen muur en een dichte coniferenhaag een schaduw wierpen op de straat. De auto stond daarachter in het winterse schijnsel van een straatlantaarn.

'Stap in,' zei Billy.

Wildstrand glibberde een beetje over de verijsde sneeuw en stapte in aan de passagierskant. De achterbank was leeg, zag hij. Billy had het pistool net binnen de mouw van een grote overjas en hield het op de voorruit gericht terwijl hij om de voorkant van de auto heen liep en snel achter het stuur dook.

'Ik zet hem even uit het licht,' zei hij.

Billy hield zijn pistool in de aanslag en zijn vriendelijke ogen op Wildstrand gericht terwijl hij de auto naar voren liet rollen, het donker buiten de gloed van de straatlantaarn in.

'Tijd om te praten.' Hij zette de auto in de parkeerstand.

Billy was een nerveus uitziende jongen met donkere ogen en een mager gezicht. Donkerbruin haar viel over één oog en golfde zijn kraag in. Er zaten plukjes dons op zijn kin. Hij was artistiek. Een actie als dit lag niet in de aard van Billy Peace, hoewel hij een afstammeling was van de beroemde gids Lafayette Peace, die nog naast Riel had gevochten. Misschien had hij wat gedronken om zichzelf op te peppen om met een pistool naar het huis van Wildstrand te rijden en aan te bellen. En stel dat Neve aan de deur was gekomen? Zou Billy dan hebben gedaan of hij chocola verkocht voor een schoolreisje? Zou hij iets anders hebben geprobeerd? Had hij een alternatief plan? John Wildstrand staarde naar het smalle, ingevallen gezicht van Billy. De jongen zag er niet naar uit of hij hem zou neerschieten. Wildstrand wist ook dat Billy er alleen in geslaagd was hem in de auto te krijgen dankzij een soort impliciete medewerking van zijn kant.

'Zo,' herhaalde Wildstrand met de geduldige stem die hij gebruikte bij prikkelbare investeerders, 'wat kan ik voor je doen?'

'Ik denk dat tienduizend dollar precies genoeg zou zijn,' zei Billy.

'Tienduizend dollar.'

Billy wachtte zwijgend af. Wildstrand huiverde een beetje, trok zijn jas strak om zich heen en was het liefst gaan huilen. Hij had veel gehuild met Maggie. Ze had al zijn tranen naar boven gebracht, tot vlak onder zijn huid. Soms stroomden ze naar buiten en soms druppelden ze in trage sporen over zijn wangen, langs zijn hals. Ze zei dat daar niets oneervols aan was en huilde met hem mee totdat hun snikken erotisch vertraagden en ze door elkaars lichaam heen raasden. Huilen met haar was een troostende, duistere daad, als pijnloos absolutie krijgen in de kerk. Dat zij met hem meehuilde, droeg naar zijn gevoel een element van vergiffenis in zich, en soms werd hij sentimenteel en droevig over wat zijn grootvader een lid van haar familie had aangedaan, langgeleden.

John Wildstrand hoorde zichzelf een geluid maken, een 'ach' van twijfel. Iets aan het precieze geldbedrag trof hem als armzalig en bedroevend.

'Dat is gewoon niet genoeg,' zei hij.

Billy keek perplex.

'Kijk, als ze de baby houdt, en je weet dat ik wil dat ze de baby houdt, zal ze een huis nodig hebben, en een auto. Misschien in Fargo, weet je? En dan zijn er nog kleertjes en weet ik wat, schommels, dat soort dingen. Ik heb nooit een kind gehad, maar ze hebben een hele uitrusting nodig. Ze heeft ook een goede dokter en een ziekenhuis nodig. Dit is niet genoeg voor alles. Het is geen toekomst.'

'Oké,' zei Billy na een poosje. 'Wat stelt u voor?'

'Bovendien,' ging Wildstrand verder, hardop denkend, 'waar het om gaat is, als je iets doet, doe het dan goed. Dit bedrag zal evenveel opvallen als een groter bedrag. Mijn vrouw ziet onze afschriften. Er moet een bedrag zijn als, even denken. Als het net onder de honderdduizend is, zullen de kranten in elk geval bijna honderdduizend zeggen. Als het honderdduizend is, zullen ze dat zeggen. Dus kan het net zo goed boven de vijftigduizend zijn. Maar niet zeventig, want dat zullen ze bijna honderd noemen.'

Billy Peace zweeg. 'Dus net boven de vijftigduizend,' zei hij uiteindelijk.

Wildstrand knikte. 'Zie je wel? Maar dat is haalbaar. Alleen moet er een reden zijn. Een heel goede reden.'

'Nou, misschien ging u een soort bedrijf opzetten?' zei Billy.

John Wildstrand keek hem verbaasd aan. 'Hé ja, goed idee, een bedrijf. Alleen moeten we dat bedrijf dan ook echt hebben en het draaiende houden, een papierspoor achterlaten en dat leidt tot nog meer bedrog, en de belasting... dat is allemaal naar mij te herleiden. Het wordt te ingewikkeld. We hebben één rampzalige reden nodig.'

'Een tornado,' zei Billy. 'Ik bedoel in de winter misschien niet. Een sneeuwstorm.'

'En hoe moet het dan met het geld?'

'Het geld gaat verloren in de sneeuwstorm?'

Wildstrand keek teleurgesteld en Billy haalde zwakjes zijn schouders op.

'Contante betaling?'

Ze zaten allebei naarstig te zoeken en te piekeren. Toen zei Billy: 'Vraagje.'

'Ja?'

'Waarom gaat u niet van uw vrouw scheiden en met Maggie trouwen? Een tijdje geleden zei u dat u van haar hield en nu klinkt u of u nog steeds van haar houdt. Dus misschien had ik niet hierheen hoeven komen om u hiermee te bedreigen.' Hij zwaaide met het pistool. 'Ik snap niet waarom u niet bij uw vrouw weggaat en iets met Maggie doet, zoals samen weglopen of zo. U houdt van haar.'

'Ja, ik houd van haar.'

'Wat is dan het probleem?'

'Kijk naar me, Billy.' John Wildstrand stak zijn handen uit. 'Denk je dat ze alleen om mij bij me zou blijven? Wees nu eerlijk. Zonder het geld. Zonder de baan. Alleen ik.'

Billy Peace haalde zijn schouders op. 'Zo slecht ziet u er niet uit, man.'

'Jawel,' zei Wildstrand. 'Ik ben... heel veel jaren ouder dan Maggie en ik ben half kaal. Als ik mijn haar nog had, dan misschien, of als ik aantrekkelijk of atletisch was. Maar ik ben realistisch. Ik zie wat ik ben. Het geld telt mee. Ik zeg niet dat het de enige reden is waarom Maggie om me geeft, helemaal niet. Maggie is een zuivere ziel, maar het geld telt mee. Ik ben niet van plan een van mijn grootste pluspunten te verliezen – als ik nu van Neve ging scheiden, had ik geen baan meer. Alles weg. Ik ben haar vader opgevolgd, die wel oud is en in een verpleeghuis zit, maar volkomen helder is. Neve heeft eenenvijftig procent van de aandelen. Bovendien, waar het om gaat, Neve heeft niets verkeerd gedaan. Ze heeft me nooit bedrogen met een andere man voor zover ik weet, of me verwaarloosd, ze heeft haar best gedaan. Het is niet haar schuld. Totdat ik Maggie echt zág, een jaar geleden, moet je weten, was ik redelijk gelukkig. Neve en ik vreeën één keer per week twintig minuten en gingen in de wintervakantie naar Florida; we gaven diners en brachten elke zomer twee weken door aan het meer. 's Zomers vreeën we twee keer per week en kookte ik.'

Billy keek ongemakkelijk.

'Bovendien, we zijn een kleine bank en worden misschien overgenomen. Dat zou mijn situatie veranderen. Ik zou graag met Maggie zijn. Ik ben van plan met Maggie te zijn. Als ze me wil hebben tenminste.'

Nu boog Wildstrand zich vragend naar Billy toe.

'Wat betekent jouw aanwezigheid hier eigenlijk? Heeft zij je gestuurd?'

'Nee.'

'Wat is er gebeurd? Ze wil niet met me praten, weet je.'

'Nou, ze vertelde me van dat ze zwanger was. Ze was flink in de war en ik dacht dat u haar wilde dumpen. Dat dacht ik. Weet u, we zijn altijd maar alleen met z'n tweeën geweest. Onze moeder is bevroren in het bos toen ik elf was. Maggie heeft me opgevoed in het huis van onze grootouders. Ik zou mijn leven voor haar geven.'

'Natuurlijk,' zei John Wildstrand. 'Natuurlijk zou je dat doen. Laat dat ons verbond zijn, Billy. We zouden allebei ons leven voor haar willen geven. Maar waar het om gaat is dit. Er is maar één van ons... tenminste op dit moment, één van ons die voor haar kan zorgen.'

'Wat moeten we doen?'

'Ik heb iets bedacht,' zei Wildstrand. 'Ik ga nu een plan opperen waar je verbijsterd over zult zijn. Het lijkt misschien absurd, maar verwerp het niet meteen, Billy, want ik denk dat het gaat werken. Laat je me uitpraten? Niets zeggen totdat ik een mogelijk plan uit de doeken heb gedaan. Ben je er klaar voor?'

Billy knikte.

'Stel, jij ontvoert mijn vrouw.'

Billy slaakte een gesmoord piepje.

'Nee, even luisteren. Morgenavond doe je precies hetzelfde. Alsof vanavond alleen een oefening was. Je komt aan de deur. Neve doet open. Je laat haar het pistool zien en gaat het huis binnen! Je hebt een sterk touw. Een schaar. Onder bedreiging van het pistool beveel je mij Neve vast te binden. Als dat gebeurd is, bind je mij vast en zegt, zodat zij het kan horen, dat je haar pas zult laten gaan als ik jou morgen vijftigduizend dollar in contanten lever. Anders vermoord je haar... dat moet je zeggen, ben ik bang. Dan neem je haar mee naar de auto. Zorg dat ze de nummerborden niet ziet.'

'Daar begin ik niet aan,' zei Billy. 'Volgens mij beschrijf je een zware misdaad.'

'Ja, dat wel,' zei Wildstrand. 'Maar is het echt een misdaad als er niets gebeurt? Ik bedoel, jij zult heel erg aardig zijn voor Neve. Dat staat vast. Je neemt haar mee naar een veilige locatie buiten de stad, zoals jouw huis. Zorg dat ze de blinddoek omhoudt. Zet haar in de achterslaapkamer waar je rotzooi bewaart. Zorg voor een matras zodat ze lekker kan liggen. Het is maar voor één dag. Ik lever het geld af. We timen het goed. Dan laat je haar ergens aan de andere kant van de stad vrij. Misschien moet ze ver lopen. Zorg dat ze schoenen en een jas meeneemt. Je rijdt terug naar waar dan ook en levert de auto in. Ik denk niet dat we het aan Maggie moeten vertellen.'

'Maggie is toch al weg.'

Wildstrands hart kneep samen, op de een of andere manier had hij het geweten. 'Waarheen?' wist hij uit te brengen.

'Haar vriendin Bonnie heeft haar meegenomen naar Bismarck, om alles op een rijtje te zetten. Vrijdag zijn ze terug.'

'Nou dan, dat is volmaakt,' zei Wildstrand.

Billy keek hem aan met grote, stille, donkere ogen. Zijn ogen en Maggies ogen leken veel op elkaar, dacht Wildstrand – die ondoordringbare, indiaanse donkerte. Ze hadden wat blank bloed en allebei een roomkleurige huid en dik bruin haar. Wildstrand had oneindig veel medelijden met Billy. Hij was zo broos, zo jong, en wat zou hij met Neve doen? Ze was de hele winter buiten aan het sneeuwruimen en in de zomer tuinierde ze, groef grote gaten en plantte zelfs bomen. Billy verplaatste steeds het pistool van de ene hand naar de andere, waarschijnlijk omdat zijn pols moe begon te worden.

'Waar komt dat pistool trouwens vandaan?' vroeg Wildstrand.

'Het is van mijn moeders vader geweest.'

'Is het geladen?'

'Ja natuurlijk.'

'Je hebt er geen munitie voor, hè?' zei Wildstrand. 'Maar dat geeft niet. We willen geen ongelukken.'

Het peperkoekmannetje

Toen Billy Peace de volgende avond aanklopte, deed John Wildstrand of hij in slaap was gevallen. Zijn hart klopte wild en zijn keel kneep samen terwijl de stille transactie zich in het halletje voltrok. Toen kwam Neve de kamer in met opgestoken armen en haar hoekige, eerlijke gezichtje was lijkbleek van schrik. Ze gebaarde om hulp naar haar man, maar Wildstrand keek naar Billy en probeerde niet alles te verraden door te lachen. Billy had een gebreide kinderbivakmuts op, geelbruin met een witte rand langs de mond, neus en ogen. Zijn jas en zijn broek waren van een soort koekjesbruin. Hij zag eruit als een schriel peperkoekmannetje, maar dan met gebloemde tuinhandschoenen, zoals vrouwen gebruiken voor zware klussen.

'O nee, ik moet overgeven,' kreunde Neve toen Billy John Wildstrand opdracht gaf zijn vrouw vast te binden.

'Nee, het komt wel goed,' zei Wildstrand, 'het komt wel goed.' De tranen drupten langs zijn gezicht op haar handen toen hij de opdracht stevig maar teder probeerde te vervullen. De handen van zijn vrouw waren zo goed verzorgd, de nagels gelakt in een zachte perzikkleur. Laat er niets misgaan, bad hij.

'Kijk, hij huilt,' zei Neve verwijtend tegen Billy voordat haar man een das tussen haar tanden bond en hem stevig vastknoopte achter haar hoofd. 'Nnnnnn!'

'Het spijt me,' zei Wildstrand.

'Nu is het jouw beurt,' zei Billy.

Ze realiseerden zich plotseling dat Billy het pistool zou moeten neerleggen om Wildstrand te bedwingen en hun ogen sperden open. Ze staarden elkaar aan.

'Ga in die stoel zitten,' zei Billy ten slotte. 'Pak dat touw en sla het om je benen, niet om de poten van de stoel,' en vervolgens gaf hij Wildstrand instructies om het grootste deel van het werk zelf te doen, en liet hem zelfs zelf de knopen testen, wat Wildstrand allemaal erg vindingrijk vond van Billy.

Toen Wildstrand zichzelf eenmaal had vastgesjord aan de stoel en Billy hem had gekneveld, zei Billy tegen Neve dat ze moest gaan staan. Maar ze weigerde. Wildstrand was heimelijk trots op zijn vrouw, ook al gierde de angst door hem heen. Ze rolde rond over de vloer, schoppend als een dolfijn, totdat Billy Peace zich ten slotte op haar stortte en de loop van het pistool tegen haar slaap drukte. Schrijlings op haar gezeten knoopte Billy de lap in haar mond los en zocht in zijn zak. Hij haalde er een paar pillen uit.

'U laat me geen keus,' zei hij. 'Ik zal u moeten vragen ze droog in te nemen.'

'Wat zijn het?' vroeg Neve.

'Slaappillen,' zei Billy. Toen richtte hij zich tot Wildstrand. 'Laat het geld achter in een vuilniszak naast de wegwijzer naar de Flickertail Club. Geen gemerkte biljetten. Geen politie. Anders vermoord ik je vrouw. Je wordt in de gaten gehouden.'

Wildstrand was verbaasd dat Neve de pillen slikte, maar aan de andere kant was ze altijd zo geweest als het om pillen ging, ze vroeg de dokter al haar keel aan te stippen als hij nauwelijks roze was – ze was altijd een gewillige patiënt geweest. Nu bleek ze een gewillige gijzelaar te zijn, en Billy had geen problemen meer met haar. Hij maakte het touw om haar benen los en legde een kluister om haar enkel. Ze liep dromerig naar buiten, met haar jas los over haar schouders, en John Wildstrand bleef alleen achter. Het kostte hem ongeveer een half uur geduldig wriemelen om zichzelf te bevrijden uit het touw, dat hij om de stoel gekronkeld liet liggen. Wat nu? Hij wilde wanhopig graag Maggie bellen, met haar praten, de trage muziek van haar stem horen. Maar een paar uur lang zat hij op de bank met zijn hoofd in zijn handen het hele scenario nog eens af te spelen. Toen begon hij vooruit te denken. Morgen zou hij vroeg naar de bank gaan. Hij zou geld van een van hun gemeenschappelijke rekening halen. Dan zou hij het geld meenemen en in de auto stappen. Hij zou naar de wegwijzer rijden en het geld achterlaten. Het zou allemaal achter de rug zijn voor elf uur 's ochtends en Billy Peace zou Neve ten westen van de stad vrijlaten, vanwaar ze naar huis kon lopen of een lift kon krijgen. Er zou politie zijn. Onderzoek. Kranten. Maar er kwam geen verzekeringsmaatschappij aan te pas. Hij zou al het geld voor hun oude dag hebben gebruikt, maar Neve had de bank nog. Het zou allemaal overwaaien.

Hulpeloos

Er stak een sneeuwstorm op en Neve verdwaalde en had dood kunnen vriezen als een boer haar niet uit een greppel had getrokken.

Omdat Billy inderdaad haar sneeuwlaarzen had gepakt toen ze weggingen, en haar jas lang was en van wol en tot over de knie reikte, had ze geen bevriezingsverschijnselen. Ze had zes dagen koorts, maar kreeg geen longontsteking. Wildstrand verzorgde haar consciëntieus, bediende haar op haar wenken en nam verlof van de bank. Hij was geschrokken dat de ontvoering haar zo had aangegrepen. In de loop van de daaropvolgende weken viel ze erg af en sprak wartaal. Tegen de politie beschreef ze haar ontvoerder als tamelijk groot, gespierd, met harde handen, een grote neus en een diepe stem. Haar ontvoerder was ongelofelijk knap, zei ze, een god! Het was allemaal zo absurd dat Wildstrand bijna de neiging kreeg haar te corrigeren. Hoewel hij aan de ene kant dolblij was dat haar beschrijving absoluut niet klopte, was hij ook verontrust over haar overdrijving. En toen hij haar naar huis bracht, was ze zo rusteloos. 's Avonds wilde ze praten in plaats van televisie kijken of de tijdschriften lezen waarop ze was geabonneerd. Ze had vragen.

'Houd je van me?'

'Natuurlijk houd ik van je.'

'Houd je heus, echt van me, ik bedoel, zou je je leven voor me gegeven hebben als de aanvaller je voor de keuze had gesteld – zij of jij – stel dat hij dat had gezegd. Zou je je opgeofferd hebben?'

'Ik zat aan de stoel vastgebonden,' zei John Wildstrand.

'Bij wijze van spreken.'

'Natuurlijk, bij wijze van spreken. Dat zou ik gedaan hebben.'

'Dat vraag ik me af.'

Ze begon sceptisch naar hem te kijken. Haar ogen taxeerden hem. 's Nachts wilde ze nu voortdurend gerustgesteld worden. Ze verleidde hem en maakte hem bang door dingen te zeggen als: 'Maak me hulpeloos.'

'Hij maakte me hulpeloos,' zei ze op een ochtend. 'Maar hij was lief. Heel lief voor mij.'

Wildstrand nam haar mee naar de dokter, die zei dat het hysterie was en koude baden en klysma's voorschreef, die het alleen maar erger leken te maken. 'Houd me vast, harder, pers de adem uit me.' 'Kijk me aan. Doe je ogen niet dicht.' 'Niet van die loze woorden. Ik wil de waarheid.' Het was beangstigend hoe ze zich liet gaan. Wat had Billy gedaan?

Niets, hield Billy vol aan de telefoon. Wildstrand schaamde zich dat hij een afkeer had van de gênante behoefte van zijn vrouw terwijl die niet anders was dan zijn eigen behoefte. Als ze zich vroeger zo had gedragen, was hij er misschien op ingegaan, moest hij toegeven. Misschien was hij dan niets met Maggie begonnen. Misschien zou hij verwonderd en dankbaar zijn geweest. Maar wanneer Neve zich 's nachts over hem heen gooide was hij wanhopig, en zij voelde zijn afstandelijkheid. Ze werd mager en liet haar haar grijs en lang worden, ongetemd en mooi. Ze was vreemd, ze zonk weg. Ze keek hem voortdurend aan met de ogen van iemand die verdronk.

Murdo Harp

John Wildstrand ging op bezoek bij zijn schoonvader in het bejaardenhuis dat met zijn schenking was gebouwd. Zorgcentrum Pluto. Hij vond het geen deprimerende plek, al kon hij zien dat daar alle reden toe was. Murdo Harp lag te rusten op zijn eenpersoonsbed, boven op een gele chenille sprei. Hij had een sjaal over zich heen getrokken die Neve had gebreid, ingewikkelde regenboogstrepen. Hij luisterde naar de radio.

'Ik ben het. John.'

'Ha.'

Wildstrand nam de hand van zijn schoonvader in de zijne. De huid was droog en heel zacht, bijna doorschijnend. Zijn gezicht was smal, bloedeloos, bijna als van een heilige, ook al was Murdo Harp meedogenloos geweest, een nietsontziende bankier, een overlever.

'Fijn dat je er bent. Het is erg vredig en stil, maar ik werd vanochtend om vier uur wakker, voor alle anderen. Ik dacht bij mezelf, ik hoop dat er iemand komt. Ik wil ergens heen. En jij bent gekomen. Fijn om je te zien, John. Waar gaan we heen?'

John negeerde de vraag en de oude man knikte.

'Hoe gaat het met mijn kleine meisje?'

'Prima.' Natuurlijk had niemand Neves vader verteld wat er was gebeurd. 'Ze is verkouden,' loog Wildstrand. 'Ze blijft vandaag in bed. Ze ligt waarschijnlijk opgekruld om haar warme kruik te slapen.'

'Het arme kind.'

Wildstrand hield zich in, om niet zoals altijd tegen Neves vader te zeggen: 'Ik zal goed voor haar zorgen.' Hoe verkeerd, hoe ironisch zou dat zijn? De hand ontspande zich en Wildstrand realiseerde zich dat zijn schoonvader in slaap was gevallen. Toch bleef hij naast het bed zitten met de slanke en vrij elegante hand van de oude man in de zijne. Bij iemand die zo oud was, zou er misschien een beetje wijsheid de kamer insijpelen. Er heerste in elk geval een aangenaam gevoel van rust. Alles opgegeven hebben. Meer werd er niet verlangd. De oude man had gedaan wat hij kon doen. Het leven was nu de sjaal en de radio. John Wildstrand bleef daar een hele tijd zitten, het was een goede plek om over alles na te denken. De baby zou over vier maanden geboren worden en Billy en Maggie woonden in een degelijk huisje niet ver van Island Park. Billy zou binnenkort op het technisch lyceum beginnen. De laatste keer dat Wildstrand langs was gekomen, ging Billy net de deur uit. Hij gaf hem een hand maar zei niets. Hij droeg zijn oude, omhullende overjas, een lange, gestreepte beatniksjaal en zachte, gekreukeld uitziende laarzen.

Wat Maggie betreft, zij was veel alleen. Wildstrand kon niet vaak weg vanwege Neve. Maggie begreep het. Ze straalde. Haar haar was lang en glanzend bruin. Ze gingen midden overdag naar haar slaapkamer en vreeën in het schrille licht. Het was heel plechtig. Hij was duizelig geworden van de diepe intensiteit. Toen hij tegen haar aan lag, was zijn waarneming verschoven en zag hij de geheime zielen van de voorwerpen en planten in de kamer. Alles had bewustzijn en betekenis. Maggie was mateloos, maar ze was ook gewoon. Hij stapte uit de tijd en in het niets van de aanraking. Later was Wildstrand teruggereden naar Pluto en net voor het eten thuisgekomen.

Wanneer hij bij de oude man wegging, klopte Wildstrand meestal op zijn arm of maakte een ander vaag verontschuldigend gebaar. Deze keer dacht Wildstrand nog aan zijn tijd met Maggie en hij boog zich dromerig over Neves vader. Hij kuste het droge voorhoofd, streelde het haar van de oude man naar achteren en glimlachte gedachteloos. De oude man rukte zich opeens los en keek Wildstrand aan als een woeste havik.

'Smerige schoft!' schreeuwde hij.

Het gebaar

Op een dag zat Neve in haar ochtendjas aan de lunch en tikte met haar mes tegen de zijkant van een gekookt ei. Plotseling zei ze: 'Ik weet wie hij was. Ik heb hem in een toneelstuk gezien. Shakespeare. In dat toneelstuk waren twee stel tweelingen die elkaar pas op het eind tegenkomen.'

John Wildstrand voelde zijn bloed koud worden en hij belde Billy zodra hij terug was in de bank. En inderdaad had Billy in de vorige zomerproductie van de plaatselijke toneelvereniging gespeeld. Hij was een van de Dromio's in *De klucht der vergissingen*. Wildstrand legde de telefoon neer en staarde ernaar. Neve zat op datzelfde moment in de openbare leeszaal krantenarchieven door te kijken. Zo gebeurde het opeens dat Billy niet ging studeren maar uiteindelijk toch halsoverkop het leger in ging. Wildstrand had niet gedacht dat ze hem zouden toelaten omdat hij te licht was, maar dat kon het leger niet schelen. Nu was hij doodsbang dat Maggies verdriet schadelijk zou zijn voor de baby, want ze was ontroostbaar en huilde dag en nacht toen Billy weggezonden werd voor de basistraining. Ze zei dat ze niets meer voelde, keerde zich af van Wildstrand wanneer hij op bezoek kwam en wilde niet dat hij haar aanraakte. Na zes weken stuurde Billy een foto van zichzelf in militaire uitrusting. Hij zag er niet uit of hij veel in omvang was toegenomen. De helm leek te balanceren op zijn hoofd en overschaduwde zijn onpeilbare ogen. Zijn nek was nog steeds mager en elegant. Hij leek een jaar of twaalf.

Op een middag reed Wildstrand naar huis nadat hij bij Maggie was geweest, en op de snelweg zag hij de hele tijd het kleine gezicht onder de helm voor zich. Toen hij zijn huis binnenkwam, zag hij dat Neve aan een nieuwe sjaal werkte. Ze sloeg haar heldere blauwe ogen naar hem op.

'Ik ga nu weg,' zei Wildstrand. Hij legde de autosleutels op de salontafel. 'Houd alles maar. Ik heb kleren. Ik heb schoenen. Ik maak een boterham voor mezelf en dan ga ik.'

John Wildstrand liep de keuken in, smeerde de boterham en pakte hem in boterhampapier. Hij liep de woonkamer in en bleef midden op het kleed staan. Neve keek hem alleen maar aan. Een zee van wit licht om haar gezicht. Ze stak haar hand op, zwiepte hem opzij en liet hem weer vallen. Het gebaar leek in de lucht te blijven hangen alsof haar arm een spoor achterliet. Wildstrand draaide zich om, liep de deur uit, de stad door, en begon langs de snelweg terug te liften naar Maggie. Er stond maar weinig wind en het was ongeveer achttien graden. De velden stonden vol water en er zwommen eenden en ganzen in de greppels. Terwijl hij daar liep, de hele middag, verscheen en verdween de horizon. Hij kreeg pas een lift toen de lucht donker werd.

De leeuwen

Kort nadat John Wildstrand bij Maggie was ingetrokken, werd het zoontje geboren. In die duizelingwekkende momenten na de geboorte had hij een visioen. De baby leek op Billy. Toneel-Billy, de lange Billy zonder noemenswaardige kont, Billy met de grote voeten die eruitzag alsof hij nauwelijks een veldfles kon optillen. Billy's hart was doorstoken met doornen. Was iemand indrukwekkender dan Billy? John Wildstrand zag dat Billy Peace een soort Christusfiguur was, of zo'n martelaar als in het Nieuwe Testament. Alleen was hij voor de leeuwen gegooid ten bate van hun geluk. Wildstrand had gedacht dat Billy in zijn nieuwe leven in kracht en heldhaftigheid zou groeien en precies de persoon zou worden die volgens Neve haar ontvoerder was. Nu zag hij dat Billy die persoon al was en dat Neve het had geweten. Hij zag ook dat Billy zijn zuster over de ontvoering had verteld. Dat alles stond te lezen in het gezicht van het pasgeboren kind. Wildstrand keek aandachtiger en probeerde te zien of Billy zou blijven leven of zou sterven. Maar voordat het beeld duidelijk werd, opende de baby zijn mond en brulde. Wildstrand legde de baby aan Maggies borst en toen hij toehapte, probeerde hij het haar van de baby aan te raken. Maggie duwde zijn hand weg met hetzelfde gebaar dat zijn vrouw had gebruikt om afscheid te nemen, en hij zonk terug in de ziekenhuisstoel. Hij was duizelig van de opgebruikte adrenaline. Hij bleef heel lang naar hen kijken vanaf de andere kant van de kamer.

De garage

John Wildstrand kwam maar twee keer in Pluto. De eerste keer bracht hij een aanhangwagen mee en laadde daarin alles wat Neve niet van de hand had gedaan – ze had heel veel weggegooid. Maar materiele voorwerpen hadden geen belang meer voor Wildstrand. Hij sliep inmiddels in Maggies garage, in een slaapzak op een veldbedje. Hij nestelde zich naast de tweedehandsauto die hij had gekocht. Maggie ruziede elke dag met hem, dat ze naar de politie zou gaan, hem aan zou geven voor de ontvoering.

'Dan raak je alles kwijt,' zei Wildstrand met een armzwaai, 'dit huis. En Billy gaat de gevangenis in. Zou je dat leuk vinden? Dan sta je op straat. En de kleine Corwin dan?'

Maggie had de baby vernoemd naar de beste kameraad van haar broer in het opleidingskamp. Hij zat nu in Korea, vlak bij de gedemilitariseerde zone. Billy was in gevaar en schreef elke week een brief over zijn visioenen. Hij stond kennelijk in contact met krachtige geesten die hem keer op keer het leven redden, en beloofden zijn leven richting te geven.

‘Hij is nooit godsdienstig geweest,’ huilde Maggie, ‘zijn hele leven niet. En kijk nu eens! Kijk wat je hebt gedaan!’

Wildstrand werd wanhopig. Er viel niet te ontkomen aan Billy, hij zou altijd de situatie beheersen, waar hij ook was. Billy, met zijn borstelige legerkapsel en onbekende ogen, met zijn legerlaarzen en pistool. Nu hij soldaat was en door engelen werd bezocht was er geen hoop meer. Zelfs als er niets met hem gebeurde. In de maanden na de geboorte van zijn zoon was het tot Wildstrand doorgedrongen dat hij nooit vergiffenis zou krijgen voor het bekokstoven van het ontvoeringsplan, en dat hij Maggies liefde had verloren. Ze was ijzig boos – ze liet doorschemeren dat hij net zo was als zijn indianenhatende grootvader en was nu de hele dag bezig met de baby verzorgen en het huis schoonmaken. Van tijd tot tijd gooide ze Wildstrand een boodschappenlijstje toe, of liet hem helpen iets zwaars te dragen. Afgezien daarvan vond ze het niet prettig als hij dicht bij haar of de baby kwam. Hij bewoog zich door het kleine huis als een geest zonder ooit te weten waar hij rust kon vinden, nooit op zijn gemak. Hij maakte een treurig hol voor zichzelf in het souterrain, waar hij heen ging wanneer het te koud was om in de garage te slapen. Verder bleef hij daar, luisterde naar muziek en las de krant. Hij had een baan gevonden bij de verzekeringsmaatschappij die hij altijd had gebruikt, een onaanzienlijke baan waarbij hij anderen moest assisteren bij het verwerken van schadeclaims.

De hal

Op een dag belandde een schadeclaim van zijn oude adres op zijn bureau. Neve eiste alles wat hij uit het huis had meegenomen, zijn eigen spullen, terwijl ze hem onder druk had gezet om ze te komen halen. Zo waren er zijn dure handgereedschappen, stuk voor stuk gegraveerd met zijn naam en een identificatiecode, grammofoonplaten plus hun dure grammofoon en zelfs een gloednieuwe televisie. Toen Wildstrand de lijst zag, voelde hij een warme golf in zijn keel rijzen.

Zijn oren gloeiden. Hij nam zijn jas van de haak aan de deur van zijn kantoor, ging terug naar het huis dat gekocht was van het geld dat bedoeld was geweest voor hun oude dag en pakte alles in wat hij in de garage had bewaard. Hij reed terug naar Pluto met een volle auto en parkeerde op de oprit van zijn vroegere huis.

Na een poosje kwam Neve naar het raam. Ze keek naar hem toen hij uit de auto stapte, en hij keek naar haar door het raam dat als het glas van een donker aquarium was. Toen ze verdween, wist hij niet zeker of ze naar de deur kwam of zou worden verzwolgen door de schemer. Maar uiteindelijk deed ze de deur open en wenkte hem binnen te komen. Ze stonden dicht bij elkaar in de hal. Haar haar was van grijs zilverwit geworden. Er klopte een ader in haar slanke hals. Haar armen waren dun als stokjes, maar ze leek een ongewoon licht uit te stralen. Wildstrand kon het voelen, de vreemde glans die uit haar doorschijnende huid leek te wasemen. Hij kreeg de neiging zich aan de voeten van deze mooie, onrechtvaardig behandelde vrouw te werpen en de zoom van de wijde rok van haar jurk te kussen.

'Je hebt een claim ingediend voor al mijn spullen. Ik breng ze terug,' zei hij.

'Nee. Ik wil het geld. Ik heb het geld nodig,' zei ze tegen hem.

'Waarom?'

'We zitten aan de grond. Ze gaan de bank niet overnemen. Ze openen een nieuwe ernaast.'

'En de rekeningen van je vader?'

'Die wordt wel honderd,' zei Neve. 'John, hij vertelde me dat je al die tijd al met een andere vrouw omging.'

'Ik weet niet hoe hij op dat idee is gekomen.'

Neve wachtte.

'Goed dan. Ja.'

Haar ogen vulden zich met vreselijke tranen en ze begon te beven. Voor Wildstrand het wist, had hij zijn armen om haar heen. Hij sloot de deur. Ze bedreven de liefde in de hal, op het tapijt waar zo veel mensen stil hadden gestaan, en daarna op het bankje waar bezoekers hun laarzen en schoenen uittrokken. Zijn wroeging en schaamte waren verwarrend erotisch. En haar behoefte aan hem was zo krachtig dat het leek of ze samen over een razende waterval in een ton naar beneden vielen, en op de bodem barstte Wildstrand open en vertelde haar alles.

Hij moest wel, vanwege Billy Peace. Op de vloer van de hal naast het laarzenrek wist Wildstrand met zuiver instinctieve zekerheid dat Billy misbruik had gemaakt van het lichaam van zijn vrouw toen ze vastgebonden, volkomen hulpeloos en ontvoerd op de matras naast de weggegooide potten en afgedankte kleren had gelegen. Wildstrand klemde zich aan Neve vast met de somberheid die hem overspoelde en praatte aan één stuk door.

'Ik weet dat hij je verkracht heeft,' zei Wildstrand nadat hij al het andere had bekend.

'Wie? Die jongen? Dat was maar een sufferd,' zei Neve. 'Hij heeft me niet aangeraakt. Ik zei al die dingen uit wanhoop, om te proberen jou jaloers te maken. Ik weet niet waarom.' Ze ging overeind zitten en bekeek hem kalm en onderzoekend. 'Misschien dacht ik dat je heel diep van binnen van me hield. Ik denk dat ik geloofde dat er iets in jou zat.'

'Dat zit er, dat zit er,' zei Wildstrand tegen haar, stikkend in een golf hoop, en hij raakte haar enkels aan toen ze opstond.

'Toen ik onder de sneeuw lag, in die greppel, zag ik jouw gezicht. Levensecht. Je boog je over me heen en trok me eruit. Het was niet de boer, jij was het.'

'Ik was het,' zei Wildstrand en hij hief zijn armen. 'Ik moet altijd van je gehouden hebben.'

Ze keek lang op hem neer terwijl ze dit verbazende feit overwoog. Daarna ging ze naar boven en belde de politie.

Een uitweg

In de jaren nadat hij was opgepakt, berecht, schuldig bevonden en veroordeeld, werd aan Wildstrand soms gevraagd, door vrienden die hij achter de tralies had gemaakt en door andere advocaten (natuurlijk heb ik het hem zelf ook gevraagd), wat hem ertoe had bewogen toe te geven wat hij had gedaan. Wat bewoog hem ertoe het aan Neve te vertellen en ook nog eens alle verantwoordelijkheid op zich te nemen? Soms kon hij geen goede reden bedenken. Andere keren zei hij dat hij vermoedde dat er geen eind aan zou komen, hij zag voor zich hoe hij tot het einde der tijden van de ene vrouw naar de andere geschopt zou worden. Maar als hij zijn antwoord had gegeven kwam hij altijd terug bij dat moment waarop hij de deur had opengedaan voor Billy Peace, en bedacht hoe hij bij de aanblik van de jongen met het doffe wapen en het droevige gezicht in het glanzende verandalicht, in een flits een uitweg had gezien en had gezegd: 'Kom binnen.'

Marn Wolde

Satan: kaper van een planeet

Het was een dorre droge zomer toen ik Billy Peace ontmoette, en in het uitstel van regen leek alles zich te spannen. De in hun groei gestuite sparren hadden hun kiemzachte naalden laten vallen. Onze peppels rekten zich in hun volle lengte uit, elk hartvormig blad stil en open. De grote eik aan de andere kant van het veld verhief zich en zoog met zijn wortels water uit de bodem van de wereld. Op een middag toen er regen beloofd was, zaten we op de veranda en keken hoe de hemel pikzwart werd boven het reservaatland. Ik voelde de planken onder mijn voeten bijna schudden wanneer de grote zoekende penwortels trilden. Toch bleef de regen uit. Ik liet mijn moeder achter in haar stoel en ging naar het oude veld bij het huis, op een lage heuvel. Daar leek het onweer waarschijnlijker. De wind die over de dichtbegroeide poel kwam, rook naar nat haar, en het hete gras in de greppel reikte ernaar, botergeel, alle leven nu geconcentreerd in zijn vezelmat, elke stengel zo droog dat er een rookwolkje afkwam als hij brak. Sprinkhanen sprongen op bij elke stap, kriebelden van mijn armen, benen, wenkbrauwen. Er lag een stapeltje stenen halverwege de heuvel. Iemand had die helling ooit van rommel gezuiverd om er een boomgaard te beginnen die inmiddels vervallen was en alleen nog uit kronkelige zilverkleurige takken en gespleten stammen bestond. Ik ging daar zitten en bleef naar de hemel kijken toen uit het niets grote, stevige wolken gloeiende stapels en watten kegels opbouwden. Ik was zestien jaar oud.

Ik zat te kijken naar de strepen inkt, regen aan de horizon, toen zijn witte auto ons erf opreed. Een lange man, mager en gespannen, maar met een verlegen, open glimlach. Zijn ogen waren bruin en sentimenteel, warm als zoete melkkaramel. Ik zou later ontdekken dat ze zwart konden bevriezen of elke kleur onder de zon konden krijgen.

Hij was heel netjes gekleed, met een das en een overhemd dat niet was doorgezweet, nog fris gestreken. Dat viel me op toen ik terugliep naar het erf. Ik begon dat soort dingen op te merken in mannen, de manier waarop hun heupen bewogen als ze veevoer binnenhaalden, afrasteringen controleerden, en hoe hard en gebruind hun onderarmen eruitzagen als ze hun witte hemdsmouwen oprolden. Ik keek naar mannen, zonder bedoelingen, want ik zou niet hebben geweten wat ik ermee aanmoest als ik er een had gekregen, maar met een leergierige instelling.

Ik stond naar hem te kijken, gewoon om een indruk te krijgen, puur om te overleven, zoals een meisje doet. Op die manier leert een boer, wat mijn vader is, het terrein kennen. Hij houdt van zijn land, dus moet hij erachter zien te komen hoe hij het moet bebouwen. Wat het in welk seizoen nodig heeft, hoeveel misbruik het kan verdragen, wat het hem uiteindelijk zal opbrengen.

En ook ik leerde mijn lessen, om mijn opbrengst te vergroten en mezelf goed te gebruiken. Maar ik had mijn informatie nooit getoetst, tot de komst van Billy Peace. Hij keek naar me, zoals ik daar in de schaduw van mijn moeders vlinderstruik stond. Ik wil niet zeggen dat ik regelrecht flirtte. Ik wist nog steeds niet hoe dat moest. Ik liep het zonlicht in en keek hem aan.

'Wat verkoopt u?' vroeg ik glimlachend en ik vertelde hem dat mijn moeder het vast zou kopen omdat ze allerlei dingen kocht – een snoeizaag die je vanaf de grond kon gebruiken, een kersenontpitter, een mechanische appelschiller die ook de pitten en het klokhuis verwijderde, een naaimachine die zich alle steken die hij genaaid had herinnerde. Hij glimlachte terug en liep met mij naar het trapje voor het huis.

'Je bent een pientere jongedame,' zei hij, hoewel hij zelf jong was. 'Kom dichterbij. Je kunt zien wat ik verkoop als je midden tussen mijn ogen kijkt.'

Hij wees met zijn vinger tussen zijn wenkbrauwen.

'Ik zie niets.'

Mijn moeder kwam de hoek om met een glas ijsthee in haar hand.

Terwijl zij stonden te praten, keek ik niet naar Billy. Ik voelde me uitgedaagd, alsof ik verondersteld werd te begrijpen wat hij deed. Op mijn zestiende had ik geen inzicht in de dingen die mannen deden. Ik had nooit een vleug van die geur opgevangen, de lucht die als een zuur van ze af vlijmt. Later was een bepaalde blik, een stembuiging, een woord, niet meer dan een variatie in de manier waarop hij ademhaalde al voldoende. Een hond wordt op die manier afgericht, gevoelig gemaakt om messcherp te reageren, maar zo ging het in het begin niet. Ik nam opdrachten van Billy aan alsof ik hem een gunst bewees, zoals ik, vanaf het moment dat ik oud genoeg was, opdrachten van mijn vader had aangenomen.

Behalve dat mijn vader alleen opdrachten gaf als hij moe was. Alle andere keren deed hij de dingen die hij gedaan wilde hebben zelf. Uiteindelijk was mijn vader niet de man die ik had moeten bestuderen als het me zuiver om leren overleven ging. Hij was te versleten. Mijn hele leven waren mijn ouders bezig uit elkaar te gaan. Ik woonde in een niemandsland tussen hen in en de grond zat vol kuilen en diepe littekens. En toch, hoe hard ze ook met elkaar vochten, ze waren bij elkaar gebleven. Hij kon op de een of andere manier niet bij mijn moeder weg, en zij niet bij hem. Dus ik kon niet naar mijn vader kijken om erachter te komen wat een man was. Hij was half wat zij was. En ik kon ook niet kijken naar de oude man voor wie ze zorgden, zijn oom wiens vader oorspronkelijk de boerderij had gekocht, mijn oom Warren, die je kon blijven aanstaren alsof hij je bloed zag stromen en je eten zag verteren. Warrens gezicht was een hakblok, zijn lange armen hingen zwaar naar beneden. Hij kon gewelddadige woedeuitbarstingen krijgen en was soms dagenlang zoek. Dan vonden we hem verward en uitgeraasd terug, zwervend over de landwegen. Ik zag Warren nooit als de boer die mijn vader was – je had mijn vader moeten zien als hij een boom plantte.

'Een gat van tien dollar voor een zaailing van twee stuivers,' zei hij. Zo groef hij, om de wortels de ruimte te geven. Hij liet het boompje in water staan terwijl hij alle stenen die hij vond loswrikte, al was ons land even goed als de beste grond van de Red River, klei tot drie meter diep – vette, zwarte kluiten die je in je vuist wilde houden en waar je in wilde bijten. Mijn vader zette de boom met kale wortels in het gat en strooide de aarde rond de wortels, wreef die tot fijne korrels tussen zijn vingers. Hij stampte de grond aan en goot er water bij tot zich een plas vormde. Als je in mijn vaders ogen keek, zag je tedere en informele kennis van de manier waarop wortels vat kregen op de aarde.

Ik geloofde aanvankelijk dat het dat soort kennis was in Billy's ogen. Ik keek naar hem van achter mijn moeder. Ik ontdekte wat hij te koop had.

'Het zijn bijbels, hè?' zei ik.

'Niet eerlijk.' Hij legde zijn hand op zijn hart en grinnikte naar ons tweeën. Hij had gezien hoe mijn ogen naar het gouden kruisje op zijn revers flikkerden.

'Iets nog beters.'

'Wat dan?' schimpte mijn moeder.

'Geest.'

Mijn moeder draaide zich om en liep weg. Ze had geen tijd voor bekeringspogingen. Ik was bij vlagen religieus, maar ik denk dat ik het gevoel had dat ik haar onbeleefdheid moest goedmaken, dus bleef ik nog even hangen. Ik droeg een heel kort afgeknipte spijkerbroek en een strak bruin T-shirt, oude kleren voor vies werk. Ik werd geacht mijn moeder die middag te helpen haar kippenschuur schoon te maken, vers stro neer te leggen en de gegalvaniseerde voederbakken af te spoelen, de dikke kronkels spinnenweb te vernietigen en de ramen met azijn en kranten te poetsen. Al die spullen lagen verspreid achter me op de treden, doeken en emmers. En zoals gezegd, ik was helemaal niet zo religieus.

'Er is vanavond een bijeenkomst,' zei hij. 'Ik zal je vertellen waar.'

Hij vertelde altijd van tevoren wat hij ging zeggen. Dat was die preekgewoonte van hem, waardoor je tegen wil en dank bleef wachten, je afvroeg wat er kwam.

'Waar?' vroeg ik ten slotte.

Hij gaf het adres en vertelde hoe ik bij de tent moest komen. Tijdens het praten keek hij me recht aan, met zoete, intense kracht. Ogen bruin als gebrande suiker. Ik realiseerde me dat ik zijn portret eerder had gezien, in de slaapkamer van mijn grootouders. Billy's gezicht was het gezicht van Jezus die zijn hoofd een beetje naar voren houdt om te luisteren naar een reactie nadat hij op een ruwe deur heeft geklopt. Ik besloot dat ik die avond, zonder iemand anders van mijn familie, naar het kermisterrein zou gaan. Gewoon om te bestuderen. Gewoon om te kijken.

De regen droop over de rand van de wereld. Wij kregen niet meer dan een streepje vocht in de lucht dat opdroogde voordat het gevallen was. Toen het onweer was afgewend, besloot ik naar de stad te gaan. Ik reed op mijn elfde op een kleine slee en een tractor, en toen ik veertien was in een auto heen en weer naar Pluto met mijn moeder naast me in de passagiersstoel. Dus was het niet ongewoon dat ik ging waar ik wilde.

Op weg naar de auto kwam ik langs oom Warren. Hij zat op een boomstronk op het erf en keek naar me, hield me in de gaten, met zijn grijze haar dat alle kanten uit stak, zijn kin vol witte stoppels, zijn ogen op mij gericht, groen en versteend.

Waar ga je heen?

De stad.

Daarna?

Naar huis.

Dan?

Kweenie.

De hel.

Misschien.

Zeker de hel.

Soms zei hij dat ik net zo was als hij, dat ik misschien hem was, dat zag hij. Hij zag hoe ik in elkaar zat. Ik kon me niet verbergen. Ik zei dat hij zijn mond moest houden en dat ik alleen naar de stad wilde. Hij zei altijd tegen me: je bent alleen. Ik antwoordde altijd: niet zo alleen als u.

In het stadje waren de straten ten naaste bij vochtig, maar de lucht was nog schraal en droog. Witte motten fladderden naar binnen en naar buiten onder de opgerolde flappen van de tent, maar omdat de maand augustus al over zijn hoogtepunt heen was, waren er geen muskieten meer. Te droog voor ze ook. Hoewel de tent aan de zijkanten open was, leek de lucht bedompt, samengeperst en vaag ziltig van verdampt zweet. De ruimte was voor driekwart gevuld met zingende mensen en ik schoof in een van de achterste rijen. Ik ging op een grijs metalen klapstoel zitten, met mijn ogen open en mijn mond dicht.

Hij bleek niet de eerste spreker te zijn. Ik zag hem pas toen de hoofdpredikant klaar was met zijn werk en een gebed zei. Hij riep Billy naar voren met een kleine inleiding. Billy was pas onlangs gered, gezegend met een boodschap van de Heer, en hij bespeelde diverse muziekinstrumenten. We moesten luisteren naar wat de Heer ons zou openbaren via Billy's lippen. Hij kwam het podium op. Nu droeg hij een vest, een driedelig pak, en een rood zijden overhemd met puntkraag. Hij begon te praten. Ik zou zo ongeveer woord voor woord kunnen navertellen wat hij zei, omdat ik het na die avond, en nog lang in de daaropvolgende jaren, soms vier of vijf keer per dag steeds opnieuw zou horen. Je weet niet wat preken is tot je Billy Peace hebt gehoord. Je weet niet wat godsverlies is, prikkeldraad dat uit je vuist wordt gerukt, tot je het van Billy Peace hebt gehoord. Je weet niet wat onderwerping, het dodelijke geluk van loslaten is. Je weet niet hoe licht en getroost je je voelt, hoe gekoesterd.

Ik was te jong om me ertegen te verweren.

De sterren zijn de ogen van God en ze hebben vanaf het ontstaan der aarde naar ons gekeken. Denkt u dat er niet voor ieder van ons een oog is? Tel maar. Kijk maar in het Boek en tel alle zelfstandig naamwoorden en werkwoorden, alsof u dan op de een of andere manier de betekenis van wat u in handen had kon vatten. Dat kunt u niet. Het begrip is in u of is niet in u. U kunt u overdag verbergen voor de sterren, maar 's nachts, onder alle sterren, zovele, wordt u doorboord door het aangezicht en de blik.

Kruip onder het bed!

Kruip onder de lakens!

Ik zei tegen u, sta op, en als u valt, val voorover!

Ik zal vlammend uitgaan. Ik zal als een licht uitgaan. Ik zal in glorie branden. Ik zei tegen u, sta op!

En er is één onder hen. U heeft Luce, Licht, Lucifer, de Gevallen Engel gehoord. U heeft hem gezien met uw eigen ogen en u wist niet dat u door hem bevangen werd. In de nacht en in zijn eigen vermomming als kaper van de planeet, viel hij uit de lucht, viel hij uit de donkere bladeren, viel hij uit de geur van een vrouwenlichaam, viel hij uit u en ging in u binnen alsof hij door de aarde reikte.

Reikte zijn hand uit en trok u neer.

Viel met een plof in u.

Als de strop van de beul.

Als niemand.

Als slaaf van de nacht.

Alsof u thuiskwam en alle lichten brandden en er een ambulance voor het huis stond en u zei: *Heer, welke van hen?*

En de Heer zei: *Allen.*

U ook, volg, volg, ik wijs u aan. In het aangezicht van de sterren en in het aangezicht van de Mensenzoon. De genade is mij. Sta op, zei ik. *Sta.* Ja en ja ik zal schreeuwen omdat ik dat graag doe. Laat uzelf de poort binnen. Neem het mee. Over vier jaar zal de aarde op haar grondvesten schudden.

Openbaringen. Gezicht van het beest. In alle eerlijkheid, in alle eerlijkheid, laten we rustig worden en laten we nadenken.

Billy Peace keek strak, kalm en onbewogen naar elke aanwezige in de menigte en citeerde voor hen, bewees dingen over de toekomst die ingewikkeld leken, zoals de manier waarop het Midden-Oosten zich tot zo'n onrustig gebied had ontwikkeld. Hoe de Chinese legers in Tibet waren voorspeld en bewaarheid waren geworden en hoe ze zullen blijven optrekken, voortgaan totdat ze de Vruchtbare Halvemaan hebben bereikt. Billy Peace vertelde over het getal. Hij sloeg met zijn open hand tegen zijn voorhoofd en liet een rood teken achter. *Daar*, schreeuwde hij gepijnigd, *daar zal het ingeschroeid worden.* Hij had het over het getal van het beest en zei dat ze het getal van je sociale verzekering zouden nemen, van je chequeboek, van die dingen die ze creditcards noemen – American Express, riep hij, in Vergetelheid, de getallen van je belastingformulieren, je verzekeringen zouden ze nemen. Dat alleen al, door die getallen bent u in de macht van de Laatste Dingen en u weet het niet.

De Antichrist is onder ons.

Hij is het plastic in onze portefeuilles.

Wilt u krediet? Krediet?

U zult ervoor branden en u zult verhongeren. U zult stokken eten, u zult zwarte snippers papier eten, uw rekeningen, en al die tijd zult u schreeuwen vanuit het duistere oord: *Waarom heb ik verdomme niet gewoon contant betaald?*

Omdat het getal van het beest een peilloos getal is en rekeningnummers bot en merg zijn van de Antichrist, die Lucifer is, die zuivere intelligentie is.

Zuivere intelligentie brengt ons op de maan, brengt ons voorbij de maan.

De stem van de eenzame mensheid in een ruimtesonde die roept: Iemand Thuis? Is Daar Iemand? De Antichrist zal antwoorden. De Antichrist is hier, overal rondom ons in de tunnels en webben van straling, in de transistors, de grote geest van de Antichrist versmelt in een patroon, in een noodlot, ontwaakt zenuw na zenuw.

Ons verdiende loon. Is het niet ons verdiende loon niet gered te worden?

Het zal niet gemakkelijk gaan. Niet door met een toverstokje te zwaaien. U moet uw ogen sluiten en die plastic kaartjes omhoogsteken.

Kijk dan!

Hij hield een schaar op, draaide die alle kanten uit zodat het licht van de bladen glom.

Het zwaard van de Nulrente! Nu kom ik. Ik kom het gangpad door.

Ik kom met het zwaard dat u zal bevrijden.

Billy Peace zette een gezang in en liep zingend tussen de rijen stoelen door, en hij omhelsde iedereen die een creditcard opstak en viste dan die kaart uit hun vingers. Hij knipte een keer, overdwars. Gewijd aan de Heer! Hij knipte weer. Hij liet het gezang voortklinken en liep al knippend de rijen op en neer, tot het stugge, vertrapte gras onder de tent bezaaid was met stukjes plastic. Hij kwam als laatste bij mij, merkte me op en glimlachte.

'Je bent te jong om al krediet te hebben,' zei hij, 'maar ik ben blij je hier te zien.'

Toen keek hij me strak aan, zijn ogen verhardden zich tot het zwart van winterijs, koud in de warmte van zijn bruine huid, zo verkillend dat ik gewoon smolt.

'Blijf,' zei hij, 'blijf na afloop en kom bij ons in de caravan. We gaan bidden voor Eds moeder.'

Dus bleef ik. Het klonk niet als een poging om me het hof te maken, maar zo zag ik het wel op dat moment, en achteraf bleek ik gelijk te hebben. Ed was de prediker met wie ze reclame maakten en zijn moeder was een heel zieke vrouw. Ze lag languit en stil op zo'n dwarsbank voor in de woonwagen waar ze van kruin tot teen precies op paste. De lucht om haar heen was schemerig, benauwd van de geur van uitgezwete medicijnen en van wat de anderen hadden gekookt en gegeten, hamburger, verbrande uien, koffie. De tafel was naar de kant geschoven en de stoelen waren rondom de bank gepropt. En Eds moeder, de arme stervende oude vrouw, lag onder een wit laken dat nauwelijks bewoog van haar adem. Haar gezicht was ingevallen, weggezonken rond haar mond en wangen. Ik vond dat ze eruitzag als een vogel die uit het nest was gevallen voordat hij veren had, haar gesloten oogleden bolden blauw en gerimpeld op, met kleine kloppende zenuwen. Haar hoofd was bedekt met witte plukjes haar. Haar handen bij haar borst krulden samen als bloedeloze klauwtjes. Haar neus was een groot, wassen bot.

Ik trok een stoel bij, de verste achter de acht of negen mensen die waren samengekomen. Een voor een deden ze hun mond open, rolden met hun ogen of knepen die dicht en lieten de woorden uit zich stromen tot ze begonnen te vervormen en de geluiden uit hun mond op een oeroude, duizelingwekkende spraak leken. Eerst voelde ik me zo slecht op mijn gemak met al die vreemdheid, en zelfs een beetje slap van de bedomptheid en de geuren, dat ik ondiepe hapjes adem nam en de woorden buitensloot. Maar heel geleidelijk, langzaam, zochten zij zich een weg naar binnen en ik werd duizelig totdat ik gegrepen werd.

De woorden zijn binnen in me en buiten me, hangen in de lucht als gebroken en gewelfde driehoekjes van aardewerk. Maar ze groeien en versplinteren zo snel dat ik stof inadem, de scherpe antibiotische bitterheid, medicijn, dood, zweet. Mijn ogen prikken en ik begin te stikken. Al het bloed trekt uit mijn hoofd en langs mijn armen naar mijn vingertoppen. Mijn handen voelen gezwollen, twee keer zo groot als normaal, als grote opgeblazen handschoenen. Ik sta op van mijn stoel en wil weggaan, maar daar is hij.

'Toe maar,' zegt hij. 'Toe maar, raak haar aan.'

De anderen hebben hun handen op Eds moeder. Ze raken haar met één hand aan en bidden, de andere hand in de lucht, blind naar de geest reikend als antennes. Billy duwt me, niet door contact te maken, maar door achter me te komen zodat ik de intensiteit voel en in beweging kom. Twee mensen maken plaats en dan sta ik over Eds moeder gebogen. Ze ligt volledig onbeweeglijk, stil, alsof ze een lijk is, alleen is haar geknepen mond naar beneden getrokken in de hoeken zodat ze afkeurend in haar eigen donker kijkt.

Ik steek mijn handen uit, die nog steeds enorm zijn en tintelen. Ik ben benieuwd wat er zal gebeuren als ik haar aanraak, of ze zal reageren. Maar als ik mijn handen op haar maag leg, laag en zacht, verroert ze zich niet. Er stroomt niets uit me, geen helende krachten. In plaats daarvan word ik gevuld door het aanstormende duister van haar lijden. Dat vult me plotsklaps zoals water uit een kraan een kruik vol laat lopen en doet overstromen.

Dan gebeurt het.

Ik ben niet gek, ik ben nooit gek geweest. Ik heb beelden. Ik kan elk moment een beeld in mijn hoofd krijgen en het zo scherp en gedetailleerd instellen dat het echt lijkt. Dat doe ik nu eenmaal. Dat is wat mijn oom doet als hij zit te staren. Ik begon ermee wanneer mijn vader en moeder tegen elkaar tekeergingen. Wanneer ik ze beneden hoorde, wist ik altijd dat er een moment zou komen. Een van hen zou gaan gillen, de stilte verscheuren. En het zou opstijgen, dat geloei, en het huis vullen, en dan kwam een van hen aanrennen. Een van hen kwam me opeisen. Het kon mijn moeder zijn, ruikend naar gerookte kip, rijst en koffiedik. Het kon mijn vader zijn, geschroeid van de sigarettenrook uit de garage, bitter van het stof op zijn akkers. Dan was ik ergens in niemandsland, tussen hen in, en dat was de onveiligste plek ter wereld. Afgezien van de staargreep van mijn oom. Dus ging ik daar weg. Ik werd slap en ging mijn beelden binnen.

Ik heb een beeld. Ik ga er direct binnen als ik Eds moeder aanraak, laat haar ijle pijn van koers veranderen. Ze is opgegroeid in Montana en nu zie ik wat zij ziet. Hier is een korrelig diepblauwe bergketen die in het westen boven de vallei zweeft, de uitlopers zijn blauw, repen donkerblauw flanel, en hun toppen zijn wolkenzalen. De zon strijkt erdoorheen, één keer, twee keer, een roze gloed die patronen in hun doorgangen doet schitteren, zodat ze als maankraters terugglanzen. Kijk ernaar, kijk goed, Eds moeder, en ze beginnen te lopen. Ik blijf praten totdat ik weet dat we die bergen samen naderen. Ze is haar lichten aan het doven, ze wordt dun als vloeipapier onder mijn handen. Ze sterft terwijl ze samen met mij mijn beeld binnengaat, sterk, vrijwillig. En zodra ze in het beeld is, put ze er rust uit, put ze er de stenen kracht uit, zoals ik ook altijd doe.

De Daniëls

We zwierven drie jaar door de woestijn en ik baarde twee kinderen in de bedwelming en roes van Billy's reizende visioenen. Zijn waarnemingen kwamen op ons af als zware vrachtwagens, kegelden ons van tent naar tent en van stad naar stad. Hij jankte bij het teken, kronkelde bij het verschrikkelijke schouwspel dat hij zag, riep om pen en papier, gromde en braakte en worstelde met de kennis totdat hij rustig op de vloer van de badkamer lag, uitgeput, en tegen mij zei: *Twijfel je nog?*

Dat deed ik nooit. Ik had vertrouwen in Billy vanaf die eerste avond dat ik hem hoorde spreken. Ik had vertrouwen in hem en klampte me aan hem vast, met huid en haar. Maar naarmate de maanden en vervolgens de jaren verstreken, ging ik mijn vader en moeder missen. Ik miste hun gewone routine, hun laag-bij-de-grondse drama, zelfs de vertrouwdheid van hun ruzies. Ik miste dat ik hun gevaar kon lezen en een veilige plek kende om bij hen in de buurt te zijn – in mijn beelden. Ik had moeite met mijn beelden. Ik moest op dit bestaansniveau blijven bij mijn kinderen, dat was de reden. En omdat ik niet in mijn beelden kon verdwijnen, moest ik naar huis.

Judah is blozend en vredig, zijn lipjes rood en zacht als bloemblaadjes, zijn wangen helder en getekend door de zomen in de stof van mijn blouse. En Lilith, zo klein en warm, in de plooien van mijn rokken gedrukt, zucht en valt in een verzadigde slaap.

'Laten we grootmoeder en grootvader gaan opzoeken,' zeg ik tegen mijn kinderen, terwijl ik aan mijn moeders gezicht denk. Ze heeft ze nog niet eens gezien.

Niets kan dit idee loswrikken, ik ben vastbesloten.

'Billy,' zeg ik, als hij binnenkomt. 'We gaan naar huis.'

'Nee,' zegt hij zonder een seconde te aarzelen.

'We moeten gaan,' vertel ik hem.

Ik ben nog nooit tegen hem ingegaan en hij is eerst verbaasd en vervolgens geschokt door mijn felheid.

'Jouw ouders zijn overleden toen je nog klein was,' zeg ik tegen hem. 'Je zuster heeft je grootgebracht tot je in het leger ging, daarna ging ze naar de haaien, vermoed ik. Dus je weet niet echt wat het is, het idee van een thuis, of familie of een plek waar je bent opgegroeid en waarnaar je wilt terugkeren. Maar nu is het tijd.'

Hij zit op de rand van het kleine bed in onze motelkamer. Ik heb een pot warme koffie voor hem gezet, die hij drinkt alsof hij luistert.

'Morgen,' zeg ik.

Ik vertel hem dat ik de laatste tijd steeds vaker met mijn ouders heb gebeld. Toen hun kleinkinderen kwamen, hebben ze zich uiteindelijk bij Billy neergelegd en ze doen zelfs de groeten aan hem op feestdagen en verjaardagen. Ik weet dat alles in orde zal zijn als we teruggaan naar huis en de kinderen meenemen. Mijn ouders zullen bijdraaien. Ik heb het gevoel dat het tijd is dat het gebeurt, dat de breuk gelijmd wordt.

'Ik heb je nog nooit iets gevraagd,' zeg ik tegen Billy, en dat is waar. 'Ik ga naar huis,' herhaal ik.

'Maar ik heb net mijn ambt hier aanvaard. Ik kan onze lidmaten niet in de steek laten.'

We hebben acht gepensioneerden ingeschreven die al hun bezit hebben geliquideerd om zich bij onze congregatie te voegen. We wonen in campers op land dat een van hen heeft geschonken, in de Gallatinvallei bij Bozeman. Het is maar 8000 m^2 dus we zitten boven op elkaar en moeten altijd luisteren naar het gejammer van iemand anders radio.

'Je hebt land op het reservaat,' zeg ik, 'en we kunnen een groter stuk land krijgen in de buurt van mijn ouders. We zouden een pand in de stad kunnen kopen om een godvruchtige boekwinkel op te zetten. Maar ik wil wonen waar mijn familie woont, dicht bij de boerderij. Ik mis al dat vlakke land, met groene gewassen, die wolken. We verbouwden van alles,' vertel ik hem. 'De grote gewassen, sojabonen, bloemen, vlas. Ik mis de blauwe velden. De gele mosterdvelden. Zonnebloemen die de hele dag draaien om het licht te vangen. Ik mis de moestuin. Munt voor ijsthee. Tomaten zo groot als je voet.'

Billy denk erover na. Misschien komt het uiteindelijk door het aantal acres van de boerderij, 888, hoewel hij van mijn twee broers weet. Het is niet zo dat ik de hele handel zal erven, daar ziet het dan tenminste niet naar uit. Een hele week zie ik dat hij erover loopt te piekeren en ik zeg niets, uit angst dat ik de weegschaal zal doen omslaan als ik spreek, het verkeerde zeg of te veel zeg.

Dan heft hij op een avond tijdens samenkomst zijn armen en doet de aankondiging. We gaan verhuizen. En ik voel me gelukkig, zo blij, zo trots zoals hij daar slank en knap, met zijn frisse, glimlachende gezicht voor zijn volgelingen staat, dat ik me op dat moment niet afvraag waar zij moeten wonen. Zij met z'n achten en wij met z'n vieren houden elkaars hand vast en bidden in een cirkel. We zingen een uur en gaan dan uiteen. Die avond beginnen we allemaal te pakken en een paar dagen later vertrekken we in een karavaan. Pas wanneer we de grens van de provincie overgaan, besef ik met een schok, hoewel er niets is uitgesproken, dat de plek die Billy in gedachten heeft om de woonwagens te parkeren de boerderij van mijn ouders is. Waar anders?

Als ik het vraag, zegt hij: 'Ik zal me om hun bezwaren bekommeren. Ik praat wel met hen.'

Hij grijnst. De zilverige, gebogen glazen van zijn zonnebril weerkaatsen mij en weerkaatsen het land aan weerszijden, dat nu helemaal vlak is. De lucht is grijsgoud van het stof. De zon is enorm en wazig, en lijkt hier langer boven ons te hangen en een dieper, diffuser licht te werpen. Mijn ouders hebben me verteld dat er begin mei een lange, verschrikkelijke hittegolf is geweest. Het was een extreem voorjaar, regenloos en meedogenloos. Hoewel de temperaturen iets gedaald zijn, is er nog steeds geen regen gekomen en de aarde lijdt.

Het is net als toen ik Billy voor het eerst ontmoette. Weer een droogte. Maar wij zullen er een einde aan brengen.

'Wij zullen regen brengen,' zeg ik opgewonden als we nog maar een paar kilometer van de boerderij zijn. Het is op dat moment gewoon iets om te zeggen, maar Billy kijkt me aan en krijgt een peinzende blik. We wachten op het armageddon dat nooit is gekomen op Billy's datum, die toch maar een voorlopige datum was, zegt Billy. Dit armageddon waar we op wachten is anders dan het gebruikelijke en de tekenen vermenigvuldigen zich, volgens Billy's wisselwerking tussen de bijbel en de economische pagina's. Maar terwijl we wachten tot het universum ten einde komt, krijgt Billy als we de weg naar het huis inslaan het idee dat we moeten bidden voor regen om het onvermijdelijke uit te stellen. Dat is wat hij mijn ouders vertelt, nog geen kwartier later. We hebben de anderen bij de afslag laten staan.

Ik omhels huilend mijn vader en moeder en zij slaken kreten over de kinderen. Oom Warren is op de achtergrond, gespannen en waakzaam. Hij beeft van de hoeveelheid emotie die rondom hem is losgebarsten. En van zijn eigen gedachten. Ik vermijd zorgvuldig zijn woeste blik. Het is de terugkeer van de verloren dochter. Ze vergeven mij – ze zijn alleen streng tegen elkaar. Ze koesteren geen wrok over mijn afwezigheid, zelfs na alle ellende die ze hebben doorgemaakt. Ze lijken Billy te accepteren. Beleefd en met een ernstige stem wenkt mijn moeder hem de trap op naar haar domein. Ze verzamelt glas – kommen, figuurtjes, vazen, tableaus. Ik houd Judah stevig vast en geef Lilith aan mijn vader. We lopen de woonkamer in en horen Billy juichen over het glas. Hij besteedt aandacht aan elk voorwerp, strijkt over de rondingen van mijn moeders groene eenhoorn, wrijft een zwaar blauw ei op met zijn manchet. En wanneer hij klaar is met het glas gaat hij met mijn vader naar de schuren en stallen. Ik weet niet wat ze doen daarbuiten, of wat Billy zegt, maar als ze terugkomen, ligt Billy's hand stevig op de rug van mijn vader en fronst mijn vader zijn voorhoofd van inspanning, hevig knikkend. Het gezicht van mijn vader is smal en moe. Zijn ogen zijn het verwaterde witblauw van een overwerkte Duitser. Zijn dikke bos wit haar hangt tot tussen zijn ogen als de voorlok van een paard.

'Waar heb je het met papa over gehad?' vraag ik Billy die nacht, als we samengekruld in de twijfelaar liggen waarin ik mijn hele leven heb geslapen. De kinderen liggen naast ons in een onderschuifbed. Ik hoor hun kreunende babyzuchten.

'We hebben het over je broers gehad. De een is aan lagerwal en de ander gaat liever bij de marine dan op de boerderij te werken. Verder kost het ze moeite voor je oom te zorgen. Hij loopt weg. Ze hebben hem half onderkoeld aangetroffen. Aangetroffen toen hij met een bijl een koe te lijf ging.'

'Met een bijl een koe?'

Billy haalt zijn schouders op en zijn stem wordt nu indringend, de stem die hij gebruikt aan het eind van zijn preken, de reddende stem. 'We zouden hen kunnen helpen om je oom in een staatsinstelling te doen, en jij zou de boerderij kunnen krijgen als we hier gewoon bleven, dat weet je.'

Ik geef een hele tijd geen antwoord. Buiten is de nacht stil, alleen het geluid van zwarte krekels die in de scheuren van de fundering zagen, alleen de ijle wirwar van heggen en de dauw die zich vormt en neerlegt op de poederdroge aarde. Ik ben drie jaar bij Billy en ik heb een onaardse taal gesproken. Ik heb rechtstreeks in de kracht van de tong gesproken, maar ik ben pas negentien, de leeftijd waarop sommige meisjes naar college gaan. Sommige meisjes komen net van de middelbare school. Ik voel me zo oud, al zo gevangen door het leven. Terwijl we samen in het donker liggen, omdat de lampen op het erf zijn gedoofd om elektriciteit te sparen, en de maanloze nacht ons allemaal bedekt, voel ik ook iets anders. Half wakker wegdrijvend voel ik de grimmige vogel die in de boom van de Heilige Geest nestelt, neerdalen en wieken.

Ik doe mijn mond open om Billy's naam te roepen, maar er komt niets. De vleugels fladderen lager, wit gestreept, en het dons op zijn borst knettert zwak als de vonken tussen ons opspringen. De vogel vouwt zijn vleugels open over mijn borst en strijkt over mijn tepels. Dan drukt hij zich tegen me aan, verhit en vol. Zijn vleugels zijn in mij gespreid en ik ben gevuld met fladderende woorden die ik nog niet kan uitspreken of ontcijferen. Er spreekt nu een andere stem, een voortdurende mompeling in mijn hoofd. Iets vreemds dat ik voor

Billy zal verbergen totdat ik de kracht ervan begrijp. Ik zal het voor iedereen verbergen, denk ik, omdat het kostbaar en verwarrend is, en iets eraan doet me aan mijn oom denken en ik vraag me af of zijn razernij besmettelijk is.

De volgende ochtend zet ik Lilith in haar box buiten, bij de moestuin, en begin te wieden. De moestuin is binnen bereik van de tuinslang dus zijn er wortels met wuivende pluimen, en paarse pronkbonen die groen worden als je ze kookt. Er staan zo'n tien rijen maïs, omheind door een afrastering van touw waar glimmende deksels van blikjes aan hangen om de wasberen weg te houden. Later in de zomer zal ik langs de heggen lopen op zoek naar aalbessen en krenten, en nog later naar appelbessen en wilde pruimen om taartvulling te maken.

Mijn moeder komt naar buiten en buigt zich over de schoffel, maakt de aarde los en trekt dan een geul waarin ze een late oogst velderwten zaait. Ze is magerder en plotseling oud en gerimpeld. Lijnen vormen spinnenwebben over haar wangen en trekken haar oogleden neer en zelfs haar volle, mooie mond is gekerfd en gekreukeld. Mijn oudste broer belt alleen om geld te vragen, mijn andere broer is drie maanden geleden vertrokken en heeft besloten nooit terug te keren. Ze hebben dat nooit verteld over de telefoon, maar ik denk dat ik de verandering, de verlatenheid aanvoelde. Dat is de reden waarom ik plotseling terugkwam, ik werd getrokken door de eenzaamheid van mijn ouders, al begreep ik dat niet.

Mijn vader heeft de boerderij vrijwel in zijn eentje bestierd, dus heeft hij de meeste akkers braak laten liggen en al het vee verkocht, op vijf melkkoeien na. Maar onze thuiskomst geeft hem alweer nieuwe hoop. Hoog op de tractor gaat mijn vader kijken hoeveel van het nieuwe hooi nog niet hol geschroeid is, hoeveel nog kan overleven. Als ik de puntige ellebogen van mijn moeder heen en weer zie gaan terwijl ze achteruitlopend door de bonenrijen schoffelt, bedenk ik dat wat Billy zei misschien niet zo erg is. Misschien is het niet zo vreselijk om de realiteit van de situatie onder ogen te zien. Misschien zou ik zelfs met mijn ouders om de tafel moeten gaan zitten om plannen te maken.

Maar dat is niet nodig. Billy bepaalt alles. Elke avond helpt Billy papa in zijn kantoor om de rotzooi uit te zoeken, te ordenen, en te besluiten welke rekeningen betaald moeten worden en wie aan het lijntje gehouden kan worden. Papa heeft er verrassend nonchalant in toegestemd dat de gepensioneerden hun kamp opslaan bij een oude, afgebrande boerderij waar een put met een nog werkende handpomp staat. Het uiteinde van ons land loopt pal tot aan de grens van het reservaat. Dit was reservaat, zegt Billy, en zou het weer moeten zijn. Dit was het land van mijn familie, indiaans land. En dat zal het weer zijn. Hij zegt het bot, met een gebrek aan emotie dat me verontrust. Er is iets. Iets onder het oppervlak is veranderd.

Als er een maand en nog een maand voorbijgaan, is er voor mijn man, tussen de zorgen voor de noden van zijn volk, de gastpreken om regen tijdens religieuze bijeenkomsten in de hele streek, leren hoe je een tractor bestuurt en een melkmachine bedient, en hooien met mijn vader, nauwelijks tijd voor slaap. Billy lijkt van het ene naar het andere te wervelen, met een bloeiende, enorme, onverflauwde energie. Het eten dat hij verwerkt! Hele borden spaghetti, schalen vol verse broodjes. Er zijn nachten dat hij door papa's kantoortje ijsbeert, preken schrijft en cheques tekent, want voor dat laatste heeft papa hem een volmacht gegeven. Soms strompel ik bij zonsopgang naar beneden voor koffie en dan zit hij daar, vrolijk en wel. Nog op van de dag daarvoor. Billy groeit terwijl de hitte al het andere doet verwelken. Hij drinkt de put leeg! Die zomer sluiten we een lening bij de bank en boren een nieuwe put. Blozend en breed barst hij uit zijn broek.

'Ik heb nooit ouders gehad.' Hij slikt en omhelst mijn moeder als ze de zomen van zijn broek uitlegt en weer aan elkaar naait. 'Ik heb nooit geweten hoe het was om in een gezin te wonen.'

Ze glimlacht om zijn dramatiek, haar gezicht smelt in de hitte als was. Oom Warren kijkt toe uit de hoek, stijf als een marionet, alleen zijn kaak beweegt terwijl hij een eindeloze onontcijferbare zachte monoloog mompelt. Sssst, zegt mijn moeder om oom stil te houden.

Mijn moeder bakt elke dag een taart. Billy eet hem op. Hij verdient geld met zijn preken, neemt een advocaat in de arm om ons allemaal samen als kerk te registreren, zodat we ons geen zorgen hoeven te maken over belastingen. Algauw wordt de boerderij van mijn ouders een middelpunt. Elke avond komt de rest van de congregatie en bidden we allemaal samen, in de woonkamer, huilend en getuigend, om vergeving smekend, en als we gezuiverd zijn, zitten we in een kring bij elkaar en laten de geest vaardig worden over ons. Mijn moeder is luidruchtig en opvallend – wie had dat kunnen denken? Mijn vader is gereserveerder en knippert met zijn ogen om wat ze uitkraamt, de overvloed en banaliteit van haar zonden. En de ogen van oom Warren worden smekend, hij lijkt ineen te krimpen onder het gewicht van al wat hij hoort. Omdat Billy zo groot en overdonderend is, ga ik op die avonden nu naast mijn vader zitten. Het lijkt of mijn vader bescherming nodig heeft. Ik vind dat hij brozer is geworden, hoewel dat misschien relatief is. Hij lijkt dunner omdat Billy tot zo'n schitterende omvang is uitgedijd dat wij allemaal nietig lijken, terwijl hij er prachtig uitziet in zijn nieuwe witte pakken.

Er gaat weer een maand voorbij en Billy's kinnen verdubbelen zodat hij een dikke kraag van vlees heeft. We bedrijven elke nacht de liefde maar ik geneer me. Hij is zo luidruchtig, zo extatisch. Ik word heen en weer geslingerd boven op hem, alsof ik een walvisstier berijd. Ik laat hem een mouwloos hemd dragen zodat ik de schouderbanden als handvatten kan gebruiken. Het bed kraakt als de spanten van een schip dat vergaat in een storm, en wanneer hij klaarkomt, voel ik me zwaar en overweldigd. Ik ben bang dat ik weer zwanger word. Ik ben bang voor wat er gebeurt. Het huis, ooit kalm in zijn afwerende, grauwe sfeer, ooit eenzaam en voorspelbaar, wemelt nu van de mensen. Ze zijn voortdurend aan het bidden met mijn moeder en woest aan het schoonmaken met scherpe chemicaliën. Alles ruikt naar bleekwater. Het erf is doorgroefd met bandensporen. Mensen breken takken van de vlinderstruik om zich koelte toe te wuiven als de geest hun temperatuur opjaagt. En al die tijd, al die tijd spreek ik niet in tongen en voel ik weinig als ik bid. Ik krijg mijn beelden niet terug. Dat is allemaal weg.

Ik weet niet meer met wie ik getrouwd ben. Het is alsof hij bovennatuurlijk is. Hij is verschrikkelijk onvermoeibaar en put iedereen zo uit dat we in ploegen moeten werken om hem bij te houden. Ik neem zijn overhemden, sokken, ondergoed en broeken mee naar de waslijn om ze op te hangen. Ze zijn nu zo groot dat er geen wasknijpers meer nodig zijn. Ik drapeer ze als lakens en dan ga ik uitgeput zitten waar hij me niet kan zien. Hij spreekt van regen. Hij spreekt nog steeds van het armageddon. De boerderij is nu aan mij overgedragen en via mij aan Billy. Hij spreekt over een haardstede voor de uitverkorenen. Wij zijn degenen die door het vuur zullen lopen, zegt hij. Wij zijn de Daniëls. Hij houdt onze zoon omhoog voor de ogen van de congregatie en de arme jongen is klein als een vis in zijn handen.

Uiteindelijk zijn het de picknicktafel en de ijzeren bank die voor mij een einde brengen aan dit deel van ons leven en van de grotere, onbeheersbare kracht die Billy ontwikkelt. De tafel staat op het kale achtererf en is gemaakt van bladmetaal, stalen pijpen en een gelaste dwarsbalk, verankerd in de grond. Papa heeft hem gemaakt voor dagen dat het te vochtig was om binnen te eten en voor algemene feesten, die we nooit hadden. Het geheel is opgesteld op een plek waar je een mooi uitzicht hebt, zodat moeder, die verzot is op haar mooie tuin en bloemen, langs een rij wilde oranje daglelies kon kijken nadat ze in de moestuin had gewerkt. Ze kon pauzeren en haar ogen laven aan een stukje schoonheid. Er staat zelfs een smeedijzeren bank om op te zitten, misschien te lezen, hoewel niemand daar ooit een boek heeft opengeslagen.

De augustushitte is korte tijd weggetrokken, maar vervolgens weer neergedaald. Oom Warren schraapt kippenstront van de roeststokken en vloekt zachtjes raspend tegen de hennen die naast zijn voeten pikken. Een paar dagen geleden is mijn moeder onder een gebloemd laken op de bank gekropen en nu wil ze niet meer opstaan. Vanaf haar bank bij het grote raam, waar ze stilletjes nog magerder ligt te worden, kijkt mijn moeder naar de picknickplaats, ziet de zon opgaan en boven haar hoofd langs gaan. Het is gewoon een hardnekkig griepje, zegt ze, maar soms als ik haar zo stil zie liggen, met haar armen als rechte planken die zijn neergelegd om het dunne, kreukelige laken op z'n plek te houden, ben ik bang dat ze doodgaat en wil ik naast haar gaan liggen.

Op een klamme middag zit ik bij mijn moeder op de bank en we kijken naar Billy die onder de groene es met een paar van de anderen praat. De kinderen liggen op de grond te slapen op dubbelgevouwen quilts, en ventilators waaien lucht over hen heen en weer. Billy drinkt zelden en dan nooit iets sterkers dan wijn. Hij drinkt nu wijn, een zelfgemaakte variant van vlierbessen, die een van de leden van de congregatie heeft gemaakt volgens een overgeleverd recept van haar familie. Misschien denkt Billy dat hij van wijn met zo'n vriendelijke geschiedenis meer kan drinken dan hij normaal doet. En bovendien is het heel warm. De kannen wijn zijn in een ijskoeler op de picknicktafel gezet en van tijd tot tijd pakt Billy een kan op en giet hem leeg. Tijdens het praten druipt het zweet van zijn voorhoofd. Zijn donkere haar plakt zwart, zijn lijf is een enorme berg op de ijzeren bank. Hij tilt zijn dikke armen op om met een idee te worstelen, rukt het uit de lucht, beukt het op zijn dij. Hij houdt een gebedsbijeenkomst voor regen, en terwijl we daar zitten in de namiddaghitte, met de draaiende ventilatoren, en kijken hoe de anderen bidden in de verzengende zon, zien we dat wolken zich samentrekken en opeenhopen tot geweldige kasteelachtige, gloeiende vormen.

Die wolken zijn opmerkelijk, rozegoud en van binnen verlicht. Het zijn prachtige dingen. Ik wijs mijn moeder erop.

'Donderwolken,' zegt ze opgewonden. 'Duw mijn bank dichter bij het raam.'

Eigenlijk moet ik buiten met de groep bidden, of eten koken voor hen allemaal, of in de moestuin werken om tomaten te plukken voor het geval het gaat regenen, voor het geval die wolken hagel brengen. Maar ik doe niets anders dan een stoel naast de bank van mijn moeder zetten. Oom Warren slaapt met open ogen, rechtop in zijn stoel. Lilith ligt slap over een pluchen beer gedrapeerd. Ik bedek haar met een gehaakte sprei omdat er een koele bries is opgestoken. Mijn vader komt de kamer binnen. Hij wil ons op de wolken wijzen. Warrens ogen worden scherp. Buiten gaat Billy door, hij wringt zijn handen tot grote gouden vuisten, snikt van de kracht, drinkt grote slokken wijn en schreeuwt.

Nu wakkert de wind aan en geselt de takken tot razernij. De wolken rollen over het land, drommen en ballen samen, weerkaatsen het licht. Ze zijn paars, giftig roze, groen zo teer als de eerste knoppen in de lente. De wolken bedekken de horizon en als de massa zich boven ons opent, zien we het hart van het onweer, de donkere kant van het aambeeld, doorschoten met elektrisch kantwerk van licht.

Uit de greppels stijgt een koude wind op, die eerst de geur van zuur modderwater voor zich uitdrijft en dan fris wordt. Druppels, zacht en aarzelend, ploffen neer en de donder is een kar vol stenen die dichterbij ratelt.

Nog blijven ze bidden met hun handen omhoog en hun ogen gesloten. Onder de zwiepende bladeren, bekogeld en in gevaar drommen ze samen. Hun stemmen een winderig gemompel. Zijn stem klinkt op vanuit hun midden en dondert luider naarmate de storm nadert.

Een uitbarsting van flitsen. De bloemen vliegen de lucht in en vallen te pletter op het erf. Nog een gekraak zo hard dat we midden in het geluid zitten. Billy Peace, die als een orakel op de ijzeren bank zit, is het middelpunt van blauwe schichten die tussen de ijzeren palen vonken en langs de elektriciteitsdraden de bomen in gaan. Billy, de dirigent met geheven armen, trekt de kracht neer. Het geluid van de volgende knal slaat ons weg van het raam, maar we kruipen weer naar voren om te kijken. Er kronkelt een touw van gouden vuur naar beneden en het draait zich twee keer om Billy. Hij wordt helemaal zwart. Er stroomt blauw licht uit zijn borst. Dan stilte. Een ingehouden spanning. Kleine poelen straling blijven in de lucht hangen, wiegelen en verdwijnen dan. Er vallen een paar druppels, vermengd met kleine, stuiterende knikkers hagel. Dan tuimelt er witheid door de lucht, ijsballen verpletteren munt en basilicum en citroenmelisse zodat de geuren opstijgen met de barbecuegeur van verbrande huid.

We zeggen niets. De kinderen slapen. En Billy Peace?

Hij is een berg, zwart en haveloos, op handen en knieën. Een snuivend schepsel van duisternis dat blind is verbrand. We kijken toe hoe hij opstaat, zich langzaam omhoogwerkt, op zijn dijen steunt met zijn enorme handen. Uiteindelijk staat hij rechtop. Ik grijp mijn moeders vingers, slap van de schrik. Billy leeft, groter dan ooit, gezwollen met onaardse kracht. We stappen weg bij het raam. Hij tiert naar de hemel, schudt zijn hoofd heen en weer als de wolken zich openen. Ruwe zilveren gordijnen van water sluiten zich voor het tafereel. We wenden ons af van het raam.

'Mam,' zeg ik, 'we moeten hem tegenhouden.'

'Niemand zal hem ooit tegenhouden,' antwoordt ze.

De verbondenen

Als ik op een dag in een strook schaduw sta, komt mijn oom aanlopen en begint zacht tegen me te praten, zonder me aan te kijken.

Het is in je, ik kan het zien.

Wat is in me?

Het is in je, ik kan het zien.

Wat? Wat?

Jij zult doden.

Hou je mond.

Het is in je. Jij zult doden.

We stopten hem in de staatsinrichting en ik bleef op de boerderij terwijl mijn ouders overleden. Billy vertrok en toerde rond met zijn ideeën tot hij uiteindelijk een religie had ontwikkeld. Geen ik-ben-Uw-dienaar, geen Loof de Here, geen Bhagwan, geen Volmaakte Meester, geen derwisj of maharishi. Het was een religie gebaseerd op wat religie was voordat het religie werd. Natuurlijk moest die religie benoemd en georganiseerd worden zodra Billy Peace haar had ontdekt, maar hij probeerde niet de steekwoorden te gebruiken. Na Billings was er geen God meer, en rond Minneapolis bijvoorbeeld geen verlosser meer, terwijl Billy hem daar goed had kunnen gebruiken, hoorde ik van anderen. Tegen de tijd dat hij en zijn volgelingen de grens weer overstaken en zigzaggend naar huis kwamen, was er alleen nog maar geest. De meeste mensen begrepen dat niet. Billy liet zelfs het idee van een antichrist los. De duivel impliceerde zijn tegenovergestelde, en Billy had het gevoel dat de gelovigen de duivel aantrekkelijker vonden dan de vage bebaarde vaderfiguur uit hun kinderdromen. Zo was het, hoewel het altijd veranderde. Er was geest, en die was onmetelijk, onmetelijk, onmetelijk, zo onmetelijk dat we de immensiteit ervan moesten buitensluiten. We waren een soort ontvangers, zei Billy; onze hersenen waren biochemische machines, kleine receptoren die de omvang van geestelijke intelligentie inkrompen tot iets wat we konden behappen.

Ons individuele bewustzijn was een zeef voor het goddelijke. We konden alleen weten wat ons verstand veilig kon omvatten. Billy vond niet dat het onze taak was om individuele grenzen op te rekken, zoals je zou verwachten – dat ook weer niet. Billy geloofde dat een groep spirituele mensen die bij elkaar woonden en als één dachten, het vermogen had om zich verder te ontplooien dan een individu. Als we onszelf openstelden, allemaal tegelijk, op één plaats, konden we misschien tot de buitenste grenzen van die onmetelijke geest reiken. Als een kring van onderling verbonden elastiekjes, met de vingertoppen tegen elkaar, zaten we soms nachtenlang, de hele nacht, tot aan de ochtend neuriënd aan de rand van dat omgekeerde veld, die hemel. Hij nam rustig de tijd om zijn strategie en zijn doelstelling uit te werken. Hij werkte hard om de oneffenheden in de Gemeenschapsregelen glad te strijken. En om plannen te maken, geld in te zamelen en mensen te vinden die aan zijn voorwaarden voldeden. Eerst nam hij de wilskrachtigen, de vastberaden, cerebrale en verkennende mensen. Vervolgens nam hij mensen met rationele verklaringen. Sinds kort nam hij de beschadigden, mensen bij wie iets ontbrak, hoewel zij tegelijkertijd hun zaken op orde moesten hebben. Hij zocht vooral mensen die lang dezelfde baan hielden. Ze moesten getypte cv's hebben. Hij accepteerde niemand op goed vertrouwen. Ze moesten urenlang bij hem zitten, nadenken. Hij moest hun geestesgesteldheid testen. Ze waren niet bijgelovig, ze waren niet fundamentalistisch. Ze geloofden misschien dat het einde van de wereld zou komen en dat het einde een economische nachtmerrie zou zijn. Ze geloofden misschien in god als god ondeelbaar was van licht. Het waren nooit voormalige katholieken – het leek wel of die ingeënt waren. Soms waren het Joden die een paar generaties verwijderd waren van hun eigen godsdienstbeoefening. Of protestanten, hoewel maar weinig voormalige overtuigde lutheranen. Geen doopsgezinden, geen hindoes, geen confucianen, geen mormonen. Geen aanhangers van de godsdienst van een andere stam. Geen chiliasten, geen survivalisten.

Ik paste zelf in geen van die categorieën. Tijdens onze reizen naar het zuiden had ik een familie ontmoet die slangen hield en ik geloofde dat ze uitverkoren waren om duivels uit te drijven met gif. Ik was een half jaar bij hun kerk gebleven, ik had hun grootmoeder Virginie verpleegd, die wit haar tot in de taille had. Ze zei dat ik het mijne nooit moest afknippen. Ze had ogen als een slang, de pupil een spleet duister, en dunne lippen. Eén hand was opgekruld en pikzwart van de keer dat ze gebeten was. Aan de andere ontbrak de ringvinger. *Je zult gebeten worden*, zei ze tegen me, *maar je zult in de macht overleven.* Ze gaf me twee van haar slangen, een anderhalve meter lange diamantratelslang en een mocassinslang met een rode huid en een zandlopertekening. *Zij dragen het oordeel in zich,* zei ze. *En ze hebben liefde.*

Beoordeel me dan, zei ik toen ik de slangen voor het eerst vasthield, *neem me,* en dat deden ze. Ik vond mijn geloof. Ik wist vanaf die eerste keer dat dit mijn manier was om dicht bij de geest te komen. Hun koele droge lichamen bewogen op me, gleden over me heen, onverschillig, nieuwsgierig, grillig en zwaar, en toonden me de genade van de geest, hielden van me, zonden een bloedgolf van macht door me heen. Ik kon mezelf loslaten wanneer ik de slangen vasthield. Ik werd diep in mezelf koud terwijl mijn huid warm bloosde en hen kalmeerde, en ik gebruikte ook beelden. Ik gaf hun de heerlijke hitte, de platte rotsen, de zwarte rotsen, het gestage beuken van de zon.

Nadat ik was begonnen de slangen mee te nemen tijdens kring, bleven de verbondenen uit mijn buurt, en dat was ook een opluchting.

Toch vond ik mezelf wilszwak, een volger, en ik sprak nooit vrijuit als het niet hoefde. Ik had het gevoel dat ik geen duidelijk doel had en geen sterk verstandelijk vermogen. Ik was aardig om te zien maar in de verste verte niet mooi, ik was jong, ik was jonger dan mijn goed recht was. Ik vond mezelf hulpeloos, behalve wanneer ik mijn slangen vasthield. Bovendien had ik die beelden, en omdat ik die had, wilde Billy me niet laten gaan.

‘Laat me Milwaukee zien,’ zei Billy op een avond.

Daar was zijn familie twee jaar geherhuisvest geweest voordat zijn ouders stierven. Dus gaf ik hem Milwaukee zo goed ik kon. Ik lag daar en kreeg het in heel zijn hevigheid door, de groene bermen in juni, hoe het voelt om hongerig je favoriete restaurant binnen te komen als je gereserveerd hebt en weet dat je binnen een kwartier verzadigd zult worden door Duits voedsel, Duits brood, Duits bier, Duitse schnitzel. Ik kreeg de buurt door waar Billy had gewoond, het afbrokkelende pleisterwerk, de oude rottende houten onderbouw en de achtertuin, een en al uiteengespatte zon en schaduw, bladeren, kreeg door hoe Billy’s moeder languit op de grond lag te slapen in een rood pak, kreeg de achterveranda vol verdrongen hitte door en de zomermuggen die onvermoeibaar tegen de horren jengelden. Kreeg de geur door van Billy’s rivier, de eerste-schooldaglucht, het krijt en de boenwas, de schone-en-opgeruimde-papieren-handdoekjesgeur van scholen in Milwaukee begin september. De pakjes melk, de rietjes. Kreeg Billy’s zusje door; dunne, pezige armen die Billy neerdrukten. Billy bij een hotdogkraam, een stuiver pinda’s, dorst.

‘Nee,’ zei Billy, ‘nu niet meer.’

Hij voelde het aankomen hoewel ik het vermeed. Ik omzeilde de brandende striemen, de schaar, de beklemde zenuwen, het dode oog, de knoet, de riem, de schoen met de spikes, het scheermes, de kokendhete gemorste tapioca, de glasscherven, de messen, het gebarsten pantser, het zusje, het zusje, het souterrain, alles onder de grond.

‘Laat zien, laat zien.’ Billy sliep half. Hij wist niet wat hij wilde zien, en natuurlijk wil ik ook niet beweren dat hij mijn hele beeld zou zien. Hij zou langs de rand lopen, de kruimels opvangen, de waterdruppels die opspatten als een vogel zijn veren schudde. Zoveel kon ik overbrengen, maar meer was niet nodig. Wanneer je iemand op die manier deelgenoot maakt, sluit de rest van de aarde zich. Je wordt ingesloten, dichtgedraaid, gevlochten, geboren. En ik kon het, net voldoende, en hij had het nodig. Ontsnapping.

‘Laat zien.’

Dus liet ik het zien, steeds opnieuw. Er ging weer een jaar voorbij en de leer werd strenger en intenser naarmate de geest zijn klauwen in Billy zette en ons ook niet wilde sparen.

Op een nacht in januari kwam hij de kamer in en praatte de hele nacht tegen mij en de kinderen, kneep onze gezichten tussen zijn dikke, warme handen, sloeg ons om wakker te blijven, smeekte ons op te blijven letten.

'Luister goed! De laatste dingen zijn nabij!'

Ik huilde en de kinderen huilden, maar hij wilde ons niet laten slapen.

'Er is disharmonie, iets in jullie, iets dat het kanaal blokkeert, iets dat het kijkgat verduistert, de frequentie verkleint.'

'Nee, dat is er niet. Dit zijn jouw kinderen.'

'Jullie zijn van mij. Jullie leven is van mij. Ik doe met jullie wat de geest verlangt. Neer! Neer! Op de vloer!'

Hij bekeek ons met een sceptische walging en de zwarte uren gingen voorbij. Ten slotte dommelde hij in. De kinderen vielen over mijn schoot. Tegen die tijd was ik helemaal gestaald en klaarwakker, dus ging ik naar mijn glazen bakken. Ik haalde mijn slangen tevoorschijn om met hen te bidden. Ze kronkelden zich om me heen, mijn kleding in en uit, troostend. De slangen luisterden, en ik hoorde het ook. De chinook stak op. Van het ene moment op het andere.

De temperatuur sloeg drastisch om. De warme wind kon de dikke sneeuwlaag in een paar uur smelten. Ik hoorde de balken kreunen, de sneeuw al druppen. Ik rook modder en regen. Onafgebroken vlagen, en algauw zou het diepgrijze, blonde wintergras door de sneeuw omhoogsteken. De lucht vloeide, bewoog, warme stromen donkere lucht zwollen aan uit het zuidwesten over natte wegen, gladde wegen. En toen kwamen de wolfshonden naar buiten, hun lange snuit in de lucht gestoken.

Ik sprong overeind in een opwelling van angst, en toen ik dat deed, stootte mijn mocassinslang toe, in de schaduw van mijn schouder, te dicht bij mijn hart om me niet te doden. *In de Here*, zei ik, zoals ik had geleerd, en ik pakte mijn roodgerugde schoonheid op. Ze droeg de tijd zelf in die zandlopers en ik voelde het zand erdoorheen stromen toen ik haar terug liet vloeien in haar bak. Daarna ging ik liggen. Ik liet het gif in me tot ontplooiing komen. Liet de ziekte opwellen, en de vragen, en de vruchten van de boom van de macht. Ik liet de kennis bezit van me nemen. Het begrip van slangen. Mijn hart werd zwart en keihard. Het stond één keer stil, en klopte daarna weer. Toen het leven terugvloeide, wist ik dat ik sterker was. Ik wist dat ik het gif had geabsorbeerd. Terwijl het in me werkte, wist ik dat ik zelf het gif was en dat ik de macht was.

Zorg dat je bij hem wegkomt en neem de kinderen mee, zei de slang vanuit haar glazen bak toen ze zich weer oprolde om in haar nest van gras te slapen.

Lange ritten in de trein, de trage, monotone spanning van reizen. Ik had Billy overgehaald me helemaal naar Seattle te laten gaan om geld in te zamelen voor de verbondenen. Ik nam mijn slangen mee, goed gevoed in hun zakken, opgerold tegen de warmte van mijn lichaam. Als ze te actief werden, zou ik ze terugdoen in hun leren tassen op de koude vloer bij mijn voeten. Ik had hem gedwongen me te laten gaan, hoewel ik in zekere zin wist dat ik niet helemaal terug zou komen, niet nadat ik gebeten was.

De hele reis lang liet ik het rijpen. Op de terugweg liet ik het komen. Opgekruld tussen de zuchten en kreunen van andere passagiers doezelde ik in en werd wakker, verkrampt en beurs, verstijfd op mijn krappe tweezitsbank. In de duistere Cascades begreep ik dat ik een zwarter duister was dan deze bergen. Die kennis drong door tot mijn gewrichten als een virus, en van toen af aan zat ik in stille pijn. Die ergens in de Kootenai in angst veranderde.

Buiten het raam, zwart en roerloos, onbegrensd, bogen dichte bossen in verse sneeuw. Ik dacht aan wat hierna kwam en stuitte op een muur van samengeperst wit. Daarachter zaten mijn kinderen. Mijn liefde voor hen was redeloze liefde. Ik zou ze nooit laten gaan. Net buiten Whitefish, Montana, brak de dag aan. Het ontbijt werd omgeroepen. Ik kwam tot een besluit en zocht daarin beschutting. Toen ik dat eenmaal had gedaan, werd mijn hoofd helder. Ik ging naar de restauratiewagen en bestelde eieren. Die werden geserveerd met bergen ovenaardappelen, geroosterd brood met boter en druivenjam in kleine cupjes. Ik nam een paar happen en dronk koffie met veel melk uit een plastic beker. Ik keek hoe de donkere dennen, de gele lariksen langskwamen, meer bomen dan sommige mensen in hun hele leven zien. Ze draaiden als spaken, strekten zich uit als armen, zeefden sneeuw als poeder door hun naalden. Grote donzen wit schuim stortten van de takken.

Waar twee jaar eerder een trein was ontspoord en een graanwagon gekanteld, stond een dikke beer, een in zijn winterslaap gestoorde zwarte beer, waarschijnlijk aangetrokken door de met loog overgoten en gegiste tarwe die de spoorwegarbeiders hadden begraven, achter een hek dat onder stroom stond, buiten bereik. Alle anderen in de wagon waren diep in gesprek of concentreerden zich op aangebrande pannenkoeken en slappe thee. Ik was de enige die de beer zag en ik zei niets. Hij zwaaide zijn kop toen hij diesel, scherp metaal en wie weet de damp van kokende havermoutpap rook. Misschien was hij gewend aan trein nummer 28 naar het oosten want hij sprong niet weg, ging er niet vandoor, maar wachtte in zijn eigen schaduw tot we voorbij waren. Mijn toekomst leek ondoordringbaar, een pak wolken, dichte mist. En vrijheid leek onbereikbaar, net als al het zoete graan dat in de heuvel was gewalst. Mijn leven was een val die om me heen was dichtgeslagen met zachte tanden, van onder de sneeuw. Hier lijkt het eindeloos en vrij, zo weids dat het pijn doet. Het doet pijn. Want we zijn beperkt, bedwongen, gekluisterd en gevangen in onheugelijk verdriet.

Gras, water, zomerwilgenroosje en distel, kom me nu redden dacht ik. Maar ik riep god niet aan. Die stond aan de kant van mijn man.

Toen Frenchie me van het station kwam ophalen was ik al weg. Blijkbaar zag ik er hetzelfde uit en gedroeg ik me hetzelfde, want Frenchie hielp me mijn spullen achter in de auto te laden en stapte zonder commentaar voorin. Billy deed geen dingen als reizigers van het station ophalen, want dat zou kunnen betekenen dat hij moest wachten, en hij zat nooit stil. Elk moment van zijn tijd was nu gewijd. Waardevol.

'Ik trakteer je op een maaltijd,' zei ik tegen Frenchie, 'ik heb zeker tienduizend dollar binnengehaald.' En dat klopte.

Naast mijn baan als serveerster, die ik gebruikte om iets te verdienen wanneer er geld nodig was voor bepaalde apparatuur of spirituele campagnes, zamelde ik geld in voor Billy door te spreken tijdens grote tentbijeenkomsten en pamfletten te schrijven en mijn slangen te gebruiken in de spirituele trance. Al bij al was ik het liefst serveerster. Alleen brachten de revivalbijeenkomsten in stadions en tenten meer geld op. Ik wist dat het een hele tijd zou duren voordat ik weer iets van de buitenwereld zou zien zodra ik terug was in het kamp. Daarom leidde ik Frenchie door de deur van de 4-B's, met ontbijt op elk uur van de dag, waar ik een jaar had gewerkt en in goede verstandhouding ontslag had genomen, zelfs met het aanbod van een loonsverhoging. Het was alsof ik daar een normaal persoon was, zomaar een vrouw, en dat wilde ik nu voelen. Misschien zou ik een foto van mijn dochter, of zoon, laten zien, en niemand zou commentaar leveren op hun juten kleren, weten wat die betekenden, niemand zou vragen of ze de geest al hadden geabsorbeerd.

Frenchie keek angstig om zich heen toen hij ging zitten. Er was niet echt een regel over in restaurants eten, maar we wisten allebei dat het niet de bedoeling was, dat we regelrecht naar huis hoorden te rijden, naar de verbondenen, dat we geld moesten sparen en het niet moesten uitgeven aan de tweede portie eieren die ik niet zou opeten, of aan de slappe zwarte koffie die Frenchie zou drinken, met zijn ogen in de bruine aardewerken beker, en zonder zich bij te laten schenken, omdat hij zich bewust was van de hand van mijn man op zijn schouders, de blik van mijn man zwaar in zijn nek, en Billy's stem, altijd zijn stem, getraind op de radio, puur en diep, vol als donder, rond als hoop. De stem van mijn man was volmaakt, zoals ook hij volmaakt was. In God gemaakt. De stem van mijn man was verlossing, een touw om vast te houden in een sneeuwstorm. De stem van mijn man zou me van gedachten doen veranderen, zoals vaker was gebeurd, wanneer ik terugkwam en binnenging in het milde gouden licht om hem heen. Ik zou erin wegzinken, zonder verzet ondergaan in de droom die hij droomde met mij erin. Ik zou opnieuw een schaduw zijn, een licht dat liefdevol op een muur werd geworpen.

Ik dronk langzaam mijn koffie op. Ik moest mezelf testen door te zien hoe ik me gedroeg in aanwezigheid van een van de verbondenen. Ik was blij dat het Frenchie was, die niet zo opmerkzaam was. Er zat iets van angst en tersluiksheid in hem, iets wat niet helemaal oprecht was. Hij had een knap gezicht als je goed keek, goede botstructuur, diepgroene ogen met dikke, dichte wimpers, een stevige mond, rechte neus. Maar hij gedroeg zich als een geslagen dier – sjokte, sloop, sprak op een verontschuldigende toon, richtte nooit het woord tot je, maar wachtte tot jij iets zei. Hij nam wat hij kon krijgen. Dat was zijn motto waarschijnlijk. Ik wilde hem niet in moeilijkheden brengen en wisselde dus alleen een paar beleefde opmerkingen met een andere serveerster die ik had gekend toen ik bij de 4-B's werkte. Ik betaalde met extra geld dat ik in Seattle had gekregen en niet had opgegeven, en zei dat we nu konden gaan, we konden naar huis. Maar vlak voordat we vertrokken, keek ik rond en ook al was het een kale ruimte, groot en functioneel, met oranje plastic bankjes en het gebruikelijke saladebuffet, ook al was het in de wereld van restaurants en cafés niets bijzonders, toch was voor mij het licht dat in dichte bundels rook door de ramen naar binnen viel, bijna snijdend van belofte.

Als het afgelopen was, zou ik hier terugkomen, besloot ik. Ik zou gaan zitten en het dwaze servetje met de zwart met gele bij openvouwen en zorgvuldig op mijn schoot uitspreiden. Ik zou het ontbijt dat de hele dag geserveerd werd voor mijn kinderen bestellen. Ze zouden eten. En als ik hen zag eten, zou ik ook kunnen eten.

Tot die tijd zou geen ander voedsel over mijn lippen komen dan wat nodig was om krachten te vergaren, zou geen beweging verspild worden, geen munt, geen ademtocht. Vanaf dat moment was ik een besloten geheim. Ik was alles wat de berg wist. Ik was de niet-omgekeerde steen.

En de slang eronder, die ook.

Sommigen van ons woonden in kippenhokken, anderen in lege vaten, weer anderen buiten onder de zonnewendezon. Sommigen van ons woonden diep in de heuvels, anderen buiten op het veld met het vee, of op tractoren, of in een oude goederenwagon. Sommigen van ons woonden met man of vrouw, anderen met kinderen, alleen kinderen. Sommigen van ons waren verlost in de hitte, anderen in de winterkou. Sommigen van ons waren alleen nieuwsgierig en waren helemaal nooit verlost. Sommigen van ons woonden bij Billy, in het nieuwe houten huis, achter de vuurplaats, en onze kleren roken de hele dag naar pijnhars en rook van middernachtelijke vuren. Ik was zijn enige echte vrouw, en dat ik en mijn kinderen zijn naam droegen, was mijn beloning. Zijn hoogste trouw dus – niet de lagere, het nageslacht dat hij stilletjes bij anderen erkende. Hij hoorde bij mij in de meest verheven betekenis en hield me dat feit voor als een blinkende spiegel.

Toen we bij de smalle maar goed onderhouden zijweg kwamen (niet de hobbelige weg die gebruikt werd voor het zware materieel), waren mijn handen koud in mijn gebreide handschoenen. De gebouwen van de hoeve kwamen in het zicht en ik voelde me leeg, hongerig van binnen, hunkerend, maar niet naar voedsel. Mijn huid verlangde wanhopig naar mijn kinderen. We kwamen bij het wachthuis. Zweet trok sporen langs de binnenkant van mijn armen. Mijn gezicht stond strak van de inspanning om het in de plooi te houden. Ik was door en door koud, zo koud dat het pijn deed, tot in mijn merg. In de Gemeenschapsregelen, waaraan alle verbondenen zich dienen te houden, staat dat een schuldig hart een dood hart is, verbrand tot een sintelachtig klompje, en moet worden afgewezen. Verworpen. Toen we over de halfronde oprit reden en het grind onder de banden kraakte, begon ik te beven. Mijn benen voelden als water, onvast. Mijn kaken deden pijn. Ik wist dat Billy bij de eerste oogopslag diep in me zou kijken en de zwarte rook zou zien, de stoom, de blauwe straling van verraad. Hij zou bidden. Hij zou triomfantelijk naar me kijken en me terughalen in ons huwelijk, in het geloof.

Hij riep naar me, een zwaaiende arm in de lucht, tevreden met mij en tevreden met het beeld van de verwelkomende echtgenoot dat hij vormde. Hij stond op de lange veranda van het lage houten huis, het grijze houten huis met cement in de naden tussen de stammen. Hij had niet gewacht. Hij had Deborah gestuurd, de eeuwig boetvaardige, zijn privésecretaresse. Ze had hem waarschijnlijk gepijpt onder zijn bureau, vervolgens haar lippen afgeveegd met een zakdoekje en het wachten voor hem gedaan. Ze had naar ons uitgekeken op de weg en hem vervolgens weggeroepen bij zijn bureau en de rij telefoons en onze stenoploeg die dag en nacht doorwerkte. Deborah was hem komen halen en hij was precies op tijd om ons te begroeten uit zijn kantoor gekomen, en hij was ongeduldig. Ik stapte uit de cabine van de pick-up alsof ik van een hoge duikplank in het water dook zonder te weten of ik wel kon zwemmen. Het was een nieuw element, diepgroen, emotioneel, verraderlijk. Ik rende recht naar hem toe. Onstuimige vreugde was wat ik wilde uitstralen. Ik rende naar hem toe en hij hield me tegen zijn vermoeide, zijn zachte lichaam van onwankelbaarheid. Zijn lichaam was het enige mannenlichaam dat ik kende. Ik voelde zijn angstwekkende goedheid, de geheime buitensporigheid van zijn liefde voor mij. Zijn hart klopte hard onder mijn wang. Ik kon me niet losmaken.

Enorm, zacht, maar gespierd met een hopeloze kracht, omsingelde Billy me. Niet zo enorm als hij was geweest toen hij de bliksem absorbeerde, maar groot genoeg. Ik ging op in zijn vertrouwde huid en stem. Zijn stem was roze als de hemel. Zijn gretigheid en blijdschap om mijn terugkeer bloeiden helemaal om me heen toen we naar de kamer gingen waar de kinderen aan het spelen waren en waar ik hen mocht verrassen tijdens hun spel.

Ik stond een tijdje naar hen te kijken voordat ze zich omdraaiden. Ik had nog namen voor mijn kinderen, hoewel kindernamen inmiddels verboden waren. De mijne waren hun oude, nu geheime namen. Ik denk dat hun vader vergeten was hoe ze heetten.

Judah had zandkleurig haar en was stoer. Het leek altijd of zijn bedrading strakker gespannen was, of de schakelingen bruut en snel waren, of niet alleen zijn geest, maar zijn hele lichaam intelligenter was. Zijn ogen waren groot, droevig en warm, met de wisselende kleuren van zijn vader. Soms verdiepten ze zich onder sterke emotie tot peilloos zwart. Hij had mijn trekken, zei men, al zag ik dat zelf niet. Van Lilith wist ik het wel, zij leek op mij. Ze leek op mijn schoolfoto's, de fronsende wenkbrauwen, altijd onvoorbereid. Ze was verlegen en koppig tegelijk, en haar plotselinge aanvallen van luiheid waren puur opzettelijk, nooit hulpeloos. Ik dacht dat ze verschrikkelijk intelligent was, maar dat viel niet te controleren. Ik kon onmogelijk weten wat ze precies wist in verhouding tot andere kinderen. Nu rende ze op me af, gaf zich zonder terughoudendheid aan mij, versmolt met mij, ze rook naar zout en sneeuw. Ik hield hen allebei dicht tegen me aan en duwde mijn gezicht in het warme, stugge haar. Ik ademde hun straling in en we begonnen te rijzen, licht als cake. We hingen een centimeter boven het geweven kleed, en draaiden, hielden elkaar vast. Vanuit de deuropening achter ons wervelde ijskoude lucht binnen en omsloot ons.

Diep in de nacht, elke nacht, aan de andere kant van de grote, open ruimte midden in het huis, werd ik wakker met het vertrouwde geluid van de stotterend rinkelende telefoons, de boodschappen van bekeerlingen die binnenkwamen na de maandelijkse radio-uitzendingen die hij hier opnam, of in Grand Forks, of Fargo, of Winnipeg, en vervolgens over de hele wereld uitzond. Elke rinkel bracht geld binnen. Vrouwen belden om te zeggen dat ze een licht in het oosten hadden gezien, een stem hadden horen opstijgen uit de waskoker, kracht hadden voelen opborrelen in hun knokkels, een andere, verfijnde taal verstonden die in de lucht om hen heen zweefde. Vrouwen belden om te zeggen dat hun broden de vorm aannamen van Billy's gezicht, dat hun ongebakken, rauwe vlees zijn naam prevelde. De briefjes die met paperclips aan hun cheques gehecht waren, vertelden over hun kinderen, hoe ze tijdens het luiers verschonen de roep hadden herkend. Of hoe de breinaald uit het beslag kwam als ze taarten bakten, met een ononderbroken muzikale toon die verlossing betekende. Ze beantwoordden hun telefoon thuis. Hun eigen stem zei Wees Verlost.

Hun wasmachine weigerde te wassen tenzij Billy's radioprogramma aanstond. Hun handen deden pijn van de kennis en hun seksleven verdoofde hen, pijnigde hen. Ze bezweken aan spijsverteringsproblemen, aan kanker, aan dodelijke wratten, aan een ongebruikelijk virus, aan netelroos, aan inwendige parasieten, aan hersenverlamming, aan kanker, aan kanker.

Mannen schreven om Billy te vertellen dat hun autoradio's ontploften in het woord, dat hun gereedschap het uitschreeuwde, dat hun naam wegviel, plotseling niemand meer wist wie ze waren. Dat ze hun eigen naam ook niet meer wisten. Hun vullingen zonden zijn programma uit in hun hoofd. Hun moeder had hen gewaarschuwd, maar ze hadden niet geluisterd. Mannen belden en bekenden Billy de grofste ontrouw. Mannen schreven terwijl ze bezweken aan een vergroot hart, een vergrote prostaat, aan diepe steenpuisten, aan smerig weer, aan ouderdomsgekte, aan een verwoestend virus, aan de kus van de tseetseevlieg, aan voedsel, aan onkruidverdelger, aan doe-het-zelfongelukken, aan trombose, aan dichtgeslibde aderen, aan duistere depressies, aan kanker, aan kanker. De hele nacht, de hele nacht door, mummelde en jammerde de rij telefoons, en onze mensen legden deze verlossingen vast. 's Ochtends lagen de bureaus en vloeren bezaaid met goedkoop dun papier en sleepten de getuigenissen op de voeten van vermoeide typisten over het tapijt tot onder aan de trap.

'Ik zie aan je dat je een goede reis hebt gehad,' zei Billy.

'Ja,' antwoordde ik.

Hij legde zijn handen aan weerszijden van mijn gezicht en staarde in mijn ogen. Hij zag me niet echt. Hij keek naar zijn eigen weerspiegeling. Hij keek naar zichzelf, hoe hij naar mij keek en tussen hem en zijn beeld van hemzelf was ik onzichtbaar.

'Ik reis graag met de trein,' zei ik, zo opgelucht dat ik bloed in mijn mond proefde.

Toen zei hij: 'Als je me ooit verlaat, Marn, neem ik de kinderen. Ik houd ze. En je weet wat ik met ze zal doen.'

Hij liet zijn handen over mijn haar glijden, drukte me tegen zich aan, en toen sloten we de deur naar onze kamer en deed hij wat hij soms deed, een van de manieren. Hij zette me naast het bed neer, trok me een voor een mijn kleren uit en bracht me vervolgens tot een orgasme door me alleen maar te strelen, heel langzaam, hier, daar, me nauwelijks aanrakend totdat hij mijn benen uit elkaar drukte en zijn mond hard op me legde. Het duurde bijna een uur volgens de klok naast het bed. Daarna duurde het nog lang. Hij kwam in me zonder zijn kleren uit te trekken, de rits van zijn broek sneed en kraste. Ik schreeuwde. Hij stootte harder en trok zich terug. Hij hield mijn polsen achter mijn rug en duwde me neer op het kleed. Toen boog hij zich over me heen en ging zacht, snel en langzaam, hulpeloos, zonder einde of begin in en uit me tot ik er genoeg van had, tot ik wilde slapen, tot ik kreunde, tot ik het weer uitschreeuwde, tot ik niets anders meer wilde, tot ik hem wilde zoals ik hem de eerste keer had gewild, die eerste droge zomer.

De volgende ochtend haalde ik tijdens kring het geld tevoorschijn, telde het en gaf het aan Billy. Hij legde het op een stapel voor zich, zegende het, en gaf het aan Bliss, onze penningmeester. Zij was een logge, blonde vrouw uit Aberdeen, South Dakota, erg competent en zelfbewust. Ze had het logge gezicht van een buldog met hangwangen en een grote, lelijke glimlach. En dan te bedenken – ik moest er soms om lachen – dat ik Bliss hierheen had gebracht. Ik had deze vrouw gered van een venerische ramp. Ze was seksueel onvermoeibaar geweest, een en al bezoedelde contacten, bekentenissen, en nog steeds sijpelde er een soort rauwe energie uit haar weg door de vloerplanken. Ze had suikerziekte en gebruikte lange spuiten voor haar injecties, niet de korte die ik anderen had zien gebruiken. Ze wijdde de pijn, een offer, zei ze. Ik vond persoonlijk dat ze een verschroeide geur verspreidde. Ik vond dat ze stonk, maar ze beweerde dat ze me aardig vond, en omdat ze ook de spirituele moeder van mijn kinderen was, was ik gedwongen haar ook aardig te vinden, met heel mijn hart. Ze was zelfs een vrouw voor wie ik door een eed verbonden was mijn leven op te offeren als ze me daar ooit om zou vragen. Billy Peace had Bliss gekozen, maar toen ik die nieuwe ochtend naar haar keek, vond ik dat ze de dikke, geteisterde handen van een slager had.

Ze stond nu op, een spekvette groene krijger in haar joggingpak en legerjack. Ze hield haar dikke handen naar voren en een tijdlang staken we de onze ook uit om de energie terug te geven. Er begon een lied en we moesten het twee keer rond laten gaan. Toen liet ze haar handen zakken en gaf het financiële verslag. Ze brulde het uit alsof het een soort gedicht was, en omdat het alleen maar bestond uit getallen en duizelingwekkende noteringen van percentages en belastingvoordelen en manieren waarop het geld er hier in kon gaan en daar uit kon komen, er goed uit kon zien, nog voor ons kon werken, knikten we allemaal op het juiste moment, elke keer dat ze erom vroeg, en glimlachten.

'Goed,' zei ze ten slotte. 'Afrondend. Drie van ons moeten een baan nemen ter ondersteuning van de winst.'

'Laten we allemaal overdenken wie dat moeten zijn,' stelde Frenchie voor en hij boog zijn hoofd.

En dat deden we, allemaal. Deborahs hand in de mijne was koud, koud als licht. Als er iemand was die ik als vriendin beschouwde, dan was dat waarschijnlijk Deborah, die kinderen had in de leeftijd van de mijne, en met wie ik kleine verleidingen had bestreden in de tuin en de keuken. Het was een donkere, lankmoedige vrouw met lang haar en uitgeputte ogen. Mijn huid was bleek, zo bleek als maar zijn kon, sneeuwwitjebleek, spookbleek, grasbleek. Goede huid, gave huid, niet bedorven door een ader of sproet. Lilith had dezelfde fijne huid, de volmaakte omhulling, het prachtige, elastische fineer dat meegaf bij elke inwendige verandering, compenseerde, naar believen rekte of kromp, glad of ruw werd bij elke weersverandering. Gevoelige huid die zich delicaat over onze botten drapeerde. Ik zat daar, hand in hand, en liet de energie door en over me heen gaan, absorbeerde de onzichtbare stralen van bezieling en saamhorigheid die we vanuit onszelf naar het midden van de kring schoven. We koesterden ons in deze gemeenschappelijkheid, wentelden ons erin als dieren op de ochtenden dat we bedroefd wakker werden.

Ik kneep licht uit Deborahs hand en ze schrok op van verrassing of pijn.

'Wat is er?'

'Niets, gewoon de dag vóór mijn vloeiing,' fluisterde ik terug.

Ze knikte en boog haar hoofd weer in de verhittende schemer van de ochtendmeditatie. Ik keek op, iets wat ik nog nooit had gedaan tijdens kring. Ik ontsloot mijn ogen en van onder de randen van mijn sjaal keek ik recht in de ogen van Bliss, die naar me keek met de geldogen. Lege ogen. Ik wist dat ik die ogen beter niet kon treffen. Ik had me bijna verraden. Als ze wist wat ik dacht, wat ik wilde doen, zou het afgelopen zijn voordat het begon. Als ze ook maar iets vermoedde. Bliss, de vrouw over wie ik moest waken, de verwoester, de stenenomkeerder. Ik glimlachte vaag alsof ik in de war was, wakker geworden uit mijn droom waarna ik er opnieuw in wegzakte. Ik sloot mijn ogen weer en vanuit mijn eigen donkere geweten staarde ik naar beneden, diep naar beneden, in de schacht van een lege mijn.

We waren bezig goud te verbeelden. We visualiseerden totale en volledige oermiddelen. We zagen brokjes, flinters, korrels, aderen, hele klompen. We keken door rots en modder heen, door stollingsgesteente en kleischalie, door de sporen van verloren zwarte tijd, door de ivoren tanden en het versteende hout, door de botten en het teerachtige bloed van dinosaurussen. We zagen goud, proefden het, beten in gouden munten, geloofden. We zouden weldra in het achterveld gaan graven.

Ik begon een dagboek bij te houden – niet het gebruikelijke geschreven verslag maar een geestelijk dagboek van belangrijke momenten. Hier is een lijst die ik in mijn geheugen opsloeg:

Billy liep op een avond de slaapkamer binnen, ademde diep in en zoog alle lucht eruit.

Billy stond voor de deur te wachten tot ik uit de douche kwam en toen ik daar naakt en druipend stond, droogde hij me af met het verhitte ijzer van zijn blik.

Billy kwam op me af met uitgestoken armen, huilend, en zei dat ik de enige was die hem kon troosten.

Billy liet de kinderen en mij knielen tot we naar adem snakkend omvielen.

We dronken zure melk met brokken terwijl hij ons in de nek greep en in onze oren siste.

Hij zei dat hij van ons hield tot in de dood, van mij en de kinderen, en daarom wilde hij zijn ogen niet van ons afhouden. Hij keek de hele nacht hoe we sliepen.

Billy legde de volgende ochtend zijn hoofd in mijn schoot en snurkte terwijl ik urenlang stil zat na te denken.

Billy streelde me tot ik inwendig flauwviel en toen stopte hij en viel in slaap.

Billy zei dat hij mij begeerde en zorgde vervolgens dat hij zelf klaarkwam.

Billy kwam met een dienblaadje waarop hij een beker dampend hete chocolademelk had gezet. Met de trots van een kleine jongen keek hij hoe ik het opdronk.

Billy liet me klaarkomen met mijn ogen dicht, mijn mond afgeplakt, mijn oren verzegeld, mijn benen en armen vastgebonden.

Billy zei dat hij me voor altijd de zijne ging maken. Wacht maar.

Billy kraste met een naald de bewegende acht, het teken van eeuwig leven, in de binnenkant van mijn dij. Hij zong voor me om me te troosten terwijl ik huilde. Hij likte het bloed weg en drukte zijn mond tegen mijn centrum om me af te leiden terwijl hij de wond depte met alcohol. Hij wreef pure inkt, donkerrode inkt in het teken.

Het zijne was er ook, donkerder nog.

De avond na de avond dat hij me gebrandmerkt had, nam ik mijn slangen mee naar bed, naakt. Kom erin, zei ik toen mijn man de kamer binnenkwam. Billy stak zijn hand uit naar zijn kussen en de ratel schudde.

Zachtjes, zachtjes, zei ik.

Haal ze daar weg, zei Billy. Haal ze daar weg, Marn, alsjeblieft.

Ze rolden zich graag op in mijn oksels waar mijn warmte het sterkst was. Het bracht hun geur boven, die krachtig was, puur aroma, even onvervalst als seks.

Kijk naar ze, Billy. Het zijn mijn lammeren gods, zei ik.

Haal ze daar weg, Marn. Ze mogen me niet.

Dat komt doordat je huid koud is en je zweet koud is, zei ik. Ze houden niet van zweetlucht. En je zit te vol licht. Ik ben donker van binnen. Heet.

Er zit iets slechts in je, zei Billy. Ik wou dat ik dat kon verdrijven.

Nee, dat wil je niet, lachte ik. Je zou nooit verjagen wat je het meest nodig had. Het is het slechte in mij dat je zo hard nodig hebt.

Doe ze weg, doe ze onmiddellijk weg, zei hij.

Maar hij vond het heerlijk me te neuken met de muskus van de slangen om me heen. Hij rook zijn angst.

Het werk begon na de meditatie. Ik had keukendienst. Dit was werk dat we allemaal deden, zelfs Billy, zij het hoogstzelden. Koken werd gedaan met spirituele liefde, en omdat Deborah mijn partner was, had ik me verheugd op de taken, vooral omdat we midden op de dag onze kinderen weg mochten halen uit het verplichtende kamp.

We gingen zorgvuldig en zuinig om met de dingen die we aten en elkaar voorzetten. Dat moest wel. Er was niet veel. We probeerden groente te kweken in kassen en op watercultuur maar dat mislukte. Onze kippen werden een voor een gepakt door haviken. Onze kalkoenen keken omhoog in de regen en verdronken. De ganzen vlogen weg. De geiten aten de moestuin op. Wezels grepen de biggetjes en coyotes de kalveren. Ik was de enige die iets van het boerenbedrijf afwist en ik miste mijn vader. Om de maand kochten we een vetgemest varken of kalf en slachtten het in de grote cementen doodskamer – een akelig proces. Ik had een slachtpistool gekocht zodat ik ze efficiënt kon afmaken, en na het slachten ging ik altijd weg. Ik kon niet aanzien hoe de anderen de dieren in stukken hakten.

Het was een en al chaos en verspilling.

Altijd wanneer Deborah en ik 's middags onze kinderen hadden, kookten we. Wij tweeën konden tenminste koken. We sloten de grote pastamachine aan en kneedden ons deeg daarvoor, en ook voor ons brood en onze koekjes. We schilden en pureerden onze worteltjes voor een gebonden soep met dille. Onze andere groente was broccoli uit de winkel en we tobden daarmee totdat we bedachten dat we het konden stampen en mengen met broodkruim en dan bakken met kaas en melk, waardoor het veel meer werd. Toen we om twee uur onze kinderen gingen halen, waren we uitgeput en blij met ons werk en ik had bijna kunnen opgaan in de bloei van die dag maar ik kon niet voorkomen dat mijn ogen aan bepaalde dingen bleven kleven – het slot op het hek van het speelterrein, de intercom in de verschoningsruimte, het feit dat de ramen van binnenuit op slot zaten, de zware, versterkte muren, als een bunker.

Een jaar geleden zou ik gezegd hebben dat de bunker de kinderen beschermde tegen de buitenwereld, tegen schadelijke invloeden, tegen de wolken en de warboel van al wat leefde en ademde en bewoog buiten de verbondenen. Maar nu, toen ik Judah oppakte, nu, toen ik Lilith in mijn armen hield, en haar ondraaglijke warmte streelde, me koesterde in de vreugde van haar armen die stevig en heftig om mijn middel klemden, in haar gefluister, klein en fel, *moeder*, een verbannen woord, behalve in het geheim, onder ons, dacht ik er anders over. Ik zorgde dat mijn ogen strak en leeg stonden en glimlachte neutraal over haar schouder. Anguish, hun verzorgster, glansde van doffe rouw, een vrouw die al de haren had verloren. Ze was dronken uit de brandende woonwagen gedoken. Haar achtergelaten kinderen verbrandden. De mijne niet. Ze zou de mijne niet krijgen. Ik verzamelde moed om met hen te ontsnappen.

Judah ademde heet in mijn hals. Er was weer iets gebeurd. Misschien dat gedoe met Anguish, haar bemoeizuchtige aanraking, waarover ik tegen Billy had geklaagd. Ik kon het me niet veroorloven om nog een keer te klagen en argwaan te wekken in zijn hart, dus toen ik Judah ondervroeg, bad ik dat het niet om Anguish ging.

‘Heeft ze?’

‘Nee hoor, het komt alleen doordat ik vader heb teleurgesteld, pas, een paar minuten geleden, hij was hier en ik werd zo zenuwachtig, zo zenuwachtig dat ik de spreuk van de week uit het Boek was vergeten en hij bespotte me.’

‘Bespotte?’

‘Hij heeft me op programma gezet.’

Ik hield Judah stevig vast, drukte hem dicht tegen me aan. Op programma! Het betekende dat Judah niet naar school mocht, maar in plaats daarvan op programma stond. Er was altijd een van ons in de kamer waar we onze kring hielden. Een van ons moest daar blijven en lijden. Pijn hield de kamer zuiver voor de geest, had Billy gehoord. Maar Judah was nog te klein!

‘Wanneer?’

‘Morgen.’

‘Je bent ziek. Ik zal het voor je doen.’

Er was een regel dat een ander mocht lijden als degene die op programma stond te ziek was of vloeide. Ik nam Lilith en Judah mee naar de keuken en lachte en maakte grapjes en hield hen vast, net als Deborah met haar kinderen terwijl ik in de kast rondspeurde.

‘Zoek je iets?’

Het was Billy achter me, met zijn diepe, muzikale stem. Maar ik had de sojasaus al verstopt – een flesje daarvan naar binnen klokken zou Judah een beetje verhoging geven. Voldoende om hem van programma af te houden terwijl ik erop kwam.

Een hele dag stilstaan, jezelf verliezen in onbeweeglijkheid, voelen hoe je bloed pijnlijk pompt, stagneert – ik was zo bang voor programma dat de adrenaline in me opgolfde zodra het vaststond. Om me voor te bereiden op programma ging ik rennen. Ik rende mijn lange route, mijn ratelslangroute, mijn stekelgrasroute. Rennen is genieten van geveinsde vrijheid. Ik spring langzaam vooruit, pas mijn adem aan mijn stappen aan, kom langs de gebruikelijke hekken en grenslijnen, en denk. Rennen is na een tijd als in een trein rijden, een beweging die zorgt dat gedachten rechtstreeks naar beneden kunnen vallen vanuit een plek in je geest die je verrast.

Ik zag dat ik in een wijde, valse cirkel rende, hopeloos ontwaakt. Ontwaakt, dingen waren in me veranderd. Ik had programma nooit ter discussie gesteld. En de schadelijkheid en achteloze pijn. Deel van het absorberen van geest was een tucht van kwellingen, want we ontmoeten onze maker slechts in het ongedaan maken, zei Billy altijd. We kozen voornamelijk voor onszelf. Bliss had een verkalkt hart. Ze beukte op haar borst, en in plaats van een kleine diabetesnaald gebruikte ze een novocaïnespuit, lang en bevredigend wreed. Anguish tuchtigde haar nagels. Frances sliep op de kale planken, zonder deken. At alleen vlees en stonk dus. Mijn vriendin Deborah beoefende slaafse en onvolledige seks en verwelkomde haar migraineaanvallen. Billy beoefende – gewoon zijn wie hij was. Pijn genoeg.

Ik rende verder en harder, in de lus die me was toegestaan, heerlijk warm in mijn lichte kleren, in de versterkende zon. De kousenbandslangen waren die dag tevoorschijn gekomen en lagen zich te warmen op rotsen die naar de felste stralen gekanteld lagen. Ze waren zwart met gele strepen en een onschuldige gele buik. Als je ze aanraakte, vasthield, roken ze naar rottende bloemen. Ik herkende er een paar aan hun formaat en temperament. Ze waren niet giftig zoals mijn lammeren in hun aquarium, maar ik hield ook van de onschadelijke. Ze rolden zich op tot een bal om de winter door te komen. Nu lagen ze slap en warm uitgestrekt. Salie stak de lucht in op warme plekken waar de sneeuw was weggezonken van de aarde. Ik sprong over gepolijste oude grasstengels en rende over koeienweiden die afgeknabbeld waren tot op de nederige, trieste grond, en overal de salie, de salie, dat ontvlambare groen, en verder weg, achter het hek, een formatie van terugkerende sneeuwganzen.

Ik stond stil, spreidde mijn armen en cirkelde zes keer rond. Lucht boven me, lucht onder me, lucht in mijn noorden en mijn zuiden. Lucht in mijn westen. Eén mens onder dat alles, levend en verwonderd, doortrokken van de grootse nabijheid. Toen ik draaide en het stof van mijn voeten schopte, rende ik om de pure vreugde van het bewegen in de lucht, in dit leven, in deze goedheid die optrok door het stof.

Dat bracht ik mee in mijn tucht.

De eerste twee uur van programma waren het ergst. Onbeweeglijk staan leek onmogelijk. Elke spier die pijn kon doen deed pijn en elk bot protesteerde, en mijn hart, dat verveeld raakte door zo veel omgekeerde gerichtheid en gespannen roerloosheid, klopte traag in mijn borst. Ik hoorde het en dat gevoel van een vogel die in de kooi van mijn ribben bewoog was een klapwieken van misselijkheid. Het derde uur was beter, en het vierde was niets. Het ging voorbij als een hand op mijn voorhoofd, want ik was verloren in wat ik zag. Een warm gordijn van pijn bolde naar binnen en naar buiten bij elke ademhaling, en schoof dan opzij. Door het beklemde gevoel ging een deur open en mijn slangen gleden naar buiten om met me te praten. Mijn ruitenprins, mijn koningin van rood stof. Ze praatten tegen me met zacht beschermend gefluister en vertelden me wat ik moest doen.

Ik luisterde en stelde vragen en zorgde dat ik elke stap begreep. Toen boog ik naar hen voor mijn vrijheid. Ik bedankte hen voor mijn leven. Ik zag hoe ik de kop van mijn ratelprins bij de huid zou vasthouden, en hoe ik zorgvuldig het gif uit zijn tanden zou melken in het kruidenpotje dat ik had geleegd en afgewassen. Ik zou nog drie slangen op die manier gebruiken tot ik voldoende gif had om de spuit te vullen die ik uit het medicijnkastje van Bliss had gepakt – ze had een hele doos vol. Ik zou de slangen vrijlaten. Ik zou hun aquarium in stukken breken, het glas vermalen en het in de put gieten. Ik zou de punt van de gevulde spuit in een appel steken en hem in een tekenpapier rollen. Ik zou hem bij me dragen. Anguish zou willen zien wat voor tekening Lilith had gemaakt, maar ik zou een brede, glinsterende glimlach opzetten en zeggen dat ik dat niet kon doen, dat het een verrassing voor haar vader was, en dat was waar.

Het is in je, ik kan het zien.

Wat is in me? Wat?

Het is in je, ik kan het zien, jij zult doden.

Ik lag op de grond, ik was bezweken, en de enige manier waarop ik me uit mijn situatie kon redden was een visioen voorwenden, en dat deed ik. Ik had van Billy geleerd van tevoren te vertellen wat ik ging doen. Ik fluisterde in zijn oor. *Ik zag hoe ik je ging neuken.* De haat was zo'n groot dier, ik wilde dat het Billy tussen zijn kaken nam. Maar ik kon het niet, nog niet. Er waren dagen en er waren dagen. Er was een tijd om weg te lopen en een tijd om stil te staan, een tijd om te doden en een tijd om te oogsten. Er was een tijd om te verbinden en een tijd om te ontbinden, een tijd om mijn visioen te begrijpen en een tijd om het uit te voeren. Een tijd om mezelf weg te houden en weg te houden en een tijd om eindelijk, eindelijk te geven.

Die tijd kwam eindelijk.

Ik besteeg heet mijn man en zette mijn duimen op de hartenklop onder zijn kaakbeen en ik drukte en streelde tot ik hem klem en zwak had en toen stal ik als een kat zijn adem. Die hele nacht beroofde ik hem met mijn gulzigheid, maakte hem hard met mijn mond en trok alles uit hem met alles wat ik over had, woest en voorzichtig, belerend wanneer hij het liet afweten, en bestraffend. Dan weer goed voor hem. Gladstrijkend. Hij lag stil onder me als onder een warm strijkijzer. Ik trok mezelf steeds opnieuw over het vlak van zijn rug en over zijn benen naar beneden, voegde me naar elk van zijn lichaamsdelen, suste de slechte tweelingbroer weg, ontkreukelde de slechte persoon die zich in Billy had opgefrommeld als een dot ontstekingsmateriaal en ik was de petroleum. Ik bond zijn handen aan de zijkanten van het bed en nam zijn gezicht op met mijn eigen gezichtloze honger. Kuste hem met mijn sprakeloze lippen. Legde hem taak na taak op en toen hij klaar was, toen het licht begon te worden, besloot ik dat ik hem zo haatte dat ik hem niet zou laten ademen totdat ik mezelf binnen in hem had vastgesoldeerd. Totdat ik hem zo beheerste dat hij niemand kwaad kon doen. Totdat ik in zijn ingewanden kwam als een stroom lood en hard werd in zijn darmen en hem nog gekker maakte. Nee, ik zou hem niet laten gaan totdat ik door zijn botten zonk als een verterende ziekte. Hem van binnenuit opvrat, zijn nietigheid opslokte en hem vulde met een prachtige hunkering.

Ik haalde de naald gevuld met slangengif en afgedekt met de appel van goed en kwaad uit de kindertekening en wipte de appel eraf. Toen drukte ik de naald snel, zacht, als een expert, want ik had dit vele malen in mijn beelden gezien, recht in de luidruchtige spier van zijn hart.

Daar, zei ik, en streelde zijn huid waar ik de naald uit terugtrok, *daar,* toen zijn ogen opengingen, *daar zal het verschroeid worden.*

En toen hij bokte en wegzakte kreeg ik het beeld door. Ik zou een opzichtige das om zijn hals binden en hem ophijsen tot aan de balken. Kreeg door hoe Bliss hem lossneed. Kreeg door hoe hij daar stil lag in de ogen van anderen, kreeg de kracht en het verdriet door. Ik kreeg de oude blik van mijn kinderen door, en hoe ze mij vasthielden met rustige handen, en hoe ze niet huilden maar kalm over de heuvels staarden. Ik kreeg Bliss door die gek werd, schuimbekte, de longen uit haar lijf krijste, lachte en vervolgens Billy's geest die langzaam naar de hemel kroop van het pad terughaalde, kreeg door dat ze de anderen zou verzamelen en de leiding van Billy zou overnemen, maar dat wij het geld al zouden hebben gepakt en zijn weggelopen voordat ze me in het nauw konden drijven met de Gemeenschapsregelen.

O ja, ik zag ons die eieren eten in de 4-B's, ik en mijn kinderen, en ik zag de eigendomsakte van het stuk grond op mijn naam.

Evelina

De 4-B's

Ik draaide een dubbele dienst en het was die stille tijd 's middags tussen de lunch en de vroege avondeters. Om iets te doen te hebben, want je wist maar nooit wanneer Earl, de manager, zijn bolle kop uit de deur van zijn kantoor zou steken, was ik ketchupflessen aan het vullen. Earl noemde dat fuseren. We hadden een holle plastic ring met schroefdraad aan beide kanten. Je draaide de ring op een halfvolle ketchupfles, zette een andere fles op z'n kop erbovenop en liet hem in de eerste fles leeglopen. We hadden maar twee van die ringen, dus het duurde wel even voordat alle vijfendertig ketchupflessen van het restaurant gevuld waren. Soms, als het heel saai was, zoals die middag, liet ik de helft van de flessen op de andere helft balanceren, zonder de ringen. Het was een hachelijke opstelling. Nadat ik elke fles had gevuld, veegde ik hem schoon en zette hem op een tafel, controleerde of het zout, de peper en de servethouders ook waren aangevuld. Dan ging ik Frans studeren uit mijn Berlitz Voor Beginners of stiekem de pocket die ik in mijn zak had lezen (een klein zwart met paars exemplaar van *De val* van Camus) of uit het raam staren.

Die middag deed ik alle drie die dingen. De ketchupflessen balanceerden op een tafel achterin. Ik had net Camus neergelegd en mompelde nu *Je vais à Paris, je vais à Paris. Je n'ai jamais visité la belle capitale de la France.* Ik stond ook uit het raam te staren. Dus zag ik Marn Peace aankomen met haar twee kinderen – ik nam aan dat ze van haar waren, hoewel ik haar nooit eerder met haar kinderen had gezien. Ik kende Marn van de zomer daarvoor toen ze in de 4-B's werkte. Ik wist ook dat ze getrouwd was met Corwins oom, Billy Peace. Ik zat vlak voor mijn eindexamen en was geld aan het sparen om naar college te gaan.

Marn parkeerde aan de overkant, stapte uit de auto, een oude, gammele Chevy, en stak met haar kinderen over naar de voordeur van de 4-B's. Er stond een straffe lentewind en ze tornden er met wapperend haar tegenop toen ze overstaken. Marns handen waren wit en gebald en ze greep haar kinderen stevig vast maar de kinderen leken het niet erg te vinden. Ze trokken zich niet los. Ze zagen er niet gestraft of somber of droevig uit, zoals je zou verwachten als je wist waar ze vandaan kwamen. Ze keken verbaasd, dat dacht ik. Ze zagen eruit alsof ze uit de slurf van een tornado kwamen. Alsof ze niet konden geloven wat ze daar allemaal hadden zien rondtollen. Even later ging ik ze zelf binnen laten want ze stonden verlamd voor de oude dubbele deuren van hout en glas, alsof de stoep omhoog was gekomen en rond hun enkels was gestold.

Toen ik de deur opendeed, greep Marn eindelijk de zware koperen stang naast mijn hand en liet de kinderen onder haar arm door naar binnen gaan. Marns huid leek dor en hard, haar wangen waren knobbels bot. Ze was een kleine vrouw, met touwkleurig haar en oren die uitstaken door de slappe strengen van een vlecht die bijna tot haar middel reikte. Ze keek me met wijdopen ogen aan – ik kon het wit bijna helemaal rondom de intens blauwe irissen zien – en wierp me een haperende glimlach toe met al haar lange witte tanden.

Later bedacht ik dat iemand die net haar man heeft vermoord er misschien zo uitziet, want er gingen allerlei geruchten dat ze Billy Peace had afgemaakt.

Marn en de kinderen kwamen binnen en gingen aan de achterste gedekte tafel zitten, zo ver mogelijk van de ramen. Ik had de ketchup op de allerachterste tafel gezet. Hun tafel was gedekt voor vier, dus haalde ik een bestek weg. Ze wuifde het menu weg en bestelde drie keer nummer acht, ontbijt speciaal met biefstuk. Goed doorbakken voor allemaal. Koffie, sinaasappelsap, water met ijs. Het was de vorige dag warm geweest, maar vandaag was het koud en lenteguur. Ze waren winters gekleed en deden hun jassen uit.

'Geef mij die maar,' bood ik aan en ze gaf me de jassen van de kinderen, maar legde haar eigen jas naast zich op het bankje. 'Ik heb van alles in de zakken zitten.'

Ik gaf kleurpotloden aan de kinderen – een jongen en een meisje, muizig haar en bleek, maar met die donkere ogen van Peace. Ze begonnen de stripkoe en -kippen op hun placemats in te kleuren. Toen het eten kwam legden ze hun potloden zorgvuldig weg, bogen hun hoofd en vouwden hun handen in hun schoot. Ik zette de borden voor hen neer. Ze bleven in die houding zitten, wachtten gewoon. Misschien wachtten ze op ketchup. Ik pakte een halfgefuseerde fles en zette die op hun tafel. Marn pakte haar vork op.

'Lilith, Judah,' zei ze, 'pak je vork. En ga gewoon eten.'

Het meisje pakte als eerste de hare op, terwijl ze haar moeder nauwlettend in de gaten hield. Toen volgde de jongen. Marn nam een hap gebakken aardappelen. De kinderen keken naar haar. Ze schepten aardappelen op hun vork, schoven het eten tussen hun lippen en begonnen te kauwen. Plotseling greep Marn de ketchupfles en goot ketchup op hun borden, eerst dat van het meisje, toen dat van de jongen, en toen haar eigen bord. Ze reikte over de tafel en sneed hun vlees met schokkerige, opgewonden zaagjes van haar mes. Ze liet het mes kletterend vallen en begon eten in haar mond te proppen. De kinderen gingen nu ook in een hogere versnelling en algauw namen ze nauwelijks meer de tijd om adem te halen. Toen het eten op was, de toast tot de laatste kruimel en het laatste tinnetje jam verslonden, vulde ik Marns koffie bij en ruimde de borden weg. Ik vroeg Marn of ze de rekening wilde.

'Nee,' zei ze, met een blos op haar magere wangen. De kinderen hingen achterover op hun bankje, verbijsterd en gloeiend. 'We nemen een toetje.' De kindergezichtjes waren een en al aandacht.

'Echt,' zei ze. Ze keek door het restaurant en naar de straat buiten en stond op om naar de wc te gaan. Toen ze weg was, gaf ik de kinderen weer het menu. Ze bogen zich over de lijst, met hun mond de woorden vormend.

'Bananenroomtaart,' zei de jongen ten slotte.

'Dat mag,' zei Marn, die weer aan de tafel kwam zitten.

'Mag ik ook ijs?' vroeg de jongen zacht en hij keek in zijn schoot.

'Een chocoladecoupe,' zei het meisje. Ze glimlachte. Ze had

grote, schattige konijnentanden.

'Met nootjes?' vroeg ik.

Ze keek haar moeder niet-begrijpend aan en Marn knikte. Ik ging terug naar de keuken en maakte de toetjes extra groot met slagroom op het ijs en cocktailkersen over de hele berg.

'Waar ben jij godsamme mee bezig?' zei Earl die achter me opdook.

'Waar ziet het naar uit?'

'Die zijn veel te...'

Oom Whitey zei: 'Ga terug naar je kantoor, vetklep.' Nu hij door zijn huwelijk familie was geworden van Earl vond hij het leuk hem te beledigen.

Earl had een groot, rond, wit hoofd met flets geel haar dat hij naar één kant plakte. Hij probeerde militair op te treden hoewel hij het maar een week had uitgehouden bij de mariniers. Hij vond het niks dat ik boeken meenam naar mijn werk en toen hij mijn Franse boek zag, zei hij plotseling woedend: 'Fransen zijn mietjes.'

'Neem dat woord terug,' zei Whitey, 'of ik ga met je op de vuist. Gij zult dat woord niet ijdel gebruiken.'

Earl deed zijn mond open, maar oom Whitey praatte door. 'Bovendien gaat mijn nichtje naar Parijs. Ze is verliefd op Parijs. Zij is een pittige francofiel.'

Whitey vond zichzelf reuzeslim.

'Oké, ik zal dat mietje terugnemen,' zei Earl. Zijn gezicht was rood en zijn nek zwol op. 'Maar je haalt verdomme die room daar af,' zei hij tegen me.

'Ik betaal de slagroom wel uit mijn fooien.'

Vaak frituurden we een hele zak popcorngarnalen zodra Earl weg was en aten die op. Bovendien jatte ik suikerklontjes, jamtinnetjes en vooral ketchup. Ik hield van ketchup en wilde nooit zonder zitten. Earl kon Whitey niet ontslaan omdat Whitey met Earls zus was getrouwd en zij het niet toestond.

'Jezus,' zei Whitey tegen Earl, 'wat zeur je over die slagroom? Er zijn geen andere klanten. Ik denk niet dat die kinderen ooit van hun leven slagroom hebben gezien.'

Earl tuurde door de spleet van een keukenraampje en zag Marn. Ik was vergeten dat hij verliefd was op Marn.

'Ja,' zei ik, 'het zijn haar kinderen.'

'O,' zei hij teleurgesteld en ik wist dat hij zich ook niet had gerealiseerd dat Marn kinderen had. Ik zette de toetjes op een blad en ging achteruit door de klapdeuren het restaurant in. Marn zat een sigaret te roken en de kinderen keken gefascineerd toe, alsof ze hun moeder nog nooit een sigaret hadden zien roken.

'Voilà,' zei ik. De kinderen zetten grote ogen op.

'O lekker,' zei Marn. Ze keek naar me op en glimlachte, deze keer echt, en ze had zo'n lieve glimlach, met diepe schaduwen in haar mondhoeken. Ze was bijna mooi als ze glimlachte en iemand in de ogen keek. Er was iets dat je aantrok. Ik kon nu zien waarom Billy, neem ik aan, en Earl, verliefd op haar waren. Ze had een soepel, taai, energiek klein lijf.

Earl kwam naar de tafel en bood Marn haar oude baan weer aan, hij probeerde haar over te halen, maar ze zwaaide met haar hand en zei: 'Je hoeft geen hele tirades te houden. Ik begin wanneer je maar wilt.' Earl trok zijn hoofd terug in de bult van zijn schouders, verlegen bijna. Marn zei dat ze naar de stad was gekomen op zoek naar meester Coutts. Earl keek naar mij. Ik besloot dat ik beter de ketchupflessen rechtop kon zetten voordat hij ontdekte dat ik ze allemaal subtiel op elkaar liet balanceren.

'Ik wil mijn land terug,' zei Marn.

Toen hoorden we het voor het eerst.

'Wat ga je ermee doen?' vroeg Earl.

'Een slangenfokkerij beginnen.' Marn trok haar wenkbrauwen op en tikte soepel een sigaret uit het pakje.

En precies op dat moment ging de deur open, deze keer met een klap van de wind, en stommelde er een dikke blonde vrouw binnen in een groen doorgestikt jasje onder het brullen van: 'Daar ben je, daar ben je! Schennis!'

Marn gooide haar sigaret neer, draaide zich vliegensvlug om en sprong uit het bankje. Ik hoorde haar 'Bliss!' tegen de kinderen zeggen. Toen stond Marn plotseling in het gangpad van het restaurant met een steakmes in de ene vuist. En een hamer in de andere. Die had ze in haar jaszak gehad. De kinderen gleden onder de tafel alsof ze gewend waren dit soort gevaar te ontwijken. Bliss stormde naar voren maar stopte toen ze het steakmes en de hamer zag. Ze had een dikke huid, met putjes van oude acnelittekens en haar ogen en lippen waren gezwollen, rood, alsof ze gehuild had of erg verkouden was. Haar pleeborstel van stug stekelhaar trilde toen ze een stroom beschuldigingen lanceerde. Ze kwam met de woeste aantijging dat Marn Billy Peace had vermoord en geld had gestolen van de groep. Ten gevolge daarvan zou Marn dodelijk getroffen worden door iets of iemand, door Bliss zelf bijvoorbeeld.

'Hoho,' zei Earl, die wijdbeens in een lefhouding achter Marn en haar gereedschapwapens ging staan. 'Je gaat te ver,' zei hij tegen Bliss.

'Bel de politie dan,' brulde Bliss. 'Bel de politie en smijt haar ook maar in de nor.'

'Ze deed helemaal niets,' zei Earl.

'Ik zat rustig te eten met mijn kinderen,' zei Marn, een beetje op haar tenen dansend. Ze straalde elektriciteit uit. Ze leek blij te zijn met deze confrontatie en ik had het gevoel dat ze dat mes elk moment recht in die dikke vrouw kon steken. Ze bewoog de punt heen en weer, alsof ze probeerde uit te maken waar het er het gemakkelijkste in zou gaan. Haar andere arm was in de lucht met de hamer, klaar om neer te komen. Ik stond achter haar en achter Earl, en Whitey stond achter mij. Hij was uit de keuken gekomen om te zien wat er aan de hand was.

'Hemel,' zei Whitey. Hij tikte op mijn schouder en leunde dicht naar mijn oor. 'Marn heeft de gratie van een kamikaze, vind je niet? Of zou je het katachtig noemen?'

'Ben jij ook verliefd op haar?'

'Ik stel me tevreden met bewondering op grote afstand,' zei Whitey. 'Laten we achter Earls buikspieren blijven.'

Bliss stopte even en likte haar lippen. Ze schudde haar handen alsof ze er water uit wrong. Haar gezwollen rode ogen werden gemene spleetjes. Ze zoog een enorme teug adem in haar wangen, verzamelde moed en stortte zich toen naar voren. Ze greep de arm met de hamer en draaide Marns pols om. Toen beukte ze Marn tegen Earl, die zo langzaam naar achteren struikelde dat ik bijtijds een stap opzij kon doen en hij zijn kont in de tafel boorde waar ik de ketchupflessen had staan vullen. De flessen tuimelden om, kletterden op de tafel, rolden over de vloer, eerst met het geluid van watervallen van glas en vervolgens met kleinere geluiden van beweging toen ze rinkelend bleven wegrollen. Whitey en ik doken ineen, tegen de deuren, klaar om erdoorheen te stoten. Marn had de hamer laten vallen maar het mes was onder een arm de groene jas van Bliss binnengegaan en Marn probeerde zwijgend om het eruit te trekken. De kartelrand zat vast in het weefsel. Bliss begon Marn harde klappen op haar gezicht en schouders te geven, ze was eerst sprakeloos, waarschijnlijk de schok van angst. Toen ze besefte dat het mes niet was doorgedrongen maar was blijven hangen in de voering van haar jas, keek ze naar beneden, gromde, pakte twee handenvol haar van Marn beet en begon te rukken. Marn gilde van de pijn, stootte weer naar voren en deze keer ging het mes in Bliss. Het kan niet verder dan een paar centimeter naar binnen zijn gegaan, absoluut niet in de buurt van vitale organen, maar toen Marn een stap naar achteren deed, zakte Bliss in elkaar, met haar handen om het heft, en begon wanhopig en heftig te huilen. Er lag ketchup over de hele vloer, hoewel er maar een paar flessen gebroken waren. Ik denk niet dat Bliss erg bloedde. Je zag het heft uit de jas steken en zelfs het grootste deel van het lemmet was te zien. Toen Bliss snikkend de deur uitliep, keken we haar alleen maar na, zonder iets te zeggen. Ze sleepte zich naar een doffe mosterdgele auto die ik niet had zien aankomen, rukte het portier open, stapte in en reed weg.

'Oppervlakkige vleeswond,' zei Whitey tegen me. Hij had planken vol misdaad- en avonturenpockets met sexy vrouwen in strakke blauwe truitjes of laag uitgesneden rode avondjurken op de omslag. 'Maar kijk eens, de naschok van het geweld.'

Marn stond bevend in het gangpad met haar handen slap langs

haar lijf. De kinderen zaten nog onder de tafel. Earl probeerde zich van het tafelblad af te worstelen zonder nog meer flessen op de grond te gooien. Ik haalde een paar flessen weg en zette ze voorzichtig op een andere tafel.

'Je bent ontslagen,' zei Earl beverig tegen me.

'Niet waar,' zei ik.

'Ja, wel waar.'

'Waarom?'

'Ik heb je gezegd nooit meer die ketchupflessen zo op elkaar te zetten. Bovendien heb ik schoon genoeg van je houding.'

'Qu'est-ce que c'est,' zei ik, 'klojo.'

'Je kunt haar niet ontslaan,' zei Whitey, 'want zij is niet alleen een vrouw met gratie en verstand die het ver zal brengen, je hebt ook niemand anders.'

'Marn zei dat ze wilde werken.'

'Niet als Evey wordt ontslagen,' zei Marn. Ze leek redelijk hersteld en liet zich op haar hurken zakken om met haar kinderen te praten die onder de tafel vandaan kropen, in haar armen.

'Voorzichtig hoor,' zei Marn. 'Niet met je hoofd tegen de onderkant van de tafel, mensen plakken daar kauwgum.'

Earl vond Marn onder andere geweldig omdat ze niet alleen de bovenkant van de tafels schoonmaakte maar ook aan de onderkant kauwgum en opgedroogd snoep wegschraapte. Nu hielp ze haar kinderen weer op het bankje en kalmeerde ze terwijl ik een mop en een emmer water haalde om de gemorste ketchup op te dweilen. Terwijl we dat deden, kwamen er mensen binnen die ik moest bedienen, dus bracht ik nieuwe koffie en taart voor Marn en Earl die bij elkaar waren gaan zitten om een rooster te maken.

Een van de dingen die ik leuk vond aan de 4-B's was het motief van B's. Het waren vier in elkaar gehaakte B's, een oud veemerk van de eerste eigenaar, maar er waren ook de honingbijen. Bijen hier, bijen daar en er waren bijen op de servetten gedrukt. De serveersters droegen een gele blouse met zwarte broek of rok, ons 'uniform'. Ik vond het ook prettig dat we niet onze fooien bij elkaar gooiden of deelden, hoewel dat betekende dat we ieder onze eigen wijk hadden. Bij sluitingstijd moesten we de vloer dweilen, de tafels schoonmaken, op rustige dagen zelfs de ramen lappen. We moesten de frisautomaten schoonmaken en de wc's bijhouden.

Het restaurant was ooit de National Bank van Pluto geweest, en het was een degelijk gebouw. De plafonds waren hoog en de lampen hingen aan elegante koperen constructies die vastzaten aan decoratieve schelpvormige gipsen kommen. Er liepen koperen stangen langs de toonbank, er waren oude terrazzovloeren, de muren waren met marmer bekleed en in de hoeken stonden eerbiedwaardige marmeren halve zuilen. De oranje zitjes waren langs de hoge ramen opgesteld en er stroomde van drie kanten licht binnen onder de oude kroonlijsten.

Tegenover ons waren een benzinepomp en een stinkende bioscoop die B-films draaide. Soms dook er een winkel met kunstbloemen of siermanden op – een of ander hoopvol verkooppunt van de kunstnijverheid van een boerenvrouw – of verscheen er plotseling een winkel in tweedehandskleren die naar zweet en muizen rook achter een oude gesloten winkelpui.

Marn Wolde zat te piekeren terwijl haar kinderen aan een tweede portie taart zaten, toen mama Mooshum afzette. Hij ging op het bankje bij Earl zitten, die hij graag op stang joeg. Earl vertrok. Marns kinderen zaten zo vol dat hun ogen dichtvielen. Ze liet ze onderuitgaan op hun bankje. Ik bracht hun jasjes als kussen, en schonk toen nog wat koffie in. Ik bracht Mooshum zijn druiventaart met zure room. Meestal trok hij een lijn in het midden en dan aten we naar de streep toe. Maar die dag deelde hij de taart in drieën, met Marn.

'Ik zie er best Frans uit, vind je niet?' zei ik tegen Marn.

'Nou, je bent toch ook Frans?'

'*La zhem feey katawashishiew*,' zei Mooshum.

'Pas op,' zei ik tegen Marn, 'straks gaat hij met je flirten.'

'Zijn Franse meisjes niet leuk om te zien? Jij bent dat zeker.'

'Ik zou liever chic zijn,' zei ik. 'Natuurlijk moet ik dit uniform dragen. Maar mijn broer Joseph zit op de universiteit van Minnesota. Ik heb hem twee keer opgezocht. Hij doet bèta. Ik ga voor literatuur. Ik leer Frans, zie je?'

Ik liet haar het Berlitz-boek zien dat ik op een gloriedag op een rommelmarkt van de missie had gevonden, fonkelnieuw, geen smetje.

'Zeg eens wat, zeg eens wat!' riep Marn.

'*La nord, le sud, l'ouest et l'est sont les quatre points cardinaux*!'

Mooshum keek afkeurend. 'Zo gaat het niet! Ze probeert Michif te praten en klinkt als zo'n stomme *chimookamaan*.'

'Ik klink Fráns, Mooshum. *Je parle français*.'

'Hèhè, de Fransen, *Lee Kenayaen*!' Hij mepte naar me en beet precieus en verlekkerd in zijn taart. Het was lastig geweest hem een nieuw gebit aan te meten en het raakte gemakkelijk los. Ik miste nog steeds zijn oude tanden, hoe hij het eten er rechtstreeks langs schoffelde. Hij leek toen gelukkiger, ook als het pijn deed. En de kiespijn was altijd een goed excuus voor whisky geweest.

'Jij,' zei hij. 'Meisje, je wordt beroemd op school. Net als je broer.' Hij knikte naar Marn en knipoogde. 'Geen verrassing met van die voorouders. Ze is uit de koninklijke lijn, van twee kanten. De grote opperhoofden en de blauwbloedige Schotten, ze is familie van Antoinette zelf en daardoor van de Duitse...'

'De mormonen zijn weer langs geweest met hun genealogiekaarten en ze proberen Mooshum hun godsdienst in te lokken door hem te vertellen dat hij koninklijke voorouders heeft,' vertelde ik Marn.

'Ik weet dat het zo is,' zei Mooshum krachtig, zijn vork aflikkend. 'En van de Chippewa-kant zijn we ook overgeërfde opperhoofden. En we zijn snel. Ik ben ontsnapt aan Liver-Eating Johnson – hij kreeg alleen mijn halve oor te pakken.'

Hij trok aan zijn beschadigde oor.

'Wat?'

'Luister,' zei ik tegen Marn. Haar kinderen waren wakker geworden en zaten rustig te kleuren aan hun tafeltje. 'We verdelen de uren onderling, jij hebt kinderen, dus jij mag als eerste kiezen.'

'We passen ons wel aan,' glimlachte ze, een beetje mat nu. 'En ik denk dat ik mijn haar af ga knippen.'

‘Wat hoor ik nou,’ zei Mooshum, ‘over een slangenfokkerij?’

Marn keek me verbaasd oogknipperend aan.

‘Ik moet de rechter spreken, Evey.’

‘Kom een tijdje bij ons wonen,’ zei Mooshum. ‘*La michiinn li doctoer ka-ashtow ita la koulayr kawkeetuhkwawkayt.*’

‘Hij zegt dat de dokter je slangenbeten zal behandelen. Dan is hij vast de dokter. Kom morgen langs, dan gaan we bij Geraldine op bezoek. Daar is rechter Coutts ook.’

Marn lachte, maar ze zag er ook angstig uit, en pakte haar kinderen bij de hand. Toen ze weg was zei ik tegen Mooshum: ‘U heeft haar weggejaagd met dat slangengedoe.’

Hij keek me aan. ‘De oude vrouwen praten over haar. De oude vrouwen weten.’

‘Bent u dan weer bij de oude vrouwen geweest?’

‘Niet bij mijn dierbare liefje. Je mama wil me daar niet meer naartoe brengen voor een bezoek. Ze hebben zelfs de postzegels voor me verstopt! Ik kan haar niet schrijven!’

‘Ik zal postzegels voor u halen,’ zei ik. ‘Het ergste wat tante Neve kan doen is de brief niet openen.’

‘Je bent echt een goeie kleindochter,’ straalde Mooshum. ‘En reken maar! Je ziet er Franser uit dan alle andere meisjes hier.’

Rechter Antone Bazil Coutts

Shamengwa

Weinig mensen beheersen de kunst van het oud worden. Shamengwa kon het. Ook als Geraldine niet zijn nichtje was geweest, zou ik Shamengwa hebben opgezocht. Ik bewonderde hem en bestudeerde hem. Ik bedacht dat ik graag op dezelfde manier oud zou worden als hij – met stijl. Afgezien van zijn arm was hij een uitzonderlijk goedgeconserveerde oude man. Iedereen kon zien dat hij knap was geweest, en hij had nog steeds een goed figuur, slank en redelijk lang. Zijn fraaie kop was bedekt met een opvallende witte bos dik haar, waar hij trots op was en die hij om de paar weken zorgvuldig in model liet knippen – door Geraldine die nog steeds speciaal daarvoor van het familieland kwam.

Hij zag er goed uit, ja, maar dat was niet het enige. Shamengwa was verfijnd en heel schoon op zichzelf. Hij bereidde zich elke dag zorgvuldig voor op de ontmoeting met het leven. In ons reservaat worden verschillende dialecten van het Ojibwe gesproken, naast het Cree en het Michif – een mengeling van alle drie. *Owehzhee* is een van de woorden die gebruikt worden voor de manier waarop mannen zich kleden – netjes en schoon, verdwaalde haren uitgetrokken, elke tand gepoetst, een kaarsrechte scheiding in het haar en, tegenwoordig, een scherpe vouw aan de voorkant van onze spijkerbroek geperst – om te laten zien dat de regering weliswaar op alle mogelijke manieren heeft geprobeerd onze mannelijkheid te vernietigen, maar wij niet te verslaan zijn. *Owehzhee.* We zien er nog goed uit en dat weten we. De oude man was altijd om door een ringetje te halen, maar er zat meer achter.

Hij speelde viool. En hoe hij viool speelde! Al was zijn arm zo gedraaid en misvormd dat zijn overhemden aan die kant zorgvuldig moesten worden vermaakt en vastgespeld om zich naar de mismaakte vorm te voegen, toch was hij soepel in die arm, zelfs sterk. Met behulp van een witte zijden sjaal, die hij liever gebruikte dan zomaar een oude lap, bond Shamengwa zijn elleboog al vanaf zijn vroegste jeugd in een positie die de elegante hand en vingers aan het eind van de beschadigde arm volledig bereik over de snaren van de viool gaf. Met zijn andere hand en arm hanteerde hij de strijkstok.

Hier raak ik enigszins in de knoop met woorden. De binnenkant werd buitenkant als Shamengwa muziek speelde. Maar van binnenkant naar buitenkant vertelt nog niet het halve verhaal. De muziek was meer dan muziek – tenminste wat we gewend zijn te horen. De muziek was louter gevoel. Het geluid raakte rechtstreeks iets dieps en vreugdevols. Die krachtige momenten van ware kennis die we weg moeten plakken achter het dagelijks leven. De muziek roerde ook de achterkant van onze angsten aan. Dingen die we hadden meegemaakt en nooit meer wilden herhalen. Versnipperde verbeelding, nooit toegegeven verlangens, angst en ook verrassend plezier. Nee, we kunnen niet altijd zo hooggespannen leven. Maar van tijd tot tijd versplintert iets als ijs en zijn we in de rivier van ons bestaan. Zijn we bewust. En dat besef zat op de een of andere manier in de muziek, of in de manier waarop Shamengwa speelde.

Daarom was Shamengwa niet op elk feest welkom. De woeste vreugde die zijn traditionele dansen en jigs uitlokten, konden mensen ook tegen de rotsen van hun wreedste herinneringen laten botsen en dan raakten ze verdwaasd en verward of huilden in hun bier. Zo gaat het. Emoties keren zich vaak tegen mensen. Geraldine reed soms met hem naar vioolwedstrijden of plekken waar hij kon optreden in iets wat meer op een concertomgeving leek. Hij was heel bekend. Hij won zelfs onderscheidingen, prijzen van het goedkope soort dat op lokale of landelijke muziekwedstrijden wordt uitgereikt – gegraveerde plaquettes en kleine tinnen bokalen met twee oren op een plastic voetstuk. Die bewaarde hij apart van de andere voorwerpen in zijn huis. Hij zette ze op een driehoekig plankje hoog in een hoek. De prijzen werden nooit afgestoft. Toen zijn achternichtje, de dochter van Clemence, jong was, vroeg ze hem om ze van de plank te halen zodat zij ermee kon spelen. Ze gingen stuk en moesten weer gelijmd worden of onthulden corrosievlekken op de glimmende goudverf. Het kon hem niet schelen. Maar hij was nogal fanatiek wat zijn viool betreft.

Hij behandelde zijn instrument met de achting die we reserveren voor onze trommels, die als levende wezens worden beschouwd en voedsel, water, beschutting en liefde van ons verlangen. Ze hebben hun liederen, die de eigenaren in hun slaap worden gegeven en ze moeten in overeenstemming met hun persoonlijkheid worden opgesierd, met schootsvellen vol kralen en met linten en zorgvuldige beschilderingen. Dat gold ook voor de viool die van Shamengwa was. Hij tuttelde met zijn instrument, wreef het schoon met een zachte katoenen zakdoek, bewaarde het in een kast waar hij twee planken uit had gehaald, borg het elke avond zorgvuldig op in een kist die in die vorm was gemaakt, een leren kist die even goed gepoetst werd als zijn schoenen. De kist was bekleed met fluweel dat in de loop van de tijd was verschoten van diep bloedrood naar een waterig gestreept paars. Ik weet niets van violen, maar de zijne werd geacht uitzonderlijk mooi te zijn, de klank was in elk geval menselijk en prachtig. Men ging er algemeen van uit dat de viool oud en vrij kostbaar was. Dus toen Geraldine op een ochtend het haar van haar oom kwam knippen en Shamengwa nog in bed aantrof met zijn voeten aan de stijlen vastgebonden, keek ze al terwijl ze hem losmaakte naar de kast en was niet verbaasd toen ze zag dat het slot vernield was en de viool verdwenen.

Dingen bereiken me vaak via de officieuze kanalen van het rechtssysteem of de stampolitie. Roddel, geruchten, praatjes, onzin of gewoon foute informatie. Ik ben er altijd ontvankelijk voor en maak zelfs aantekeningen van wat ik om me heen hoor. Soms is het verkeerd of overdreven, maar even vaak zit er een kern van nuttige waarheid in. In dit geval werd bijvoorbeeld de naam van Corwin Peace genoemd, hoewel er geen direct bewijs was dat hij de misdaad had begaan.

Corwin was een van die mensen die ik steeds opnieuw voor me

krijg. Natuurlijk wist ik meer over zijn afkomst dan ik had horen te weten. Het zou eigenlijk een wonder zijn geweest als hij goed terecht was gekomen. Hij was een probleemgeval dat alleen van kwaad tot erger zou gaan. Een dwaling, maar wel een die we probeerden recht te zetten omdat hij zo jong was. Sommigen dachten dat hij het behoeden niet waard was. Een psychopaat. Een randfiguur. Een slimme manipulator die gevaarlijk aan de drugs was sinds hij met school was gestopt. Anderen hadden medelijden met hem en weten zijn gedrag aan de spectaculaire misdaad van zijn vader of het daaropvolgende drinken van zijn moeder. Weer anderen dachten dat ze iets in hem zagen dat gered kon worden – misschien het gevaarlijkste idee van allemaal. Hij was een dealertje met een auto waar hij dronken in rondreed en een hele stoet vriendinnen. Hij was helaas knap om te zien, met de klassieke trekken van indianen op de foto's van Edward Curtis, hoewel hij al pafferig begon te worden door zijn verkeerde levensstijl.

Drugs reizen tegenwoordig langs de oude pelshandelsroutes, en waar Corwin ooit hoog op een baal bizonvachten of beverhuiden zou hebben gezeten en reisliederen zou hebben gezongen bij de knarsende wielen van een ossenkar, reed hij nu in een gehavende Chevy Nova waarvan de wieldoppen ontbraken en de achterbumper over de grond sleepte. Hij reed hard en ragde de auto af, maar hij werd zelden gepakt doordat hij op zulke vreemde en grillige uren reisde, een deal deed, naar Minneapolis scheurde, en dezelfde nacht weer terug. Hij reed zonder rijbewijs – dat was hem afgenomen. En hij was altijd op zoek naar geld – met zwendelen, gokken, pool spelen, en zelfs nu en dan werken, een baantje dat hem, o gruwel, aan de andere kant van de toonbank deed belanden om Chinese kipreepjes te frituren. Ik hield Corwin nauwlettend in de gaten omdat ik gedoemd leek om vanaf het begin getuige te zijn van de neerwaartse boog van zijn levensbaan. Ik wilde ervoor zorgen dat ik, als ik hem moest opsluiten, diezelfde nacht goed kon slapen. En hoewel de viool nooit in zijn bezit was gezien en we de Nova in beslag hadden genomen, hield de politie hem in het oog omdat zij ervan overtuigd was dat hij zich bloot zou geven, zou proberen het instrument te verkopen.

Terwijl de dagen verstreken, hield Corwin zich koest en begon weer met zijn baantje in de frituurtent. Hij wist waarschijnlijk dat hij in de gaten werd gehouden, want hij deed een van die pogingen om zijn leven op orde te krijgen die veel van zijn zogenaamde redders moed gaven. Hij ging op het rechte pad, bleef nuchter, gedroeg zich op zijn best en als hij ondervraagd werd, was hij overtuigend hoopvol over zijn vooruitzichten en welwillend over zijn mislukkingen.

'Ik ben een klojo,' gaf hij toe, 'maar ik ben nooit zo diep gezonken dat ik de viool van de oude man zou jatten.'

Maar dat was hij natuurlijk wel. We wisten alleen niet waar hij hem had verstopt en of hij uiteindelijk zo slim zou zijn om hem naar een antiekhandelaar of instrumentenwinkel ergens in de Twin Cities te brengen. Terwijl we wachtten tot hij zijn slag sloeg, was er de oude man die snel achteruitging. Ik had me niet gerealiseerd hoe graag ik hem hoorde spelen – soms in zijn overgroeide achtertuin na zonsondergang, soms, zoals ik al gezegd heb, bij die kleine concerten en andere keren alleen voor groepjes mensen die zich verzamelden in het huis van Clemence en Edward. Niet dat ik hem vaker dan een of twee keer per maand hoorde, maar ik meende, net als veel anderen, dat ik afhankelijk was van zijn muziek. Toen er weken voorbij waren gegaan, opende zich een doffe plek en ik leed onverwacht schrijnend om het verlies van Shamengwa, voelde oprecht met hem mee, zodat ik niet anders kon doen dan hem opzoeken, en bij hem gaan zitten alsof het zou helpen samen te rouwen om de afwezigheid van zijn muziek. Daarnaast wilde ik er ook achter komen of we samen voor hem een nieuw en misschien wel beter instrument konden kopen, als de viool niet meer opdook. Ik aarzelde om het te vragen, alsof mijn aanbod zelfzuchtig was. Ik wist het niet. Dus zat ik op een middag in de kleine voorkamer van Shamengwa en probeerde een opening te vinden.

'Natuurlijk,' zei ik, 'denken we te weten wie uw viool heeft meegenomen. We houden hem in de gaten.'

Shamengwa veegde zijn haar met een sierlijke hand naar achteren en zei, zoals hij al zo vaak had gedaan: 'Ik heb er verdomme dwars doorheen geslapen.'

Maar toen hij geprobeerd had zich uit het bed te bevrijden, was hij half van de zijkant gevallen. Hij had zijn wang geschuurd en het oogwit was aan die kant rood ontstoken. Hij bewoog zich stijf, pijnlijk traag, met de stramheid van een stokoude man. Hij deed er erg lang over om helemaal overeind te komen toen hij probeerde op te staan.

'Blijf maar zitten, ik zet wel thee.' Geraldine was vriendelijk en praktisch. Niemand sprak haar ooit tegen. Shamengwa liet zich stukje bij beetje terugzakken in de bruine kussens van de schommelstoel. Hij keek naar me – of liever gezegd, langs me. Ik merkte al snel dat hij, hoewel hij rustig praatte en vragen beantwoordde, niet erg betrokken was bij het gesprek. Hij was eigenlijk maar gedeeltelijk aanwezig en een beetje verslonsd, prikkelbaar ook, wat ik bij hem nog nooit had gezien. Zijn overhemd zat scheef dichtgeknoopt, de plaid hing half op de grond, en hij had die ochtend het dons niet van zijn kin geschoren. De witte stoppels staken af tegen zijn huid. Zijn adem was zuur en hij leek helemaal niet blij dat ik was gekomen.

We zaten bij elkaar in een uitdagende stilte totdat Geraldine twee mokken hete, sterke zoete thee bracht en er een voor zichzelf ging halen. Shamengwa's hand beefde toen hij de beker optilde, maar hij dronk. Zijn gezicht klaarde op toen de thee naar binnen gleed, en ik besloot dat er geen beter moment was om mijn idee naar voren te brengen.

'Oom,' zei ik, 'we zouden graag een nieuwe viool voor u kopen.'

Shamengwa nam weer een slok van zijn thee, zei niets, maar zette de beker neer en vouwde zijn handen in zijn schoot. Hij keek langs me heen en fronste nadenkend zijn wenkbrauwen. Ik vond het geen goed teken.

'Zou hij geen nieuwe viool willen?' vroeg ik smekend aan Geraldine. Ze schudde haar hoofd alsof ze zich ergerde aan mij en tegelijkertijd boos was op haar oom. We zaten zwijgend bij elkaar. Ik wist niet hoe het verder moest. Shamengwa had zijn ogen gesloten. Hij leunde ver naar achteren in zijn stoel, maar hij sliep niet. Ik dacht dat hij misschien probeerde van me af te komen. Maar ik was koppig en wilde niet gaan. Ik wilde Shamengwa's muziek weer horen.

'O, vertel hem het nou maar, oom,' zei Geraldine ten slotte.

Shamengwa leunde naar voren en boog zijn hoofd over zijn handen alsof hij aan het bidden was.

Ik ontspande nu en begreep dat ik iets te horen zou krijgen. Het was dat ademloos aanzwellende moment dat ik goed ken, vlak voordat er scheuren komen in de pose, de getuige doorslaat, de waarheid tevoorschijn komt en het ongezegde eindelijk gehoord wordt. Ik ben er vertrouwd mee en hoewel dit niet echt een bekentenis was, bleek het achteraf wel iets te zijn dat niet algemeen bekend was in het reservaat. Shamengwa had zijn viool al zo lang dat niemand wist, of zich herinnerde, dat hij ooit zonder was geweest. Maar er waren eigenlijk twee violen in zijn leven geweest. Er was de viool van zijn vader, waar hij als kind op speelde, en toen een andere, die hem gevonden had via een droom.

De eerste viool

Mijn moeder verloor een zoontje aan difterie toen ik nog maar vier was, zei Shamengwa, en door dat verlies werd mijn moeder streng in de leer. Vóór die tijd, herinner ik me, speelde mijn vader chansons, dansen en jigs, maar na de dood van de baby dwong mijn moeder hem de viool weg te leggen en ter communie te gaan. We verlieten ons stuk grond en woonden een tijdlang hier, maar in die tijd werden we nog omringd door bomen en braakland. Er stonden geen huizen verder naar het westen. We werden helemaal niet geacht in de nederzetting te wonen en we lieten onze paarden grazen waar nu de Dairy Queen staat. Door haar verdriet werd mijn moeder stug en bars tegen mijn vader, mijn oudere broer en zus, en mij. Onze oudste broer, of halfbroer, was het huis al uit. Hij ging nog verder dan zij en werd priester. We begrepen waarom ze zich aan vreemde wetten hield en lieten haar over ons heersen, maar we dachten allemaal dat ze toegeeflijker zou worden zodra het eerste jaar van rouw voorbij was. Terwijl we daarvoor een vrolijk gezin vormden waar mensen graag op bezoek kwamen, was het nu stil. Geen wijn en geen muziek. We praatten zachtjes omdat ons lawaai pijn deed, zei ze, en er kwam geen lachje of grapje van mijn vader die ooit een dansende en uitgelaten man was. Ik miste het kleintje ook. We hadden hem op het katholieke kerkhof gelegd onder een kleine ronde witte grafsteen, waar hij tot de dag van vandaag ligt.

Ik geloof niet dat het mijn moeders bedoeling was dat alles zo veranderde, maar zij en mijn vader hadden al een keer alles verloren, en dit verdriet ging haar krachten te boven. Alsof haar hart ook onder die steen begraven was, werd zij koud, ze wendde zich van ons af, opgeslokt door haar gevoelens. Nu ik oud ben en de wegen van het verdriet ken, begrijp ik dat ze te veel voelde, te diep liefhad en bang was ons te verliezen, zoals ze mijn broertje had verloren. Maar voor een kleine jongen zijn die dingen verborgen. Ik had alleen het gevoel dat ik tegelijk met de baby haar liefde kwijt was geraakt. Haar sterke armen, haar kussen, de schone zeepgeur van haar gezicht, haar stem die me kalmeerde, dat was allemaal weg. Ze was als een standbeeld in de kerk. Van tijd tot tijd troffen we haar in de keuken aan, waar ze doodstil door de muur stond te staren. In het begin raakten we haar kleren aan, streelden haar handen. Mijn vader kuste haar, praatte teder in haar oor, kamde haar korte haar – ze was een volbloed en had op de traditionele manier haar haar afgeknipt voor de rouw. Het vormde een dikke bos om haar hoofd. Later, toen we het hadden opgegeven, liepen we gewoon om haar heen, zoals je met een boomstronk zou doen. Onze oudste, mijn halfbroer, kwam op bezoek. Hij nam mijn broer mee om bij hem misdienaar te worden. Het huis werd stil, mijn zuster nam het koken op zich, mijn vader werd een zwijgend, doof oor en langzamerhand accepteerden we dat de levendige, liefhebbende moeder die we gekend hadden niet meer terugkwam. Als ze de hele dag in het donker wilde zitten, lieten we haar haar gang gaan. We probeerden niet haar naar buiten te lokken. Vaker bracht ze haar tijd in de kerk door. Ze woonde de ochtendmis bij en bleef, met de ivoor met zilveren rozenkrans in haar rechtervuist terwijl haar linkerhand de kralen steeds gladder sleet tot ik dacht dat ze vast en zeker tussen haar vingers zouden verdwijnen.

Kort na de grote bezoeking van de duiven, hoorden we dat Seraph was weggelopen. Toen de rest van het gezin op een dag naar de kerk ging om voor zijn terugkeer te bidden, werd ik rusteloos. Ik wou dat ik ook weg kon lopen. Ik was thuisgebleven met een verkoudheid en mijn zuster had me de opdracht gegeven de kachel warm te houden – zo ziek was ik helemaal niet, maar ik had een vreselijke, raspende hoest geproduceerd om mijn zus zo gek te krijgen mij kerk te laten overslaan. Ik begon rond te neuzen en algauw kwam ik de viool tegen die mijn vader niet meer mocht bespelen van mijn moeder. Daar was hij. Ik was er alleen mee. Ik was nu een jaar of vijf, zes, maar ik kon een viool vasthouden en voor dit allemaal gebeurde had ik mijn vader de strijkstok zien hanteren. Die dag kreeg ik er wel geluid uit, maar niet echt bevredigend. Toch deed het geluid mij huiveren tot in mijn botten. Ik legde de viool voorzichtig terug, lang voordat ze thuiskwamen en klom onder de dekens toen ze het erf opreden. Ik deed of ik sliep, niet omdat ik zo graag de schijn van ziek zijn wilde ophouden, maar omdat ik het niet kon verdragen terug te gaan naar de manier waarop de dingen gingen. Er was iets gebeurd. Er was iets veranderd. Iets had de aard van alles wat ik kende verstoord. Je zou kunnen denken dat het te maken had met mijn broer die was weggelopen. Maar nee. Dit diepe gevoel had met de viool te maken.

Vrijheid, ontdekte ik, zit niet alleen in het weglopen, maar ook in het hart, de geest, de handen. Na die dag wrong ik me in allerlei bochten om zo vaak mogelijk alleen thuis te zijn. Zodra iedereen weg was, haalde ik de viool uit zijn verborgen plek onder de dekens in de dekenkist en stemde hem naar eigen idee. Ik leerde spelen met één noot tegelijk, zonder een naam te hebben voor elke aparte klank. De reeks noten die ik maakte, kriebelde mijn hersenen. Het werd een kwelling voor me om de viool weg te moeten leggen als mijn ouders of mijn zus thuiskwamen. Soms, als de wind goed stond, smokkelde ik de viool het huis uit, ook al waren ze thuis, en speelde in de bossen buiten. Ik zorgde er altijd voor dat de wind mijn muziek naar het westen zou dragen, naar de leegte waar niemand was om hem te horen. Maar op een dag was de wind misschien gedraaid. Het kan ook zijn dat de oren van mijn moeder scherper waren dan die van mijn vader of mijn zus. Want toen ik weer thuiskwam, stond ze uit het raam te staren, naar het westen. Ze was opgewonden en ademde snel. *Hoorde je dat?* Ze riep het uit. *Hoorde je dat?* Uit angst om ontdekt te worden zei ik nee. Ze was heel geagiteerd en het kostte mijn vader veel moeite om haar te kalmeren. Nadat hij haar eindelijk in slaap had gekregen, zat hij een uur aan de tafel met zijn hoofd in zijn handen. Ik liep op mijn tenen door het huis, deed mijn taken. Ik vond het verschrikkelijk hem niet te vertellen dat mijn muziek de bron was van wat ze gehoord had. En al begreep ik niet helemaal wat de reden van mijn vaders wanhoop was, toen hij daar met zijn hoofd in zijn handen in het lamplicht zat, ik wist wel dat het te maken had met mijn moeder en mijn geheime muziek en dat mijn vader dacht dat ze iets had gehoord dat ze niet had gehoord. Ik wist dat het hem geholpen zou hebben als ik de waarheid bekende. Maar nu, achteraf, zie ik dat mijn zwijgen mijn eerste beslissing was als echte musicus. Kunstenaar. Dat ik moest spelen was belangrijker dan de pijn van mijn vader. Ik zei niets, maar werd des te sluwer en twee keer zo stiekem.

Het was uiteindelijk een kwestie van overleven. Als ik de muziek niet had gevonden, was ik doodgegaan van de stilte. De regel dat het stil moest zijn in huis werd strenger en al snel vluchtte mijn zus naar de openbare kostschool. Maar ik was nog een kind en als mijn moeder en vader uren achter elkaar geen woord zeiden en van mij hetzelfde verwachtten, waar kon mijn geest me anders heen voeren dan naar de muziek? Ik redde mezelf door liedjes te verzinnen en ze in mijn geest te spelen waar mijn ouders ze niet konden horen. Ik verzon noten die niet echt muziek waren, maar de zuivere emoties van mijn kinderhart. En tot nu toe had niemand aan school gedacht. De stilte in mijn moeder had mijn vader aangestoken. Er zijn manieren om verlaten te worden ook als je ouders er gewoon zijn.

We hadden twee koeien en ik molk 's ochtends en 's avonds. Gelukkig, want als mijn ouders vergaten te koken had ik in elk geval melk. Soms bestond mijn hele avondeten uit een halve, warme schuimende emmer. Misschien wat maïsbrood om in de melk te weken en op te kauwen. Ik kan niet zeggen dat ik ooit echt het soort honger in de maag had, er knaagde een ander soort menselijke honger aan me. Ik was eenzaam. Omstreeks die tijd kreeg ik een vreselijke schop van een van de koeien, een ongelukje, want ze was normaal gesproken vriendelijk. Een wespensteek was misschien de reden dat ze van schrik uithaalde. Ze raakte mijn arm en versplinterde het bot, al kon ik dat onmogelijk weten. Pijnlijk? Nou, reken maar, dat herinner ik me, maar mijn ouders kwamen niet op het idee om met me naar de dokter te gaan. Ze zagen het niet, vermoed ik. Ik vertelde het aan mijn vader, maar hij knikte alleen maar, deed net of hij het gehoord had, en ging toen verder met zijn bezigheden.

De pijn in mijn arm hield me uit mijn slaap. En ik weet dat ik 's nachts, als ik mezelf niet kon afleiden, kreunde in mijn dekens naast de kachel. Maar dat de arm nutteloos was bij het vioolspelen was nog erger. Ik probeerde hem te ondersteunen, maar hij viel als de arm van een lappenpop. Uiteindelijk bedacht ik de oplossing, een reep stof, die ik sindsdien ben blijven gebruiken. Ik ben toen al begonnen mijn gebroken arm op te binden, net zoals ik nu doe. Ik had natuurlijk geen idee dat hij in die stand zou genezen en dat ik ten gevolge daarvan als een blijvende invalide zou worden beschouwd. Ik wist alleen dat ik kon spelen als mijn arm veilig was opgebonden, en dat ik kon spelen redde mijn leven. Dus ik was, net als de meeste kunstenaars, mismaakt door mijn kunst. Ik was gevormd.

Er moest een moment komen dat het misging, maar dat duurde een hele tijd en tegen die tijd was ik al twaalf. Mijn vader, mijn moeder en ik waren inmiddels gewend geraakt aan onze vreemdheid. Ik ging naar school omdat de leerplichtambtenaar me eindelijk kwam halen. Op school kreeg ik de naam die ik nu heb. De volbloedkinderen gaven die aan mij als een soort zegen, denk ik. Shamengwa, de zwart met oranje vlinder. Het was een aanvaarden van mijn 'vleugelarm'. En ook al vertelde een non me dat een voorstelling van een vlinder op een schilderij van onze lieve vrouwe de Heilige Geest moest voorstellen, in het begin hield ik niet van die naam. Maar ik was te stil om er iets aan te doen. Uit verlegenheid over de vorm van mijn arm meed ik mensen, zelfs toen ik al ouder was, en ik maakte geen vrienden. Menselijke vrienden. Mijn ware vriend lag verborgen in de dekenkist, de enige vriend die ik echt nodig had. En toen raakte ik die vriend kwijt.

Mijn ouders waren naar de kerk gegaan, maar er was op die winterdag een probleem met de kachel daar. Toen de mis begon, stond het hele middenschip vol rook en iedereen werd weer naar huis gestuurd. Dus kwamen mijn vader en moeder thuis op het moment dat ik helemaal verdiept was in mijn spel. Ze bleven in de deuropening staan luisteren, als aan de grond genageld van verbazing over wat ze hoorden, ik weet niet hoe lang. Ik had de deur niet horen opengaan en doordat mijn ogen dicht waren had ik het licht niet gezien dat ze daarmee binnenlieten. Ik voelde uiteindelijk de koude tocht die om hen heen warrelde, draaide me om en we staarden elkaar aan met een geschokte ernst die mijn vader ten slotte doorbrak met de vraag: 'Hoe lang al?'

Ik gaf geen antwoord, al wilde ik dat wel. *Zeven jaar. Zeven jaar!*

Hij liet mijn moeder binnen. Ze deden de deur achter zich dicht. Toen zei hij, met een gekwelde zachte stem: 'Ga door.'

Dus speelde ik en toen ik ophield, zei hij niets.

Nu ik betrapt was, dacht ik dat het ergste voorbij was. Ik legde de viool die nacht weg. Maar de volgende ochtend, toen ik wakker werd in een stilte waarin ik gewoonlijk de geluiden van mijn vader hoorde maar nu een ontbreken van aanwezigheid, wist ik voordat ik het zeker wist, dat het ergste nog moest komen. Mijn spel had iets in hem wakker gemaakt. Dat denk ik. Dat was de reden waarom hij wegging. Maar ik weet niet waarom hij de viool moest meenemen. Toen ik de dekenkist opende en zag dat hij weg was, vloeide alle adem, elke gedachte, elk gevoel uit me weg. Maandenlang was ik net als mijn moeder. In ons verlies waren we afgesneden van de hele echte, heldere, normale routine van het leven. Ik had zo kunnen blijven, zelfs dieper in de stilte kunnen wegzakken, samen met mijn moeder op de donkere plek vanwaar ze niet meer kon terugkeren. Ik had verder kunnen leven in die aangetaste vorm, maar ik had een droom.

De droom was eenvoudig. Een stem. *Ga naar het meer en ga bij de zuidelijke rots zitten. Wacht daar. Ik zal komen.*

Ik besloot die rechtstreekse bevelen op te volgen. Ik nam mijn bedrol, een reep gedroogd vlees, een stuk maïsbrood en ging op het smerige grijze korstmos van de zuidelijke rots zitten. Die plaat steen stak uit over het water dat van de randen diep in een groenzwarte diepte viel. Vanaf die rots kon ik alles wat er op het water gebeurde zien. Ik legde tabak neer voor de geesten. De hele dag zat ik te wachten. Ik werd gebeten door vliegen. De wind beukte in mijn oren. Er gebeurde niets. Toen het licht verdween, rolde ik me op en viel in slaap. Ik bleef de volgende ochtend zitten. En de dag daarna ook, overigens. Het was voor het eerst dat ik buiten aan de oever had geslapen en ik begon te begrijpen waarom mensen over het meer zeiden dat het geen einde had, terwijl het natuurlijk, zoals ik altijd had gedacht, door rotsen was omringd. Maar er vloeiden rivieren in en uit, er waren geheime waterstromen, zes weertypen die invloed hadden op het oppervlak en een verborgen gebied daaronder. Elke golf spoelde binnen van een onzichtbare plek en spoelde er direct weer uit naar een onbekende plek. Ik zag vogels met een vreemd verendek die langsvlogen op weg naar ergens anders. Als ik luisterde naar het water, een andere muziek, werd ik voor het eerst getroost door andere geluiden dan die van mijn vioolspel. Ik liet alles los. Ik knabbelde aan het maïsbrood, dronk het water uit het meer, rolde me in mijn deken. Ik zag drie zonsopgangen en drie avonden keek ik hoe de sterren hun positie innamen in de hemel van zwart craquelé. Ik dacht dat ik daar eeuwig zou blijven, starend naar de blauwe draad van de horizon. Niets deed ertoe. Toen een klein stukje zich losmaakte van de horizondraad, donkerder werd en langzaam naar voren kwam, bekeek ik het met lauwe belangstelling. Het vlekje leek tegelijkertijd voor- en achteruit te gaan. Het weifelde heen en weer. Ik verloor het hele tijden uit het oog, en toen dook het dichterbij op, achter een golf.

Het was een kano. Maar de peddelaar lag te slapen op de bodem of de kano was losgeslagen. Toen de kano dichterbij kwam, besloot ik dat hij zeker op drift moest zijn. Hij gleed zo licht over de golven, dan weer deze en dan weer die kant uitkoersend. Altijd, hoe aarzelend of tegenstrijdig ook, kwam hij uiteindelijk recht op de zuidelijke rots en recht op mij af. Ik keek tot ik duidelijk kon zien dat er niemand in zat voordat ik me herinnerde waarom ik naar die plek was gekomen. De woorden van de droom kwamen terug. *Ik zal naar je toe komen.* Ik dook gretig het water in, zwom naar de kano – deze arm verhindert dat niet. Ik heb geleerd, dat doen jongens, om te compenseren en hoewel mijn slagen vreemd waren, was ik sterk. Ik dacht dat de kano misschien slecht was vastgebonden en van zijn ligplaats was gegleden, maar er sleepte geen touw achteraan. De kano was op de een of andere manier zijn peddelaar kwijtgeraakt, aan zijn meester ontsnapt. Misschien hadden hoge golven hem van een strand gelokt, waar zijn eigenaar hem omhoog had gesjord in de overtuiging dat hij veilig was. Ik wist de kano naar de kust te duwen, trok hem daar achter me aan en klemde hem in een spleet tussen twee rotsen. Pas toen keek ik erin, naar de vracht die hij bevatte. Daar, vastgesnoerd aan een kruisbalk in de boeg, lag een zwarte kist met een vrouwelijke vorm die aan de zijkant twee koperen sloten had.

Zo is mijn viool bij mij gekomen, zei Shamengwa, en hij hief zijn hoofd om me recht aan te kijken. Hij glimlachte, schudde zijn sierlijke hoofd en sprak zachtjes. En daarom wil ik op geen enkele andere viool spelen.

Stille passage

Corwin sloot de deur van de kamer in het souterrain waar hij tijdelijk mocht wonen van de vriend van zijn moeder. Hij ging op een deur staan die op zaagbokken was gelegd en duwde met gespreide vingers tegen de plaat piepschuim van het verlaagde plafond. Hij schoof de plaat opzij en grabbelde erachter tussen elektriciteitsdraden en onder een laag glaswol, totdat hij het handvat van de draagkist vond. Corwin trok hem naar zich toe, boven zijn hoofd, stukje bij beetje, totdat hij de kist met het instrument door het gat in zijn armen kon laten kantelen. Hij stapte ermee van de wankele, holle deur en liet zich zakken op het stuk schuimrubber dat als matras dienstdeed en waardoorheen hij elke nacht de harde kou van de betonnen vloer in zijn benen voelde sijpelen. Hij had de viool van de oude man gepakt omdat hij geld nodig had, maar hij had er niet over nagedacht waar hij hem kon verkopen. Wie hem zou kopen. Toen kreeg hij een inval. Hij zou met de viool naar Fargo liften. Hij zou bij het winkelcentrum West Acres uitstappen en de viool in zijn kist meenemen en aan een muziekliefhebber verkopen.

Corwin stapte uit de auto en ging met de viool het winkelcentrum in. Hij had de gewoonte in zijn hoofd zichzelf te citeren. Er zijn twee soorten mensen – gevers en nemers. Ik ben een nemer. Geef Corwin wat hem toekomt. Zijn lievelingsfilm op dat moment ging over een agent met een verwrongen kijk op de wereld zodat je niet kon uitmaken of hij goed of slecht was, en alleen maar wist dat hij je met taal bij de kladden kon grijpen. Corwin had iets met taal. Hij zoog taal op uit films en rocksongs, televisie. De woorden schuurden tegen elkaar in hem. Hij dacht dat hij soms in gedachten gedichten schreef, maar de gedichten wilden niet uit zijn handen komen. De woorden bleven steken in vreemde samenstellingen en trokken patronen die over het scherm van zijn gesloten ogen en over de rand, langs zijn slapen het duister van zijn nek in koersten. Dus toen hij door de luchtsluis in de warme, kathedraalachtige centrale hal met restaurants kwam, waren zijn hersens een geprevel van voornemens.

Hij was heel trots op zijn leren jack waar bijna al zijn bezittingen in zaten, in de binnenzakken. Zoals altijd was hij zich bewust van zijn knappe uiterlijk. Mensen behandelden hem als een knappe jongen. Anderen, die hem goed kenden of die hij had opgelicht, meden hem. Maar dat probleem was niet iets dat hij nu kon oplossen. De enige manier om zich te revancheren, stelde hij zich voor, was mensen versteld te doen staan op een niveau dat hij nog niet had bereikt. Hij fantaseerde. Als rocker, onderwerp van een interview in de *Rolling Stone*. Wie was de echte Corwin Peace? Nu hij in de centrale hal zat en naar de ongeïnteresseerde klanten keek, begreep hij dat geen van hen rechtstreeks de viool zou kopen. Hij stond op, liep een muziekwinkel binnen en probeerde de manager het instrument te laten zien, maar die zei alleen maar: 'Neuh, we doen niet aan tweedehands.' Corwin liep weer naar buiten. Hij probeerde een paar mensen. Ze ontweken hem of wezen hem bot af.

Andere tactiek, zei Corwin tegen zichzelf en hij ging weer zitten op het middenstuk van de bank die hij besloten had zich toe te eigenen. En daar kreeg hij het idee dat een goudmijn werd. Het kwam uit een tv-programma, een filmpje van een vrouw die in een stad langs een musicus loopt, hij speelt saxofoon of iets dergelijks en heeft aan zijn voeten een open instrumentkist staan. Ze stond stil, glimlachte en gooide een dollar in de kist. Corwin pakte de viool uit de kist, legde de open kist aan zijn voeten. Hij nam de viool in de ene hand en de strijkstok in de andere. Toen haalde hij de strijkstok over de snaar en maakte een vreselijk, vreemd geluid.

De kras echode door de hal en verschillende mensen haalden hun lippen van de waspapieren etenszakjes en lieten hun handen met het verpakte eten zakken toen ze Corwin zagen. Hij keek terug naar hen, in een bevroren houding. Het was een dramatisch moment – hij had ze beet. Een publiek. Hij moest onmiddellijk iets doen of hij was ze kwijt. Hij maakte een bloemrijke, diepe buiging. Zijn beweging was elegant, de strijkstok in de ene hand en het instrument in de andere. Het kwam gewoon uit hem. Alsof hij voor een ovatie dankte. Er klonk wat geamuseerd gemompel. Iemand applaudisseerde zelfs. Die geluiden hadden onmiddellijk hun uitwerking op Corwin Peace, krachtiger dan alle drugs die hij ooit had gebruikt. Een opwelling van geestdrift vervulde hem en hij pakte het instrument weer op, gooide zijn haar naar achter en begon een stille, snelle passage te spelen.

Zijn nabootsing was onberispelijk. Waar had hij het geleerd? Hij wist het niet. Hij raakte met de strijkstok de snaren niet aan, maar toch maakte hij muziek. Muziek weerkaatste tussen zijn oren. Hij kon nauwelijks bijhouden wat hij hoorde. Zijn lichaam liep over van dramatiek. Hij gooide elke beweging die hij ooit had gezien erin, en meer. Toen de muziek in zijn hoofd stopte, boog hij diep en liet zich vallen in een spagaat die hij had geoefend zonder te weten waarom. Hij hield de viool en strijkstok boven zijn hoofd. Er brak applaus uit boven hem. Een warreling van verbluffend geluid.

Het vuur

Ze pakten Corwin op toen hij zogenaamd viool speelde in een winkelcentrum van Fargo en brachten hem naar mij. Ik heb heel veel speelruimte in mijn vonnissen. Ondanks mijn overtuiging dat hij waarschijnlijk onverbeterlijk was, was ik geïntrigeerd door Corwins ongebruikelijke hantering van het instrument. Ik moest onwillekeurig denken aan zijn voorouders, de gebroeders Peace, Henri en Lafayette. Misschien was er een sluimerend talent. En misschien, omdat zij mijn grootvader hadden gered, was ik voorbestemd om hun afstammeling te redden. Dat soort complicaties horen gewoon bij stamrechtspraak. Ik besloot gebruik te maken van mijn privilege om stamtradities op te nemen in mijn vonnis en een precedent te scheppen. Eerst liet ik mijn besluit door Shamengwa goedkeuren. Toen veroordeelde ik Corwin ertoe leerling te worden van de oude meester. Zes dagen per week, elke ochtend drie uur lang. Drie uur oefenen na het werk aan het begin van de avond. Hij moest leren viool spelen of hij moest zitten. Eigenlijk wist ik niet wie er gestraft werd, de jongen of de oude man. Maar nu begonnen we vanuit het huis de viool weer te horen.

Het was half september in het reservaat, de ochtenden waren kil, de middagen warm, het blad nog vol en scherp in zijn laatste geurigheid. Alle hooi was gemaaid. De wilde rijst was geplet. De radiatoren in het stamkantoor gingen 's avonds aan, maar tegen twaalf uur moesten we nog steeds het raam openzetten ter afkoeling. De houtrook van verzengende branden en de ijle lucht van diesel dreven dan binnen, en soms het janken van Corwins muziek onder aan de heuvel. De eerste weken waren niet veelbelovend en ik werd herinnerd aan het feit dat iemand die een instrument goed wil bespelen eigenlijk als kind moet beginnen. Misschien was het gewoon te laat, dacht ik. Toen werden de dagen consequent koud, hielden we de ramen dicht en bereikte tot de lente het nieuws over Corwins vorderingen me via Geraldine en via rapporten van Corwins reclasseringsambtenaar. Ik verwachtte er niet veel van. Maar Corwin verscheen elke dag om acht uur 's ochtends bij Shamengwa. Pas op de eerste warme middag in mei deed ik mijn raam open en hoorde ik Corwin echt spelen.

'Helemaal niet slecht,' zei ik die avond toen ik bij Shamengwa langsging. 'Ik heb naar je leerling geluisterd.'

'Hij is verdomd klungelig, maar hij heeft het vuur,' zei Shamengwa, met zijn hand tegen zijn borst. Zijn gezondheid was verbeterd, tegelijk met Corwins muzikale vakmanschap. Ik merkte dat hij trots was op Corwin en ik overwoog zelfs de mogelijkheid dat de geschiedenis soms aan onze kant staat, en dat zo'n idealistische daad, het samenbrengen van een oude man en een hardnekkig criminele jongere, gewerkt had, of althans enig effect had gehad of in elk geval niet op een ramp was uitgelopen.

De lessen en het contact duurden in elk geval langer dan het vonnis en de hele zomer hoorden we nog meer langzame vorderingen. De herfst kwam en we sloten de ramen weer. In de lente deden we ze open en hoorden een of twee keer Corwin spelen. De zomer ging voorbij en we hoorden zelfvertrouwen in de muziek, zo veel dat we soms aan de meester moesten denken. Toen ging Shamengwa dood.

Hij stierf een ideale en vredige dood, het soort dood waarvoor we allemaal tot de heilige Jozef baden. In zijn slaap, de viool naast het bed, de dekens opgetrokken tot zijn kin. 's Ochtends gevonden door Geraldine. Er was een grootse begrafenis met het gebruikelijke afscheid waarvoor mensen in rijen naar zijn lichaam kwamen kijken en bloemen en pijptabak en kleine aandenkens in zijn kist stopten om Shamengwa in de aarde te begeleiden. Iedereen zei, zoals dat gaat: *O, hij ziet er vredig uit, de oude man.* Geraldine zette een monarchvlinder op de schouder van haar oom. Ze zei dat ze die 's ochtends op de grille van haar auto had gevonden. Clemence en Whitey omarmden elkaar voor de kerk. Toen zag ik dat Clemence Whitey overeind hield – hij was dronken. Edward kwam en ondersteunde Whitey aan de andere kant, ze gingen naar binnen en schoven op een van de banken. Shamengwa's broer Seraph zat tussen Evelina en Joseph. Ze klopten op zijn schouders en armen. Hij was voor de verandering sprakeloos. Het leek of hij, of zijn hart gebroken was. Hij keek niet eens op toen pastoor Cassidy de preekstoel beklom en plechtig, met veel omhaal, keelgeschraap en gespring op zijn tenen aan de lofrede begon.

Ik sta hier nu voor u in de heilige geest van vergeving om de ziel van Seraph Milk te zegenen.

'Wat?' siste Geraldine. 'Hij heeft de verkeerde broer!' Ze probeerde de priester met een handgebaar een teken te geven. Maar pastoor Cassidy was nu goed op dreef en Seraph was wat rechter op gaan zitten.

Seraph Milk, die onbediend is gestorven, het heilig sacrament of de zalving van het heilig oliesel heeft afgewezen. Hoewel zijn ziel misschien in de hel is, kunnen we dat niet zeker weten aangezien hij zich altijd handig uit benarde situaties wist te redden, hoor ik van zijn familie, en bovendien, soms komen heiligen in een opwelling zondaren te hulp. De Heilige Maagd zorgt misschien voor hem, hoewel Seraph Milk in mijn aanwezigheid twijfels heeft uitgesproken over twee specifieke grondbeginselen van ons katholieke geloof – de Onbevlekte Ontvangenis en de Maagdelijke Geboorte. Zijn eigen woorden waren, en ik citeer: ik denk dat ze een streek heeft uitgehaald!

De oude onverlaat knapte zichtbaar op. Zijn lip zakte open in een glimlach. Hij gebaarde naar de mensen om ons heen die aanstalten maakten om op te staan en te protesteren dat hij het graag wilde horen. En bovendien kwam de pastoor net op stoom, zijn stem dreunde en niemand had hem kunnen tegenhouden.

Seraph Milk zal nu ontdekken of zijn held Louis Riel gelijk had toen hij het geloof verkondigde dat de hel noch oneindig noch heel heet was. We hebben hier vaak over gediscussieerd! De mestiezen geloven in een genadige God, weet u, maar het is mijn treurige plicht mede te delen dat God ook rechtvaardig is en hoewel Zijn Almachtige Compassie in conflict kan komen met zijn gevoel voor gerechtigheid, moet hij in overweging nemen of we hem op aarde serieus zouden nemen als hij geen straf zou opleggen aan zondaars, ketters, leugenaars, overspeligen, dronkenlappen en mensen die het Feest van de Ezel vieren, zoals Seraph Milk, heeft hij me zelf verteld, regelmatig placht te doen met zijn broer die hem op een dag in de toekomst zal begroeten, al spelend op een viool waar de vlammen van de duivel uit lekken, terwijl hij heilige kwellingen uit zijn strijkstok wringt. Maar dit alles wil nog niet zeggen dat Seraph Milk noodzakelijkerwijs de hel die hij niet verwacht, verdient.

Een paar mensen stonden op uit hun bank en maakten woedende gebaren, maar werden teruggetrokken door anderen.

Neen! Pastoor Cassidy stak zijn vingers in de lucht. *Er zat ook veel goeds in deze man, veel deugdzaamheid. Seraph Milk was een ware patriarch en heeft naar horen zeggen zijn kinderen liefgehad en verwend. Hoewel hij in zijn jeugd zwaar verslaafd was aan de drank, gaf hij die tot op zekere hoogte op, misschien te laat in het leven om voor zijn vrouw nog een verschil te maken, maar hij minderde in elk geval. Van tijd tot tijd werd hij zelfs matig. Zijn kleinkinderen Joseph en Evelina zijn gelukkig niet overmatig beïnvloed en zij zijn zo goed terechtgekomen als te verwachten valt. Hun moeder is natuurlijk een regelmatige communicante in deze kerk en de Kerk heeft in haar genade besloten haar vader te begraven. Nee, het is werkelijk niet aan mij om te zeggen dat Seraph Milk in de hel thuishoort, daar ik slechts een dienaar ben van God de Vader, de Zoon en de Heilige Geest. Seraph sprak van duiven, dus ik vraag of op zijn ziel de meest grootmoedige geest van zegening moge rusten van de Heilige Geest, die wordt vertegenwoordigd door de gestalte van een zuiver witte duif. Ik vraag om deze zegening ondanks de wens die Seraph Milk uitdrukte, dat ik mijn 'bek moest houden over de heidenen'. Ondanks zijn geheime pimpelen en zijn openlijke minachting voor de wetten en dispensatie van onze moeder de Heilige Katholieke Kerk vraag ik of God de Vader in Zijn genade de zonden en verloedering van Seraph Milk vergeeft en hem toestaat zich te voegen bij zijn lankmoedige vrouw Junesse die zeker haar plaats heeft verdiend vanwege haar lieftallige begeleiding van Seraph.*

Het was Clemence die het niet meer kon verdragen. Ze schudde de handen van Whitey en Mooshum af en struinde naar voren. Ze opende zelfs de kist en haalde de viool die bij Shamengwa was neergelegd tevoorschijn. Pastoor Cassidy zweeg toen ze met het instrument naar hem zwaaide. Toen zag hij Seraph/Mooshum wuiven uit de tweede bank en zijn mond viel open. Het leek even of Clemence zou uithalen naar de priester, maar in plaats daarvan gaf ze de viool aan Geraldine, die uit de bank stapte, voor de parochie ging staan en naar de verstijfde pastoor Cassidy gebaarde dat het haar beurt was om te spreken.

'Een paar maanden geleden zei oom dat ik de viool bij zijn dood aan Corwin Peace moest geven,' vertelde Geraldine aan iedereen, 'dus bied ik hem nu aan hem aan. En ik heb al gevraagd of hij een van de lievelingsmelodieën van Shamengwa voor ons wil spelen.'

Mooshum zat nog steeds te wuiven en te glimlachen naar pastoor Cassidy, die naar achteren was gestrompeld en tegen de muur van het schip neerzakte terwijl hij het zweet van zijn voorhoofd wiste.

Corwin had achter in de kerk gezeten en nu liep hij naar voren, met opgetrokken schouders, zijn handen in zijn zakken. Hij was intens bedroefd. Het verdriet op zijn gezicht verraste me. Ik voelde me onbehaaglijk bij het zien van zo'n openlijk vertoon van emotie bij iemand die zo oppervlakkig was geweest. Maar Corwins gevoelens leken in goede banen geleid zodra hij de viool oppakte en een chanson begon te spelen dat iedereen kende, een lied dat typerend was voor ons volk omdat het teder en langzaam begon, en dan in een wilde vreemdheid losbarstte waardoor onze hartslag werd opgejaagd en onze adem stokte. Corwin speelde met passie, zij het slordig, en er zat zo veel van de energie van de oude man in zijn muziek en zijn houding dat iedereen in tranen was tegen de tijd dat hij stopte.

Toen kwam de schok. Onder het geritsel van papieren zakdoekjes, het deppen van ogen en het discreet neuzen snuiten, stond Corwin op, staarde in de kist naar zijn leraar, terwijl de viool aan een hand langs zijn zij bungelde. Naast de kist was een sierlijk altaarhek. Corwin tilde de viool hoog op en sloeg hem stuk op het hek, een keer, twee, drie keer, om het grondig te doen. Pastoor Cassidy kneep zijn ogen dicht. Zijn lippen bewogen in een gebed. Ik zat in de eerste bank en stond voor ik het wist naast Corwin. Ik was uit mijn bank gesprongen alsof ik voorbereid was geweest op zoiets. Ik greep Corwin bij zijn arm toen hij de viool zorgvuldig teruglegde naast Shamengwa in de kist, maar toen liet ik los, want ik besefte dat zijn gebaar voltooid was. Hij liep naar zijn plek achterin. Mijn aandacht verschoof van Corwin naar de viool zelf, want ik zag uit het kapotte hout een rolletje papier steken. Ik trok het papier eruit. Het materiaal was oud en overdekt met een ouderwets, stijf vloeiend handschrift. Totaal in de war begon pastoor Cassidy opnieuw met de dienst. De mensen zaten stil, verbluft door de hele show. Ik stopte het rolletje papier in mijn jaszak en keerde terug naar mijn plaats. Het was niet zo dat ik vergat het papier te lezen, maar er gebeurde zo veel direct na de uitvaart, met de winderige graflegging en dan het eten met zes soorten indiaans brood in de zaal van de Knights of Columbus, dat ik niet de kans kreeg te gaan zitten en me te concentreren. Pas toen ik 's avonds thuis in mijn stoel zat met een felle lamp achter me, zodat het licht over mijn schouder viel, las ik eindelijk wat er al die jaren in de viool verborgen had gezeten.

Brief

Ik, Henri Baptiste Parenthau, ook bekend als Henri Peace, laat voor mijn broer Lafayette dit bericht achter, de geschiedenis van de viool die ik op deze dag des Heren 20 augustus 1888 over de wateren stuur om hem te vinden.

Om te beginnen een terugblik: aangezien hij had gelezen over de missie van LaFountaine naar de Iroquois, tijdens welke die priester wist te verhinderen dat zijn lever voor zijn ogen werd uitgerukt door vaardig fluit te spelen, meende onze eigen pastoor Jasprine dat het verstandig was een muziekinstrument te leren spelen eer hij zich in de woestenij achter Lac du Bois waagde. Daarom vertrok hij met muziek als bescherming. Hij studeerde en nam zijn viool mee, een edel instrument dat hij volstrekt onbekwaam bespeelde. Om de waarheid te zeggen, hij had er beter aan gedaan zijn geringe talenten niet op te leggen aan de Ojibwe. Omdat hij echter jong stierf en de viool naliet aan zijn misdienaar, mijn vader, zou ik niets ten kwade van de goede Jasprine moeten zeggen. Ik zou juist dankbaar moeten zijn voor de vreugde die zijn viool in mijn familie bracht. Ik zou gelukkig moeten zijn om de gelukkige uren die mijn vader doorbracht met het stemmen en spelen van onze schoonheid, onze lieveling en om de gretige toewijding die mijn broer en ik voor haar koesterden. Maar omdat de zaken zo wreed zijn geëindigd tussen mijn broer en mij vanwege het instrument, zou ik wensen dat we de viool nooit hadden gekend, dat zij nooit bij ons was gebracht, dat ik nooit haar muziek had gespeeld of haar stem had gekend. Want toen mijn vader stierf, liet hij de viool na aan mijn broer Lafayette en mij, met het beding dat wij, indien wij niet konden beslissen wie haar mocht houden, erom moesten wedijveren als ware zonen van de grote wateren, door met onze kano's te peddelen.

Toen mijn broer en ik deze verklaring hoorden voorlezen, zeiden we niets. Er viel niets te zeggen, want al was het waar dat we van elkaar hielden, we wensten beiden die viool. Elk van ons had jaren geoefend, elk van ons had in haar holte zijn wanhoop gefluisterd en haar vreugden vastgegrepen. Deze viool had onze wilde uren verzacht, onze vrouwen het hof gemaakt. Maar nu hadden we genoeg van het heen en weer geven. En als ze een van ons twee broers zou moeten toebehoren, was ik vastbesloten dat ik dat zou zijn.

Twee avonden voordat we met onze kano's vertrokken, bedacht ik een feilloos plan. Toen de maan achter de wolken gleed en de wereld donker was, ging ik naar de kust met een pannetje warme pek. Ik besloot het evenwicht van Lafayette te verstoren. Onze kano's waren zo zorgvuldig gebouwd dat elke kant tot op de gram gelijk was. Door de naden aan één kant met een zware toevoeging van pek dikker te maken, zou ik de peddelslag van mijn broer verstoren – voldoende, wist ik zeker, om me een redelijke voorsprong te geven.

Ons meer is tamelijk breed, met talloze eilanden. Er zijn vele vogels die sarcastische of weeklagende, menselijke kreten slaken. Men verliest anderen gemakkelijk uit het oog en geluid draagt ver, wordt vervormd, weerkaatst tegen de rotsen. Er zijn grotten waarin de geesten van kleine kinderen, vliegende skeletten, drijvende moerassen en zwarte stemmingen van het weer huizen. We houden veel van het meer en kennen zijn geheimen, gedeeltelijk tenminste. Niet alle. En niet het geheim dat ik in beweging zette.

We zouden aan het verste, noordelijke uiteinde van het meer beginnen en aankomen in het zuiden, waar onze ooms vuren hadden aangestoken en de viool naartoe hadden gebracht, gewikkeld in rode stof, in haar fraaie kist. We gingen tegelijk van start, grapjes makend. Lafayette, jij weet nog hoe we door de eerste twee engten peddelden, lachend als we onze inspanning overdreven, en hoe ik zei, omdat ik me bezwaard voelde over wat ik met de zachte pek had gedaan: 'Misschien zouden we dat domme ding toch moeten delen.'

Jij lachte en zei dat onze ooms die daar zaten te wachten teleurgesteld zouden zijn en dat als jij de wedstrijd won alles net zo zou zijn als daarvoor, behalve dat iedereen zou weten dat Lafayette sneller kon roeien. Ik beloofde je hetzelfde. Toen draaide je achter een dunne rotsplaat en nam een route die je als je geheime doorsteek beschouwde. Terwijl ik roeide, moest ik van tijd tot tijd stoppen om te hozen. Eerst dacht ik dat ik een klein lek had gekregen, maar op den duur begreep ik het. Terwijl ik extra pek zat te schilderen was jij bezig de bodem van mijn kano te doorboren. Ik was niet echt in gevaar en toen de wind plotseling draaide en het begon te stormen, geen donder en bliksem, alleen een ranseling van koude regen, lachte ik en bedankte je. Want het water dat ik maakte, hielp me in feite om stabiel te blijven. Ik lag lager en bleef op koers. Maar jij verging – het was erger om uit balans te zijn. Je moet zijn omgeslagen.

De vreugdevuren sterven tot houtskool op de zuidelijke oever. Ik rol me in dekens maar ik slaap niet. Ik houd de wacht. Als je nog maar net op iemand zit te wachten is elke schaduw een komst. Dan worden de schaduwen het wezen van vrees. We jagen op je, roepen je naam tot onze stem tot fluisteren is gesleten. Geen antwoord. In de droom van een oude man gaat alles de andere kant om, niet de kant van de zon, tegen de klok in, wat betekent dat de droom er een van de geestenwereld is. En dan ziet hij jou in zijn droom, die ook de verkeerde kant om gaat.

De ooms zijn teruggekeerd naar hun huizen, jacht, rijstvelden, kinderen, vrouwen. Ik zit alleen aan de kust. Wanneer de nacht zwart wordt, zing ik voor jou. Wanneer de zon opkomt, roep ik over het water. Witte meeuwen antwoorden. In de loop van de tijd begin ik te aanvaarden wat ik heb gedaan. Ik begin de waarheid van de dingen te kennen.

Ze hebben de viool hier bij mij gelaten. Elke avond speel ik voor je, Broer, en als ik niet meer kan spelen, zal ik onze viool in de kano vastbinden en naar jou toe sturen, om je te vinden, waar je ook bent. Ik hoef de bodem niet meer te doorboren om hem naar de bodem van het meer te laten reizen. Jouw gaten zullen dat klaarspelen, Broer, zoals ik het voor jou klaarspeelde.

Hier was tenminste een gedeeltelijk antwoord op de vraag van mijn grootvader wat er was gebeurd met de twee gebroeders Peace, Henri en Lafayette, die ooit hadden beloofd hem te begraven, maar in plaats daarvan vlees voor hem hadden gevonden en een crucifix om zijn hals hadden gehangen. En bovendien, de kano zonk niet naar de bodem van het meer, dat ten eerste. En hij dreef niet af. Dat ten tweede. De kano en de viool hadden uiteindelijk inderdaad een Peace gevonden door tussenkomst van Shamengwa. Die viool had lang naar Corwin gezocht. Daar twijfelde ik niet aan. Want wat bleef hangen, wat me midden in de nacht wakker maakte, nadat ik hem had gelezen, was de datum op de brief. 1888 was het jaar. Maar de viool had bijna twintig jaar later tot Shamengwa gesproken en hem naar het meer geroepen.

‘Wat vind je daarvan?’ zei ik tegen Geraldine. ‘Kun jij zoiets verklaren?’

Ze keek me kalm aan.

‘Wij weten niets,’ is wat ze zei.

Ik zou met haar trouwen. We namen Corwin in huis. De viool ligt diep begraven, terwijl de jongen die ook door haar gered werd nu voor geld speelt in een rondreizende band, en hier op het oppervlak van de aarde succes heeft. Ik doe mijn werk. Ik doe mijn best de kleine beslissingen goed te nemen en ik probeer niet te smachten naar grote dingen, naar diepere verklaringen. Want ik ben ertoe veroordeeld te waken over dit kleine stukje aarde, te oordelen over de ellende, en de verhalen te vertellen. Dat ben ik. *Mii'sago iw.*

Evelina

De reptielentuin

In de herfst van 1972 brachten mijn ouders me met de auto naar college. Alles wat ik nodig had zat in een gloednieuwe koningsblauwe aluminium hutkoffer – een sprei met kleurige patronen die mijn moeder had gehaakt voor op mijn bed, gloednieuwe kleren ter waarde van honderd 4-B's-dollars, mijn Berlitz voor Beginners, de *Persoonlijke notities* van Marcus Aurelius (een paperback van rechter Coutts), een ingelijste foto, een leren tabaksbuidel met kralen die zolang ik me kon herinneren in Mooshums bezit was geweest, en die hij nonchalant aan mij had gegeven, zoals oude mannen cadeaus geven, en van mijn vader een stapel aan hemzelf geadresseerde enveloppen, elk met een nieuw dollarbiljet erin. Hij had op elke enveloppe een speciale postzegel geplakt waar hij een poststempel op wilde – sommige op speciale dagen.

De andere eerstejaars waren bezig hun kamer te betrekken en hun ouders hielpen sjouwen. Ik zag dozen vol pockets, stereoapparatuur. Dylan-albums en akoestische gitaren van goudkleurig gelakt hout. Zelfgebreide spreien, geen van alle zo schitterend als de mijne. Posters van Janis Joplin. Posters van David Bowie. Lakens met felgekleurde prints, jongleerballen, knuffelberen. Maar toen we mijn hutkoffer twee trappen opdroegen, werd ik overvallen door angst. Ondanks mijn vaste voornemen om naar Parijs te gaan, had ik er al tegen opgezien het huis uit te gaan, niet verder dan Grand Forks nota bene, en uiteindelijk wilden mijn ouders ook niet dat ik ging. Maar ik moest, en nu was ik er. We liepen de trap weer af. Ik voelde me te ellendig om te huilen en herinner me onze laatste omhelzing niet, maar ik keek naar mijn vader en moeder zoals ze naast de auto stonden. Ze zwaaiden naar me en dat moment is een helder, statisch beeld. Ik kan het oproepen alsof het een foto is.

Mijn vader, zo mager en atletisch, leek bijna breekbaar van emotie, terwijl mijn moeder, die nog steeds opmerkelijk mooi was en op het reservaat bekendstond om haar zwijgzame en gereserveerde karakter, haar typische plechtstatigheid had laten varen. Haar gezicht en dat van mijn vader waren naakt van liefde. Het was niet iets waar we over praatten – liefde – en ik was als de dood dat de lippen van mijn ouders het woord zouden formuleren. Maar ze stonden me deze ene heldere blik toe. Hun liefde straalde van hen af. En toen gingen ze weg. Ik denk nu dat alles wat geconcentreerd was in die ene blik – de zorg waarmee ze me hadden opgevoed, hun geduldige lessen in elk vak dat ze me konden bijbrengen, hun nerveuze pogingen om mij vrijheden te gunnen, hun voorbeeld van vastberaden werkzaamheid – mij de kans bood zelf te overleven.

De hutkoffer was snel leeg, de kamer nauwelijks vol. Ik had een foto van Mooshum in zijn traditionele kledij laten inlijsten. Hij had een oorlogsknuppel in zijn hand, maar glimlachte vriendelijk met zijn oogverblindend sneeuwwitte kunstgebit. Zijn hoofdtooi, een krul met twee adelaarsveren, danste aan ballpointveren die weer vastzaten aan vislijnwartels. Hij hield zijn hoofd zwierig schuin. Een hartvormig spiegeltje midden op zijn voorhoofd was bedoeld om de harten van dames in de menigte te strikken. Ik had ook een foto van mijn oudoom met zijn viool in de hand, een bescheiden zwart-witfoto. Met boeken tegen mijn borst gedrukt rolde ik me op onder de sprei en keek eerst naar Mooshum, toen naar Shamengwa, en vervolgens uit het raam. Ik denk dat ik me op dat moment realiseerde dat dit de plaats was waar ik het grootste deel van mijn eerste semester zou doorbrengen.

De blanke meisjes die ik kende, luisterden naar Joni Mitchell, lieten hun haar groeien, rookten ongeduldig en tuurden nadenkend in hun schriften met gedichten. De andere meisjes – Dakota, Chippewa, en mestiezen zoals ik – waren minder duidelijk aanwezig op de campus. De indiaanse vrouwen die ik kende, waren verlegen en erg ijverig, hoewel een paar van hen woest rondbanjerden in blouses met franje, en met vriendjes die eruitzagen of ze lid waren van de indiaanse activistenbeweging. Ik paste eigenlijk nergens bij. Wij waren keurige, aangepaste indianen, en ik wilde naar Parijs. Ik miste mijn ouders en mijn ooms en was bang dat Mooshum zou overlijden tijdens mijn afwezigheid.

Mijn kamergenote was een fors, blond meisje uit Wishek, zo vastbesloten om verpleegster te worden dat ze oefende door mij dingen te brengen – een glaasje water of, als ik hoofdpijn had, een aspirientje. Ik liet haar mijn bloeddruk en temperatuur opnemen, maar wilde haar niet op me laten oefenen met een injectienaald. Ik bracht het grootste deel van mijn tijd door in de bibliotheek. Daar verstopte ik me en zat te lezen op de poëzieafdeling. Mijn favorieten waren allemaal somber gestemd, van Rimbaud tot Plath. Het was het tijdperk van de romantische zelfvernietiging. Ik was vooral geïnteresseerd in degenen die jong stierven, gek werden, verdwenen, én naar Parijs gingen. Er was maar één overlevende van de grenzeloze ervaring die me interesseerde, en zij werd mijn muze, mijn model, mijn alles. Anaïs Nin.

Ik ging op in het contact van ziel tot ziel. Ik leende haar steeds opnieuw in de bibliotheek, maar toen het zomer werd, had ik haar harder nodig dan ooit. Ik moest haar meenemen en bij me hebben wanneer ik in de 4-B's werkte, wanneer ik de familiewas ophing, wanneer ik met Joseph op Geraldines oude pinto reed. Anaïs. Ik kocht de cassette met al haar dagboeken. Een enorme investering. Moeilijk uit te leggen – ze was zo gedreven in de kunst, ingetogen en tegelijkertijd zo schaamteloos, en die glanzende ogen! Ik kwam de zomer door. Toen ik in de herfst buiten de campus ging wonen, in een mooi, halfvervallen boerenhuis, was ik doordrenkt met de olie van mijn zelfverzonnen waanzin.

Net als Anaïs legde ik elke gedachte onder de loep, alle visuele trivia werden hoogstbelangrijk, mijn zwakste verlangen een scheurende honger. Ik had Anaïs te allen tijde bij me, hoewel het verschil tussen onze levens moeilijk te verteren was. Anaïs had bedienden gehad om haar te voeden en haar rommel op te ruimen. Zelfs haar ontaarde minnaars raapten haar kleren van de vloer; haar dineetjes waren vol sociale gevaren en alarmsignalen, maar na afloop hoefde ze niet af te wassen. Desondanks hield ook ik nauwgezette, overvolle dagboeken bij. Elk aantekenboek had een titel die ontleend was aan een dagboeknotitie van Anaïs. Het dagboek van die herfst heette 'Ontluikend in de leegte'.

Net als Anaïs zou hebben gedaan, schreef ik lange brieven aan Joseph. Hij schreef korte terug. Corwin bracht me met de auto naar school en ik las de hele weg voor uit haar dagboek. Hij vond het alleen leuk als het over seks ging – voor de rest zei hij dat ze 'veel te veel in haar hoofd leefde'. Corwin kwam af en toe langs. Onze lageschoolidylle was een grapje tussen ons, en zijn diefstal van de viool van mijn oom was vergeven na de begrafenis. Hij was een dealer en leverde aan mijn vrienden.

Ik was ingetrokken bij een stel plaatselijke dichters, hippies, en iedereen was vies. Ik probeerde het ook te zijn, maar mijn reinheidsnormen beletten me helemaal in de geest van de tijd te duiken. Ik had van mijn moeder geleerd mijn omgeving op orde te houden, mijn vaat te doen, mijn handdoeken te wassen. Het doorgezakte houten huis waar we woonden had maar één badkamer. Van tijd tot tijd, omdat niemand anders het ooit deed, ging ik overstag en maakte schoon. Als ik dat deed, kreeg ik de pest aan mijn vrienden, nam het ze kwalijk als ik later het vuil weer zag aangroeien, maar ik kon het niet helpen. Mijn pietluttigheid oversteeg altijd mijn woede.

Aan het eind van die herfst kreeg ik, ver na middernacht, een van mijn badkamerschoonmaakaanvallen. Ik haalde een emmer, een borstel en een pak van een scherp ruikend poeder dat Soilax heette. Ik scheurde een oude handdoek in vieren. Ik maakte het bad, de wc en de wasbak nat en strooide daarna de Soilax gelijkmatig over elk oppervlak. Ik keek even om me heen en herinnerde me het plamuurmes dat ik in de kelderkast had opgeborgen. Ik ging het halen, en een plastic tas, en toen begon ik alle wasachtige bruine resten vet, haar, zeep, schuim, de versteende slierten tandpasta, de poep en het gewone vuil weg te krabben.

Het schoonmaken kostte een paar uur en de plafondlamp boven

mijn hoofd leek fel toen ik ophield, doordat ik de dode vliegen eruit had gehaald. Maar toen het licht neerstroomde uit de schone bol, kwamen er een paar dichtregels in me op.

Mijn hoofd is een plafondlamp vol met dode vliegen.
Kon ik mijn gedachten maar helder laten schijnen!
Spreid de gekreukte vleugels, studenten en docenten van de UND,
Laat lichamen als stof over de vlakten waaien!

Ik krabbelde die regels in het aantekenboekje dat ik altijd in de achterzak van mijn spijkerbroek droeg. 'Ontluiken in de Leegte' was bijna vol. Ik wilde een warm bad nemen om de stank van het ontsmettingsmiddel weg te werken, maar wat ik op sommige plekken had gedaan leek het bad alleen maar viezer, en fout, te hebben gemaakt, alsof ik een ecosysteem had verstoord. Dus nam ik heel snel een douche en ging naar beneden waar zoals altijd een feest aan de gang was. Dit keer was het een welkomstfeest voor een mededichter die die dag terug was komen lopen over de Canadese grens en ondergronds ging, zoals hij voortdurend luid verkondigde. Hij ging ook douchen in mijn schone badkamer. Ik had wijn verdiend. Ik herinner me dat die goedkoop en erg roze was en dat Corwin halverwege een glas ervan een stuk papier uit een witte enveloppe haalde en er een paar vierkantjes van afscheurde, die ik in mijn mond stopte.

Ze probeerde alles, Anaïs, dit zou zij ook geprobeerd hebben! *Spaanse danser*, riep ik tegen Corwin – hij was mijn achterachter- of achterachterachterneef. Zij was verliefd op haar neef. *Eduardo!* zei ik tegen Corwin en kuste hem. Dat drong allemaal pas veel later tot me door. Want door de wijn had ik niet gemerkt dat ik vloeipapier met lsd had genomen, zelfs toen alle effecten merkbaar waren – de gruwelijke misvormingen van de gezichten om me heen, de muren en gangen van geluid, de gefluisterde instructies van voorwerpen, een paniekerige angst waarin ik sprakeloos werd en helemaal niet kon communiceren. Ik sloot me op in mijn kamer, maar merkte algauw dat het een tuin was geworden voor de plaatselijke herpetofauna en allerlei exoten als de dodelijke cobra, die allemaal onder de plint doorkwamen en soms uit de lampen kwamen glijden. Ik bleef twee dagen zonder te slapen in mijn kamer zitten kijken naar kousenbandslangen met rode strepen, boomkikkers en van tijd tot tijd een prairiepad. Ik dook van de ene doodsangst in de andere, zonder te weten wie ik was en zonder me te herinneren hoe ik in die toestand was beland. Mijn kluizenaarschap was zo gewoon en het huishouden zo chaotisch dat niemand mijn afwezigheid echt opmerkte.

Op de derde dag verscheen er alleen een tijgersalamander, *Abystoma tigrinum*. Dat troostte me, een oude vriend. Ik begon een betrouwbaar verband tussen het ene moment en het volgende te zien, en met enige zekerheid te voelen dat ik één lichaam en één bewustzijn bewoonde. De doodsangst zwakte af tot een draaglijker vrees. Ik at en dronk. De vierde dag sliep ik. Ik huilde aan één stuk door op de vijfde en zesde dag. En zo werd ik langzamerhand weer de persoon die ik als mezelf had gekend. Maar ik was niet hetzelfde. Ik had ontdekt hoe smal het spoor was waarop ik liep. Ik was de verbinder van mijn gevoelens kwijtgeraakt, mijn verstand kwijtgeraakt, het vertrouwen in mijn beheersing van mijn geestelijke gezondheid kwijtgeraakt. Ik had mezelf schrik aangejaagd en daarom was het een troost om terug te keren naar de dagboeken. Anaïs was zich zo intens bewust van haar innerlijke toestand. Ze beschreef de effecten van de wereld op haar – de tijd van de dag, de lucht, het weer, alles beïnvloedde haar stemmingen. Ik begon te beven als ik sommige van haar aantekeningen met al die details las. Ik had iemand nodig die veel aandacht besteedde aan de wereld die ik bijna achter me had gelaten.

'Alles. Het huis behekst me. De lampen zijn aan. De fantastische schaduwen van het gekleurde licht op de gelakte muren…'

Dat was haar slaapkamer in september 1929.

Geen reptielen voor Anaïs. Mijn eigen vrees bleef terugkomen. Het was alsof in die verschrikkelijke dagen mijn innerlijke bedrading was omgelegd en nu leek ik aangesloten op angst. Paniektoestanden. Tijdelijke shock – ook als ik heel even schrok, kon ik niet ophouden met trillen. Angstige maar kortstondige barsten in de werkelijkheid.

Dagdromen die zo levendig waren dat ik er misselijk van werd. Het lukte me te blijven functioneren. Omdat ik toch al zo stil was, verborg ik deze geestelijke ontsporingen. Alleen had ik bepaald dat ik op de een of andere manier niet meer bij de zorgeloze gezonden van de wereld hoorde. Ik hoorde bij... Anaïs. Op de campus zag ik de weldoorvoede, normale, zelfverzekerde studenten met glanzend haar en leren riemen in grote groepen langskomen. Ik zou nooit een van hen zijn! In plaats daarvan, omdat ik niet kon dansen – wat was Spaans dansen eigenlijk? – en omdat ik nog niet naar Parijs kon, besloot ik dat ik in een psychiatrische kliniek zou moeten wonen en werken.

Ik bewerkte mijn docent Grondbeginselen van de Psychologie (de cursus had de bijnaam Dollen en Dellen) om me te helpen een baan te vinden voor een semester. Ik werd aangenomen als psychiatrische verpleeghulp. Die winter pakte ik een koffer en nam een lege, oververhitte Greyhoundbus naar de psychiatrische kliniek, waar ik door oogverblindende vlagen kou zwoegde en een kleine kamer toegewezen kreeg in het verpleegstershuis.

Warren

Mijn kamer was klein, de muren dieproze. In mijn dagboek schreef ik: *Ik zal ze bedekken met sjaals.* Op het eenpersoonsbed lag een sprei met oosterse print. Een weelderig landschap met pagodes, kronkelende beekjes en nijgende wilgen. Daar hield ik van. Er was een spiegel, een glanzend roodbruine ladekast, een koelkastje op een houten tafel, een blauwe keukenstoel. Blauw! Mijn secundaire muze – de kleur blauw. Ik haalde de koelkast van de tafel en maakte een bureau voor mezelf. Ik borg alles op, mijn lange rokken en de handgebreide turkooizen trui die ik aan één stuk door droeg. Ik had nog geen van de andere verpleeghulpen ontmoet. Er was iemand in de kamer naast de mijne. De muren waren dun en ik hoorde de ander kalm rondlopen en ritselen met de kleren in haar kast. Er waren regels tegen lawaai, tegen muziek, want de mensen met nachtdienst sliepen de hele dag. Mijn dienst zou om zes uur 's ochtends beginnen. Dus nam ik een douche verderop in de gang en droogde mijn haar. Ik legde mijn uniform klaar op de stoel, de jurk van zware, witte kunststof met diepe zakken, de panty en de verpleegstersschoenen met dikke zolen die ik speciaal had aangeschaft.

Zoals altijd werd ik op tijd wakker om de wekker uit te zetten net voordat hij afging. Ik kookte water in mijn groene keteltje en maakte een beker oploskoffie. De lucht was ochtendstondelijk indigo. Ik trok een lange, zwarte jas aan die ik bij de derdewereldwinkel had gekocht, een jas met een soort krullend bont, als van een hond, op de kraag en manchetten. Hij was gevoerd met satijn, met daaronder misschien wollen dekenstof, want hij was zwaar als een schild. De lucht prikte in mijn neus, mijn huid trok strak en een intense vriespijn stak in mijn voorhoofd.

Ik liep over het bevroren grasveld naar de afdeling en ging in het verlichte kantoortje zitten. De verpleegster die dienst had, stelde zich voor als mevrouw L. omdat haar echte naam te lang was, zei ze, Pools en onuitspreekbaar. Ze was lang, breed en zag er nu al moe uit. Ze droeg een slobberig, geelbruin vest over haar uniform, en in haar pluizige, rozeblonde haar zat een verpleegsterskapje gespeld. Ze dronk koffie en at een geglazuurde donut uit een papieren zakje.

'Wil je ook?' Haar stem klonk dof. Ze zei tegen een van de andere verpleeghulpen die binnenkwam dat ze een zware nacht achter de rug had. Haar zoontje was ziek. Ze kenden elkaar allemaal en het gesprek dwarrelde een paar minuten heen en weer.

'Wat moet ik doen? Kunt u me iets te doen geven?' vroeg ik met een te hoge, zenuwachtige stem.

'Moet je dat horen,' lachte mevrouw L. 'Maak je geen zorgen, er is genoeg. De patiënten zijn nog niet op.'

'Behalve Warren,' zei de verpleegster die net uit de dienst kwam. 'Warren is altijd op.'

Ik liep van het kantoor naar de gang die uitkwam op een enorme vierkante ruimte met roze met zwart geblokt linoleum op de vloer. De muren waren een vreemd lavendelgrijs dat misschien rustgevend was bedoeld. De gordijnloze ramen waren rechthoeken van staalblauwe lucht die in normaal daglicht veranderden toen de patiënten opstonden en langzaam aan kwamen kuieren in hun gestreepte katoenen nachthemden door een andere gang die vanaf links naar de grote ruimte leidde. Aanvankelijk zag iedereen er hetzelfde uit, mannen en vrouwen, jong en oud. Mevrouw L. deelde medicijnen uit in kleine kartonnen bekertjes en zei met een armgebaar: 'Ga met Warren daar mee en zorg dat hij het inneemt.'

Dus ging ik met Warren mee, de nachtuil, een oudere – nee, echt heel oude – man met lange armen en het gespierde, tanige lichaam van een boer die zo hard heeft gewerkt dat hij nu eeuwig blijft leven, of in elk geval voorbij het bereik van zijn geest. Zijn zongebrande kleur was nu permanent, door de zon in de onderkant van zijn gezicht en in zijn handen gebrand. Hij had een leren V in zijn hals van een leven lang open boorden. Zijn benen, buik, borst en bovenarmen waren waarschijnlijk lijkwit. Hij was al keurig gekleed – hij kleedde en schoor zichzelf altijd. Hij droeg een schone bruine broek en een gerafeld maar gestreken geruit overhemd en begon te lopen. Hij sloeg de pillen achterover zonder een stap over te slaan. Hij liep maar door. Hij kwam uit Pluto en was waarschijnlijk familie van Marn Wolde, maar ze had het nooit over hem gehad. Ik keek die eerste dag veel naar Warren omdat ik niet kon geloven dat hij het vol zou houden, maar hij stond niet langer dan een tel stil, nam op de aangewezen tijden eten tot zich en wandelde daarna door de gangen heen en weer, zigzagde door de gemeenschappelijke ruimte, elke slaapkamer in en uit. Tegen iedereen die hij ontmoette, knikte hij en zei: 'Ik maak ze allemaal af.' De patiënten antwoordden: 'Hou je kop.' Het personeel leek het niet te horen.

Het programma van de eerste dag werd routine. Ik werd vroeg wakker om mijn dromen en gevoelens vast te leggen, kleedde me aan, stak een pen en opschrijfboekje in mijn zak, plus een klein boekje dat ik had besteld – een miniatuur Frans woordenboek van blauw plastic. Ik had het niet opgegeven. Ik noteerde alles, snelle krabbels in een hokje als ik naar de wc ging. Voor het ontbijt liep ik door de ondergrondse leidingengangen naar de eetkamer. Het was mijn taak als begeleider ervoor te zorgen dat niemand zich in de tunnels verstopte of verdwaalde. Ik at met de patiënten, zette mijn dienblad in de rij en wachtte af wat erop terecht zou komen. Lammetjespap, koude toast, een kluit boter, een pakje melk, sap als ik vroeg genoeg was, en koffie. Er was altijd koffie, eindeloos, zwart zuur in gesteriliseerde en gevlekte melamine bekers. Ik at wat ze me voorzetten, wat het ook was, gulzig en verstrooid. Hetzelfde deed ik bij de lunch. Macaroni met gehaktsaus. Extra brood, extra boter. Ik begon de hele dag aan eten te denken. Mijn gedachten werden beheerst door eten. Eten begon veel ruimte in mijn dagboek in te nemen. Er viel niets nieuws over te zeggen in het Engels, dus begon ik het eten in het Frans te beschrijven. Algauw was er in geen van beide talen iets nieuws meer over te zeggen.

Ik werd ingedeeld bij een open afdeling. De patiënten konden zich afmelden als ze over het stijfbevroren terrein wilden lopen. Zolang ze niet tot na de avondklok wegbleven, mochten ze overal heen. Er werd ook veel gezeten. Als deel van mijn baan werd ik geacht mensen aan te horen, uit hun tent te lokken, met gesprekken een decor van realiteit te bieden en ze te vertellen wanneer ze fantaseerden.

Warren praatte soms over de oorlog, maar een van de verpleegsters vertelde me dat hij geen veteraan was. 'Ik inspecteerde de troepen. Ze marcheerden langs en wendden hun blik naar mij als ze langsliepen. Ik zei tegen generaal Eisenhower: "Geestelijk bent u geen erg goede president." Zijn adjudant keek om, naar mij. Hij droeg burgerkleren...' Enzovoort. Zijn monologen eindigden altijd met: 'Ik maak ze allemaal af.' Altijd hetzelfde. Ik wilde zijn geestelijke spiraal herschrijven, maar in plaats daarvan liep ik met hem mee. Hij probeerde me vaak geld te geven – op een eigenaardige manier heel klein opgevouwen dollarbiljetten. We liepen een paar keer de zalen rond, altijd op dezelfde tijd. Ik kende ieders routine. Ik kende ieders waanbeeld, de plaatsen waar een kras in hun grammofoonplaat zat, waar geluiden herhaald werden.

In de koffiekamer van de patiënten waar de tussendoortjes werden klaargemaakt at Lucille lepels vol maïzena rechtstreeks uit het pak.

'Dat moeten we opbergen,' zei ik tegen haar. Mijn stem veranderde, werd zangerig, toegeeflijk en flikflooiend, net als die van het andere personeel. Ik kon mezelf niet aanhoren.

'Ik at dit toen ik zwanger was,' zei Lucille. 'Wist je dat ik negen keer kunstmatig geïnsemineerd ben?'

'Alsjeblieft, Lucille, geef me de lepel.'

'Ik heb alle negen kinderen voor adoptie aangeboden, de een na de ander, maar dat vonden ze niet leuk. Weet je wat ze deden?'

'Ze hebben geen spinnen onder je deur door geblazen. Dat verbeeld je je maar. Dus zeg dat niet en geef me de lepel.'

'Ze hebben spinnen onder mijn deur door geblazen.'

'Hé!'

Ik griste de lepel en het pak weg. Eén snelle graai en ze waren allebei van mij.

'Niemand heeft spinnen onder je deur door geblazen.'

'Mijn kinderen wel,' zei Lucille koppig. 'Mijn kinderen haatten me.'

Warren kwam binnen. Hij zag er minder ordelijk uit, ongeschoren, zijn overhemd scheef geknoopt, zijn gulp niet dichtgeritst. Zijn haar stak in plukken alle kanten op. Maar een minuut of vijf lang voerden we een volkomen normaal gesprek. Toen begon hij over generaal Eisenhower en was vertrokken. Ik liep weg met het pak maïzena.

Nonette

Mevrouw L. was bezig met de intake van een nieuwe patiënte, een jonge vrouw die met haar rug naar me toe zat. Ik bleef even in de deuropening van het kantoortje staan. Die vrouw had iets – ik voelde het onmiddellijk. Een vuur. Ze droeg een zwarte jurk. Haar ogen waren boos blauw en haar lippen felrood. Haar huid was flets en glimmend, alsof ze koorts had. Haar blonde haar, geverfd misschien, was vet en dof. Ze draaide zich om op haar stoel en glimlachte. Ze was ongeveer mijn leeftijd. Tussen al haar tanden zat een smalle spleet, waardoor ze eruitzag als een roofdier. Ik gaf het pak maïzena aan mevrouw L., die het afwezig op de vensterbank zette.

'Dit is Nonette,' zei ze.

'Is dat Frans?' vroeg ik. Dat was het. Ze zag er Frans uit.

De nieuwe patiënte antwoordde niet maar bleef me strak aankijken, haar glimlach werd een valse grijns.

Mevrouw L. tuitte haar lippen en vulde de lege plekken op de formulieren in. 'Nonette kan in kamer twintig slapen. Hier is de linnensleutel. Waarom help je haar niet zich te installeren?'

'Neem mijn spullen mee,' beval Nonette.

'Evelina is geen kruier,' zei mevrouw L.

'Geeft niet hoor.' Ik sleurde een van Nonettes koffers de gang door. Ze glimlachte achterbaks en liet de andere koffer vallen zodra we uit het zicht van mevrouw L. waren. Ze wachtte terwijl ik hem naar haar kamer droeg en keek toe hoe ik haar lakens, een kussensloop, een zware deken en een dunne sprei van wafelkatoen uit de linnenkast haalde. Haar kamer was een van de betere, met maar twee kamergenoten. Er waren ingebouwde houten kasten in plaats van gammele, prullerige ladekasten, en het bed was stevig. Het had zelfs alle vier de zwenkwieltjes nog onder de poten.

'Wat een teringdump,' zei Nonette.

'Valt best mee.'

'Jij bent een bitch.'

'Jij bent een bidet.'

In een winkel van het Leger des Heils had ik een Frans woordenboek uit 1924 gevonden dat *Nouveau Petit Larousse Illustré* heette. Ik was inmiddels bij de B. Op de bladzijde met het woord *bidet* stonden ook mooie kleine gravures van een *biberon*, een *biche*, een *bicyclette* en een *bidon*.

Nonettes mond vertrok smalend. Ik ging weg. De volgende dag was Nonette overdreven vriendelijk tegen me. Toen ik de afdeling opkwam, greep ze onmiddellijk mijn hand alsof we de vorige dag een geweldig gesprek hadden onderbroken, en ze trok me mee naar de serre, waar het ijskoud was, maar waar patiënten heen gingen om ongestoord te kunnen praten. Ik ging naast Nonette op een aluminium tuinstoel zitten. Ik had een trui aan. Zij droeg een dun, katoenen button-downoverhemd, een mannenoverhemd met das en een mannenbroek van zware katoen. Haar schoenen waren vrouwelijke punthakjes. Haar haar was naar achteren geplakt met water of Vitalis haarlotion. Ze was een vreemd mengsel van elementen – ze zag er depressief uit, maar ook, dat viel niet te ontkennen, chic. Vandaag had ze zwarte eyeliner op en haar gezicht was aantrekkelijker, harmonieuzer in het getemperde licht.

Ze rookte niet. 'Dat is een smerige gewoonte,' zei ze toen ik er een opstak. Ik rookte het soort met weinig teer en nicotine omdat ik daar voortdurend te veel rookte, net als alle anderen, en er pijn van in mijn borst kreeg.

'Ik zou moeten stoppen.' Ik drukte mijn sigaret uit. 'Waar wil je over praten?'

'Ik wilde met iemand van mijn eigen leeftijd praten, niet met die klojo's, psychiaters en zo. Je ziet er ook niet slecht uit. Dat scheelt. Ik wilde praten over dingen die me dwarszitten. Ik ben hier om beter te worden, toch? Dus wil ik praten over hoe echt hartstikke ziek ik ben. Ik heb erover gepraat, dat weet ik, maar ik heb het niet echt vertéld. En als ik dat wel gedaan heb, dan is er sowieso niets mee gebeurd. Daarom wil ik er dus over praten.'

Ze zweeg even en boog zich naar me toe. Haar hele gezicht werd op dat moment scherper, haar wenkbrauwen vloeiden weg in haar slapen en haar mond lag dieper.

'Als ik opnieuw geboren kon worden,' zei ze, 'dan zou ik neutraal geboren worden. Vrouw of man, dat is niet wat ik bedoel. Ik zou geen libido hebben. Het zou me geen barst kunnen schelen, ik zou het niet nodig hebben, niets. Het geeft alleen maar problemen, dingen die je doet en waarom je jezelf later haat. Neem nou bijvoorbeeld toen ik negen was, toen ik het voor het eerst had. Hij was familie, een neef of zo, die een zomer bij ons logeerde.'

'Waar?' vroeg ik.

'Niet in dat stomme Frankrijk,' antwoordde ze. 'Hoe dan ook, hij komt binnen zonder kloppen en knielt naast mijn bed. Hij haalt de dekens van me af en begint me te doen met zijn mond. En eerst, weet ik veel, schaam ik me ervoor. Maar ik had een haakje voor op mijn deur kunnen kopen, ik had hem kunnen verlinken. Maar dat doe ik niet omdat ik er zo van word dat ik het ga willen. Hij kleedt zich helemaal uit. Hij leert me hoe ik hem moet aftrekken. En dan doet hij het weer met mij.

Ik ben een klein meisje, ja, ik was me niet eens zo goed. De volgende keer neemt hij een washandje mee en maakt me eerst schoon. We hebben een ritueel. Waar zijn mijn vader en moeder? Die slapen aan de andere kant van de gang, beneden, en de ventilator in hun kamer staat aan. En mijn neef is godverdomme bij de padvinderij! Probeerde hij godverdomme een insigne te verdienen? Hoe dan ook, hij gaat naar huis. Er gebeuren dingen. Ik denk dat ik me al anders voel, ik ben anders. Er hangt een geur om me heen, seks, die niemand anders in mijn klas heeft. Ik kijk naar de oudere jongens. Ik weet wat er komen gaat. Ik ga ernaar op zoek.

Kijk haar nou...' Ze lachte plotseling en schoof van me weg. 'Jij bent helemaal gehypnotiseerd of zo...'

Ze staarde door het raam naar het besneeuwde terrein. 'Ik ben niet Frans,' zei ze zacht. 'Ik ben een puinhoop. Ik zit in een gekkenhuis. Ik denk dat ik een geslachtsveranderingsoperatie wil. Ik wil een man zijn zodat ik van dit gezeik af ben.'

'Van mij krijg je geen gezeik.'

Haar mond sperde zich spottend open. 'Ach, kijk haar nou, probeert stoer te doen. Jij bent niet stoer. Jij bent een, een studentje, ja? Nou en. Ik heb ook gestudeerd, ik heb een bul en een lul. Ik ben een man die doet of hij een vrouw is. Wil je hem zien?' Toen sloot haar gezicht zich, verveeld. 'Ik maak maar een geintje. Flikker op.'

'Het spijt me,' zei ik tegen haar. 'Je bent echt mooi.'

Ze wilde niets zeggen, wilde me nu niet aankijken.

'Jij bent een indiaan of zo, hè?' mompelde ze. 'Dat is best wel cool.'

Ik ging terug naar de recreatiezaal en speelde gin rummy met

Warren, die zich niet kon concentreren. Ik had het idee dat hij niet al zijn medicijnen slikte, maar als hij een manier had gevonden om ze te verstoppen, dan was hij behoorlijk geslepen. We hielden hem elke ochtend in de gaten. Hij leek ze door te slikken. Zijn mond was leeg.

De volgende ochtend stond er een politieagent in het kantoortje koffie te drinken met mevrouw L. Hij had net Warren teruggebracht. Toen we uitgekaart waren, was Warren naar buiten gestapt, door de velden, over een smalle weg die naar het westen liep, en dertig kilometer verderop opgepakt toen hij een erf op kroop. Warren was gevallen en de zijkant van zijn hoofd zat vol bloed. Hij lag nu te slapen, gedrogeerd, en pas aan het eind van de middag stond hij op en kwam in de conversatiezaal zitten, de ene kant van zijn hoofd gezwollen, donker en in het verband. Ik ging naast hem zitten.

'Ik hoorde dat je een slechte dag hebt gehad.' Die woorden schoten zo uit mijn mond. Toch was ik nieuwsgierig. Misschien was het wreed om zo nieuwsgierig te zijn. Ik vroeg naar de stemmen die hij hoorde – of ze streng voor hem waren.

Hij rechtte zijn rug en haalde zijn schouders op. Hij droeg een ander, bijna nieuw, geel overhemd. Hij ging voorzichtig met zijn hand naar zijn gezicht en verkende het met zijn vingers. Toen haalde hij uit zijn zak een van zijn klein opgevouwen dollarbiljetten. Hij probeerde het aan mij te geven.

'Nee,' zei ik en vouwde zijn dorre vingers om het geld.

'Alsjeblieft.' Zijn oude ogen smeekten, vochtig en rood. 'Ik heb het gedaan omdat zij het zeiden…' maar hij verslikte zich in wat hij had willen zeggen en zijn stem klonk als het gekras van een kraai. Hij wreef over zijn gezicht en sloot zijn ogen. En toen zag ik, helemaal langs de randen van zijn gezicht, in de samengebalde spieren en de stand van zijn ogen en kaak, dat hij in een dagdroom zat. Hij stak zijn armen omhoog. Kromde zich weer. Ging op een stoel zitten en begon iets onzichtbaars op zijn schoot uit elkaar te halen. Daarna zat hij zo stil als een standbeeld met zijn hoofd omhoog. Staarde opzij in een fuga van roerloosheid en luisterde.

De kus

Nonette en ik zaten in de ijzige serre en deze keer rookte zij ook.

'Ik doe alleen mee met die walgelijke gewoonte zodat ik niet hoef te walgen van het feit dat jij het doet,' zei ze.

Ik haalde mijn schouders op en nam een stevige trek. Ze was ruziezoekerig op een onderkoelde manier die niemand al te serieus nam. En ze had dat verhaal van die verkrachting door haar neef, de hopman, al aan iedere verpleegster, assistente, dokter en patiënt die beschikbaar was verteld. Het was gewoon haar manier om een gesprek te beginnen. Hier hoorde het natuurlijk niet uit te maken of het verhaal waar was, want waar het om ging was dat ze behoefte had het te vertellen. Ik was nu getraind om zo te denken. Nonette droeg een zwart mannenpak, een doodgraverspak, en een Charlie Chaplin-bolhoed. Allemaal te groot en komisch mannelijk. Ze pakte mijn sigaret af en drukte hem uit. Toen hield ze opeens mijn kin in de palm van haar hand. Ze boog zich naar me toe en kuste me. Eerst was er niets verontrustends aan, het was niet anders dan de andere keren dat ik iemand voor het eerst had gekust. Er was datzelfde aarzelende vuur, dezelfde nieuwsgierigheid. Alleen werd zij verondersteld gek te zijn en werd ik verondersteld niet gek te zijn, en we waren vrouwen. Of misschien was Nonette alleen in de war, en ik minder in de war, en zij beweerde dat ze een man was. Ze deed alsof ze een man was. Of ze deed alsof ze deed alsof.

Ze leunde weer ontspannen naar achteren in haar stoel, trok een been op en sloeg haar armen om haar knie. Ze staarde naar me om mijn reactie te peilen. Ik was plotseling van top tot teen geladen met een elektriserende gêne. Ik bloosde steeds dieper en verloor mijn zelfbeheersing. Toen dwong ik mezelf op te staan, en wist, onhandig en groot, naar de deur van de serre en de ingang van de afdeling te struikelen. Ze zat nog steeds te kijken, nu met een glimlach.

Eigenlijk, eerlijk gezegd, wist ik indertijd niet dat vrouwen andere vrouwen op die manier konden kussen behalve in Parijs. Ik had niet gedacht dat het kon gebeuren, of had nooit gehoord dat het gebeurde, in North Dakota. Ik was onthutst van tedere verwondering.

Later kreeg ik de opdracht bij Nonette te gaan kijken. Ze was naar bed gegaan, had de dekens opengeslagen en was eronder geschoven met al haar kleren aan. Ik zag haar zware schoenen aan het voeteneind uitsteken. De aanblik van haar schoenzolen vervulde me met medelijden en blijdschap.

Niets in de vele verhalen van ommekeer en romantiek tussen mijn ooms en tantes had me hierop voorbereid. Een kus van een ander meisje zette me buiten de vertellingen. Geen van de familiegeschiedenissen kon me raken. Ik was nu in het verhaal van Anaïs. Een gevaarlijke liefde die verwoestend kon zijn. Tegelijkertijd was ik zo bang voor alles waar de kus toe zou kunnen leiden dat ik niets anders kon bedenken dan eten. Ik stouwde mijn kamertje vol met voedsel en hield niet lang genoeg op met eten om na te denken. Pakken crackers lagen opgestapeld langs de muur. Fruityoghurt stond in de koude ruimte tussen het raam en het stormvenster. Blikken fris. Vruchtentaarten en pinda's, zakken appels. Ik zat uren aan de telefoon in de gang op zoek naar huisgenoten, vriendinnen, zelfs Corwin, die afstandelijk deed. Het kon me niet echt schelen. Ik hield hem zo lang mogelijk aan de lijn, want als ik had opgehangen kon ik alleen maar teruggaan naar mijn kamer, waar het eten wachtte. Zolang ik at, kon ik me concentreren op wat ik schreef of las. Mijn ogen vlogen over de bladzijden, mijn hand van zakje naar mond. Voor de uren tot het uur waarop ik in slaap kon vallen werkte dat. Ik hoefde niet te bedenken waar ik mee bezig was, waar Nonette mee bezig was, waarom ik niet aan haar kon denken en waarom ik niet kon ophouden aan haar te denken.

Als ik op een dag aan het eind van de ochtend een patiënt naar de schoonheidssalon heb begeleid, loop ik alleen terug door de ondergrondse leidingengangen, en daar is ze. Ze komt me tegemoet zonder begeleider.

'Ik heb een pasje.' Nonette grijnst en stopt recht tegenover me.

We staan dicht bij elkaar en er is niemand anders in de witgekalkte, warme tunnel, die verlicht wordt door zwakke peertjes en zich vertakt in kleine kasten en afgesloten kamers vol bezems, dweilen en schoonmaakmiddelen. Haar gezicht is opgewekt en helder, haar haar warrig goud in het schaarse licht, haar ogen zijn kalm en groot en zonder make-up. Ze is mooi als iemand in een buitenlandse film, in een boek, in een catalogus van vreemde, dure kleren. Vandaag zit er groen in haar ogen, haar ogen zijn van zeeglas. Ik kan haar mond bijna proeven, zo dichtbij is hij weer, roze en fris van de tandpasta. Ze draagt een spijkerbroek, een wit sweatshirt, sportschoenen en sportsokken. Ik draag mijn goedkope witte uniform van schurende kunststof met plissé en een rits aan de voorkant. Ze legt haar vingers op de lip van de rits bij mijn keel. Ze lacht.

'Heb je een onderjurk aan?'

Ik pak haar hand bij de pols, mijn duim op haar slagader.

'Stop, stop,' doet ze, maar haar stem is zacht. Ik volg haar een hoek om, dan een scherpe bocht, door een deur, en we staan midden tussen de buizen, sommige ingepakt in verpulverende verbanden van asbest, andere zijn gladde, kokendhete koperen leidingen. Mijn kapje blijft haken. Ik laat het vallen. We lopen het nest van buizen in, bukken diep onder de grootste door en lopen de betonstenen trap af naar de andere kant, een soort volledig ingesloten overloop. Achter ons is een muur van ruwe baksteen met zandsteen die naar aarde ruikt, naar velden in de zomer wanneer de zon erop beukt na zware regenval. De warmte brengt de geur naar boven.

'Laten we gaan zitten,' zegt ze. 'Ik wou dat ik je stoned kon maken, maar ik heb niets.'

Ik houd nog steeds haar pols vast. Er is nauwelijks ruimte om te staan. De buizen, die parallel lopen, in verschillende lengtes, schampen langs onze kruin.

We gaan samen zitten. Ik tril helemaal maar zij is erg rustig. Eigenlijk is het niet zoals ik had gedacht dat het zou zijn. Na de eerste paar tellen is er helemaal niets engs meer aan om haar te kussen of te strelen. Het is vertrouwd, helemaal vertrouwd, veel meer dan als ik een jongen zou strelen die ik nog nooit had gestreeld. Alleen blijf ik beven, trillen, omdat onze lichamen hetzelfde zijn, en als ik haar streel, weet ik wat ze voelt, net zoals zij dat weet als ze mij streelt, dus lijkt het tegelijkertijd normaal en onverdraaglijk. We kleden ons niet uit, doen niets, strelen elkaar alleen zachtjes over onze armen, onze hals, onze handen, en kussen elkaar. Haar hele gezicht is gloeiend, en zacht, als bloemblaadjes.

Ze zegt: 'Zo is het genoeg.' Ik moet nu terug en zij zal me volgen. Nog even en dan gaan ze ons missen. Als ik terugloop door de gangen van witgekalkte steen, door de vijf deuren, terug naar de afdeling, begin ik me voor te stellen hoe het werkelijk in elkaar zit. Ik verzin haar verhaal. Mijn gedachten slaan op hol. Toen Nonette hier kwam, was ze duidelijk in nood, en ik was er voor haar. Zij was er voor mij. Toen ik hier kwam, wist ik niet dat ik degene zou ontmoeten die ik altijd nodig had gehad. Over een week of zo, misschien drie, is ze weer in orde. Dan ga ik samen met haar weg.

'Nonette zei dat je een patiëntenbezoek hebt aangevraagd.' Mevrouw L. zit achter haar bureau met een stapel formulieren onder haar gespreide handen.

'Ja,' zeg ik, hoewel ik het niet heb aangevraagd. Maar ik glimlach, langzaam blozend bij het idee. Nonettes idee.

'We moedigen onze verpleeghulpen van harte aan om buiten diensturen met de patiënten te werken, en ik zou niet weten waarom het niet zou kunnen, zolang je weet dat ze hier kwam met een paar echte problemen.'

'Dat weet ik. Daar heb ik het met haar over gehad.'

'Mooi.'

Mevrouw L. wacht en kijkt me iets te oplettend aan. Ik hoor niet heel veel te weten over de persoonlijke geschiedenis van elke patiënt, niet meer dan de patiënt wil dat ik weet.

'Kijk,' zeg ik, 'ze heeft me verteld van haar neef die zich aan haar heeft opgedrongen. Ik weet dat ze zichzelf niet in de hand had toen ze hier kwam, en ik weet nog steeds niet precies wat het in gang heeft gezet. Ik weet niet waar ze thuis mee te maken heeft, of op de universiteit, en ook niet of ze daar weer naartoe zal gaan. Ik vind Nonette gewoon aardig. Ik doe dit niet omdat ik medelijden met haar heb.'

Mevrouw L. bijt op haar lip. 'Je motieven zijn goed, dat weet ik. Maar je moet weten, begrijpen, dat ze lithium slikt en dat we haar dosering aanpassen. Ze is depressief en verder heeft ze haar manische aanvallen.'

'We gaan alleen maar een lading koekjes bakken.'

Mevrouw L. glimlacht me goedkeurend toe en tekent het pasje.

Er is een kleine keuken in het souterrain van het verpleegstershuis, niet meer dan een kamer met een fornuis en een paar kastjes, een koelkast, een oude, witgeschilderde houten tafel en zes plastic stoelen. We maken onze lievelingskoekjes. We houden allebei van stroopkoekjes, niet te hard in het midden. We maken drie bakblikken vol en nemen ze mee naar boven, naar mijn kamer. De koekjes zijn nog warm als we ze opeten, kruimel voor kruimel, zittend op mijn bed met de koekjes tussen onze vingers. We drinken koude melk. Later trekken we onze kleren uit. Het is helemaal niet vreemd, in het opengeslagen bed, de wilgen op mijn sprei die zich over de beekjes en de gebogen Chinese bruggen buigen. Ze heeft kleine, puntige borsten, de tepels zijn rond en ruw, een beetje gebarsten omdat ze geen beha draagt onder haar overhemden.

Ik houd haar bij de heupen vast en ze gaat over me heen zitten. Ze is twee jaar ouder dan ik en weet zo veel meer. Hoe je zittend klaar kunt komen. Ze spreidt haar benen en laat het zien, met klinische koelheid, dan buigt ze zich over me heen als ze klaarkomt en begint te lachen. We beginnen te lachen om alles wat ik nooit heb gedaan en doen het vervolgens. Ze laat me zien hoe je licht en zacht kunt beginnen vrijwel zonder elkaar te beroeren, zodat we steeds opnieuw klaarkomen en het eindeloos zal duren tussen ons. Net voor negen uur breng ik Nonette terug naar de afdeling, met een zak koekjes in haar hand.

'Denk jij weleens over, je weet wel...' vraag ik haar uiteindelijk bij de deur.

‘Denk ik weleens over wat?’

Nonette kijkt me aan, haar gezicht is emotieloos en leeg, met een glimlach. Ze lijkt steeds meer op een meisje in een skireclame. Gezond. Toen ze die middag klaarkwam, wilde ze dat ik in haar ogen keek, die overliepen van genotzucht. Nu zijn haar ogen enge cheerleader-ogen.

‘Denk ik weleens over wat?’ vraagt ze weer.

Ik kijk neer op mijn voeten in laarzen. *Over wat er met ons gaat gebeuren?* Ik heb een spijkerbroek, een jas en een trui aan, zoals een normaal mens, zoals zij. Ik geef geen antwoord. Het is zo’n koude, donkere nacht dat de sneeuw piepende geluidjes maakt als hij zich in vlagen op het grote, vierkante voorplein legt. De hele nacht kraken de bomen. Je kunt ze horen, de hoge, zwarte naaldbomen. Ik blijf staan terwijl Nonette de kliniek in loopt, terwijl de deuren van glas en staal achter haar dichtgaan met het slotscènegeluid van metaal dat metaal raakt en vasthoudt. De sloten zijn automatisch, maar toch voel ik eraan zodra ze in de felverlichte gang verdwijnt.

‘Volgende week ga ik naar huis,’ zegt ze op een ochtend. ‘Mijn ouders vinden het goed.’

Haar ouders? Waarom heb ik die nooit gezien? Er stroomt een plotselinge golf energie diep uit mijn borst die onderweg al mijn zenuwen vastgrijpt. Ik klap in mijn handen, snel, maak geluid om het verschrikkelijke gevoel af te wenden, en dan wring ik ze in de lucht, schud de pijn af als druppels water.

Nonette kijkt naar me en schudt glimlachend haar hoofd. ‘Gaat het?’

Ik haal diep adem en blaas langzaam uit. ‘Zijn ze hier weleens geweest?’

‘Tuurlijk. Jij werkt overdag. Zij rijden hierheen voor het avondeten en dan zien we elkaar aan het begin van de avond.’

‘Volgende week, volgende week.’

Mijn gezicht vertrekt in een stomme glimlach en zij knipoogt terug, in mijn ogen. Superaantrekkelijk! Populair! Ze is niet in orde, denk ik. Ze is gekker dan ik als ze dit kan ontkennen. Dat moet wel. Ik scheur mijn blik los en voel mijn borst branden. Mijn ribben gloeien heet, als de spijlen van een grill, en sturen warme stromen naar mijn voeten. Mijn gedachten spinnen een reeks woeste als-vragen. *Als ze niet gek was, als ik het was, als dit niet abnormaal was, als er niets aan te doen was, als ik het mis had, als mensen het konden zien, als dit gedoe met haar iets nieuws was, het eerste van vele, als ze hier wegging, als het niets voorstelde, als ze helemaal niets om me gaf.* Ik doe een stap naar achteren. Ze heeft een prachtig gezicht, zo lief, een vriendelijk, knap gezicht. Een Amerikaans gezicht. Ze draagt een blauwe trui, een geruite rok, kniekousen, supernormale, tuttige cataloguskleren.

'Kom je me opzoeken?' Mijn stem klinkt ellendig.

'Tuurlijk! Doe ik!'

Mijn keel knijpt half dicht en ik hap naar lucht. Ik doe mijn best om goed in te ademen. De lucht doet pijn, vloeit diep naar binnen. Ik rook veel te veel. Ze meent het niet, natuurlijk niet, nu niet, nooit ofte nimmer. Ik maak deel uit van wat zij als haar ziekte beschouwt, een symptoom waarvan ze genezen denkt te zijn. Terwijl zij juist is wat ik zocht. Ik krijg bijna geen adem omdat ik haar zo verschrikkelijk graag wil. Ik loop weg met mijn bevende handen in de schurende witte stof van mijn zakken. Ik blijf lopen en zonder uit te klokken loop ik terug door de gangen van de kliniek, de deur uit, over het besneeuwde centrale grasveld regelrecht naar mijn kamer.

Nonettes bed

De volgende ochtend en de ochtend daarna meld ik me ziek. Er gaan twee dagen voorbij. Ik red het niet tot aan de telefoon. Ik kan mezelf er nauwelijks toe zetten om op te staan en naar de wc te lopen. Op een gegeven moment hang ik een briefje op mijn deur. Ik weet niet meer wat ik erop heb gezet. Als ik weer in bed lig, word ik daar vastgehouden door een soort zwartegatzwaartekracht, of misschien is het angst. Het enige dat ik weet is dat de lucht pijn doet. Lsd stroomt mijn hersenen weer in. Mijn gedachten zijn allemaal flashbacks. Ik zie bewegende wezens in het Chinese landschap van de sprei en gooi hem in een hoek van de kamer. En er is pijn, grijze gordijnen die ik niet opzij kan schuiven. Ik adem pijn in, uit, en het spul blijft in me kleven als de teer en nicotine uit sigaretten, waardoor elke ademhaling weer een beetje moeizamer wordt. Er gaat een week voorbij en dan komt mevrouw L. aan mijn deur en roept: 'Mag ik binnenkomen? Kun je antwoord geven?' Ik probeer het. Ik doe mijn mond open. Er komt niets uit. Het is zo'n raar gevoel dat ik begin te lachen. Maar mijn lach heeft geen geluid. Ik ga weer slapen, slapen en slapen. En de volgende keer dat ik wakker word, is mevrouw L. in de kamer, ze zit naast mijn bed en gebruikt de stem die ze voor de anderen gebruikt.

'We gaan je verhuizen,' zegt ze. 'We hebben je moeder gebeld.'

En zo kom ik toch nog in Nonettes bed terecht.

Ik zit op het gebarsten groene plastic van de bank in de conversatiezaal met mijn verpleegstersschoenen aan, maar nu zonder uniform, gewoon in een wijde spijkerbroek en een uitgelubberde bruine trui. Ik heb mijn moeder aan de telefoon gehad en geprobeerd haar ervan te overtuigen dat ze zich geen zorgen hoeft te maken, dat ik alleen rust nodig heb, dat het goed met me gaat en dat ik volgend semester terug ben op school. Ik heb me zelf laten opnemen, ik ben negentien, dus dat kan ik doen. Ik heb tegen mijn moeder gezegd dat ik deze vrijwillige opname zal gebruiken als rustperiode, maar eigenlijk ben ik bang. Ik ben bang dat ik mijn waarnemer kwijtraak, het zelf dat me vertelt wat ik moet doen. Mijn bewustzijn is broos terrein, onbetrouwbaar als dichtvriezend ijs. Elke ochtend wanneer ik mijn ogen opendoe en mijn eerste gedachte krijg, word ik overspoeld door opluchting. Het Ik is er nog. Als dat verdwijnt, zal er alleen nog maar zwaartekracht zijn. Er lagen lichaamsmagneten onder het bed in mijn roze verpleeghulpkamertje. Hier liggen ook magneten onder het bed, maar die hebben een troostende kracht omdat het Nonettes bed was, en iets van de verloren tevreden kalmte van haar huid, haar haren, haar hele lijf tegen me aan is achtergebleven in het bed, samen met de aantrekkingskracht en de pijn.

Warren komt de patiëntenkamer binnen. Hij ziet me op de bank zitten, loopt op zijn zorgvuldige, waardige manier naar me toe en blijft voor me staan. Hij draagt een roestkleurig jasje en een grijze wollen broek. Hij heeft vandaag zijn beste kleren aangetrokken. Misschien is het zondag. Hij draagt een gestreepte das van luxueuze, bordeauxrode gedessineerde zijde en een overhemd met dubbele manchetten. Ik zie dat hij in plaats van manchetknopen twee veiligheidsspelden heeft gebruikt.

'Je moet manchetknopen hebben,' mompel ik.

'Ik maak ze allemaal af,' zegt hij.

'Hou je kop,' antwoord ik.

Ik lig daar dagen, en nog eens dagen en dagen. Ik kom mijn bed niet uit. Ik lees geen Anaïs Nin – zij kan me nu onmogelijk helpen. Daar ben ik allemaal overheen, en bovendien heeft ze me in de problemen gebracht door een verraderlijk model te leveren van een leven dat ik door mijn achterlijkheid, of provincialisme, of katholicisme, of te grote gebondenheid aan het reservaat en mijn familie nooit had kunnen verwerken of verwezenlijken. Ik wil geen avontuur meer. De gedachte aan Parijs is een last. Ik zal nooit de achterkant van de Notre-Dame zien of naar de vogelmarkt gaan of een croissant eten. De koffie die ik drink zal altijd doorzichtig zijn. Maar dat is niet erg, want ik word ziek van die sloten koffie hier. Nee, ik kan beter uitzoeken waar ik sta in dit leven. Dus lig ik daar en probeer de dingen op een rijtje te krijgen in mijn hoofd.

Ik probeer bij het begin te beginnen – mijn familie. Als Joseph op bezoek komt, besluit ik dat we eerlijker tegen elkaar moeten zijn, de dieppang van onze verhouding moeten terugvinden, dus begin ik met hem te vertellen over mijn drugservaring en de dagen dat ik reptielen zag.

'Wat voor soort?' vraagt hij. Hij studeert biologie.

'Ach, de gewone. Maar ik zag ook cobra's.'

'Dat verbaast me.'

'En ze waren zo echt.'

'Ik vraag me af welk gedeelte van het brein zulke scherpe hallucinatoire details herbergt, ik bedoel, van iets dat je nog nooit in het echt hebt gezien?'

'Het reptielenbrein, klootzak.'

'Ik wilde niet ongevoelig zijn,' zegt hij na een stilte. 'Ik heb ook drugs gebruikt.'

'Wat?'

'Marihuhopsasa. Ik voelde er niet zo veel van.'

'Waarschijnlijk omdat het oregano was.'

'Ik had altijd tienen voor plantkunde,' herinnert hij me.

'Jij had tienen voor alles. Dit helpt niet tegen mijn depressie. Kijk om je heen, het is klote, in tegenstelling tot wat de liefhebbers van suïcidale dichters denken. Waarom ga jij niet eens een of ander geneesmiddel ontdekken?'

Joseph kijkt me nadenkend aan en richt dan zijn aandacht op de mensen om ons heen in de conversatiezaal. Daar zit Lucille naar de linoleumtegels te staren, helemaal verslonsd, en daar ijsbeert Warren, en anderen zijn zo mat en grauw, volledig apathisch. Nu ik de afdeling door zijn ogen zie, maak ik me plotseling grote zorgen. Ik ben eraan gewend hier deel van uit te maken.

'Jij hoort niet bij die gekken,' zegt hij dan half gesmoord, een beetje wanhopig. Ik zie dat het hem begint te dagen dat er misschien echt iets mis is. Zijn genegenheid raakt me. Joseph pakt stil mijn hand, wat nog erger is. Dat je broer je hand vasthoudt. Dit is een soort sterfbedervaring. Ik schud zijn hand af maar klop op zijn pols. Hij blijft een hele tijd bij me zitten en we praten niet en dat is vredig. Na een tijd verkrampt hij weer en zegt dat hij medicijnenonderzoek gaat doen. Ik mep hem zo hard ik kan op zijn arm en hij lacht opgelucht naar me.

Mijn vader en moeder komen elk weekend op bezoek. Het enige wat ik doe als ze er zijn, is huilen uit medeleven met hun zorgen om mij, of in slaap vallen, en als ze naar huis zijn, mis ik ze – mijn vader die bij de bank wegging omdat hij wist dat hij niet, zoals de oude Murdo, het hart had om leningen af te wijzen of beslag te leggen. Mijn vader die net als zijn oom Octave alleen postzegels verzamelde. Hij ging de oorlog in, kwam terug uit liefde, liet geld lopen uit liefde; mijn vader de onderwijsheld.

En dan is er mijn moeder met haar liefde voor Mooshum die ze op de been houdt door de fles bij hem weg te halen en hem elke dag over het erf of over de weg te laten wandelen. Ik merk dat ik alleen aan haar kan denken in relatie tot andere mensen, en ik word weer helemaal triest bij de gedachte wat het voor haar moet betekenen mij in deze kliniek te zien. Ik probeer iets te bedenken dat alleen over Clemence gaat, zoals mijn vader met zijn postzegels, Josephs salamanders, Mooshum die verhalen vertelt, maar ik kan niets bedenken.

Ik bedenk wel dat ik ben opgegroeid in de zekerheid van de liefde van mijn ouders, en hoe zeldzaam dat is en hoe mijn depressie mijn eigen schuld is, en een schande, gegeven het feit dat ze van me houden. Ik bedenk hoe de geschiedenis zich ontwikkelt in de levenden. De Buckendorfs, de andere Wildstrands, de familie Peace, al die mensen wier achtergrond verknoopt is met de gehangenen.

Ik denk aan al die mannen die Corwins oudoom Cuthbert, Asiginak en Heilig Spoor hebben opgehangen. Ik zie Wildstrands gespannen trekzaaglijf, en Gostlin die zijn hoed tegen zijn dij slaat als hij wegloopt. Nu sommigen van ons in de bron van ons bestaan zowel schuld als slachtoffer hebben vermengd, kan het touw niet meer ontward worden.

Ik denk aan Billy Peace, die onder zijn makke en ontredderde lidmaten minimaal één Buckendorf telde en ook een Mantle. Soms dook een van de verbondenen op naast iemand in de kruidenierswinkel en leek overweldigd door de schappen met hun overvloed aan voedsel. Sommige volgelingen gingen weer op in de bevolking van het plaatsje en het reservaat doordat ze een bescheiden baantje namen. Billy's radio-uur werd overgenomen door een andere stem. De traktaatjes die we altijd in de telefooncellen van Pluto of Hoopdance vonden, of weggestopt op bankjes langs de weg, werden steeds zeldzamer, en vervolgens gehavender, niet meer dan herinneringen aan het bestaan van Billy Peace, misschien op een ander vlak ook verdwenen.

Het licht valt in een zacht crescendo door de ramen van gewapend glas. Mooshum vertelde me ooit hoe de oude buffeljagers onder de mantel van vernietiging die de aarde bedekte konden kijken. In hun vreselijke honger zagen ze de broze korst van blanke handel optrekken, zagen ze het groene gras onder de verbrande tarwe, zagen ze de buffels weer talrijk als luizen, zagen ze grote kuddes trekken en dat weelderige gras onder hun hoeven pletten. Als ze omhoogkeken, zagen ze de lucht verduisteren door vogels die alles bedekten zodat je niet van de ene naar de andere kant kon kijken. Ze vlogen laag, een donder. Soms lijken er duiven in deze kamer te zweven. Wanneer ik niet kan slapen 's nachts hoor ik het geklapper van hun vleugels.

Ik ben niets, een halfgekke, halfgedrogeerde halve Chippewa. Ik denk aan Mooshum en Shamengwa die tot laat in de middag blijven zitten. In het bed waarin Nonette opgekruld lag – zo warm, zo goud – zie ik de schoonheid van vrouwen die met hun Latijnse missalen in de hand door de tarwe lopen in witte jurken om de duiven weg te bidden in een oude, buitenlandse, gebiedende taal. En zuster Maria Anita Buckendorf – mijn passie voor haar had een aanwijzing kunnen zijn – en Corwin Peace, die hier ook de hand in heeft gehad, ik denk aan hen.

Misschien ga ik nog eens langs bij zuster Maria Anita. Dat is misschien een goed idee. Om te praten tegen dat monsterlijke, vriendelijke gezicht, om haar te vertellen dat ik van mijn geloof ben gevallen maar dat ik soms nog steeds de waanzinnige werveling van haar habijt voor me zie, wanneer ze een vaardige backhandvangbal maakte en een zwartgeschoeide voet uitstak om haar evenwicht te bewaren. Hoe de zwarte wol de lucht in klapperde en vervolgens terugdeinde rond haar enkels wanneer ze een hink-stap-sprong deed en de bal terugvuurde naar de achtervanger.

Het concert

Op een dag komt Corwin Peace op bezoek.

Ik ben verbaasd, maar schaam me niet. Hij heeft van mijn tante gehoord waar ik ben en voelt zich schuldig over mijn wanhopige telefoontjes. Hij herinnert zich de lsd die hij me heeft gevoerd, en hoe ik me daarna dagenlang in mijn kamer heb opgesloten. Hij had besloten dat hij me moest opzoeken, zegt hij. Dus op een dag dat ik langzaam de ene sigaret na de andere in een met zand gevuld koffieblik uitdruk – er staan zes of zeven blikken in de conversatiezaal, altijd vol peuken – komt Corwin binnenlopen. Hij is gekleed in een lange, zwarte mantel van de bereden politie, maar heeft een vreemde, oranje wollen jagerspet op met een klep tot over zijn ogen. Verder draagt hij hoge tennisschoenen, een spijkerbroek met wijde pijpen en een gescheurd T-shirt. Onder de dramatische mantel houdt hij zijn nieuwe viool verborgen.

'Ga zitten.' Ik gebaar met een pas opgestoken sigaret. Ik probeer verveeld te kijken, maar eigenlijk ben ik dolblij. Corwin gaat in een plastic leunstoel zitten en zet de vioolkist op zijn schoot. Zijn gezicht langgerekt en mooi, zijn Peace-ogen zwart en opgejaagd. Hij heeft een soort struikgewas van ongemaaide baard. Zijn paardenstaart stroomt onder zijn pet vandaan en kronkelt over zijn rug naar beneden. Corwin had altijd al van die weelderige bruine wimpers en rechte, dramatische wenkbrauwen. Hij kan je strak aankijken van onder die dichte wenkbrauwen, net als zijn moeder. Hij heeft iets van wat zijn oom ook moet hebben gehad om zo veel volgelingen aan te kunnen trekken: dat zeldzame magnetisme. Wanneer hij lacht, zijn zijn scheve tanden spierwit. Hij rookt niet.

'Zo,' zegt hij.

'Zo,' zeg ik.

We knikken een poosje als twee wijsgeren op een heuvel. Dan doet hij de kist open en pakt zijn viool. Als hij hem stemt, komen de patiënten vanuit hun kamers of van verderop in de gang op het onbekende geluid af. De verpleegsters wagen zich uit hun post en staan met hun armen over elkaar kauwgom te kauwen. Hun mond houdt op met bewegen wanneer hij begint te spelen, en sommige van de patiënten gaan zitten, gewoon waar ze toevallig staan, een paar van hen op de grond, alsof de muziek als een zeis door de grote ruimte is gesneden. Na die eerste reeks noten verdicht de muziek zich. Corwin speelt een langzaam, mooi deuntje waar ogen wazig van worden. Lucilles mond vormt een grote O en ze duikt in elkaar. Warren staat als aan de grond genageld, star en lang. Anderen wiegen, ze zien eruit of ze gaan huilen, maar dat verandert snel wanneer Corwin vaart maakt en een levendige jig tokkelt met gevoel voor humor in de frasering. Op dat moment komt Warren bij zijn muur vandaan en begint rondjes te lopen door de kamer, steeds sneller. De muziek hupt schokkerig voort, de *Red River jig*. Dan gebeurt er iets afgrijselijks. Alle geluiden versmelten heel even in de buik van de viool en vullen de kamer met ontreddering. Mijn keel schroeft dicht. Ik spring op. Paniek schiet door ons heen. Warren houdt op met lopen en gaat met zijn rug plat tegen de muur staan. Maar Corwin trekt een noot uit de chaos in zijn handen, trekt hem steeds verder omhoog, tot hij onverdraaglijk is, en precies op het punt waar het een krijs zou kunnen worden, verandert de toonaard een fractie en valt uiteen in de helderste zoetheid.

Warren glijdt langs de muur naar beneden, zijn hand op zijn hart alsof hij een eed zweert. Zijn hoofd zakt op zijn borst. Wij gaan ook allemaal weer zitten. Rust daalt op ons neer en een vreemde vreedzaamheid vult onze maag en vertraagt ons hart. Het spel gaat door op een intens doordringende, lieflijke, oneindige manier. Ik weet niet hoe lang het duurt. Ik weet niet wanneer en of het ooit echt ophoudt. Warren is opzij gezakt. Een verpleegster sukkelt erheen om zijn pols te voelen. Het vioolspel is het enige op de wereld en in die muziek klinkt een duistere geruststelling. De muziek begrijpt en zal er zijn, of we nu pijn blijven lijden of geestelijk weer gezond worden, wat ook pijn doet. Ik ben klein. Ik ben heel. Niets is van belang. Alles is verbijsterend en immens. Wanneer de muziek alleen nog echo is, sta ik op. De verpleegster kijkt fronsend op haar horloge, dan naar Warren, dan weer op haar horloge. Ik sta naast Corwin als hij zorgvuldig zijn viool in de kist legt en de sloten dichtknipt. Ik kijk naar mijn neef en hij kijkt naar mij – onder die wenkbrauwen werpt hij me zijn ondeugende, verlegen grijns toe en spitst zijn lippen tot een kus, in de richting van de deur.

'Ik kan hier niet weg,' zeg ik.

En ik loop naar buiten.

Toen ik met Corwin de kliniek verliet, nam ik mijn handtas en mijn dagboek mee en verder niets. Ik liet Anaïs achter – de hele cassette – geannoteerd. In de kantlijnen waar ze hoge gebouwen beschreef – *fallisch?* En waar ze de lichtval op een middag in Parijs noteerde – *impressionistisch?* Waar ze van een vrouw hield – vraagtekens, uitroeptekens, vinkjes en sterretjes. Ik wist niet of ik het echt aankon om de veiligheid van de kliniek te verlaten, maar ik liep gewoon door tot we bij Corwins auto waren. Ik was erg afgevallen en had nauwelijks lichaamsbeweging gehad, dus werd ik duizelig en moest Corwin een keer vragen de auto stil te zetten zodat ik kon kotsen. Corwin woonde bij mijn tante en rechter Coutts, en hij zei dat die twee zijn leven hadden veranderd en hem zelfvertrouwen hadden gegeven. Toen hij er net woonde, was hij nog niet helemaal opgehouden met gebruiken en dealen (natuurlijk wisten die twee dat niet), maar toen ik in de inrichting werd opgenomen, had hij goed nagedacht over deze vorm van handel en was er uiteindelijk voorgoed mee opgehouden. Hij was nu straight, zei hij, en dat gaf me een opening.

'Nou, ik niet. Ik ben lesbisch,' zei ik tegen hem.

Hij zei dat dat niet kon. Dat die andere kleren droegen.

'Wat weet jij daar nou van,' zei ik.

Hij zei dat hij het wist. Hij had veel van de wereld gezien. 'Die hebben net zulke kleren als ik, *aaaay*.'

We reden een poos zwijgend verder.

'Het spijt me echt dat ik je die lsd heb gegeven, man,' zei hij. 'Heeft dat, zeg maar, je hoofd omgekeerd?'

'Bedoel je of het me lesbisch heeft gemaakt?'

Hij knikte.

'Ik denk van niet.'

We reden nog wat. We kenden elkaar stoned, ziek, dronken. We hadden met elkaar gevochten op de katholieke school, dus zwijgen tussen ons was gemakkelijk, zelfs een opluchting. Ik keek uit het gebarsten autoraam – de wereld was mooi, overal langs de weg. Sommige velden waren grote spiegels van gesmolten water. Er vlamde gouden licht op het gladde oppervlak. Ik begon me beter te voelen. In een auto zitten met de jongen wiens naam ik een miljoen keer op mijn lichaam had geschreven en ook nog in bloed, en hem vertellen over Nonette, wat hij tamelijk rustig opvatte, ontnam mijn gevoelens iets van hun duistere glamour.

'Ken jij eigenlijk lesbiennes?'

'Niet van dichtbij,' zei hij. En even later: 'En ook niet iemand met wie ik een afspraakje voor je zou kunnen regelen, als je dat bedoelt.'

Een hete blos steeg op langs mijn sleutelbeen.

'Hé,' zei Corwin na een poosje, 'je hoeft er voorlopig nog niets mee te doen. Neem de tijd.'

Ik gaf geen antwoord, maar ik voelde me beter bij de gedachte dat ik niet in een noodvaart iets hoefde te gaan doen met dat lesbisch zijn. Ik kon er gewoon mee bestaan en er zo lang ik wilde aan wennen. Niemand kon het aan me zien. Ik zag er ongeveer hetzelfde uit, maar wel breekbaar. En ik zag er verdrietig uit. Dat wist ik omdat mijn moeder zei dat ze moest huilen om mijn verdriet. Maar in de auto zitten in de wetenschap dat ik er verdrietig uitzag, maakte me zelfbewust verdrietig, wat eigenlijk helemaal geen verdriet is.

Toen we het reservaat inreden, zag ik dat de greppels in brand stonden. Er waren branden aangestoken om de lentestoppels te ruimen, en de dunne rook hing in een roerloze wolk boven de weg. Nadat Corwin me bij ons huis had afgezet, ging ik buiten bij Mooshum zitten en dronk koud water uit hoge gegalvaniseerde kannen. Na een poosje dacht ik dat het wel zou gaan. Iets in die kannen – misschien het gegalvaniseerde – zorgde altijd dat het water lekker smaakte.

Toen de zon onderging, schoot er licht door de rook die de lucht om ons heen en naar het westen toe oranjegoud kleurde. Een vreemde, verontrustende straling kroop langs de randen van de bomen en huizen. Mooshum en ik keken tot het licht begon te tanen. De lucht werd fris en blauw. Het was heel koud, maar we bleven zitten tot het donker een bruine rand had en mama in de deuropening stond.

'Kom binnen, jullie,' zei ze met vriendelijke stem.

Lopen op lucht

Een paar dagen later belde ik aan bij het klooster van St.-Joseph. Op een halve meter hoogte had een hond witte krassen achtergelaten waar hij talloze keren had gekrabd om binnengelaten te worden. Ik wachtte, belde weer, en hoorde een zwak klingklang in de verte. Er klonk een stevige stap en toen trok Maria Anita zelf de deur open. Ze droeg niet langer het strenge zwarte habijt, maar gewone kleren. Nonnige kleren, een slobberig crèmekleurig twinset en een lange, blauwe, gerende rok. Zachte veterschoenen in plaats van elegante zwarte nonnenlaarsjes. Haar haar verraste me, bosachtig bruin met grijze strepen en krullen, vitaal en mooi, hoewel ze het kort droeg. Ze keek me strak aan. Haar ogen waren misschien slechter geworden en ze knipperde van achter een ronde bril, die ze afzette toen ze de deur verder opentrok.

'Evelina Harp!'

Haar enorme gezicht lichtte op, maar haar ogen waren nog roerloos. Ze maakte een uitnodigend gebaar, dus stapte ik naar binnen en veegde mijn voeten zorgvuldig op de ruwe mat. De muren waren kalmerend geelbruin en het rook er schoon, alsof er geen oude of overtollige dingen binnen waren. Ik volgde haar naar een kleine ontvangkamer met een bank, een gemakkelijke stoel en een doos papieren zakdoekjes die op de armleuning van de stoel balanceerde. Aan de muur zag ik een boeket droogbloemen in een rood wilgentenen mandje. Boven de donkere televisie hing een crucifix. Ze zei dat ze blij was me te zien en vroeg of ik wilde gaan zitten. Ze was nu veel kleiner – het gewicht van haar kaak had haar gezicht naar beneden getrokken en de hoek van haar nek veranderd, ze liep nu krom en keek op van onder haar fraaie wenkbrauwen waardoor haar blik een doordringende ernst kreeg.

We vervielen in een ongemakkelijk zwijgen, en toen vroeg ze hoe het met me ging.

'Niet zo goed,' zei ik.

Er viel weer een stilte, langer dit keer, en ik wilde dat ik niet was gekomen.

'Wat is er aan de hand?' Haar blik was teder en bleef op me rusten. Ze was heel blij dat ik was gekomen, dat kon ik zien, en nu was ze bezorgd om mij, een van haar oneindige kudde. Ik kon het niet verdragen haar de waarheid te vertellen, dus zei ik iets anders.

'Ik zit te overwegen non te worden!'

'O!' Ze klapte in haar melkwitte handen. Haar huid was zuiver en schoon, bijna doorschijnend. Een angstwekkende blijdschap straalde uit haar, en verflauwde.

'Het zou heel bijzonder zijn als je een roeping had.' Haar stem klonk aarzelend.

'Ik overweeg het echt.'

'Werkelijk?' Ze vouwde haar handen als de vleugels van vogels. We keken allebei naar haar handen en dachten aan de Heilige Geest, de duif die neerstrijkt om te slapen, stil en ongerept.

'Ik denk het niet,' zei ze plotseling en hief haar ogen naar de mijne. 'Ik zie jou gewoon niet in het klooster,' ging ze zacht verder. 'Heb je een soort bijzondere ervaring gehad die je me zou willen vertellen?'

Ik glimlachte in sprakeloze verbazing en had geen flauw idee wat er uit mijn mond zou komen. 'Ik heb in een psychiatrische inrichting gezeten.'

Ze keek me scherp aan toen ik dat zei, maar toen ik glimlachte, lachte ze dat tinkelende, muzikale lachje dat mensen verraste. 'Ja, ja... Ben je genezen?'

'Ik geloof van wel.' Ik zweeg even, minder ongemakkelijk nu. 'Misschien heeft u gelijk over het klooster. Het probleem is dat ik niet meer in God geloof.'

Haar ogen knepen samen onder de zijdezachte wenkbrauwen. Haar blik, hoe stil en neutraal ook, verontrustte me.

'Ik soms ook niet meer,' zei ze. 'Het is het moeilijkst wanneer je niet gelooft.'

'Ik had gedacht dat u, ik bedoel juist u...'

'Nee,' zei ze, 'geen vast geloof.'

'Dus de reden waarom u non werd' – mijn stem was zacht, ik had het gevoel dat ik haar nu misschien te veel in een hoek dreef, maar ik wilde het weten – 'was het omdat u een Buckendorf bent? Omdat een Buckendorf Corwins oudoom heeft opgehangen?'

Ze verborg haar reactie achter een geheven hand en wachtte even voordat ze antwoordde.

'Om mijn leven te wijden aan het goedmaken van andermans zonde?' zei ze ten slotte, haar stem schor en zwak. 'Ik zou de kracht niet hebben gehad. Maar aan de andere kant had dat ophangen ongetwijfeld iets met mijn besluit te maken, toen ik ouder werd en erachter kwam. Te weten dat je daartoe in staat zou zijn.'

'Je?'

'Iedereen misschien. Mijn vader zei dat zijn grootvader heel zachtaardig was, de zachtaardigste van allemaal. En toch had hij altijd geweten dat hij een van de lynchers was. Het is mijn vader nooit gelukt hem zo te zien, in zijn hoofd. Hij zei dat hij het er een paar keer over had gehad. Hij heeft het over jouw grootvader gehad.'

'Mooshum?'

Ik leunde naar voren en wachtte, maar zij aarzelde.

'Ik weet het niet zeker... maar je vroeg ernaar. Je wilt het weten.' Haar heldere ogen gleden over me heen. 'Goed dan, lieverd, ik zal het je vertellen. Ik geloof dat je grootvader in die tijd dronk. Jouw Mooshum heeft Eugene Wildstrand verteld dat hij en de anderen op de boerderij waren geweest. Mooshum heeft verteld hoe ze die arme familie hadden aangetroffen.'

Ik kon haar plotseling niet aankijken. Ik zag alleen Mooshum. Er steeg van diep in me een rauwe gloed op, een stroom zuivere ontzetting. 'Hij moet stomdronken zijn geweest dat hij het verteld heeft,' zei ik.

Nergens in zijn vertelling van de gebeurtenissen maakte Mooshum zichzelf verantwoordelijk. Hij zei nooit dat hij degene was die de anderen verraden had, toch wist ik onmiddellijk dat het waar was. Daarom wilden de anderen niet tegen hem praten in de wagen. Dat was de reden waarom hij werd losgesneden voordat hij dood was.

Hoewel ik wist dat Maria Anita de waarheid sprak, kon ik het niet laten haar tegen te spreken, en mijn stem werd luider. 'Ze hebben een touw om zijn nek gedaan! Hij was bijna dood. Ze hebben geprobeerd hem ook op te hangen.'

Zuster Maria Anita wrong geagiteerd haar handen. 'Ja, lieverd. Wildstrand heeft hem op het laatste moment losgesneden, ja. Maar voor zover ik begrepen heb, waren ze nooit van plan hem helemaal op te hangen. Ze wilden hem bang maken, intimideren. Doen alsof je iemand ophangt, werkt goed.'

Zuster Maria Anita streek even met haar knokkels over de onderkant van haar gezicht en keek toen over mijn hoofd, naar het crucifix dacht ik. Maar ze keek naar het mandje droogbloemen – rudbeckia, de kleine bruine kegeltjes van zonnehoedjes, roestkleurige 'indiaanse verfkwasten', kattenstaarten – allemaal kortgeleden geplukt in de greppels en weilanden.

'De jongen heeft die mand gemaakt,' zei Maria Anita.

Ik stond op, liep de kamer door en bekeek de mand – de broze, oude twijgen zaten verder uit elkaar dan bij echt goede manden, en een beetje los, niet strak gevlochten maar onregelmatig, het was een mandje dat een kleine jongen zou kunnen maken. Zuster Maria Anita slofte de kamer uit, ze zette haar voeten nu onzeker neer, en toen ze weg was, ging ik voorovergebogen zitten, met mijn hoofd in mijn handen. *Mooshum*. Toen ze terugkwam, had ze een bruine papieren zak bij zich die van boven dichtgevouwen was. Ze ging niet zitten en toen ik opstond om de zak in mijn armen te nemen, zag ik dat ze moe was en wilde dat ik wegging. Ze herinnerde het zich bij de deur.

'Ik zal bidden voor je roeping,' zei ze. 'En je geestelijke gezondheid ook.' Ze klaarde op en maakte een klein grapje. 'Die twee sluiten elkaar niet uit.'

Ik liep de heuvel af en ging ons huis binnen. Joseph en ik hadden nog steeds onze alkoofjes – hoewel het zijne nu vol stond met al zijn spullen, plus mama's naaiwerk. Mooshum sliep nog in de kleine provisiekamer naast de keuken. Ik liep naar mijn kamer, ging op het bed zitten, deed de papieren zak open en keek erin. Er zat een paar hoge schoenen zonder veters in, de flappen hingen los en het leer was donker en gebarsten van ouderdom. Ik haalde de schoenen uit de zak en hield ze in mijn armen. Ik wist dat ik, als ik er een omdraaide, onder de zool het opgespijkerde kruis zou zien.

Toen ik het huis binnenkwam, had ik Mooshum wakker gemaakt en nu hoorde ik hem op zijn onvaste oudemannenmanier door de gang naar mijn kamer lopen. Er was niemand anders thuis.

'Zullen we een spelletje kaarten?' vroeg hij in de deuropening.

Ik keerde me om en stak de schoenen uit, een in elke hand geklemd. Mooshum keek me bevreemd aan, getroffen door mijn houding. Hij haalde zijn vingers door zijn warrige haar, streek over de schaarse, ongeschoren stoppeltjes die wit tegen zijn huid afstaken, maar natuurlijk herkende hij de schoenen van Heilig Spoor niet.

'Evey?'

Ik schudde met de schoenen naar hem. Hij hield zijn hoofd schuin, opende zijn lange vingers en pakte de schoenen toen ik ze naar hem toe stak.

'Draai ze om,' zei ik.

Dat deed hij en toen hij naar de zolen staarde, boog hij iets voorover, alsof ze zwaar waren geworden. Hij keerde zich zwijgend af en liep door de gang terug naar zijn bank, waar hij met de schoenen nog in zijn handen op neerviel. Ik dacht dat ik hem misschien had vermoord. Maar hij keek nadenkend naar de muur. Ik ging naast hem op de hobbelige kussens zitten. Hij zette de schoenen zorgvuldig tussen ons in.

Na een poosje begon hij te praten.

'Ik was buiten westen geraakt, dus ik heb nooit geweten wanneer ze me lossneden. Ik heb daar ik weet niet hoe lang gelegen. Toen ik bijkwam, keek ik op en daar had je die rotschoenen met die rotkruisen eronder, ze liepen, de jongen liep nog, op lucht.'

'Ze lieten hem daar bungelen, stikken, en keken toe.'

Mooshum haalde zijn schouders op en hield zijn handen voor zijn ogen.

Er borrelde een duizeligheid in me op. Ik sprong overeind.

'U bent de enige die nog over is,' zei ik.

'*Tawpway*,' zei Mooshum klaaglijk, 'en nu heb je mij ook een beetje vermoord. Ik word ziek als ik naar die oude schoenen kijk en aan Heilig Spoor denk.'

'U bent degene die het heeft verteld!'

Hij doorzocht zijn zakken, haalde zijn groezelige, tot een prop geknoedelde zakdoek tevoorschijn en probeerde die aan mij te geven. Ik duwde hem weg.

'Maar ik ben daarna heel lang nuchter gebleven, min of meer.'

We keken naar de openstaande schoenen.

Na een poosje pakte Mooshum de schoenen en vroeg of ik hem ergens naartoe kon rijden. Dus haalde ik de sleutels en hielp hem het huis uit en de auto in.

'Waar moet ik heen?'

'Naar de boom.'

Ik wist waar de boom was. Iedereen wist waar de boom was. De boom groeide nog steeds op Marns land, waar de verbondenen van Billy Peace vroeger woonden. Er was een tijdlang niemand meer heen gegaan, maar nu de verbondenen verdwenen waren, kwamen ze weer. De boom stond in de uiterste noordwesthoek van het land en zat altijd vol vogels. Mooshum en ik legden zwijgend de kilometers af en ik parkeerde de auto op een inhaalstrook voor tractoren. Toen we de autoportieren dichtklapten, vlogen wel duizend vogels op hetzelfde moment op. Het geluid weergalmde als een afgeschoten boog. Ze vlogen als pijlen en verdwenen, opgezogen door de lucht.

We liepen over stoffig, platgeslagen wintergras naar de schaduw van de boom. Alleen op het veld, met licht van alle kanten, had de boom zijn takken uitgestoken als de elegante armen van een kandelaar. Er hingen nieuwe gebedsvlaggen in – rood, groen, blauw, wit.

De zon schitterde laag, goud op de takken, en de tere nieuwe blaadjes kwamen tevoorschijn.

Mooshum knoopte de veters aan elkaar en gaf me de schoenen. Ik gooide ze omhoog. Het lukte me pas na drie keer om ze aan een tak te laten hangen.

'Dit is sentiment in plaats van gerechtigheid,' zei ik tegen Mooshum.

Eerlijk gezegd had ik de hele weg zitten bedenken dat ik precies dat ging zeggen.

Mooshum knikte en tuurde knipperend naar het waasje groen op de zwarte twijgen: '*Awee*, meisje. De duiven zitten daarboven nog steeds.'

Ik staarde omhoog en wist niets te zeggen over de duiven, maar ik vond het zachte zwaaien van die schoenen vreselijk.

Allerzielen

Dus Mooshum zag uiteindelijk toch in de hemel van North Dakota een eindeloos aantal duiven de lucht bevolken en het uitspansel vullen met een eeuwigheid van lage kreten. Hij stelde zich voor dat de deken van duiven gewoon in de stratosfeer was opgestegen en niet hier op aarde een kopje kleiner was gemaakt. Door deze warreling van veren was hij verbonden met de grote Franse schrijver wiens pocket ik weer oppakte nadat ik Anaïs Nin had achtergelaten. Ik las hem zo vaak dat ik rechter Coutts soms zag als de rechter-boeteling die dezelfde naam droeg als mijn moeder en in een bar in Amsterdam op iemand als ik wachtte. Ik wist niet wat ik nu moest doen. Albert Camus had ooit bij de weerkundige dienst gewerkt, wat me vertrouwen gaf in zijn waarnemingen van de hemel.

Het was een warme Halloweenavond en ik was thuisgekomen uit school om te helpen Mooshums favoriete feest te vieren. Om voorbereid te zijn op de langskomende kinderen bedroop ik popcorn met warme stroop, vette mijn handen in en kneedde balletjes van de popcorn tot we er meer dan honderd hadden opgestapeld in een grote stalen kom. We hadden reserve – twee grote zakken kleverige pindakaaskoekjes met chocola. Ons huis stond als eerste aan de weg en iedereen van buiten kwam naar het stadje op Halloweenavond. Mooshum keek mokkend naar het snoep. Hij hield niet van pindakaas en de popcornballetjes zouden een probleem zijn omdat hij nooit aan zijn kunstgebit gewend was geraakt.

'Ik zou nog geen lever uit iemand kunnen vreten met die botte bijtspijkers,' zei Mooshum.

Ik haalde een zak roze pepermuntkussentjes tevoorschijn. Hij viste er een uit, legde het op zijn tong en sloot zijn ogen. Zijn plukkerige haar fladderde in de tocht die door de deur kwam.

'Ik mis mijn broer,' zei Mooshum, zijn verminkte oor betastend. 'Ik mis zelfs hoe hij me heeft neergeschoten.'

'Wat'?

'O *yai*,' zei hij. 'Dat oor, wist je dat niet? Dat heeft hij gedaan.'

Mooshum vertelde me hoe hij in de herfst van het jaar dat hij en Junesse terugkwamen in het reservaat met zijn jongere broer was gaan jagen. Ergens in het bos had Mooshum de berenhuid verstopt die normaal over de bank van het gezin lag. Met de huid over zich heen had Mooshum een overtuigende hinderlaag weten te maken, toen hij plots oprees uit een bosje wilde frambozen en zich in een machtige uitval naar voren stortte. Shamengwa vluchtte weg voor Mooshum, hij vluchtte met een geladen geweer, maar draaide zich om en vuurde met een vreselijke schreeuw toen hij struikelde en viel.

'Die kogel nam mijn oor mee,' zei Mooshum, en hij hakte met zijn hand langs zijn hoofd. 'Heeft me behoorlijk gekortwiekt.'

Mijn moeder kwam bij ons zitten en roerde suiker door een kop thee.

'Mijn broer piste zijn hele broek onder die keer. Heb je dat ooit geweten?' zei Mooshum.

'Nee!'

Ze gniffelden achter hun handen. 'Schaam je, papa,' zei mama. 'Jij was degene die zich onder heeft geplast.' Ze zwegen plotseling. Mooshum wipte op de achterpoten van de stoel. Hij was zo gekrompen dat zijn zachte, oude groene kleren zakken leken en zijn lichaam daarbinnen alleen nog bestond uit bij elkaar gehouden stokken.

Mama dronk haar kopje leeg, stond op en gooide een paar grote bonken deeg op de snijplank. Ze begon ze te kneden, beukte ze hard en duwde er de muis van haar handen in, een geoefende beweging die ik duizenden keren had gezien. Ze legde het deeg weg om te rijzen voordat ze met mijn vader de deur uitging. Ze zouden een soort door de kerk gesponsord evenement bijwonen dat een alternatief moest bieden voor de duivelse inspiratie, de jacht op snoep. Pastoor Cassidy probeerde de familie nog steeds te bewerken, zij het meer uit gewoonte dan met echte hoop.

Mooshum pruimde en spuwde; zijn nieuwe koffieblik was een rode van Folger.

'Ze willen me nog steeds geen postzegel geven!' siste hij achter mama's rug.

'Geef mij de brief maar,' zei ik. 'Ik doe hem wel op de post.'

Mama ging weg met een spinnenwebachtige kanten sjaal in de kraag van haar nette marineblauwe jas. Mijn vader droeg een gesteven groen overhemd en een geruit jasje. Zijn gezicht stond moe en berustend.

'Hij was liever bij ons gebleven,' zei Mooshum toen ze de deur uitgingen.

'Hij heeft wat afleiding nodig,' zei ik.

De klas van mijn vader werd dat jaar gedomineerd door twee grote, nukkige jongens Vallient die onhandelbaar waren. Het merendeel van zijn dagen was gevuld met conflicten. Hij zei dat hij het lesgeven niet meer aankon en had besloten zijn postzegelverzameling te verkopen en met pensioen te gaan. Natuurlijk dachten we dat het loze woorden waren, maar hij veilde ze via de post. Er vielen brieven met het embleem van postzegelhandelaren in de postbus.

Toen ze vertrokken waren, gingen Mooshum en ik naast de deur zitten. Mama had elk popcornballetje in waspapier gewikkeld en de uiteinden dichtgedraaid. Ik maakte er een open en begon het op te eten. Er klonk een opgewonden geklop en de eerste golf snoepverzamelaars arriveerde. We kregen het gebruikelijke assortiment boeven en piraten, wat treurig uitziende astronauten, een paar vampiers uit *Dark Shadows*, spoken in oude lakens, onbestemde monsters en verfomfaaide prinsessen met kartonnen kroontjes. Veel van de oudere kinderen waren een bonte mengeling van weerwolf en Rougarou met echt bont op hun gezicht en polsen geplakt.

'Nog niks geen lol aan,' zei Mooshum.

Bij de volgende die kwamen, verstopte ik me achter de deur terwijl Mooshum in het donker zat met de schaal popcornballen op schoot en een zaklantaarn onder zijn kin geklemd. De kinderen moesten dichterbij komen en de snoep uit de schaal pakken, maar alleen de kleuters waren een beetje bang voor hem. Een paar oudere kinderen lachten zelfs. Hij probeerde wat te kreunen en zijn ogen weg te draaien tot alleen het wit zichtbaar was.

'Ze zijn bikkelhard!' zei hij toen ze weg waren.

'Het is niet eenvoudig kinderen bang te maken met alles wat ze tegenwoordig te zien krijgen.' Ik probeerde hem te troosten, maar hij was teleurgesteld. We probeerden hetzelfde met de volgende groep, maar pas toen hij, op het moment dat een klein jongetje dichterbij kwam, in een popcornballetje beet waar zijn kunstgebit in bleef steken en hij het balletje uit zijn mond haalde en het met gebit en al aan het kind aanbood, kregen we een echt bevredigende gil.

De volgende keren richtte ik, als een kind dichterbij kwam, de zaklantaarn op Mooshum, waarop hij in de popcornbal beet en zijn gebit in de plakkerige stroop liet zitten. De kinderen moesten onder de hand en de popcornbal met het gebit door reiken. Dat hielden we vol tot een moeder, met haar tweejarige kind in een stuk laken op de arm, zei: 'U bent onhygiënisch, oude man!' Dat kwetste Mooshum. Hij deed mokkend zijn gebit weer in en gaf de volgende drie groepen zuinige handjes van onze pindakaassnoepjes. Er volgde een korte pauze en ik at een snoepje dat vaag naar pindakaas en meer naar lijm smaakte. Mooshums gebit zat nu zo los dat hij klepperde en spuugde.

Ik was klaar met het uitdelen van het lekkers, deed de deur dicht en kwam terug met de schaal snoep. Mooshum was weg.

'Nog niet kijken!' riep hij uit de keuken.

Ik liep onmiddellijk naar achteren om te zien wat hij uitspookte en sloeg bijna achterover. Hij had alleen zijn boxershort van vliesdunne katoen aan en was bezig een grote natte bonk van mama's verse, zachte, pasgerezen brooddeeg over zijn hoofd te trekken. Hij had het op zijn hoofd gekwakt en nu sijpelde het gruwelijk langs zijn gezicht, nek en schouders. Zijn oren staken uit het druipende masker. Er hingen strengen deeg rond zijn armen en hij had nog meer brooddeeg gepakt en tegen zijn borst, buik en dijen gepetst. Zijn ogen loerden uit de witte drab, rood en gretig als die van een specht. Hij had zijn mond met ketchup gevuld. Als hij grijnsde, lekte het uit zijn tandeloze mond en langs zijn kin naar beneden. Hij zag mijn gezicht, draaide zich op zijn hielen om en rende de achterdeur uit. Er klonk de herrie van stemmen die versjes opdreunden. Ik smakte de kom neer en joeg achter hem aan de achterdeur uit, maar hij was al verdwenen. Ik sloop naar de voorkant van het huis toen ik hem uit de taxusheg zag oprijzen, de zaklantaarn van beneden op zichzelf gericht. Hij gilde – een nauwelijks menselijke, enge krijs. Hij strompelde naar de kinderen en ik wist precies wanneer hij zijn ketchupgrijns grijnsde, want de vijf jongens schreeuwden van schrik en stoven uiteen. Drie gingen er zo snel als prairiehazen vandoor. Een van hen spurtte een stukje voordat hij struikelde. De laatste pakte een steen en slingerde die.

De steen raakte Mooshum midden op zijn voorhoofd. Hij viel languit, de zaklantaarn schoot uit zijn vuist, precies op het moment dat mijn ouders aan kwamen rijden en uit de auto sprongen. Ik raapte de zaklantaarn op en richtte die op Mooshum terwijl papa hem omdraaide. Mama viel op haar knieën. Mooshums ogen staarden wijdopen, en het bloed uit zijn voorhoofd stroomde over zijn neus en wangen. Mama legde haar armen om Mooshums schouders en schudde hem, probeerde zijn blik te vangen. Ik knielde naast hem en probeerde zijn pols op te nemen, maar ik kan mijn eigen polsslag al nauwelijks vinden, dus ik kon niet zeggen of hij dood was of niet. Ik legde mijn oor tegen zijn borst.

'Laten we hem naar het ziekenhuis brengen,' zei papa.

Mooshum kwam bij en richtte zijn ogen met veel liefde op mijn moeder. 'Die was goed.'

Toen sloot hij zijn ogen en viel in slaap. Hij snurkte een keer. Mama vroeg: 'Wat zit er op hem?' Ik antwoordde: 'Brooddeeg.' We wachtten op de volgende snurk. Er kwam er geen. Papa boog zich over Mooshum, kneep zijn neus dicht, kantelde zijn hoofd naar achteren en wrikte met een duim zijn mond open. Hij blies een lange adem in Mooshum. Er bubbelde en lekte ketchup langs Mooshums hals.

'Bewoog zijn borst?' Papa veegde de ketchup van zijn mond. Hij vroeg zelfs niets over de ketchup.

'Ja.'

Hij boog zich over hem heen en blies nog vier keer in Mooshum. Toen bewoog Mooshum en hoestte zichzelf weer tot bewustzijn.

We besloten hem in de auto te zetten en in de opluchting van het moment leken we Mooshum moeiteloos te dragen. Ik ging op de achterbank zitten met zijn hoofd in mijn armen en toen we naar het ziekenhuis raceten, voelde ik zijn adem naar buiten komen en niet naar binnen, maar dan opnieuw beginnen, als een sputterende buitenboordmotor.

Op de eerste hulp veroorzaakte hij grote beroering. De zusters riepen iedereen om te komen kijken naar hem in zijn brooddeeg totdat papa kwaad werd en zei: 'Hou op met dat geloer. Jullie worden geacht professioneel te zijn!' en het gordijn rondom ons dichttrok. De dienstdoende dokter was binnen vijf minuten op de eerste hulp. Het was een jonge dokter die zijn studieschuld afloste door voor de *Indian Health Service* te werken, en toen hij door het gordijn kwam, was hij nog bezig zijn witte jas aan te trekken. De zusters hadden hem waarschijnlijk niet verteld over de ketchup en het brooddeeg, maar de dokter sloeg zich er goed doorheen. Zijn lippen trilden, maar hij hield zijn lachen in. Mooshum vertrok zijn gezicht onder het brooddeegmasker, terwijl de ketchup uit zijn mondhoeken langs zijn nek kwijlde. Mama raakte teder en licht zijn handen aan en vouwde ze over zijn borst. Toen we daar naar Mooshum stonden te kijken, leek zijn gezicht langzaam te veranderen en zich te ontspannen in contemplatie, met een tevreden trek in zijn mondhoeken. Papa snoof en veegde zijn gezicht af. De zusters stonden weer achter het gordijn naar ons te luisteren. We bleven daar eindeloos, in gonzende spanning.

'Hij ziet er gelukkig uit,' zei mama. 'Hij ziet eruit of hij terugkomt.'

Mooshum begon regelmatig te ademen.

'Ik ga dood,' zuchtte hij.

'Nee, dat ga je niet, papa.'

'Jawel. Ik wil dat mijn lief op bezoek komt. Hier in het ziekenhuis. Ga Neve halen! Dat is mijn laatste wens!'

'Ze willen je niet eens hier houden, papa. We mogen je weer mee naar huis nemen.'

'Nee, meisje, ik ben er geweest.' Hij leek buiten westen te raken en mama schudde hem, maar juist op dat moment kwam pastoor Cassidy tussen de gordijnen door springen. Hij had een twinkeling in zijn ogen en de Heilige Schrift in zijn handen. Mama wilde geen stap opzij doen, dus moest de priester zijn nek rekken om Mooshum aan te kijken.

'Ben ik nog op tijd?' vroeg hij hardop. 'Een van de zusters heeft me gewaarschuwd.'

Mooshum fronste zijn wenkbrauwen en deed zijn ogen open.

'Er is tijd! Wat een geluk!' Pastoor Cassidy mompelde een vurig gebed. Hij had het heilig oliesel bij zich in een setje. Hij begon het bedrijvig uit te stallen op het roestvrijstalen nachtkastje. Mooshum gromde van ergernis en ging rechtop zitten.

'Als je me niet in vrede laat doodgaan, dan blijf ik leven, al wil ik dat niet. Je krijgt me niet deze keer, Hop Along, ik zal mijn leven verlengen!'

Mooshum zwaaide zijn benen over de rand van de onderzoektafel en ging beverig staan. Papa en mama hielden hem ieder aan een kant vast. Hij kwijlde een laatste restje ketchup. 'Ik heb gehoord dat we in de indiaanse hemel met de bizons leven. Daar heb ik vrede mee. Bovendien heb je al voor mij gesproken in de kerk. Ik had me geen beter uitgeleide kunnen wensen.'

'Ik heb me daar al tientallen keren voor verontschuldigd,' zei pastoor Cassidy. Hij begon met gekrenkte waardigheid zijn flesjes olie in te pakken en de gesteven witte servetten die bij het setje hoorden op te vouwen.

Mama hielp Mooshum in papa's overjas. Hij leek elke minuut sterker te worden. Hij ruide nog steeds deeg, nu in droge vlokken. Pastoor Cassidy merkte het op en vroeg wat er was gebeurd.

'Hij heeft deeg op zichzelf gedaan,' zei ik.

Pastoor Cassidy schudde zijn hoofd en klapte de deksel van zijn praktische leren koffertje dicht. Hij was nog steeds gezellig met de verpleegsters aan het praten toen we weggingen. Een jaar later gaf hij het priesterambt op, ging naar huis, liet een baard staan en werd ondernemer. Hij verkocht rundvlees uit Montana, dat hij naar Japan en over de hele wereld verscheepte. We zagen hem op reclameborden en in zijn tv-spotjes. Zijn opvallende, springerige loopje en zijn vrolijke jongehondenenergie werden een handelsmerk voor de rundvleesindustrie en maakten hem heel erg rijk.

Voordat ik dat weekend terugging naar school kwam Corwin me thuis ophalen. We stapten in zijn auto en reden naar een verlaten plek ver weg midden op een vlak veld waar we lichten van ver konden zien aankomen. We gingen op de achterbank zitten met de raampjes halfopen – het was een ongewoon warme novemberavond – en we kusten elkaar. Vreemd, intiem, broederlijk. Toen deden we elkaar pijn, gulzig van opwinding. We rukten elkaars kleren af maar stopten plotseling, verward, overweldigd door verlegen afschuw. We zaten daar hand in hand totdat we indutten. Het licht steeg op en de randen van de aarde lieten strepen vuur zien. De zon zou al snel opkomen. Ik bestudeerde Corwin in het zachte grijze licht. Zijn gezicht leek opgezwollen en blauwig – we waren helemaal verkrampt en stijf van het tegen elkaar aan hangend slapen. Misschien had hij gehuild, in het geheim. Hij streelde mijn gezicht, duwde mijn haar achter mijn oren en legde toen zijn andere hand tussen mijn benen.

'Hé, Evey?' Corwin lachte zijn tanden bloot. 'Jij en ik zouden moeten trouwen. We zouden elkaar lief moeten hebben tot de dood ons scheidt.' Zijn gezicht was ernstig en opwindend met het licht dat als een gloed over zijn hals en mond kroop. Zijn ogen waren verhuld door een streep schaduw.

'We gaan naar Parijs,' zei hij. 'We gaan Joseph opzoeken op de universiteit en nemen vandaar het vliegtuig. Parijs, zoals je altijd hebt gewild. We gaan neuken op straat, neuken in de kathedraal, neuken in de cafés, weet je wel?'

‘Welke kathedraal?’ vroeg ik.

‘De mooiste,’ zei Corwin, ‘die met de beste beelden.’

‘Is goed,’ zei ik. ‘Welk café?’

‘Een dat de hele nacht open is, met brede bankjes. Het zou kunnen.’

‘En de straat? Welke straat?’

‘Alle straten. We nemen een kaart mee.’

Ik had de kaart achter in mijn boek bestudeerd – een verbijsterend doolhof.

‘We kunnen beter snel gaan,’ zei Corwin. ‘Ze zijn waarschijnlijk op dit moment al nieuwe straten aan het aanleggen.’

‘Stel dat ik niet wil omdat ik lesbisch ben?’

Corwin zweeg; na een tijdje begon hij weer te praten.

‘Dus je denkt dat het blijvend is?’

Toen we langzaam naar huis reden, passeerden we een oude man die voortslofte met wapperende jas en fladderend haar. Het was Mooshum. We stopten de auto iets voorbij hem, draaiden op de lege snelweg en gingen naast hem rijden. Hij bleef driftig voortploeteren, dus sprong ik uit de auto en trok hem ernaartoe.

‘Hé, stap in.’

Hij keek me verstrooid aan.

‘O, het is Evey.’

‘Stap in, Mooshum, waar gaat u naartoe?’

‘Op bezoek.’

Hij liet toe dat ik hem in de auto zette en toen hij zat, zei hij met luide stem: ‘Breng me naar mijn liefje!’

‘Oké.’ Ik keek vermoeid naar Corwin. Hij staarde recht voor zich uit. ‘Dat is mijn tante Neve. Hij wil bij haar op bezoek.’

‘Waarom niet?’ zei Corwin en hij schakelde met een berustend gebaar.

Toen we naar Pluto reden, realiseerde ik me dat mijn moeder waarschijnlijk de stampolitie al had gewaarschuwd. Ze zou doodsbezorgd zijn over Mooshum. Dus zodra tante Neve de deur opendeed – in badjas, zonder make-up, met steil haar – zei ik dat ik haar telefoon wilde gebruiken. Mooshum en Corwin gingen op de verende goudkleurige bank van tante Neve zitten wachten terwijl zij de kamer uitliep om koffie te zetten. Mooshum wapperde met zijn handen naar Corwin en siste dat hij weg moest. Ik draaide me van hen af met de telefoon en legde mijn hand over een oor.

'Mama? Ik heb Mooshum hier en we zitten bij tante Neve.'

Mama zei een paar driftige dingen, maar was vooral opgelucht. Ze zei iets tegen papa, en toen: 'Hier, je vader wil met je praten.'

'Evey?' Ben jij bij...'

'Tante Harp.'

'O!'

Zijn stem klonk gespannen, strak, driftiger dan ik hem ooit had gehoord. 'Moet je horen,' zei hij, 'zou je kans zien om naar haar post te kijken?'

'Wat?'

Mijn vader vertelde me dat Mooshum zijn postzegelcollectie had geplunderd toen mama weigerde een van zijn brieven te versturen, en dat hij een paar waardevolle, *uiterst waardevolle* (de stem van mijn vader beefde een beetje) postzegels op een enveloppe had geplakt die hij twee dagen geleden stiekem had gepost. Ik wilde mijn mond opendoen om te zeggen dat ik de brief voor Mooshum op de post had gedaan, maar bedacht me.

'Ik was een beetje uit mijn doen gisteravond,' zei papa. 'Vanochtend besloot hij ervandoor te gaan...'

Op dat moment ging de bel.

'Doe jij even open, liefje?' riep tante Neve uit de slaapkamer met een welluidende trilling in haar stem. Als ze uit de slaapkamer kwam, zou ze er onberispelijk uitzien, dat wist ik zeker.

Ik legde de telefoon neer en deed de deur open. Het was de postbode met tussen de andere brieven een brief waar porto voor verschuldigd was. Ik betaalde de porto met munten uit mijn zak en stopte de brief in mijn bh. Ik deed de deur dicht, legde de rest van de post op het keurige haltafeltje en pakte de telefoon op.

'Ik heb hem. Er zit een postzegel van een cent op, blauw, Benjamin Franklin.'

Ik kon horen hoe mijn vader zijn emoties bedwong aan de andere kant.

'Die heet de Z-Grill. Schatje, als je die postzegel veilig thuisbrengt, beloof ik dat ik je naar Parijs stuur.'

Ik legde de telefoon neer. Mijn vader noemde mij, of wie dan ook, nooit schatje. En dit was de tweede keer die ochtend dat mij een reis naar Parijs in het vooruitzicht werd gesteld. Ik keek naar Mooshum. Zijn haar was helder zilver, in een keurige staart getrokken. Hij had zijn gebit weer in, een witte streep in zijn verkreukelde gezicht. Hij was glad geschoren. Zijn kleren waren vlekkeloos, schoenen gepoetst. Hij had zijn zakdoek gepakt om de druppel van zijn neus te vegen.

Mooshum wierp me een veelbetekenende blik toe die ik opvatte als *wegwezen*, dus greep ik Corwins hand. We slopen snel weg, terug naar de auto en scheurden onmiddellijk weer de weg op. Zodra we reden, probeerden we weer te praten, maar niets kwam er goed uit. Ik legde mijn hand op Corwins been, maar liet hem daar gewoon liggen en we zwegen allebei. Het was penibel en mijn arm begon pijn te doen van de spanning.

'We kunnen beter voor onze tickets gaan sparen,' zei hij voordat ik uit de auto stapte. We stonden op de straat voor mijn huis geparkeerd.

Ik kuste hem en liep weg. Toen ik zo'n tien minuten later uit het raam keek, stond de auto er nog. De volgende keer dat ik keek was hij weg.

Tante Neve hield Mooshum die nacht bij haar thuis. Net toen ik de volgende ochtend op het punt stond terug te gaan naar school, kwam ze aanrijden in haar gele Buick. Ik zag vanuit de deuropening hoe Mooshum zich uit de passagiersstoel bevrijdde en naar de voorkant van de auto liep, snel als een jonge man, over de motorkap streek en doordringend door de voorruit naar tante Neve keek. Toen tante Neve wegreed, stond hij langzaam te zwaaien. De Buick verdween, maar hij bewoog niet. Hij hield zijn hand opgestoken totdat hij kromp en weer oud werd. Toen hij zich eindelijk omdraaide en naar het huis schuifelde, liep ik het trapje af en pakte zijn arm.

'*Awee!*' Zijn gezicht vloeide over van emotie toen we de stoep opliepen. 'Eindelijk, meisje. Was pastoor Hop Along maar hier. Zou ik bijna willen. Eindelijk heb ik iets om te biechten.'

Ik ben vernoemd naar de eerste liefde van Louis Riel, een meisje dat hij ontmoette kort nadat hij was vrijgelaten uit het gekkenhuis van Beauport, bij Quebec in 1878. Hij was daar opgesloten geweest om behandeld te worden nadat hij onhoudbaar de slappe lach had gekregen tijdens de heilige mis. De Evelina van Riel was blond, groot, nederig en een liefhebster van zoetgeurende bloemen. Het was Mooshum geweest die mama had voorgesteld mij te noemen naar Riels verloren liefde en hij was altijd trots dat ze zijn voorstel had opgevolgd.

Maandenlang, eigenlijk de hele winter, nam mijn vader het Mooshum kwalijk dat hij bijna zijn pensioen had gesaboteerd door niet alleen de Z-Grill te stelen, maar ook een Zweedse postzegel van drie cent die was uitgegeven in 1855 en oranje in plaats van blauw was. Die kwam terug vanwege onvoldoende porto. Mooshum had tenminste de afzender vermeld, merkte ik op toen ik in de kerstvakantie naar de enveloppe keek.

'Geen grapjes. Dit is de toekomst van ons gezin,' zei mijn vader.

Mooshum had een onschuldige pasta van bloem vermengd met spuug gebruikt om hem op de enveloppe te plakken. De postzegel had zelfs geen postmerk of stempel, omdat de postbode in Pluto niet had geweten hoe hij de vergissing anders moest aanpakken dan aan de deur om porto vragen. Papa had voorzichtig beide postzegels van de enveloppen geweekt en teruggestoken op hun bladzijde van het album. Hij liet me al zijn favoriete zegels zien. Zolang hij nog niet via de post een prijs overeen was gekomen, was hij van plan de hele collectie in een kluis te doen die niet in de bank van zijn zuster was.

Eind maart, toen hij met de collectie naar Fargo reed, kwam mijn vader op een beijzeld stuk weg en slipte, waardoor de gezinsauto aan de rand van een bietenveld terechtkwam. Het was plotseling en verraderlijk gaan vriezen. Hij was alleen en buiten bewustzijn, dus de postzegelalbums werden achtergelaten. Omdat de raampjes helemaal uit de sponningen waren gebarsten, vloog er van alles uit de auto toen die omsloeg en knalden de portieren open. De albums bleven ergens achter in een koude, doorwekende regen die begon kort nadat hij bij bewustzijn kwam in het St.-Johnziekenhuis. Hij vroeg onmiddellijk naar zijn postzegels, maar het laatste waar de dokters natuurlijk in geïnteresseerd waren, was een postzegelcollectie.

Toen we in het ziekenhuis waren geweest en zeker wisten dat papa het goed maakte, gingen Joseph en ik de postzegels zoeken. We vonden de albums zo'n dertig meter van waar de auto was gestrand. De in leer gebonden boeken waren opengevallen, scheefgetrokken en geruïneerd. We plukten postzegels van lisdodden en pelden zegels van natte kluiten modder. Toen we wat we gevonden hadden naar zijn ziekenhuisbed brachten, leek papa ziek. Hij deed of hij in slaap viel. Onze moeder zei: 'Hij is wanhopig.' We hadden niet geweten dat de postzegels echt zo kostbaar konden zijn.

Het duurde weken voordat papa sterk genoeg was om thuis te komen. De meeste postzegels die we gevonden hadden, waren zo broos dat ze uit elkaar vielen in minuscule confetti zodra ze droog waren en hij ze probeerde beet te pakken. Ik zag zelf hoe hij probeerde de Benjamin Franklin Z-Grill te reconstrueren. Ik had die zegel in het bietenveld gevonden, vastgeplakt aan een rottende wortel. Misschien hadden de chemicaliën in de bemeste aarde het papier aangetast. Het had geen zin. Op het moment dat hij de zegel met een pincet optilde, viel die uiteen in een hoopje ongelooflijk kostbaar stof dat hij opving toen het naar beneden dwarrelde.

Mijn vader haalde diep adem en keek me aan.

Er ging een ogenblik voorbij. Hij vroeg me mee te komen naar de achterdeur om te zien hoe een half miljoen dollar verdween.

Klaar? zei hij.

En we stonden samen in de zon toen hij over zijn handpalm blies.

Een weg in de hemel

Op de dag dat tante Geraldine eindelijk met rechter Coutts trouwde, omringd door ons allemaal, liep er een visgraatspoor wolken van oost naar west dat op een stoffige weg leek. Ik zag het voordat iemand anders erover begon, denk ik, en wees de rechter erop. *Ik zal met Geraldine die weg gaan*, zei hij onmiddellijk. Er stonden tranen in zijn ogen.

Ze trouwden niet in de katholieke kerk (een teleurstelling voor Geraldine en mijn moeder). Afgezien van zijn onverzoenlijke verontwaardiging over Shamengwa's verknoeide grafrede was rechter Coutts volgens mijn moeder niet bereid te biechten en zijn zonden te laten kwijtschelden. Hij vertelde Hop Along dat hij geen spijt kon hebben van seks buiten het huwelijk en weigerde zich schuldig te voelen, hoewel hij zei dat het de priester vrij stond om hem toch absolutie te geven. Pastoor Cassidy zei dat hij onder die omstandigheden hun huwelijk niet kon voltrekken. Dus werden ze getrouwd door de stamrechter die de voorganger van rechter Coutts was geweest, op een heuveltje dat uitkeek over een hooiveld waarin salie, alfalfa en buffelgras welig tierden – Mooshums oude land.

Ze legden hun geloften af en werden tot man en vrouw verklaard. Rechter Coutts kuste Geraldine en iedereen omhelsde elkaar. We konden aan het gezicht van de rechter zien dat hij immens opgelucht was, alsof hij een man was die uit een operatie bijkomt, nog half verdoofd, maar in het besef dat overleven nu verzekerd is.

Onze respectievelijke families waren eraan gewend geraakt een ongetrouwd stel dat in zonde leefde in hun midden te hebben. Tante Geraldine leek verrassend bereid haar rol als schandaal van de familie op zich te nemen, en rechter Coutts was altijd bang geweest dat zij die rol eigenlijk te leuk vond om zomaar op te geven. Nu bleef hij naar de hemel kijken, met tante Geraldines hand stevig in de zijne en omhoogwijzend.

Nu hoef ik die oude stoffige weg niet alleen af te lopen, hoorde ik hem zeggen, in een vlaag van dwaze sentimentaliteit, vermoed ik. Ze depte zijn gezicht met haar zakdoek en zei: *Kop op, rechter*. Er stroomden tranen uit zijn ogen maar hij merkte het niet. Zijn moeder was nog net levend genoeg om erbij te zijn – een klein, knokig vrouwtje in een zilverkleurige rolstoel.

'Hoor eens,' zei ze en wenkte hem naar zich toe. 'Houd op met huilen. Je mag mensen niet laten denken dat je week bent.'

Maar ze glimlachte, iedereen glimlachte, er hing een onbezonnen sfeer van vastbeslotenheid. Goedkeuring welfde over hen heen als een regenboog van ballonnen. Corwin speelde natuurlijk voor ons – hij was het enige amusement. Als we jong zijn, gaan de woorden om ons heen alle kanten uit. Naarmate ze door ervaring worden samengevoegd, gebeurt dat ook met ons, zin voor zin, totdat het verhaal vorm krijgt. Ik wilde niet weg. Ik wilde niet weten wat er met me zou gebeuren, goed of slecht, en of ik het aan zou kunnen. Maar Corwins spel van een woordeloos wijsje dat mijn oom hem had geleerd, klaarde de lucht op. Toen ik wegliep, bleef ik die muziek horen.

Rechter Antone Bazil Coutts

De sluier

Na de bruiloft stapten we in de auto met een spandoek: Pasgetrouwd. Witte ballonnen, blikjes en plastic franje sleepten achter de bumper aan. Ik nam Geraldines hand en hield die vast op de bank tussen ons in toen we helemaal naar de zaal van de Knights of Columbus ratelden. We hadden hem mogen afhuren ook al waren we niet in de kerk getrouwd en op dat moment, wist ik, werden vanuit de keuken grote pannen met vleessoep, bonen in tomatensaus, indiaans brood, aardappelen en geroosterde kip voor het buffet aangesleept. We zouden erlangs lopen en ons bord vullen en eten in een aanstekelijk vrolijke bende. Onze bruiloftstaart was vier lagen wit op wit, opgesierd met glimmende suikerrozen. Toen het moment kwam om de taart aan te snijden, legde ik mijn hand over Geraldines vuist toen ze het mes greep. We glimlachten voor de foto's terwijl het mes door de voet van de taart sneed.

Clemence haalde de bovenkant voor ons eraf om mee naar huis te nemen – een minitaartje. Op de plastic bruidegom was een rechtersmantel geschilderd en de bruid droeg een wit mantelpak. Haar halflange haar was zwart en golvend, net als dat van Geraldine. Evelina had ze gemaakt. 'Ik zou die graag op mijn bureau zetten,' zei ik, plukte het echtpaartje van de taart en stopte het in mijn zak.

Zo begonnen Geraldine en ik eindelijk aan ons huwelijksleven.

We hadden besloten ons geld te bewaren voor een echte huwelijksreis en later naar een exotische plek te gaan – het was al heerlijk dat we gewoon ons huiselijk leven weer mochten oppakken. We hadden het hele weekend voor ons. Iemand, waarschijnlijk Evelina, had een bordje op de voordeur geplakt. Geen Bezoek. We lieten het bordje hangen, gingen ons huis binnen, deden de deur dicht en bleven in de kleine hal staan. Ik zette Geraldines dophoedje met de leuke gazen sluier af. Toen zette ik haar ineens de hoed weer op, trok haar sluier voor haar gezicht en kuste haar door de sluier heen. De stijve gaatjes prentten zich in haar mond en raakten toen verstrikt tussen onze lippen en tongen. Op dat moment begeerden we elkaar zo hevig dat we rechtdoor liepen naar de slaapkamer en pas laat in de avond weer tevoorschijn kwamen, duizelig en voldaan. Ze herinnerde zich het taartje en ging het halen. We vroren het in voor als we een jaar getrouwd waren. Toen maakten we toast en thee en namen onze borden en kopjes mee naar de slaapkamer, die niet zo netjes was als normaal. Geraldines mantelpakje lag gekreukeld over een stoel, het opengevallen jasje onthulde de glimmend satijnen voering. Haar trouwhoedje was in een hoek gezeild en de sluier leek als glazuur te zijn opgelost. Geraldine nam een hapje toast en er regende een licht strooisel van kruimels over de overslag van haar ochtendjas en haar blote sleutelbeen. Ik boog me naar haar toe en veegde de kruimels weg, mijn hand bleef hangen en gleed toen naar binnen, naar haar donkere tepel.

Ik denk niet, zei Geraldine, *ik denk echt niet*, maar toen wierp ze me die glimlach toe, van dichtbij, en gleed over me heen, terwijl ze de ochtendjas open liet vallen.

Ik vroeg me af of we ooit uit dat bed zouden komen. Ik wilde het niet. Oude liefde, middelbare liefde, het soort liefde dat zichzelf kent en weet dat niets beklijft, is een wanhopige gedeelde wildheid. Ik lag naast haar in het donker. Ze was een stille slaper, ernstig en met een frons van haar zware dromen. Zoals ik soms doe om in slaap te vallen, stelde ik me voor hoe ik boven ons zweefde, vervolgens opsteeg, door het dak oploste en een donkere tocht over het reservaat en de naburige stadjes maakte. Het werkte deze keer niet, maar had het tegengestelde effect. Mijn geest werd te alert. De adrenaline en ongebruikelijke dutjes hadden me gestimuleerd. Mijn gedachten tolden rond. Het leven drong binnen, het banale en het onmetelijke. Ik dacht aan iedereen die naar onze bruiloft was gekomen. Het ontroerde me weer hoe de familie Milk ons huwelijk had verwelkomd. Hun blijdschap was oprecht geweest en er was geen enkele reserve, niets van de vage afkeuring waar ik bang voor was geweest, niet eens van Clemence. Ze wisten ongetwijfeld van mijn lange verhouding met een getrouwde vrouw van buiten het reservaat, in Pluto. Ik maakte me geen illusies dat ik mijn gedoemde eerste liefde voor iemand anders dan C.'s echtgenoot verborgen had gehouden. Toch leken ze geen belang te hechten aan mijn verleden. Dankzij Geraldine had ik tenslotte laten zien wat ik waard was.

En wat Geraldine betreft, als ze al wist wat ik had gedaan en van wie ik had gehouden, ze had het er nooit over en daar was ik haar altijd dankbaar voor. Maar hoewel ik haar nooit de waarheid heb verteld over mijn *vroeger*, over wat er in Pluto was gebeurd, weet ik zeker dat ze wist waarom ik zo lang vrijgezel ben gebleven, en al die jaren zo rustig bij mijn moeder ben blijven wonen voordat ik haar ontmoette. Ik heb haar nooit verteld dat het begon toen ik nog een jongen op de middelbare school was. Ik heb haar nooit verteld over mijn eerste liefde, of iets uitgelegd over de moeizame greep waarin die me gevangenhield – ik heb haar nooit over C. verteld.

Ik wilde dat ik zou kunnen zeggen dat ik de nacht na onze bruiloft alleen aan Geraldine dacht. Maar de kruimels in ons bed en de honing in mijn thee deden me aan andere keren denken, en een ander bed. Ik denk niet dat het ontrouw van me was naast Geraldine te liggen en me die geschiedenis te herinneren, zo treurig in zo veel opzichten. Want ik was tegelijkertijd bezield door verbazing en dankbaarheid. Na al die pijn had ik niet gedacht dat de liefde ooit weer mijn kant uit zou komen. Ik had niet gedacht dat ik ooit van iemand anders dan C. zou houden.

De sloop

De eerste vrouw van wie ik hield, was iets groter dan ik. In bed bewoog C. zich met de behendigheid van een worstelaar uit een middelbareschoolteam, ze was ongelooflijk snel. Het ene moment lag ze bovenop en het volgende onder me zonder onze vloeiende beweging te onderbreken. Elke keer dat we in bed stapten, was het alsof we op reis gingen, dwars door het land of met de trein en we kregen last van honger tijdens het vrijen. In bepaalde favoriete houdingen raakte ik uitgehongerd en zwak. Dan smeerde ze boterhammen en nam het eten mee naar bed. Soms stond er een glas melk op de houten tafel naast het hoofdeinde, en er was altijd een plastic knijpbeertje vol honing, waar ze uit dronk als uit een fles. Ze geloofde heilig in de versterkende krachten van melk en honing. Nu en dan spoot ze de honing in mijn mond om me te verjongen, doopte vervolgens een doekje in het glas koude melk en lapte me af. 's Zomers rook ik zuur door de warmte, en op een dag rook mijn moeder het toen ik thuiskwam. Mijn affaire met C. was clandestien, en ik vertelde mijn moeder in een opwelling dat ik werk had gevonden in het melkhok.

Ze verstond me verkeerd.

'Wat? Het kerkhof?'

'Ja,' zei ik.

En zo is het gekomen dat ik uiteindelijk echt op het kerkhof van Pluto ging werken. Om te voorkomen dat mijn leugen zou uitkomen liep ik er de volgende dag heen in de hoop op een baan. Ik werd aangenomen door een zekere Gottschalk die het grootste deel van zijn leven daar had doorgebracht. Zijn kantoortje hing vol met krantenknipsels en overlijdensadvertenties. Hij had een plattegrond gemaakt van de begraafplaats en wist alles over iedereen die daar begraven lag: wanneer ze naar de stad waren gekomen en wat ze hadden gedaan, waarom de familie een speciaal soort steen of monument had gekozen, oorzaak of moment van overlijden, bezittingen die ze achterlieten. Mijn grootvader Coutts lag er al begraven, op zijn graf stond een hoge kalkstenen obelisk met deze woorden op de voet: *Qui finem vitae extremum inter munera ponat naturae.* Het is even natuurlijk te sterven als geboren te worden. Naast hem was ruimte voor zijn vrouw. Zij was hertrouwd en had er nooit gebruik van gemaakt. Mijn vader lag er ook, met een mooie donkere steen die breed genoeg was voor twee. Hij was ook erg van de citaten, zij het niet in het Latijn. Hij hield van Thoreau (was misschien daarom in North Dakota gebleven), en had een hekel aan banaliteit. *Gezegend zijn zij die nooit een krant lezen, want zij zullen de natuur zien, en, via haar, God.* Mijn moeder had haar naam al naast de zijne laten graveren, met haar geboortedatum. Er was een open plek voor haar sterfdatum, wat ik niet prettig vond, maar zij vond het een troostrijke gedachte.

Gottschalk wees me een extra ruimte en merkte op dat mijn grootvader een groot familiegraf had gekocht. Er was plaats voor mij en mijn vrouw, en zelfs een stel kinderen. Het leek toen ver weg en lachwekkend, maar naarmate de tijd is verstreken ben ik steeds dankbaarder geworden dat die plekken naast mijn voorouders nog leeg liggen te wachten. Ik heb ook Geraldine aangekeken en me afgevraagd of ze bereid zou zijn naast mij begraven te worden, maar heb nog niet de moed opgebracht het te vragen.

Ik was zeventien toen ik graven begon te delven voor de doden van Pluto. Ik gebruikte een touwtje voor de maten en vier tentharingen om het touwtje in een rechthoek vast te zetten. Later kochten we een kalkroller van het soort dat ze gebruikten om strepen te trekken op het footballveld van de school. Ik stak het gras in gedeelten af, pelde het af als een scalp, en legde de plakken op een stuk natte jute. Ik gebruikte er een soort speelgoedgraafmachine voor en werkte de graven handmatig af met een rechte spade. Na de begrafenis bedekte ik de kist en maakte een heuveltje zodat er geen deuk zou ontstaan zodra de aarde ingeklonken was. Ik maaide het gras ook met een miniatuur benzinemaaier, en leerde hoe de bomen gesnoeid moesten worden zodat ze in een elegante, natuurlijke vorm zouden groeien. Ik leerde het overlijdensregister bij te houden en kende na een tijd de plattegrond van het kerkhof even goed als Gottschalk. Ik kon mensen makkelijk de weg wijzen als ze hulp nodig hadden bij het vinden van een familielid, of op zoek waren naar het oorlogsmonument, de barokke Russische smeedijzeren kruisen of de bescheiden, simpele veldstenen die de graven markeerden van een familie die hier langgeleden werd vermoord.

Eigenlijk was het alleen bedoeld als vakantiebaantje voordat ik ging studeren. Maar vanaf het moment dat ik een seksuele relatie had met C. kon ik geen afstand meer doen van de seks en van haar en van Pluto. Bovendien raakte ik, toen ik eenmaal mijn dagen sleet tussen de doden, gewend aan de rust en stilte, zoals Gottschalk me al had voorspeld. Ik begon zelfs zijn krantenknipsels over interessante mensen, plaatsen of gebeurtenissen aan te vullen. Een van de heikele kwesties in het stadje was in die tijd de wildgroei van bars met stripteasedanseressen. Er werd in de gemeente gebakkeleid over de mate van blootheid die acceptabel zou zijn. We knipten alle artikelen uit en hingen ze op.

'Mensen zouden de dingen moeten zien zoals wij ze zien,' zei Gottschalk. 'Hoe klein de string of hoe groot het tepellapje ook, we eindigen allemaal onder de grond.'

Een half jaar na die opmerking dolf ik zijn graf. Ik bereidde zijn laatste rustplaats voor met ongebruikelijke zorg, zoals passend was voor iemand die zo nauwgezet voor de reis van zijn medeburgers had gezorgd. Er was eigenlijk niemand anders die Gottschalks plaats kon innemen, dus werd ik op mijn twintigste beheerder van het gemeentelijk kerkhof van Pluto, en dat hielp enorm om mijn liefde geheim te houden – niemand wilde met me uitgaan.

Ik bedoel niet dat vrouwen afgeschrikt werden door mijn werk. Integendeel, ze vonden het vaak fascinerend. Maar er zat een zeker gebrek aan toekomst in, dat zagen meisjes goed. Zodra ze ontdekten dat ik tevreden was met mijn werk werd ik niet meer lastiggevallen, ook al ging ik naar cafés en dergelijke. Ik schaarde me aan de kant van de radicale voorstanders van volledig topless, want ik keek graag naar Candy die lolly's uit haar voorgeschreven string haalde en naar ons gooide. Het waren hygiënisch verpakte, kindveilige lolly's. Een vaste klant van het café had een keer een lolly met een recht stokje ingeslikt, misschien in zijn verrukking om een van Candy's nieuwste bewegingen. Ik hoefde hem niet te begraven, maar het scheelde niet veel. Dus deelde ze hetzelfde soort lolly's uit als winkels aan kinderen geven. Sterker nog, daar haalde ze ze – gratis. Ik leerde Candy kennen, wilde dat ze kon blijven werken, en vond het heerlijk om C. zo jaloers te maken dat ze ruzie met me maakte.

Terwijl ik met Candy ging, of liever gezegd, alleen met haar flirtte, verbouwde C. haar oude huis om dicht bij mij te zijn.

Ooit was het kerkhof aangelegd aan de westelijke rand van het stadje, maar de wijk is gegroeid en het wordt nu begrensd door huizenblokken, die het allemaal hun rug toekeren, uit beleefdheid of afgrijzen, weg van de grafstenen en monumenten. Na de ruzie om mijn vriendin de stripper verhuisde C. haar praktijk naar haar huis, dat een tuin aan het kerkhof had. De woonkamers werden heringericht en ze verbouwde de veranda tot receptieruimte. De achterkant liet ze lommerrijk en privé. Ik kon vanuit Gottschalks oude kantoor, dat het mijne was geworden, of vanuit onze gereedschapsschuur, die net buiten een windsingel van coniferen stond, C.'s achterdeur binnengaan zonder gezien te worden. Waar het om ging is dit: we konden nooit uit elkaar, hoewel C. gewicht verloor, aanzienlijk kromp, en na een tijd niet meer groter was dan ik.

Na de dood van Gottschalk ging mijn leven vijf jaar lang zijn gangetje. Op een dag, begin juni, toen de seringen en de jasmijn net uitgebloeid waren, ging ik zoals altijd tussen de rozen, de irissen en daarna de pioenen werken. Deze opeenvolging van kleur en geur had me altijd buiten mezelf gebracht, duizelig gemaakt. Elke ochtend ging ik zodra ik opstond in de tuin rond het huis werken. De bijen waren er, in ongebruikelijke aantallen in onze tuin, en ik was omringd door hun kleine vibrerende lijven. Ze volgden me terwijl ik werkte, maar ik houd van bijen. Ze lijken te weten dat ik hun natuur respecteer, hun ijver bewonder, en begrijp dat ze essentieel zijn voor alles wat groeit. Ik veegde ze zacht weg, zoals ik altijd doe. Ik ben zelfs maar twee keer in mijn hele leven gestoken. Toen ik klaar was met wieden en gieten ging ik stil moeders kamer binnen, waar ze zittend sliep met een zuurstoffles. Door de ongemakken van haar ziekte werd ze een tijdlang scherp en bitter, maar zelfs wanneer ze zich afschuwelijk voelde, genoten we van elkaars gezelschap. Ze was een knokig Chippewa-vrouwtje. Ze maakte graag grappen, was erg toegewijd geweest aan mijn vader en was het nog steeds aan mij.

'Waar ga je heen?' Haar stem was een gekras geworden. Natuurlijk wist ze waar ik heen ging, maar ze moest haar tekst kwijt.

'Werken.'

'Binnenkort moet je mijn graf delven!'

'Helemaal niet.'

'Jawel!'

Dat riep ze met een onheilspellende vreugde in haar stem. Ik reed haar naar de wc-deur en ze kwam overeind, steunend op de reling die ik had aangebracht.

'Hoepel op!'

Ik deed de deur dicht. We zagen allebei op tegen de dag dat zelfs dit laatste stukje privacy tussen ons weggenomen zou worden. We dachten allebei na over het verpleeghuis in Pluto, maar om haar daar te krijgen zouden we het huis moeten verkopen, een mooi, troostrijk oud huis op een dubbel perceel, waar ik mijn hele leven had getuinierd en geplant. Moeder wilde mij het huis nalaten. Met dat doel deed ze dapper haar best om dood te gaan. Moeder verzwakte zichzelf door niet te eten en hoopte zichzelf in haar slaap te verstikken door haar zuurstof niet te gebruiken. Haar natuurlijke taaiheid liet zich niet voor de gek houden door deze trucs.

'Zo, ik ben klaar,' riep ze. In de keuken at ze een stukje toast en nipte een kop koffie. Ik probeerde haar wat water te laten drinken, maar ze probeerde ook zichzelf uit te drogen. Net als elke dag vroeg ze wat ik die avond ging doen. Het bezwaarde haar dat ik nog maar zelden uitging.

'Ik ga met jou pokeren, mam, daarna kijk ik naar het journaal en doe het licht uit.'

'Je hebt echt een vrouw nodig, weet je.'

'Ja, dat weet ik.'

'Je vindt er geen als je bij je moeder thuis blijft zitten.'

'Ik weet wie ik wil.'

'Laat die taaie oude kip toch zitten!' zei ze met een veeg naar mij. Ze wist al een hele tijd van C. 'Zorg dat je een piepkuiken te pakken krijgt en geef me een kleinkind, Bazil. Ze heeft je kanker genezen, maar verder is ze niet goed voor je.'

Als jongen had ik een reeks vreemde bulten op mijn hoofd. Ze kwamen en gingen totdat C. een wonderkuur toepaste – die pijnloos was, voor zover ik me herinner, en geen littekens achterliet. Mijn moeder was er altijd van overtuigd geweest dat ik hersenkanker had, hoewel het niet veel meer kon zijn geweest dan cysten of wratten. Toch verbeter ik mijn moeder niet als ze denkt dat ik mijn leven aan C. te danken heb en dat maakt de kwestie dat we minnaars zijn ondoorzichtig. Ik zeg soms zelfs: 'Ach, zonder haar zou ik dood zijn,' wanneer mijn moeder begint te drammen.

Aan het begin van de zomer ging ik altijd met plezier naar de begraafplaats. Er stierven dan zo weinig mensen. Meestal waren er alleen bezoekers. Toen ik er werkte, hadden we het schilderachtigste kerkhof van de hele staat. We stonden in brochures. In de gloed van de zon barstten de pioenen uit hun compacte ballen in kruidige, rafelige bloemen met roze confettiblaadjes. Ik had een weckpot meegenomen om te vullen voor C. Meestal ging ik even na vijven naar haar huis, wanneer haar receptioniste weg was. Ik zorgde dat ik snel haar achtertuin door liep, langs de schutting.

Ik herinner me die dag speciaal, omdat het de dag was dat ze me vertelde dat ze ging trouwen met de man die haar kantoor had verbouwd.

‘Het is de enige manier waarop ik hier een einde aan kan maken,’ zei ze.

Ik was verbijsterd. ‘Ik ben nu oud genoeg. Waarom trouw je niet met mij?’

‘Je weet het antwoord. Ik ben zo veel ouder.’

Ik was vijfentwintig.

‘Ik dacht dat het er op een dag niet meer toe zou doen.’

‘Dat dacht ik eerst ook.’

‘Denk je dat het me iets kan schelen wat de mensen denken? Het kan me niets schelen wat de mensen denken!’

‘Dat weet ik.’

Zij moest aan haar beroep, haar status en het vertrouwen van haar patiënten denken. Ik had dat allemaal keer op keer gehoord.

‘Kan het nu niet afgelopen zijn?’ vroeg ze met vermoeide stem.

‘Nee,’ zei ik tegen haar, mijn stem even hard als de hare vermoeid was.

En het was niet afgelopen, ook al trouwde ze met Ted Bursap, een aannemer. Ted was maar vijf jaar jonger dan C. Hij geloofde dat er toekomst zat in Pluto, en het kwam goed uit dat zijn vrouw net was overleden. Ik had haar zelf begraven – in eenvoudig vurenhout. Dat had ik opgevat als een teken van Teds gierigheid, al is het mogelijk dat ze het zelf had gewild. C.’s huwelijk deed me zo veel verdriet dat ik een schriftelijke cursus in het vak van mijn vader en grootvader ging volgen, en ontdekte dat ik rechten leuk vond. Natuurlijk was er een fantastische juridische bibliotheek in huis, twee generaties boeken over rechten en filosofie. Om nog maar te zwijgen van romans en poëzie, maar die had ik al doorgewerkt. Ik verdween ’s avonds. In die tijd ontdekte ik de aantekeningen van mijn grootvader en begon ik dankzij hem Lucretius, Marcus Aurelius, Epictetus en Plotinus te lezen. Een tijdlang leek alles wat sinds 300 n.Chr. geschreven was nutteloos, behalve de jurisprudentie, die me fascineerde en leerde dat er niets was veranderd sinds de tijd dat die mannen schreven.

Nu ik aan mijn toekomst werkte, vond mijn moeder het goed dat ik ’s avonds niet uitging. Na C.’s trouwen was het een jaar lang afgelopen tussen C. en mij. Ik deed mijn best zelfs niet in de richting van haar huis te kijken. Maar we konden niet gescheiden blijven. Op een stoffige zomeravond keek ik vanaf het kerkhof hoe de zon witheet en vervolgens rood werd. Door de coniferen volgde ik die enorme vuurbal terwijl hij daalde in het westen. Ik keek in de richting die ik uit alle macht had vermeden en zag Ted de oprit afrijden in zijn pick-up. Ik liep net als vroeger tussen de graven door naar de achtertuin en daar zat ze op me te wachten op het trapje voor de keuken. Ze had daar elke middag om vijf uur zitten wachten, dat hele jaar. Ze kon er niets aan doen, zei ze, maar ze had zich voorgenomen dat ze het mij nooit zou laten merken, dat ze mij verder zou laten gaan met mijn leven.

Ted bleek naar Hoopdance te zijn om een offerte te doen voor een kleine bouwopdracht, en hij zou minstens een uur heen en een uur terug weg zijn. Die twee uur waren anders dan alle uren die we ooit hadden doorgebracht. De hele tijd dat we vreeën, in het steeds diepere licht, keken we naar elkaars gezicht en naar de uitdrukkingen die kwamen en gingen. We zagen het genot en de tederheid. We zagen de hulpeloosheid zich verdiepen. We zagen de behoefte die een prachtige ziekte tussen ons was.

Het enige probleem met die oude filosofen, dacht ik toen ik tussen de graven door terugliep, was dat ze het ondraaglijke gewicht van de menselijke seksuele liefde niet op waarde schatten. Maar het was iets dat ze terecht als een belemmering zagen, in strijd met de rede, en geneigd een man in zijn eer aan te tasten, wat ik natuurlijk onderschreef.

Ted kwam er nooit achter, maar ik maakte mezelf wijs dat hij het misschien niet eens erg had gevonden. Voor zover ik wist, was hij nooit erg geïnteresseerd geweest in liefde en gevoelens.

Ted had veel van de nieuwere huizen in Pluto gebouwd, de huizen die alleen vanuit de achtertuin uitzicht op het kerkhof hadden, en hij was ook verantwoordelijk voor veel van de minst aantrekkelijke gebouwen ter plaatse. Ik had al een hekel aan Ted voordat hij met de vrouw van wie ik hield trouwde, maar later bedacht ik natuurlijk vaak met hoeveel genoegen ik hem zou begraven, hoe snel ik zijn graf zou delven. En toen ik weer met C. was begonnen en naar huis ging in de wetenschap dat Ted de hele nacht met haar mocht slapen, stelde ik me voor hoe bevredigend het zou zijn om Ted onder te spitten en een steen op zijn hoofd te leggen. Gewoon een goedkope gebarsten kei. Geen citaat. Naast zijn arme vrouw in haar vurenhouten kist. Ik had al een hekel aan Ted omdat hij bezig was dit stadje kapot te maken – Ted kocht oude huizen op – elegante huizen die in verval begonnen te raken en kerken die waren gefuseerd met een andere kerk of hun gemeente waren kwijtgeraakt aan de tijd. Hij haalde het eiken houtwerk of de bewerkte deuren of de glas-in-loodramen eruit en verkocht die tweedehands aan mensen in de grote steden. Hij brak het restant af en zette appartementen neer die te gruwelijk voor woorden waren, bekleed met aluminium of steenstrips, voorzien van mansardedaken of knullige inpandige balkons, en het was een wonder dat de gemeenteraad het niet zag. Maar dat zat er niet in. Pluto had geen gevoel voor stijl. Nieuw is altijd beter, hoe lelijk of goedkoop het ook is. Ted Bursap brak het oude station af en zette er een halfronde golfplaten loods voor in de plaats. Hij lachte altijd, was altijd opgewekt. Hij hield niet van zijn vrouw zoals ik, ze had zijn leven dan ook niet gered – alleen zijn hernia genezen. Er was nooit passie tussen hen, vertelde ze, hoewel Ted een geduldige man was en haar goed behandelde.

Toen we weer samen waren, moest ik Ted ontwijken, net als C.'s receptioniste en al haar patiënten – de hele stad eigenlijk. Maar C. was de roep en ik was de echo. Ik hield zelfs nog meer van haar. Er waren momenten dat we zo gelukkig waren. Op een middag liet ze me binnen via de verduisterde ingang tussen de garage en de keuken. Binnen had ze de jaloezieën ook dichtgetrokken.

'Wil je eieren?' vroeg ze. 'Koffie?'

'Ik wil wel koffie.'

'Brood?'

'Klinkt goed. Wat heb je erop?'

'Eh...' Ze deed de koelkast open en boog zich voorover in de zoemende gloed. 'Sardientjes en macaroni.'

‘Alleen sardientjes.’

Ze lachte. ‘Een sardinesandwich.’

Ze maakte met zorg een sandwich voor me, legde de sardientjes netjes op het brood, de sla erbovenop en smeerde met een steakmes mosterd op beide boterhammen. Ze zette het bord voor me neer. Dit deel van mijn dag – tussen vijf en zes – bracht ik altijd door in haar keuken met de jaloezieën dicht en het licht aan, of het nu zonnig was of donker. En hoewel Ted bijna elk moment binnen kon komen en niets aanstootgevends in ons gesprek of gedrag had kunnen ontdekken, waren we nog steeds minnaars. Alleen niet vaak, zoals vroeger. Wij waren de belangrijkste band, degene die zag en begreep. Ik vertelde C. alles wat er met me aan de hand was, van dromen en boeken die ik had gelezen tot aan de gezondheid van mijn moeder, en C. deed hetzelfde bij mij. We hadden het nooit meer over de toekomst – dat weigerde ze, en ik moest het accepteren. Het heden was voldoende, hoewel mijn werk op het kerkhof me elke dag vertelde wat er gebeurt wanneer je een onbevredigend heden lang genoeg laat voortbestaan: het wordt je hele geschiedenis.

Ik had mijn citaat al uitgezocht: *Het universum is transformatie.*

Ik zag C.’s haar veranderen, van zongebleekt blond donkerder worden terwijl ze de ene baby na de andere haalde in Pluto. Ik zag haar met een kort kapsel, en toen liet ze het groeien tot een golvende massa die in haar nek danste als ze kookte, als ze haar hoofd draaide, als ze liep, als ze naast me lag of boven op me wiegde of me van onderaf vasthield. Grijze strepen en strengen liepen in een boog vanaf haar scheiding naar een losse knot. Haar haar werd weer zonnig blond toen ze het begon bij te werken. Ze liet het langer groeien. Inmiddels was de zijdeglans dof geworden. Ik zag hoe haar ogen van eerlijk blauw, de tint van Willow Wareservies, donker en oprecht, veranderden in een droeviger verwassen kleur. Haar ogen verbleekten door alles wat ze zag terwijl ze heelde en faalde, en faalde en heelde. Ik zag zelfs haar kleren veranderen, de pasgekochte blouses met appret in de loop van de tijd slap worden, hun standing verliezen; van geklede blouses die ze naar de kerk droeg, werden het kleren met verfspatten die ze aanschoot om het gazon te sproeien. Ik zag haar huid sproeten krijgen, haar hals slapper worden, haar tanden schilferen, haar lippen barsten. Alleen haar botten veranderden niet, die bewonderenswaardige structuur bleef scherp en resonerend. Haar botten pasten prachtig onder haar nerveuze huid.

Omdat Ted die dag naar Fargo was voor zaken, besloten we dat het een van onze zeldzame dagen was en we gingen naar de kelder. Er waren een achterdeur en een zijdeur naar de kelder. Er was een vluchtroute uit de kamer die we gebruikten, en een soort alarm in de vorm van haar hond, Pogo, die blafte tegen iedereen die het huis binnenkwam, zelfs tegen Ted. We waren heel voorzichtig. We verstoorden het evenwicht van de dingen niet. We werden nooit betrapt. Maar omdat onze momenten zo ver uit elkaar lagen en onze behoedzaamheid zo groot was, nam de intensiteit toe.

Waar het voorheen was of we op reis gingen, werd de liefde nu een thuiskomen. We beseften dat we verdwaald waren in de wereld van alledag. Zo verdwaald dat we het niet eens wisten. En wanneer we vreeën, leek het of we van heel ver kwamen. Alsof we de dagen en weken dat we gescheiden leefden op reis waren geweest en de vermoeidheid op afstand hadden gehouden, en we eindelijk aangekomen waren. Wanneer we thuis waren, in elkaars armen, en naderhand in de koelte van de kelder lagen, leek het of de wereld om ons heen op zijn plek was getold. Het leek of onze harmonie zijn weerslag moest hebben op de toestand van het huis, de tuin en het stadje. Maar wanneer ik wegging, zag ik dat alleen het kerkhof volmaakt geordend was, zoals ik het altijd onderhield. Alleen de doden waren in evenwicht.

Op weg naar huis dacht ik aan C.'s huid, de sproetjes, en de geur van afwasmiddel aan haar handen, de sardineolie, het witte brood, de dierlijke intimiteit wanneer ze haar benen spreidde. Ik was gewend aan de gesmoorde leegte, de ziekmakende hunkering die ik moest doorstaan elke keer dat we uit elkaar gingen. Het zou in de loop van de week vervlakken, wegtrekken. *Het universum is transformatie.* Maar voor ons veranderde er niets.

Zodra ik de deur binnenkwam, wist ik dat er iets was veranderd. Er was iets gebeurd – met moeder. De stilte was eigenaardig. De spanning. Alsof we een spelletje speelden en zij zat te wachten tot ze werd gevonden. Ik liep alle kamers door en riep haar. Zoals ik al zei, was het huis prachtig gebouwd, en groot. Op het laatst zag ik dat ze verkreukeld onder aan de keldertrap lag. Het licht was uit. Ze was gestruikeld of, en dat was waarschijnlijker, ze had zichzelf expres naar beneden gegooid. Ze kreunde een beetje en ik greep de telefoon en belde de ambulance. Toen hurkte ik naast haar en betastte en strekte al haar ledematen om na te gaan of ze gebroken waren.

Nee, ze had niets gebroken. Maar ze was zo broos als dorre takjes, en de val had haar geest aangetast. Ze gleed de werkelijkheid in en uit. Omdat ze helemaal gezond was, kon ze nog jaren leven, kreeg ik te horen, of een paar uur, omdat ze dat graag wilde en klaar was om te sterven. In de dagen dat ze in het ziekenhuis lag, kon niemand me veel vertellen, dus pleegde ik ten slotte het telefoontje. Ik besloot dat het tijd was om het huis te verkopen en haar naar een veilige plaats te brengen waar ze met andere oude mensen kon praten en rustiger leven, waar ze misschien vooruit zou gaan.

'Het geeft niet,' zei ik. Haar ogen waren leeg en haar pupillen waren zo verwijd dat het leek of ik in het duister van haar geest keek.

Ik belde de makelaar vanuit het ziekenhuis en regelde mijn moeders verhuizing naar het verpleeghuis van Pluto. Er was een tweepersoonskamer beschikbaar en we werden op de wachtlijst voor een eenpersoons gezet. Het busje van het verpleeghuis kwam naar het ziekenhuis en ik reed mee met een bruinleren koffer met haar eigendommen. Die koffer was van mijn vader geweest en ik herinnerde me hoe ze die inpakte voor zijn reizen naar Bismarck. De hele weg naar het bejaardenhuis wilde ze niets zeggen. Toen we haar in haar kamer installeerden, blafte ze plotseling: 'Dit is niet wat ik in gedachten had!'

Ze was vreselijk zwak. Als ik haar naar huis had gehaald wist ik zeker dat haar zou lukken zelfmoord te plegen en zelfs in het verpleeghuis zou ze zichzelf misschien doodhongeren. Ze keek minachtend naar het blad met pudding. Nam een slokje koffie en zei opnieuw: 'Echt waar, dit is niet wat ik in gedachten had.'

Het was verbazend hoe snel ze er gewend was. In de loop van de volgende maanden sloot ze vriendschap met haar kamergenote en kaartte met de anderen en keek met hen samen naar televisieprogramma's die ze altijd leuk had gevonden. Ze kwam zelfs een paar kilo aan, liet haar haar doen en kreeg een manicure van de nagelstyliste die daar elke week tijd voor vrijmaakte. Ik moest toegeven dat moeder er goed uitzag, dat het een goede beslissing was geweest. Ik was vergeten hoe sociaal ze was voordat ze begon af te takelen. Alleen raakte het huis niet verkocht en ik had de prijs al laten zakken.

'Er komt hier niemand wonen met het inkomensniveau dat we zoeken,' zei de makelaar. 'En de dokters, advocaten en dergelijke bouwen allemaal nieuwe huizen aan de rand van de stad.'

'Misschien kunnen we het aan de gemeente verkopen. Het zou een museum kunnen worden. Ziet u wel hoe goed ik het heb onderhouden?'

'U heeft het prachtig gedaan. Ik wilde dat ik het zelf kon betalen. We hebben één mogelijke koper, maar ik heb geaarzeld hem te noemen omdat hij regelrecht over sloop praat.'

'Ted.' Ik wist het. Dat hij het huis zou willen was natuurlijk bij me opgekomen. Ik zou het nooit aan hem verkopen.

'Ted Bursap,' zei de makelaar met een hoofdknik. 'Hij geeft u de vraagprijs.'

'De koning van de sloop. Geen sprake van.'

'Ach.' De makelaar haalde zijn schouders op. 'We hebben hem tenminste achter de hand.'

'Ja, als je die een vinger geeft... William Jennings Bryan heeft in dit huis gelogeerd toen hij op doorreis was voor een verkiezingstoespraak. De ramen zijn in het oosten van het land gemaakt en in enorme kratten met zaagsel hierheen vervoerd. De profielen en het houtwerk binnen zijn van mahonie, de lambrisering in de bibliotheek...'

'U bent er erg aan gehecht, ik weet het.'

Het was waar, ik was er te veel aan gehecht om het huis op te geven.

Ik zat te plussen en te minnen, maar het huis was ons enige bezit. Mijn salaris van de kerkhofstichting was al die jaren net voldoende geweest voor ons levensonderhoud, de doktersrekeningen, mijn opleiding en het onderhoud van het huis, al voerde ik de meeste reparaties zelf uit en had ik de achtermuur aan de bijen overgelaten. Ik wist dat ze er zaten. 's Zomers zoemde de muur van hun zinnelijke leven. De hele winter was het stil terwijl ze sliepen. In de tijd dat ik wachtte tot het huis verkocht werd, had ik mijn studie voltooid en ik besloot examen te doen om toegelaten te worden tot de balie. Misschien kon ik proberen een lening te krijgen, een hypotheek nemen en die afbetalen zodra ik mijn naambordje had opgehangen. 's Avonds zat ik op de achterveranda als een waanzinnige te studeren terwijl ik luisterde hoe de bijen de laatste zoetigheid verzamelden voordat ze gingen slapen. Hun gezoem maakte het hele huis alert en ik kon het of hen niet verlaten. Na zonsondergang zat ik in de gelambriseerde bibliotheek te genieten van de stilte en de frisse geur van geveegde en gestofte kamers. Ik bedacht hoe prettig het zou zijn er te wonen met C. Ik fantaseerde erover, zonk weg in de fantasie. Ik droomde ervan toen ik in slaap viel in mijn stoel. Opeens werd ik wakker in zwartheid, doordrongen van een ellendig besef.

Op dat moment wist ik wat mensen die uit liefde zelfmoord plegen weten; ik zag wat mannen die in idiote duels stierven voor hun ogen zagen langstrekken. Ik had mijn leven verspild aan een vrouw. Het enige wat ik had was dit huis. Ik belde de makelaar.

'Oké,' zei ik tegen hem. 'Verkoop het maar aan Ted.'

De volgende dag al liet ik alles wat mijn ouders en ik ooit hadden bezeten opslaan en nam mijn intrek in een motel. Ik hoorde algauw dat Ted was begonnen. Ik wist hoe hij werkte. Zijn ploeg zou de binnenkant ontmantelen, zelfs de oude kraaldelen in de bijkeuken lospeuteren, de lampen eruit rukken, de vaalgouden tegels rond de haard afbikken, de elegante trap uit elkaar halen en de glas-in-loodramen inpakken. Als de binnenkant leeggeplunderd was, huurde Ted een gigantische, nieuwe machine met een grote getande bak die hij gebruikte om het omhulsel van latten en pleisterkalk te versplinteren.

Ik zat in mijn kamer in het Bluebirdmotel en probeerde te lezen. Ik moest die week examen doen, maar kon me niet concentreren. Het was alsof het huis me riep en zei dat het van me hield, dat de vernietiging een wrede en onnodige bijkomstigheid was van mijn besluit om met C. te breken. Ik kon niet zien wat er met het huis gebeurde, maar ik voelde wat Ted deed alsof het met mij gebeurde. De armoedige hotelkamer, zo sjofel met zijn verbleekte behang met fladderende zwaluwen, de doorgezakte matras op het gammele bed, de wastafel van gebarsten grijs porselein en als toppunt van ellende, een poging om te zaak op te vrolijken, een papieren lijster in een lijst zonder glas, vervulden me alleen met diep afgrijzen. Ik voelde hoe ik kapotgehakt, uitgebeend, afgebikt en gesloopt werd. Ten slotte, op de derde dag, toen er niets dan botten of balken over waren, besloot ik tot handelen over te gaan.

Ik verliet het Bluebird en liep door de warme zomerlucht naar C.'s huis. Voor het eerst ging ik binnen door de voordeur, de deur van het kantoor, zonder kloppen. Haar receptioniste vertelde me dat ze met een patiënt bezig was en begon te piepen toen ik gewoon langs haar de spreekkamer in liep, die leeg was. Ik sloot die deur en ging naar achteren, naar haar keuken, waar ik haar overrompelde terwijl ze een gloednieuwe vaatwasmachine aan het vullen was. Ze had haar witte jas uitgedaan en droeg een lichte katoenen trui in de kleur van meloen. Haar broek was honingdauwgroen. Beide kleuren kwamen terug in haar glazen oorbellen en haar ketting.

We keken elkaar aan, en de zon verdween achter een wolk. Het licht in de keuken veranderde van oranje naar grijs. De kleur van haar kleren verdiepte zich tot roestig ijzer en saliegrijs.

'Heeft Ted je verteld dat ik hem mijn huis heb verkocht?'

Aan de geschokte uitdrukking op haar gezicht zag ik dat hij dat niet had gedaan, en ik wist ook, omdat ik haar herhaaldelijk over de toestand met mijn moeder had verteld, dat ze onmiddellijk begreep wat er was gebeurd.

'Gaat hij...'

‘Natuurlijk.’

‘Ik zal hem tegenhouden!’

‘Laat hem maar.’

‘Laat hem maar?’

‘Pak je spullen in,’ zei ik. ‘We gaan nu. Onze leeftijd zal geen probleem zijn in de stad en je kunt een nieuwe praktijk opzetten. Ted mag het huis houden. Laten we gaan.’

Achter haar sloeg de vaatwasser suizend aan, het water gonsde binnen en werd verwarmd. Ze draaide zich om en keek naar het aanrecht.

‘Ik ben vergeten de kopjes erin te zetten,’ zei ze.

Een wolk stoom schoot naar buiten toen ze de deur opendeed om twee koffiebekers erin te zetten, maar toen ze hem dichtdeed en naar me keek, hield ik weer van haar en kon haar niet opgeven.

‘Koop mijn huis van Ted. Ik zal je terugbetalen en we kunnen daar wonen.’

‘Is hij er nu aan het werk?’

‘Ja.’

Ze droogde haar handen zorgvuldig, zoals dokters doen.

Wat had ze besloten? Ze liep de voordeur uit en ik volgde haar. Het was ongeveer anderhalve kilometer naar mijn huis en dit was de eerste keer dat we ooit samen in het openbaar te zien waren, wat me heel even gelukkig maakte. En toen, toen we bijna bij het huis waren, begreep ik dat het feit dat ze zichzelf had toegestaan in het openbaar met me gezien te worden, betekende dat onze liefde voorgoed voorbij was.

Toen we aankamen, zag ik dat de ene ploeg de zuilen van de voorveranda aan het wegtrekken was terwijl een andere was begonnen aan de achtermuur van het huis. Ted was achter, in de tuin, en ik probeerde me niet op te winden over de manier waarop hij de arbeiders de bloemen van de portulaca en de zachtgroene pollen sedum in de gemulchte grond had laten trappen. De bijen waren overal, meer dan anders, en ik voelde me vreselijk schuldig over mijn verraad. Ik bood fluisterend mijn excuses aan toen ik achter rondkeek, toen ik Ted op de machine zag zitten die hij zou gebruiken om de achtermuur van het huis neer te halen.

C. schreeuwde dat hij moest stoppen. Hij zette de machine uit en zij liep naar hem toe en begon tegen hem te praten, met haar rug naar me toe. Maar hij zat schuin opzij en ik zag dat hij luisterde naar wat ze zei, maar in werkelijkheid naar mij keek. Hij keek naar mij alsof ik iets van hem had afgenomen. Een harde blik, een snelle glimp. Hoewel ik niet gewend was Ted met haar samen te zien, begreep ik dat hij het wist. Op een bepaald niveau, niet een bewust niveau maar diep van binnen wist hij het, zoals een man dat weet. Hij keerde zich af van C. en startte de machine – ramde hem naar voren. De klauw maakte een scheur in de muur en hij reed achteruit om er nog een te maken, maar voordat hij weer naar voren kon rijden, klonk er een geronk boven de motor uit. Er stroomde een duisternis uit mijn huis. Een kettingzaag jankte. Er ontplofte een zoetheid uit de achtermuur en Ted en C. werden omzwermd door de bijen.

Ik werd maar twee keer gestoken, ik denk door jonge bijen die me niet kenden.

Ik bevrijdde C. en droeg haar rechtstreeks naar de garage. Toen ik terugging om Ted te halen, zag ik dat hij was gevallen onder een bewegende wolk die hem tot zwijgen had gestoken. Honing droop uit de houw die hij in de planken had gemaakt, honing droop van de graafmachine. Ik liep naar hem toe en stond te kijken hoe de bijen over zijn rug bewogen. Ze leken uitgeraasd te zijn, een aantal vloog weg om het nest te herstellen. Terwijl ik wachtte tot hij een beweging zou maken stak ik een hand uit en proefde de honing van de klauw van zijn machine. Die was donker in de raat, vol van smaak door de zorg die ik aan de bloemen had besteed. Ik nam een groter stuk raat, veegde er een paar bijen af en stopte de druipende was in mijn mond. C., die naar de deur van de garage was gekomen, zag me dit doen. Ze zei dat het de hardvochtigste daad was waar ze ooit getuige van was geweest – dat ik honing at terwijl ik naar Ted keek die bewusteloos onder de bewegende bijen lag.

Ik heb altijd geweten dat ze in haar leven getuige was geweest van veel ergere dingen en toch was het simpele feit dat ik de honing proefde de oorzaak dat ze Ted toestond de sloop door te zetten zodra hij hersteld was en weer aan het werk ging. En vreemd genoeg overleefde hij toen een gigantisch aantal bijensteken, maar deed ongeveer een jaar later één bijensteek hem de das om. Zijn keel zwol op en hij was dood voordat hij zelfs maar om hulp kon roepen.

Ik werd toegelaten tot de balie en besloot indiaans recht te doen. Het lukte me voor een stam land terug te winnen, ik ging naar Washington, hielp in een zaak die te maken had met stamreligie, het één leidde tot het ander, maar ik greep de kans om terug te komen met beide handen aan. Alleen niet naar Pluto, maar naar het reservaat, waar ik met Geraldine zou trouwen en waar al die tijd de waarheid had liggen wachten.

Hoewel we moeder vroegen bij ons te komen wonen, weigerde ze en stond erop in Pluto te blijven. Als ik bij haar op bezoek kwam, wandelde ik altijd door het plaatsje en kwam steevast langs het lege perceel waar ons huis had gestaan. Ted was gestorven voordat hij besloten had wat voor goedkope doos hij daar zou neerzetten, en het perceel was overwoekerd met onkruid.

Toen ik daar op een dag stond, reed er een auto voorbij die stopte. Een vrouw op leeftijd in een te wijde zomerjurk stapte uit en kwam mijn kant uitlopen. Haar jurk, een schril roze bloemenpatroon, zette me op het verkeerde been. Toen ze dichterbij kwam, herkende ik C. Ze had vroeger nooit bloemenprints gedragen, alleen effen kleuren, en ze had haar haar grijs laten worden. Ook had ze de kromme rug van een oudere vrouw met broze botten gekregen. Ze leek blij toen ze de blik op mijn gezicht zag.

'Ik had toch gezegd dat ik oud zou worden?'

'Ik geloofde je niet,' zei ik.

C. leek zich absoluut niets aan te trekken van mijn gêne. Het bevestigde haar eerder in haar overtuiging, neem ik aan, en ze zei honend: 'Had je gedacht dat ik mooi zou blijven? Mooi oud zou worden?'

Toen ik haar recht aankeek, zag ik allerlei uitdrukkingen: schaamte, uitdagendheid, voldoening misschien, maar geen tederheid die ik herkende.

'Je deed wat je deed,' zei ik ten slotte.

'Dat moest om te zorgen dat je wegging.'

Ik deed een stap naar haar toe, maar ze wendde zich af en stampte terug naar haar auto. Ik zag haar wegrijden. Even later liep ik de kalkstenen treden op en door de eikenhout met glazen spookdeuren van het huis waarin ik was opgegroeid. Ik ging de hal door, kwam in de lange rechthoekige eetkamer, legde een hand op de gebeeldhouwde kersenhouten schoorsteenmantel en liep toen door naar de keuken. Het huis was zo werkelijk om me heen dat ik het muffe linnengoed in de cederhouten kast rook, het gas uit de lekkende brander op het fornuis, de scherpe geur van geraniums die ik in aardewerken potten had geplant. Ik ging precies op de plek liggen waar de bank in de woonkamer vlak onder de glas-in-loodramen had gestaan. Ik sloot mijn ogen en het was allemaal weer om me heen. De volgeladen boekenplanken, de lambrisering, het zachte flappen van mijn moeders kaarten op de tafel.

Ik kon vanuit het huis van mijn sombere verbeelding het laantje zien, en vanuit het laantje de straat die naar het eind van het stadje leidde, met als verste grens de klare stilte van de doden. Tussen de graven mijn pad, en aan dat pad haar achterdeur, haar gezicht, haar tijdloze bed en de verdwenen architectuur van haar botten. Ik draaide me om en maakte het me gemakkelijk in de geplette wilde klis. Een paar bijen zoemden in de slaperige lucht. De zwerm was weggetrokken uit het puin en had een huis onder de grond gebouwd. Ze waren op dat moment op de begraafplaats bezig de schedels te vullen met witte raten en de kisten met zoete, zwarte honing.

Ongeveer een maand na ons trouwen zat ik bij Geraldine. Tussen flarden van het landelijke nieuws babbelden we over ziekten die zij ooit had gehad, of die ik ooit had gehad. C.'s naam viel en Geraldine zei: 'O, die dokter die geen indianen wil behandelen.'

'Wat?'

In al die tijd dat ik C. kende, in al die tijd dat ik het bed met haar had gedeeld, had ik daar niets van geweten. Dus daar zat ik, als lid van onze stam – het bewijs dat ik niet erg op het reservaat gericht was in mijn jonge jaren. Maar het was ook vreemd dat ik het niet had gehoord in mijn hoedanigheid als rechter, of van mijn moeder. Toen herinnerde ik me de knobbels op mijn hoofd.

'Weet je het zeker?'

'Echt, ze doet het niet.'

'Hoezo?'

Geraldine zette de televisie uit en kwam weer naast me zitten. Op het moment dat C.'s naam viel, hadden we onze ongesproken regel dat we het niet over haar zouden hebben al geschonden. En het was nog erger. Geraldine geloofde me niet.

'Je moet het geweten hebben.'

Het was de eerste keer dat mijn verhouding met C. erkend werd tussen ons. Aan de ene kant wilde ik het onderwerp voor altijd begraven, maar aan de andere kant wilde ik beslist mijn onschuld bewijzen.

'Ik wist het niet.'

Mijn woorden klonken zelfs in mijn eigen oren vals. Er was opeens een kloof tussen ons. Verslagen zei ik iets waarvan ik altijd heb gewild dat ik het terug kon nemen.

'Ze heeft mij wel behandeld.'

Geraldine keek naar me en toen weer opzij. Ik had teleurstelling gezien.

'Ze hebben altijd een uitzondering nodig,' zei ze.

Geraldine vertelde me toen van een paar gelegenheden in de loop der jaren waarbij de dokter mensen had weggestuurd – zelfs in noodgevallen – en hoe ze het algemeen bekend had gemaakt dat ze ons volk niet wilde behandelen. Ze wisten allemaal waarom. Het was meer dan huis-tuin-en-keukenvooroordeel. Het had met de geschiedenis te maken, zei Geraldine. Toen begreep ik dat ik alles en niets had geweten van de dokter. Pas later drong het tot me door: het had niets uitgemaakt als ik even oud was geweest als C. Ook al had ze mijn knobbels genezen en was ze mijn minnares geworden, ik zou altijd haar ene uitzondering zijn. Of erger nog, haar absolutie. Elke keer dat ik haar aanraakte, kreeg ze vergiffenis. Ik ontleedde het hele geval, zoals Geraldine het noemt; ik nam het verhaal in me op. Ik moest het doorslikken voordat ik inzag waarom Cordelia van me hield en waarom ze niet kon verdragen dat ze van me hield. Waarom ze niet met me gezien wilde worden. Waarom mijn huis afbreken haar enige optie was. Waarom ze tot op de dag van vandaag alleen woont.

Dokter Cordelia Lochren

Ramppostzegels van Pluto

Het aantal doden van Pluto overtreft inmiddels het aantal levenden, en het kerkhof strekt zich uit over de lage heuvel die ik vanuit mijn keuken zie, in een gekartelde uitstalling van witte steen. Er is geen bar, geen theater, geen ijzerwarenwinkel, geen garage, alleen een benzinepomp. Zelfs de priester komt maar één keer per week naar de kerk. Het gras wordt nog maar net op tijd voor zijn bezoek gemaaid, en natuurlijk worden er geen bloemen geplant, zodat in de zomer het onkruid hoog opschiet in de oude perken. Maar wanneer de priester komt, is er ten minste één mond meer te voeden voor de plaatselijke cafetaria.

Dat er een cafetaria is, mag een wonder heten, en het is niet eens een aftands bouwwerk van bedenkelijk allooi. Toen de bank eruit trok, kocht een familie die hun drive-inrestaurant hadden verloren in een zware storm het gebouw van het verzekeringsgeld en noemde het de 4-B's. Met zijn granieten gevel, boogramen en zes meter hoge plafonds ziet onze cafetaria er degelijk en zelfs luxueus uit. Er is een schoolbord voor specialiteiten en een sigarenkistje bij de kassa voor het kleingeld dat mensen eventueel willen doneren aan de ziekenhuisopname en operaties van een jongen uit de buurt die zijn hand verloor bij een ongeluk op de boerderij. Net als de meeste mensen die hier zijn achtergebleven, breng ik een groot deel van de dag hier door, op een bankje in de cafetaria. Want nu er geen reden meer is om onze gemeentelijke gebouwen te onderhouden, dient de cafetaria als kantoorruimte voor de leden van de gemeenteraad en de hobbyclub, als ontmoetingsplaats voor de kerkgemeente en kaartclubjes. Het is een informele uitvalsbasis voor mensen die gaan winkelen in het dichtstbijzijnde winkelcentrum – honderd kilometer naar het zuiden – en een plaats voor de weinige jonge moeders uit het dorp om elkaar te ontmoeten en te praten, terwijl ze met een voet hun autostoeltje annex wandelwagen heen en weer duwen en even hartstochtelijk brullen en vloeken als hun mannen aan het andere eind van de rij tafels. Wie kinderloos is gebleven, of echtgenootloos zoals ik, door oorlog of afstand of natuurlijke afvloeiing, eet hier. Ook gescheiden mensen of alleenstaanden die om de een of andere reden zijn blijven zitten met een huis in Pluto, North Dakota, als enig waardevol bezit.

Wij zijn hier nog, want als we onze huizen voor een fractie van hun oorspronkelijke waarde zouden verkopen, werden we voorgoed huurders in de buitenwereld. Maar hoe verbeten we ons ook vastklampen aan tuinen en woonkamers en garages, elk jaar verliezen een of twee van ons hun greep. We zijn met steeds minder. Ons stadje is stervende. Ik heb me meer op de hals gehaald dan ik verwachtte toen ik in het jaar van mijn pensionering tot voorzitter van het historisch genootschap van Pluto werd gekozen.

In die tijd zag het ernaar uit dat we het zouden redden, heel goed zelfs, tot ver in het volgende millennium. Maar toen ging onze mestfabriek failliet en verhuisde het dealerschap voor landbouwwerktuigen naar de andere kant van het reservaat. Wij hielden de landbouw over, maar het goedkope transport via de snelweg had ons al vrijwel buitenspel gezet. Onze autoweg was nooit bijgehouden, dus begonnen we gestaag te krimpen, en in die tijd werd ik de vergaarbak van de vele onvertelde verhalen, verhalen die mensen gaan vertellen als ze weten dat geheimen geen zin meer hebben of als ze zien dat op een dag al wat van een plaats over is in documenten zal berusten, en ze willen dat die de waarheid weerspiegelen.

Mijn vriendin Neve Harp stamt af van een van de laatste oorspronkelijke grondleggers. Ze is de kleindochter van de speculant Frank Harp, die arriveerde nadat de kartering door de eerste concessie-expeditie was mislukt. Frank kwam hier met leden van de *Dakota and Great Northern Town-Site Company*, die een keten van nederzettingen langs de spoorlijn van de *Great Northern* stichtte. Ze hoopten winst te maken. Die plaatsen werden nauwkeurig op kaarten ingetekend voor waaghalzen die stukken grond wilden kopen voor hun bedrijf of huis. Boeren uit alle windstreken zouden hun voorraden in het stadje kopen en plekken van vertier bezoeken wanneer ze hun oogst per trein kwamen versturen.

Nu zijn de treinen natuurlijk weg en wij zijn hier nog, gestrand.

Het karteringsteam verplaatste zich per boerenwagen en bivakkeerde waar gemeenschappelijk werd besloten dat een natuurlijk kenmerk van het landschap of de algehele afstand tot andere plaatsen een nieuwe nederzetting wenselijk maakte. Toen de mannen de locatie van ons huidige plaatsje bereikten, waren ze al meerdere jaren bezig met karteren en plannen en hadden ze alle namen van presidenten en buitenlandse hoofdsteden, belangrijke mineralen, grote staatslieden, zoogdieren van Noord-Amerika en de namen van hun eigen kinderen gebruikt voor hun nederzettingen. In het oosten lagen de keurig uitgezette locaties van Zeus, Neptunus, Apollo en Athene. Ze verwierpen Venus omdat dat misschien zou bijdragen aan toekomstige losbandigheid. Frank Harp stelde Pluto voor en de naam was geaccepteerd voordat iedereen zich realiseerde dat ze een plaats naar de god van de onderwereld hadden genoemd. Het heeft hier altijd Pluto geheten, maar de officiële naamgeving vond pas plaats in het succesjaar 1906, vierentwintig jaar voordat de planeet Pluto werd ontdekt. Het heeft dan ook iets ironisch dat Pluto het koudste, eenzaamste en misschien meest ongastvrije hemellichaam van ons zonnestelsel is, maar het is nooit de bedoeling geweest dat dat weerspiegeld zou worden in onze kleine gemeenschap.

Er hebben zich grote drama's afgespeeld in Pluto. In 1911 werden vijf leden van een gezin – ouders, een tienermeisje, een jongetje van acht en een van vier – vermoord. In het vuur van het moment pakte een groep mannen een stel indianen op en wat zich toen afspeelde was een schandalig voorbeeld van wat indertijd 'eigenrichting' werd genoemd. In Pluto wordt er niet over gesproken. Mijn gedachten omzeilen het ook. Al snel bleek dat een buurjongen, die kennelijk krankzinnig verliefd was op de dochter, de benen had genomen, en dus bleef hij jarenlang de enige verdachte. Er was maar één overlevende van het gezin – een zeven maanden oude baby die dwars door het geweld heen had geslapen in een ledikantje dat onopvallend achter een bed geschoven stond.

In 1928 vluchtte de eigenaar van de National Bank van Pluto het land uit met bijna al het geld van de inwoners. Hij probeerde naar Brazilië te reizen. Zijn broer ging hem achterna en wist hem over te halen terug te komen, waarna het grootste deel van het geld werd teruggestort. Door iedere klant persoonlijk te benaderen, wist de broer iedereen ervan te overtuigen dat hun rekening nu veilig was en de bank heeft het overleefd. De eigenaar pleegde zelfmoord. De broer volgde hem op als directeur. Helemaal boven op de heuvel van het kerkhof staat een oorlogsmonument. In 1949 werden er zeventien namen in een brok graniet gehakt dat gewijd was aan de helden van beide wereldoorlogen. Een van de namen, Tobek Hess, is die van de jongen van wie men aanneemt dat hij het gezin heeft vermoord. Hij was naar Canada gegaan en had dienst genomen aan het begin van de Eerste Wereldoorlog. Het bericht van zijn dood bereikte zijn oudere zuster Electa, die getrouwd was met een lid van de gemeenteraad en had geweigerd elders te gaan wonen zoals de moeder en de vader van de verdachte. Electa stond erop dat zijn naam werd toegevoegd aan de lijst van illustere doden. Maar onbekende leden van de gemeenschap hebben hem uit de steen gehakt zodat een ruwe plek nu het enige is dat zijn naam aangeeft en op elke herdenkingsdag worden er maar zestien vlaggen rondom die rots in de grond gezet.

Er zijn droogtes geweest en zonderlinge ongelukken en andere crimes passionnels, en er zijn ook goede dingen gebeurd. De zeven maanden oude baby die de moorden overleefde, werd geadopteerd door diezelfde Oric en Electa Hoag, die de baby met alle liefde omringden en toen ze ouder werd, kromlagen om haar naar een universiteit in het oosten te sturen, zonder te verwachten dat ze ooit terug zou komen. Toen ze dat negen jaar later toch deed, was ze dokter.

De eerste vrouwelijke dokter in het gebied. Ze begon een praktijk en knapte het huis op dat ze geërfd had en waar de moorden waren gepleegd – een klein, aardig houten boerenhuis dat grenst aan het kerkhof aan de westkant van het stadje. Vanaf het huis en de schuur strekken zich tweehonderdvijfenzeventig hectare landbouwgrond uit. Met het pachtgeld van die hectaren kon ze een kliniek met een verpleegster opzetten en haar praktijk draaiende houden, ook al konden haar patiënten haar niet altijd betalen voor haar diensten.

Er was maar één ding dat haar beschaamde, één bepaalde verlamming. Ze stond erom bekend dat ze indianen als patiënt afwees, omdat ze bekrompen was, dacht men. In werkelijkheid voelde ze zich wankel en zwak in hun aanwezigheid. Het leek of ze er niets tegen kon doen, net als dat andere. Ze hield van iemand die veel te jong was voor haar, en die ook op die andere manier ongepast was, maar in zijn aanwezigheid grepen haar gevoelens haar met de kracht van het onomstotelijke lot. Of een waanzinnige speling ervan, gelooft ze nu.

Aan de andere kant waren die gevoelens vaak het enige stuk van haar leven dat klopte. In een poging om die band te verbreken trouwde ze, maar ze werd weduwe. Ze ging een laatste relatie aan met een zwemcoach van de universiteit die vanwege zijn baan niet lang van de campus weg kon blijven. Het plan was altijd geweest dat hij naar Pluto zou verhuizen zodra hij met pensioen was. Maar in plaats daarvan trouwde hij met een studente en verhuisde naar het zuiden van Californië, zodat hij het hele jaar in het zwembad kon liggen.

De broer van de zelfmoordbankier was Murdo Harp. Hij was de zoon van de landmeter en de vader van mijn vriendin. Neve is nu net als ik in de zeventig, en we maken dagelijks een wandeling om onze gewrichten soepel te houden. Neve Harp is drie keer getrouwd geweest en één keer ontvoerd – ze heeft alle vier de gebeurtenissen overleefd. Ze heeft haar meisjesnaam weer aangenomen en woont ook weer in het huis dat ze van haar vader heeft geërfd. Ze is lang, maar wat krom door gebrek aan kalk in haar voeding, hoewel ze daar nu op mijn advies voldoende van slikt. Ze is een van de mensen die het belangrijk vinden dit stadje zijn authentieke geschiedenis terug te geven. Neve en ik zijn allebei altijd erg actief geweest, en elke dag, ongeacht het weer (tot aan sneeuwstormen toe) voert onze wandeling van vier of vijf kilometer ons langs de buitengrenzen van Pluto.

'We cirkelen eromheen als een stel oude manen,' zei ze op een dag tegen me.

'Als er mensen in Pluto woonden, zouden ze hun klok op ons gelijk kunnen zetten,' antwoordde ik, 'of ons aanbidden.'

We lachten bij de gedachte aan onszelf als maangodinnen.

De meeste erven en percelen zijn leeg. Er is allang geen geld meer in de gemeenteschatkist om de straten te onderhouden en het grootste deel is nooit opgeknapt of onverhard gelaten. Alleen de hoofdstraat is nu geasfalteerd, maar wij vinden de ruwe oppervlakken prima. Ze geven ons meer houvast. We willen niet uitglijden. Een heup breken is onze grootste angst. Zodra je niet meer mobiel bent op onze leeftijd is dat het einde.

'Ik wilde je nog vertellen waarom Murdo's broer Octave, je weet wel, naar Brazilië probeerde te vluchten,' zei ze op een dag tegen me, alsof het schandaal zich gisteren had afgespeeld. 'Ik wil dat je het hele verhaal opschrijft voor de historische nieuwsbrief van de stad. Ik wil dat de waarheid nu deel gaat uitmaken van onze officiële annalen!'

Ik vroeg Neve te wachten tot we uitgewandeld waren en in de cafetaria zaten zodat ik aantekeningen kon maken, maar ze was te opgewonden over het verhaal dat die ochtend om de een of andere reden levendig en hardnekkig binnen in haar met zijn vleugels klapperde, en ze moest praten terwijl we nog aan het lopen waren.

'Je weet nog wel dat Octave zich verdronken heeft toen de rivier op zijn laagst stond, in een halve meter water,' vertelde Neve. 'Hij moest zich echt in een poel gooien en hem inademen. Iedereen ging ervan uit dat alleen een vrouw er de oorzaak van kon zijn dat een man zichzelf zo'n gruwelijke dood aandeed, maar het was geen liefde. Hij stierf niet uit liefde.' Neve zweeg en liep honderd meter nadenkend verder.

Toen begon ze weer. 'Herinner je je de postzegelverzamelingen? Hoe belangrijk die waren? De rage?'

Ik zei dat ik het me herinnerde. Mensen verzamelen nog steeds postzegels, zei ik.

'Ja, ja, die liefhebberen, zoals mijn broer Edward,' zei ze. 'Maar voor Octave waren de postzegels alles. Hij bewaarde zijn postzegelverzameling in de grote kluis van de bank. Een van de best bewaarde geheimen van deze stad is de precieze waarde van die verzameling. Zelfs ik besefte dat niet, tot heel kortgeleden. Toen onze bank beroofd werd, zoals je weet, in '32, drongen de bankrovers de kluis binnen. Ze pakten alle contanten die er waren en negeerden de negenenvijftig albums en tweeëntwintig speciaal geconstrueerde dozen van vilt en ebbenhout. Die postzegelverzameling was vele malen meer waard dan wat de rovers meenamen. Hij was zelfs bijna evenveel waard als al het geld in de hele bank.'

'Wat is ermee gebeurd?' vroeg ik zeer geïntrigeerd, want ik had alleen tegenstrijdige geruchten gehoord.

Neve wierp me een sluwe, zijdelingse blik toe.

'Mijn broer nam stukjes en beetjes van die verzameling mee, maar hij had geen idee wat er werkelijk was. Ik hield de meeste postzegels toen de bank in andere handen overging. Ik kijk er graag naar, weet je. Ze zijn beter dan televisie. De verzameling ligt in mijn voorkamer. Op een tafel gestapeld. Je hebt de albums gezien, maar er nooit iets over gezegd. Je hebt er nooit in gekeken. Als je dat had gedaan, zou je net als ik eerst verrukt zijn geweest over de verfijning, de gedetailleerdheid, en de eindeloze variatie. Later zou je meer hebben willen weten over de postzegels zelf en zou je gegrepen zijn door de behoefte hun geschiedenis te kennen en te begrijpen, zoals met mijn oom is gebeurd, en met mijn broer, en recent ook met mij, zij het gelukkig in veel mindere mate. Natuurlijk heb jij je eigen interesses.'

'Ja,' zei ik, 'godzijdank wel.'

Toen we langs de kerk kwamen, zagen we dat de priester er was op zijn ronde. De arme man zwaaide naar ons toen we hem begroetten. Niemand had aan hem gedacht, dus was hij maar gras gaan maaien.

Hij zag er droevig en overwerkt uit.

'Ze behandelen de goeden gewoonweg als beesten,' zei Neve. Ze haalde haar schouders op en we liepen door. 'Toen ik de oude brieven van mijn oom las en zijn papieren doorkeek, heb ik iets ontdekt. Zijn specialisme, want elke postzegelverzamelaar begint op een zeker moment een bepaalde richting te kiezen, was wat je de donkere kant van het postzegels verzamelen zou kunnen noemen.'

Ik keek naar Neve met de gedachte dat ik zelf ook donkere neigingen in haar had gezien, maar toch verbaasd over de postzegels.

'Nadat mijn oom de Heilige Gralen van de Filatelie had bemachtigd – de 1 cent magenta van Brits Guyana, de Zweedse drie cent uit 1855, die oranje is in plaats van blauwgroen, veel zegels van de Thurn und Taxis-post en schitterende exemplaren van de hoog getaxeerde Mulready-enveloppe – voelde mijn oom zich vanwege zijn melancholieke karakter speciaal aangetrokken door wat plaatfouten worden genoemd. Ik geloof dat het allemaal begon met de Zweedse drie cent.'

'Natuurlijk,' zei ik, 'zelfs ik weet van die postzegel met het vliegtuig op zijn kop.'

'De 24-cents karmozijnroze met blauwe invert. Ja!' Ze klonk opgetogen. 'Ik heb zijn aantekeningen doorgelezen en de verzameling uitgekamd op zoek daarnaar. Hij zegt dat hij begon met kleurenmisdrukken verzamelen, zoals de Zweedse zegel, heel lastig, daarna overdrukken, ongeperforeerde missers, ontbrekende waarden, weggelaten vignetten, en rariteiten. Hij heeft het over een hele bladzij in een album die gewijd is aan een zeventienjarige jongen, Frank Baptist, die met een oude handpers postzegels drukte voor de Geconfedereerde Staten. Ik moet nog bepalen welke dat was, maar ik weet zeker dat ik hem zal vinden.'

Neve stormde over een stukje steenslagweg, verrukt dat ze het verhaal kon vertellen, en ik haastte me om binnen gehoorsafstand te blijven. Om op adem te komen leunde ze even tegen een boom en vertelde me dat Octave Harp, ongeveer zes jaar voordat hij ervandoor ging met het geld van de bank, was overgestapt op rampen – dat wil zeggen postzegels en omslagen (enveloppen of vergelijkbaar materiaal) die de verschrikkelijke gebeurtenissen die ons geselen en vernietigen hadden overleefd. Deze poststukken, die waren getekend door ervaring, ontleenden hun waarde aan de ernst van hun conditie. Ze hadden waterschade, waren gehavend, zelfs bebloed, zei Neve. Dergelijke schade maakte deel uit van hun aantrekkingskracht.

Inmiddels waren we bij de cafetaria die vroeger de bank was geweest en ik was blij dat ik kon gaan zitten om een paar aantekeningen te maken over Neves onthullingen. Ik leende een paar vellen papier en een pen van de eigenaar en we bestelden onze koffie en broodjes. Ik neem altijd een broodje boerenomelet en Neve bestelt een BLT zonder de bacon. Ze is een strikte vegetariër, de enige in Pluto. We dronken van onze koffie.

'Ik heb net een boek over filatelie gelezen dat ik besteld had,' zei Neve, 'en daarin staat dat postzegels verzamelen verwarde mensen een toevluchtsoord biedt en gevallen zielen nieuwe kracht geeft. Ik denk dat Octave hoopte dat hij zoiets zou bereiken. Maar hoe meer hij bij de rampen bleef stilstaan, hoe slechter hij zich voelde, volgens mijn vader. Hij monterde wel op zodra hij iets waardevols voor zijn verzameling kocht. Hij correspondeerde met mensen over de hele wereld, heel opmerkelijk. Ik heb mappen vol met zijn correspondentie met postzegelhandelaren. Hij was soms jaren bezig om een postzegel of enveloppe te achterhalen die een bepaalde ramp had doorstaan. Oorlogen natuurlijk, uit de Amerikaanse Revolutie, de Krimoorlog, de Eerste Wereldoorlog. Soldaten droegen natuurlijk dikwijls brieven op hun lichaam. Je moet er niet aan denken hoe die brieven in de handen van verzamelaars terechtkwamen. Maar hij had liever natuurrampen en, in mindere mate, door mensen veroorzaakte ongelukken.' Neve tikte tegen de zijkant van haar kopje. 'Hij zal gefascineerd zijn geweest door de *Hindenburg* en daar zal vast hier en daar een postzegel bij betrokken zijn geweest. En onze moderne rampen ook, natuurlijk.'

Ik wist plotselling waar ze aan dacht – brieven die verzonden werden op de dag dat we onze vijfendertigste president verloren, of misschien de post, ik zag bedankbriefjes van het Witte Huis voor me, die in Jackies handtasje was blijven zitten. Ik werd een beetje koud van ontzetting bij de gedachte dat veel van die stukjes papier nu misschien in handen waren van handelaren en over de hele wereld te koop werden aangeboden aan mensen als Octave. Neve en ik denken vaak op dezelfde manier, en ik zag dat ze suiker in haar koffie wilde doen – een teken van ontreddering, want ze heeft een beetje een probleem met haar bloedsuiker.

'Niet doen,' zei ik. 'Dan lig je de hele nacht wakker.'

'Ik weet het.' Ze deed toch suiker in haar koffie en zette de glazen suikerstrooier terug. 'Is het trouwens niet vreemd hoe de gruwelijkheid van gebeurtenissen gedempt wordt door de tijd, hoe ze ons op een gegeven moment niet meer zo zwaar treffen? Maar ik begon je dit allemaal te vertellen om uit te leggen waarom Octave naar Brazilië vertrok.'

'Met zo veel geld. Ik denk nu dat hij een postzegel op het spoor was.'

'Je hebt helemaal gelijk,' zei Neve. 'Ik had het er gisteren met mijn broer over en vreemd genoeg herinnerde hij zich dat onze vader ons verteld heeft waar Octave naar op zoek was. Dat voorwerp was in het bezit gekomen van een puissant rijke Braziliaanse. In zijn aantekeningen schrijft hij over een brief die de uitbarsting van de Krakatau in 1883 had overleefd, een Nederlandse postzegel op een brief die vlak daarvoor was geschreven en op een stoomboot weggevoerd. Hij had een brief uit de postzak die vastgevroren zat op de rug van een postbode uit New Hampshire die stierf in de sneeuwstorm aan de oostkust in 1888. En ook een authentieke brief van de *Titanic*, maar er moet om de een of andere reden nog veel meer post teruggevonden zijn, want hij heeft het over andere stukken. Maar hij was niet zo geïnteresseerd in zeerampen. Nee, de buit waar hij op joeg was een brief uit het jaar 79.'

Ik wist niet dat er toen al postvervoer bestond, maar Neve verzekerde me dat post extreem oud was en dat Herodotus de bedenker was van het motto 'Noch sneeuw noch regen noch de duisternis van de nacht weerhoudt de bezorgers van een snelle afhandeling van hun taken', vijfhonderd jaar vóór de datum waar ze net naar verwees, het jaar dat de Vesuvius uitbarstte en Pompeï onder vulkanische as begroef. 'Zoals je misschien weet,' ging ze verder, 'werd Pompeï nadat het was ontdekt anderhalve eeuw lang geplunderd en doorzocht door souvenirjagers voordat er iets aan behoud werd gedaan. Inmiddels was een groot aantal gevonden voorwerpen in handen van verzamelaars gevallen. Een brief die misschien bedoeld was voor Plinius de Jongere, van de Oudere, schijnt één verleidelijk moment in Londen te zijn opgedoken, maar tegen de tijd dat Octave in contact kwam met de handelaar was het perkament gestolen. De handelaar wist echter te achterhalen dat het via een schimmige doorverkoop in handen was geraakt van de vrouw van een Portugese rubbermagnaat, een vrouw met een vergelijkbare obsessie als die van Octave – hoewel ze geen postzegels verzamelde. Ze was geïnteresseerd in alles wat met Pompeï te maken had, en had haar muren laten beschilderen met exacte kopieën van Pompeïaanse fresco's – vrouwen die elkaar ranselen en zo.'

'Denk je eens in. In Brazilië.'

'Niet vreemder dan een bankier uit een klein stadje in North Dakota die een postzegelverzameling van wereldklasse weet te vergaren.'

Ik was het met haar eens en probeerde me te herinneren wat ik nog wist van Neves oom.

'Octave was natuurlijk vrijgezel.'

'En hij leefde ook heel bescheiden. Toch had hij nog niet bij benadering genoeg geld om de brief van Plinius te kunnen kopen. Hij probeerde het land te verlaten met het geld van de bank en zijn postzegelverzameling, maar de postzegels hielden hem tegen. Ik denk dat de douane vragen had over de verzameling – of die het land uit mocht of niet, dat soort dingen. De postzegels van Frank Baptist waren bijvoorbeeld een interessante kanttekening bij de Amerikaanse geschiedenis. Murdo vond hem uiteindelijk in New York. Octave was geheel ingestort en lag verlamd in een hotelkamer. Hij was als de dood dat zijn verzameling in beslag genomen zou worden. Toen hij terug was in Pluto begon hij zwaar te drinken en hij zou nooit meer de oude worden.'

'En de brief uit Pompeï, wat is daarmee gebeurd?'

'Er was een brief van de Braziliaanse dame die nog had gehoopt het stuk aan Octave te verkopen, een woeste brief vol doorhalingen en gevlekt door tranen.'

'Een rampbrief?'

'Ja, zo zou je hem kunnen noemen. Haar driejarige zoontje had de missive uit Pompeï in handen gekregen en hem al spelend verpulverd. Dus in zeker opzicht was het een brief van een vrouw die zijn hart brak.'

Er viel niets meer te zeggen en we waren inmiddels allebei in een nadenkende bui geraakt. Onze sandwiches stonden voor ons en we aten ze op.

Neve en ik brengen onze avonden rustig binnen door, lezen of kijken televisie, luisteren naar muziek en eten ons karige avondeten alleen. Als er een vulkaan uit de oude bodem van het meer oprees en ontplofte en ons plotseling met dodelijke as bedekte, dan zouden wij kalme, zittende vormen zijn, ernstig als schikgodinnen, strak naar een beeld of woord starend. Ik heb andere gipsvormen in boeken gezien. Ik weet dat die uit Pompeï eerst werden beschouwd als mysterieuze afwezigheden in de versteende as. Toen de holtes gevuld waren met gips en het vulkanische afval was weggehakt, werd de meelijwekkende aard van die laatste momenten van mensen onthuld. Soms denk ik dat ik meer verwant ben met die afwezigheid, voorafgaand aan de materiële aanwezigheid. Ik ben niet zozeer het definitieve gebaar als wel de leegte die eraan voorafgaat. Ik ben al verdwenen, wat gebeurt als je heel lang aan je eigen gezelschap gewend bent.

Toch vind ik mijn tijd van de avondschemering tot middernacht heerlijk. Ik ben niet eenzaam. Ik weet dat ik niet lang meer zal genieten van de luxe van privacy en stilte en ik koester mijn vertrouwde omgeving. Maar Neve mist haar twee stiefkinderen en de stiefkleinkinderen uit haar laatste huwelijk. Ze brengt vele avonden door aan de telefoon, hoewel ze vlakbij wonen, in Fargo, en ze hen vaak ziet. Neve en ik vinden het allebei vreemd dat we oud zijn, en we zijn allebei verbaasd dat ons leven zo snel voorbij is gegaan – Neve met haar ontvoering en diverse huwelijken en ik met mijn eigen pijnlijke extases. We zijn vaak verbaasd als we onszelf in het oog krijgen.

Ik houd mezelf vaak voor dat ik bof dat ik op mijn leeftijd nog goed gezelschap als Neve heb, hoewel ze soms zwelgt in duistere gedachten.

Die avond heeft ze zo'n aanval van somberheid, veroorzaakt door de suiker in haar koffie, hoewel ik dat niet zeg wanneer ik haar eerste telefoontje krijg. Ze praat zoals wel vaker over de vreemde schoonheid van haar ontvoerder, en wat ze hem heeft geleerd, of wat hij haar heeft geleerd, op de matras in de achterkamer van zijn huis. Hij werd een veteraan met vele onderscheidingen en toen hij terug was uit Korea groeide hij in charismatische perversiteit – hij werd de leider van een religie die zich onderscheidde door onpeilbare wetten. In de loop van de jaren zijn een paar afgesleten en verwrongen restanten daarvan tot de plaatselijke kerken doorgedrongen. Maar ik heb al veel te vaak verhalen over Billy's onverzadigbare penis gehoord. Ik leid haar af en uiteindelijk hangt ze op. Maar later doet ze een vreemde ontdekking.

Met twee felle leeslampen naast me zit ik rustig te lezen in een wat al te zoetige roman die me is toegestuurd door een boekenclub waarvan ik lid ben, als de telefoon weer gaat. Buiten adem vertelt Neve dat ze de hele avond albums heeft zitten doorkijken met een vergrootglas. Ze heeft iets ontdekt dat ze lang geleden gemerkt had moeten hebben.

'Mijn broer heeft de echte verzameling,' zegt ze, en haar stem piept van ellende. 'Ik heb het geld genomen en liet hem in de postzegels graaien. Indertijd wist ik het niet. Ik had geen idee dat hij wist waar hij naar zocht. Het komt hierop neer: de mijne zijn waardeloos. De zijne zijn...' Ze kan niet verder praten. Haar stem breekt en ze jammert zacht. Haar lippen zijn tegen de hoorn gedrukt. 'Een miljoen. Misschien. Hij heeft me opgelicht.'

Ik houd mijn lachen in en zeg niet: 'Iedereen weet dat jij hem hebt opgelicht!'

Toen ze Octaves papieren en brieven verder doorploos, vond ze nog iets dat haar van streek maakte. In een map die ze nog nooit had geopend zit een pakketje van acht of negen brieven, allemaal aan dezelfde persoon geadresseerd, met afgestempelde postzegels, het papier aangetast alsof het nat is geweest, de inkt gevlekt, allemaal met heel geringe onderlinge verschillen – een minimale fout in de stempel, een scheurtje. Ze heeft ze met enige verbazing bestudeerd en merkte op dat op een ervan een violette Benjamin Franklin zit die pas in omloop is gebracht twee jaar na de afstempeling, die vlak voor de ondergang van de *Titanic* gedateerd is.

'Het kost me erg veel moeite toe te geven wat voor de hand ligt,' zegt ze, 'want ik had me zo'n gunstig beeld van mijn oom gevormd. Maar ik geloof dat hij aan het experimenteren was met vervalste ramppost, en dat wat ik heb gevonden, regelrecht bewijs is.' Ze klinkt woedend, alsof hij had geprobeerd haar het ding te verkopen. (Misschien heeft zij het zelf gedaan, bedenk ik.) 'Hij heeft zijn valse geauthenticeerde brief aan een handelaar in Londen aangeboden. Er waren ook pogingen tot, en afwijzingen van, verificatiebrieven.'

Ik probeer Neve te kalmeren, maar als ze in zo'n stemming is, komt al haar razernij en verdriet terug en lijkt het of ze de wereld ervanlangs moet geven of om alles moet rouwen. Ze heeft inderdaad nog wat vage familie buiten deze streek en zal hier niet gevangenzitten zoals ik. Maar ik wil niet dat ze dat zegt. Ik leg zo snel mogelijk de telefoon neer, en ook mijn smakeloze roman. Neves buien zijn besmettelijk. Ik probeer een plotseling verpestende, woeste angst af te schudden, maar voor ik het weet, ben ik naar de slaapkamer gelopen, open de kist aan het voeteneind van mijn bed en bekijk de kleren van mijn familie – de rest is vernietigd of weggehaald, maar de begrafenisondernemer heeft deze gewassen en bewaard (vriendelijk, vind ik) en ze aan mij gegeven toen ik hier kwam wonen. Ik vind de sombere enveloppe met *Jorgenson's Funeral Parlor*, en pak de valentijnskaart, in zijn eigen enveloppe, die in een zak verstopt moet hebben gezeten. Het is een walgelijk ding, een en al sentimentaliteit en kantpapier. Ik zie voor het eerst dat er op de enveloppe een herdenkingspostzegel van het hugenotenmonument in Florida zit. Wat een bloederig stukje geschiedenis om op een valentijnskaart te plakken, denk ik, en toch onbedoeld toepasselijk.

Soms vraag ik me af of de geluiden van angst en pijn, het donderend geluid van het geweer, ergens in mijn hoofd verstopt liggen, in het donkerste hoekje. Ik had kunnen sterven aan uitdroging, want ik werd pas na drie dagen gevonden, maar dat herinner ik me ook niet – helemaal niet – en ik ben nooit abnormaal bang geweest voor dorst of geobsedeerd door voedsel of water. Schijnbaar, dat heb ik gehoord tenminste, heeft een van de indianen die later zijn opgehangen me gevoed. Nee, ik heb een heel gelukkige jeugd gehad en ik had alles – een schommel, een hondje, toegewijde ouders. Er zijn me alleen maar goede dingen overkomen. Ik vond het heerlijk om goede cijfers te halen en vriendinnen te hebben. Ik werd tot koningin van het schoolbal gekozen. Ik ben nooit geconfronteerd met de schok van een plotselinge onthulling over mijn herkomst, want ik heb het verhaal al vroeg te horen gekregen en heb leren accepteren wie ik was. Alleen hebben ze me in de waan gelaten dat de gelynchte indianen de schuldigen waren. Dat heb ik geloofd totdat Neve Harp me de ware toedracht vertelde – me zelfs alle knipsels liet zien. Me alle standpunten vertelde. En nu denk ik dat mijn adoptiemoeder zelfs vermoedde dat de echte moordenaar misschien nog ergens in onze omgeving woonde, niet Tobek maar een andere – onzichtbaar, berouwvol. Want we vonden buiten soms zorgvuldig opgevouwen bankbiljetten, verstopt op plekken waar Electa of ik ze zeker zouden vinden – onder een bloempot, in mijn boomhut, in de holle handvatten van mijn fiets – en dan hielden we altijd het dikke pakje omhoog en zeiden: 'De Kerstman is weer geweest.' Maar het kost me echt moeite om meer dan de voorspelbare tegenslagen die zich in het leven voordoen te noemen. Het lijkt alsof het vreemde toeval van mijn overleven mijn levenshouding met dankbaarheid heeft geladen. Of alsof mijn familie al het ongeluk dat mij anders had kunnen overkomen heeft opgesoupeerd. Ik heb intens liefgehad. Ik heb een gewoon en bevredigend leven gehad, en ik heb het voorrecht gehad mensen van dienst te kunnen zijn. De meeste mensen. Er is niemand om wie ik tot gekwordens rouw en niets dat ik echt over zou willen doen.

Dus hoe komt het dan, wanneer ik met de valentijnskaart van mijn zusje over de zijkant van mijn gezicht streel, en wanneer ik het opgevouwen linnen van haar hemd aanraak, en wanneer ik de tuinbroek van mijn broers pak en het schort waarin mijn moeder die dag stierf, en die dingen samen met mijn vaders ouderwetse, gewassen, naar hooi ruikende kleren tegen mijn buik houd, en aandruk, en wanneer ik mijn familie in mijn armen sluit, hoe komt het dan dat ik buiten adem raak van de woeste golf emotie, alsof ik door de wind word opgetild, door een zwarte vleugel van lucht? En hoe komt het, wanneer dat gebeurt, dat ik naar een vage en onuitwisbare verzameling gelaatstrekken vlieg die van me weg lijken te schieten als sterren? Met oogverblindende snelheden, zonder ooit te stoppen?

Wanneer Pluto eindelijk leeg is en dit huis is teruggevorderd door de aarde, wanneer het oorlogsmonument is omgevallen en de bank/cafetaria ontdaan van zijn koper en graniet, wanneer het enige wat aan Pluto herinnert onze verzamelde historische nieuwsbrieven zijn, ingebonden en gedoneerd aan de regionale verzamelingen van de universiteit van North Dakota, wat dan? Wat zal ik gezegd hebben? Hoe zal ik de waarheid hebben afgeschilderd?

De valentijnskaart heeft me altijd verteld dat de naam van de jongen niet van het oorlogsmonument gekrast had mogen worden. Niet alleen werden onschuldigen opgehangen, onverdraaglijk vermoord voor niemands gerechtigheid, maar ook die jongen bleek niet de moordenaar te zijn. Want mijn dode zuster hield ook van hem, anders had ze zijn boodschap niet op haar lichaam gedragen. En als hij haar liefde had, was hij waarschijnlijk gevlucht van verdriet en wanhoop. Misschien was hij daar geweest. Misschien had hij haar dood gezien. Arme Tobek. Maar als het niet die jongen was, wie dan wel? Mijn vader? Maar nee, die was van achteren geveld. Er is niemand om te beschuldigen. Ergens in dit stadje of in de buitenwereld heeft dus de mens bestaan die mijn broers achternaliep en hen vermoordde toen ze naar de schuur vluchtten, die de schoonheid van mijn zusje en moeder zag en hen doodschoot. En met welk nut? Want er werd niets gestolen. Niets gewonnen. Welk doel had deze geheimzinnige verspilling?

Ongeveer twintig jaar geleden kreeg ik een bijzonder lastig geval. De patiënt was een oude boer die zijn hele leven op land aan de uiterste grens van onze grond had gewoond. Warren Wolde was een zwijgzame zonderling die desondanks goed met dieren overweg kon. Hij had een aantal merkwaardige opvattingen, heb ik gehoord, over de regering van de Verenigde Staten. Over bepaalde dingen werd nooit gesproken in zijn bijzijn – het Congres was daar een van, en alle amendementen bij de Grondwet. Het ging zover dat niemand hem zijn mening vroeg, uit angst dat hij in een ziekelijke, vernietigende woede-uitbarsting zou ontsteken. Zelfs wanneer iedereen het bij veilige onderwerpen hield, bekeek hij mensen op een doordringende manier die zij verontrustend vonden. Maar Warren Wolde was niet in een conditie om me zorgen te baren toen ik op de boerderij kwam om hem te behandelen. Twee weken daarvoor had de dure stamboekstier van de boerderij hem op de hoorns genomen en vervolgens vertrapt, waarbij de meeste schade in een dij en been geconcentreerd was. Hij had pertinent geweigerd naar de dokter te gaan en nu was er een ontsteking met koorts ontstaan en was de wond door necrose aangetast. Hij was beresterk en weigerde zo verwoed naar een ziekenhuis vervoerd te worden dat zijn familie had besloten mij te bellen om te zien of ik zijn been kon redden.

Dat kon en dat deed ik, hoewel de behandeling pijnlijk en verschrikkelijk was en het betekende dat ik twee keer per dag een bezoek moest afleggen, wat ik me slecht kon permitteren met mijn rooster. Bij elke verbandwisseling en elk wondtoilet probeerde ik Wolde een dosis morfine te geven, maar hij weigerde. Hij vertrouwde me nog niet en was bang dat hij wakker zou worden zonder been als hij zijn bewustzijn verloor. Geleidelijk wist ik de wond te helen en hem ook gerust te stellen. Toen ik hem voor het eerst kwam behandelen reageerde hij op mijn komst met een ontzetting die ik in mijn medische praktijk nog nooit was tegengekomen. Het was angst vermengd met paniek die maar langzaam tot een zwijgende waakzaamheid afzwakte. Naarmate zijn been beter werd, stond hij meer open voor mijn bezoekjes, en tegen de tijd dat hij rondhobbelde op krukken leek hij uit te kijken naar mijn aanwezigheid met zo'n lief en aandoenlijk genoegen dat iedereen om hem heen verbaasd stond. Maar hij wierp zijn grimmige, vreemde persoonlijkheid alleen voor mij af, zeiden ze, en verzonk weer in een verlammende woede zodra ik weg was. Hij genas nooit voldoende om al zijn oude taken weer op te vatten, maar hij hield het nog een paar jaar vol totdat hij helemaal seniel werd en naar de staatsinrichting werd gestuurd. Hij stierf op hoge leeftijd een natuurlijke dood, in zijn slaap, door een losgeraakt bloedpropje. Tot mijn verrassing nam een paar weken later een notaris contact met me op.

De man vertelde dat zijn cliënt, Warren Wolde, een pakje voor me had achtergelaten, en ik verzocht hem het op te sturen. Toen het pakje aankwam, geadresseerd in een onhandig handschrift dat heel goed van Wolde geweest kon zijn, maakte ik de doos onmiddellijk open. Die bevatte honderden en nog eens honderden pakjes bankbiljetten in diverse (voornamelijk kleine) coupures, en natuurlijk herkende ik het vouwpatroon, het was identiek aan de bankbiljetten die mijn hele jeugd voor me waren opgedoken. Ik belde de notaris, en hij bracht me in contact met de verpleegster die Wolde dood had aangetroffen en ik vroeg of ze enig licht kon werpen op zijn geestesgesteldheid.

Het was de muziek die hem vermoordde, zei ze.

Ik vroeg wat voor muziek en ze vertelde me dat Wolde in elkaar was gezakt toen een bezoeker, een zekere Peace, een klein vioolconcert had gegeven in de recreatiezaal. Hij was die nacht gestorven. Ik bedankte haar. De naam Peace bracht me in de war. Ik had nog kunnen geloven dat het gegeven geld en de erfenis alleen uitingen waren van Woldes medelijden met het tragische gesternte van mijn verleden, en later dankbaarheid voor wat ik had gedaan. Ik zou geneigd zijn dat te denken, als er niet zo vele kleine, vreemde waarheden waren geweest. De naam, de viool die bij de naam hoorde, de muziek die de naam had uitgesproken. En de eerste paar keer dat ik Wolde was komen behandelen, herinner ik me, deinsde hij terug met een ontzetting die te persoonlijk leek, en meelijwekkend. Op zijn gezicht lag iets van een herinnerde nachtmerrie – dat had ik toen al gedacht – en later was ik niet ontroerd geweest door de opmerkelijke verandering in zijn karakter. Integendeel, ik had het er koud van gekregen.

Degenen van u die deze nieuwsbrief trouw hebben ondersteund, weten dat ons kwijnende abonneebestand ons genoodzaakt heeft de lengte van onze artikelen te beperken. Dus hier moet ik eindigen. Maar aangezien alleen de penningmeesteres van het genootschap, Neve Harp, en ik bijeen zijn gekomen om alle beslissingen aangaande het behoud en het onderhoud van onze kleine verzameling te nemen en aangezien wij tweeën de enig overgeblevenen zijn die nog meer materiaal aan dit verslag toe kunnen voegen, ziet het ernaar uit dat ons lidmaatschap nu gesloten is. We verklaren ons genootschap opgeheven. Wij zullen echter langs de grenzen van Pluto blijven wandelen totdat onze voetstappen onze omloop in de aarde slijten. Mijn laatste daad als voorzitter van het historisch genootschap van Pluto is deze: ik wil graag een officiële feestdag uitroepen om het jaar te gedenken dat ik het leven redde van de moordenaar van mijn familie.

De wind zal waaien. De duivels zullen opstijgen. Allen die vieren zullen geesten zijn. En er zal niets dan eeuwig dansen zijn, stof in stof, waar je ook kijkt.

O heden, te apocalyptisch, denk ik als ik mijn huis verlaat om naar Neve te lopen om haar bij te staan in haar slapeloze nacht. Stof in stof! Er zijn maar heel weinig plaatsen waar oude vrouwen 's nachts naar buiten kunnen gaan en genieten van de bries, dus dat heeft Pluto tenminste wel. Ik gebruik mijn stok om de weg te voelen, want de lucht is zo zwart dat ik denk dat we al onzichtbaar zijn.

Mijn dank gaat uit naar: Terry Karten, de redacteur van dit boek; Trent Duffy, de eindredacteur; Deborah Treisman, Jane Beirn en Andrew Wylie. Ook dank aan Sandeep Platel, MD.

De schrijfster wil haar erkentelijkheid betuigen aan de uitgevers van de tijdschriften en bundels waarin delen van deze roman in andere vorm zijn verschenen: 'The Plague of Doves', *The New Yorker* en *The O. Henry Prize Stories 2006*; 'Sister Godzilla', *The Atlantic Monthly*; 'Shamengwa', *The New Yorker* en *The Best American Short Stories 2003*; 'Town Fever', *North Dakota Quarterly*; 'Come In' (als 'Gleason'), *The New Yorker* en *The Best American Mystery Stories 2007*; 'Satan: Hijacker of a Planet', *The Atlantic Monthly* en *Prize Stories 1998: The O. Henry Awards*; 'The Reptile Garden' en 'Demolition', *The New Yorker*; en 'Disaster Stamps of Pluto', *The New Yorker* en *The Best American Mystery Stories of 2005*.

Zoals in alle boeken van Louise Erdrich zijn het beschreven reservaat, de plaatsen en de mensen denkbeeldige plaatsen en personages, met in dit geval een paar uitzonderingen: Louis Riel, en ook de naam Holy Track [vertaald als Heilig Spoor, *vert.*]. In 1897 werd Paul Holy Track op dertienjarige leeftijd opgehangen door een lynchmeute in Emmons County, North Dakota. Het stuk over 'Town Fever' [vertaald als Concessiekoorts, *vert.*] is ontleend aan grondspeculatie aan de Red River in 1857 door Daniel S.B. Johnston.

Eventuele fouten in het Ojibwe of het Michif zijn te wijten aan de schrijfster en niet aan haar geduldige leraren.

Een gedeelte van de opbrengst van dit boek, net als van alle andere boeken van Louise Erdrich, gaat naar Birchbark Books, een onafhankelijke boekwinkel, en Birchbark Press, een uitgeverij die boeken in het Ojibwe het licht laat zien en die gevestigd is in Minneapolis, Minnesota (www.birchbarkbooks.com).

De vertaling van de citaten van Marcus Aurelius is afkomstig uit: *Persoonlijke notities*, vertaling Simone Mooij-Valk, Ambo, 2006.